当代小说五讲

张元珂　著

作家出版社
全国百佳出版社

图书在版编目（CIP）数据

当代小说五讲 / 张元珂著 . -- 北京：作家出版社，2025. 6.-- ISBN 978-7-5212-3439-8

Ⅰ. I207.42-53

中国国家版本馆 CIP 数据核字第 2025UE1119 号

当代小说五讲

作　　者：张元珂
责任编辑：朱莲莲　丁文梅
封面设计：李　超
出版发行：作家出版社有限公司
社　　址：北京农展馆南里 10 号　　　邮　　编：100125
电话传真：86-10-65067186（发行中心）
　　　　　86-10-65004079（总编室）
E-mail:zuojia @ zuojia.net.cn
http://www.zuojiachubanshe.com
印　　刷：河北星强印刷有限公司
成品尺寸：155 × 220
字　　数：358 千
印　　张：22
版　　次：2025 年 6 月第 1 版
印　　次：2025 年 6 月第 1 次印刷
ISBN 978-7-5212-3439-8
定　　价：79.80 元

目　录

第一编　语言论

第二编　修辞论

第三编　小说家论

第一编　语言论

第一讲 中国当代小说中的方言问题

从20世纪50年代开始逐渐全面推广开的“普通话”，以及从“十七年”到“文革”时期的“毛文体”[①]、20世纪80年代的翻译腔、20世纪90年代以来的世俗潮，不仅决定着或深刻影响着小说家文学观、语言观的生成、演变，也从外到内一次次根本性地改变着中国当代小说语言的质地、样态、风格。告别工农兵话语、样板戏之后，当代小说语言有六大景观尤其引人瞩目：汪曾祺的古典化、先锋小说家的欧化、寻根小说家的俗野化、新写实小说家的写实化、新生代小说家的肉身化、网络小说家的媒介化。如果说乡土语言、社会革命语言、文化心理分析语言，是中国现代小说语言史上的三大主导形态，那么，以这“六化”为中心和标志，分别上下拓展、纵横勾连，即形成了中国当代小说语言史的基本样貌。20世纪90年代以后，伴随社会经济层面上的改革开放全面、加速推进，文化、文学领域也迎来为中国历史所少见的自由时代，这一切表征于小说创作中，首先就是对小说语言的大解放、大融合。然而，普通话是一种被规范、删减、加工过的由官方指定的通用语，它精致、准确、逻辑性强，但作为小说语言，也有诸多力有不逮之处，比如，若表现“人的神理”（胡适），展现“地域的神味”（刘半农），凸显“语气的神韵”（张爱玲），它不能，也无法替代方言。打破普通话写作大一统局面，或弥补这种语言表现力的缺陷，再次让方言进入小说，并以此为契机推进小说语言的再革命，就成了90年代后小说家所必然要努力追寻的实践向度。方言进入小说，从理念到实践，都给中国当

① “毛文体”最早由李陀提出：“毛文体为这一规范化提供了一整套修辞法则和词语系统，以及统摄着这些东西的一种特殊的文风——正是它们为今天的普通话提供了形和神。”见《汪曾祺与现代汉语写作——兼谈毛文体》，《花城》1998年第5期。

代小说观念、文体带来全新可能。

一　方言理念与实践：从边缘到中心

方言是每个人的第一母语。方言是一种自带性格、自生意蕴、自有美感的地方语言，因而在文学语言中有普通话所无法替代的美学特质、表现功能。方言进入现代小说语言系统，自然备受瞩目。因运用方言并在小说史上产生重大影响者，可列出一串长长的名单：鲁迅对绍兴方言词汇的采纳，赵树理对晋东南方言语汇的加工，周立波对湖南方言和东北方言的改造，柳青和路遥对陕北方言的大量运用，沙汀和李劼人对川北方言的原生态化移植，李锐、莫言、张炜和阎连科对各自生活区域内的方言土语的采纳，韩少功在《爸爸爸》和《马桥词典》中对方言世界的复活……然而，在百年新文学史上，方言更多时候是作为一种他者身份被谨慎纳入现代语言中来的。从外部诱因来看，启蒙与革命、民族与国家、阶级与政党，作为一种统一性的有形或无形的支配力量，往往决定着方言是复活还是沉寂的命运。这决定了方言在中国现代文学史上所处地位的尴尬和无奈。

在中国现代小说语言史上，方言进入小说并不是自然、自主的，而总是被动的、受压制的。它与政治意识形态的深度关联，特别是与民族、国家宏大叙事的互动，都使得小说家在对待方言时的心态是复杂而暧昧的。那种无可化约的亲和力和被迫舍弃的无奈感，常常在其意识深处并行并存。中国现代小说语言的生成、发展与主流意识形态有着天然的关联，发展到“十七年”时期，更是形成了另一种暧昧、纠缠和离舍。

一方面，老舍、茅盾、周立波、赵树理等从民国步入“新中国”的小说家大都认识到方言的独特魅力和在小说创作中的不可或缺性。茅盾说：“我们可以用方言，问题是在怎样用……大凡人物的对话用了方言，可以使人物的面貌更为生动，做到‘如闻其声’。”[①] 周立波说：“我以为我们在创作中应该继续地大量地采用各地的方言，继续地大量地使用地方性的土话。要是不采用在人民的口头上天天反复使用的、生动活泼的、适宜于表现实

---

① 茅盾：《目前创作上的一些问题》，《文艺报》1950 年第一卷第九期。

际生活的地方性的土话，我们的创作就不会精彩，而统一的民族语也将不过是空谈，更不会有什么‘发展’。”[①] 他这种观点和老舍在40年代的看法如出一辙：“我要恢复我的北平话。它怎么说，我便怎么写。怕别人不懂吗？加注解呀。无论怎么说，地方语言运用得好，总比勉强地用四不像的、毫无精力的、普通官话强得多。”[②] 这可说明，关于方言作为一种文学语言的优长，以及与小说所结成的互荣关系，在大部分新文学名家看来，已是无须再作论证的命题。在从“现代”向“当代”转型之际，以周立波、赵树理为代表的乡土小说家，基于地方生活和文学语言特质所得出的观点，就为进入“新中国”的小说家们能否用、怎样用方言土语指明了方向。但是，方言进入小说，从来不是单纯的文学问题。主张禁用或慎用方言者也似乎理由充分、确凿：“‘方言文学’这个口号不是引导着我们向前看，而是引导着我们向后看的东西；不是引导着我们走向统一，而是引导着我们走向分裂的东西。”[③]“作为一个文艺工作者是不应该使用方言土语来创作的，而应该使用民族共同语来创作。”[④] 他们的理由大体可概括为：一、民族共同语需要作家建设并服从，方言不可喧宾夺主。二、方言自身有诸多弊端。比如使用面窄、不好懂、妨碍共同语建设等等。其实，最根本的原因还是第一条。

另一方面，1956年2月6日，国务院发布《关于推广普通话的指示》，开始在全国范围内推广普通话。作为民族通用语的普通话逐渐成为一种高高在上的隐含等级秩序的“官话”。在此背景下，包括茅盾、老舍、赵树理在内的众多新文学名家不得不转向，至少方言土语已被置于慎用、少用或者不用之列。在此后几十年间，这种秩序愈发坚固，难以撼动。为何出现这种局面？因为普通话规范的制定及其在全国的推广，首先对小说名家提出要求——不但在创作中慎用或不用，而且已出版著作若涉及方言或口语中过于粗鄙化的语词，需按照普通话规范予以删改。所谓“以典范的现代白话文著作为语法规范”，自然首先要求诸如周立波、老舍、叶圣陶这类新文学名家起模范带头作用。虽然推广普通话并不意味着要取缔或消灭方言，但限制或约束方言运用，以打破人与人之间在交流上的隔阂，继而辅助于

---

① 周立波：《谈方言问题》，《文艺报》1951年第三卷第十期。
② 老舍：《我的“话”》，《文艺月刊》1941年6月号。
③ 邢公畹：《谈“方言文学”》，《文艺学习》1950年第二卷第一期。
④ 邢公畹：《关于“方言文学”的补充意见》，《文艺报》1951年第三卷第十期。

现代民族国家大一统进程，则是一以贯之的举措。

新时期小说主潮是以欧美为师、以译著为本逐渐生发而来的，表现在小说语言和语法上，“欧陆风”造就的翻译腔及其话语权，又对小说家的方言探索与实践造成另一种无形的精神压制。李锐说：“我们现在所接受的这个书面语，它已经成为一种等级化的语言，普通话已经成为这个国度里最高等的语言，而各省的方言都是低等的。而在书面语里头，欧化的翻译腔被认为是新的、最新潮的、最先锋的。一个中国作家，如果用任何一种方言来写小说，那么，所有的人都会说你土得掉渣。”[①] 在新时期文学现场，从作为一种语言资源的方言，到作为一种文学样式的“泛方言小说”，除在“寻根小说”中一度得到有效展开外，在其他小说主潮中并未得到应有的重视。在“翻译腔”与普通话的双重压制下，方言更是不被看好。即使在阿城、李杭育、郑万隆等作家的寻根小说中，方言和方言世界一度被置于主体位置，但被委以重任的方言依然不过是一种借此追溯精神之源、寻觅文化之根的工具。方言及方言世界到底是一个怎样的状态，它们能摆脱一切桎梏独自显示自身存在吗？如今看来，20 世纪 80 年代寻根小说中的方言及其世界，依然被置入沉重的现代理念中，并在简单的落后与先进、文明与愚昧的对比中，升华为反思、审视、重铸民族文化精神的一种主观想象和实践。方言在寻根小说中的出场、表现，本身就是现代性烛照、比衬的结果。它的出场短暂而匆忙，仿佛夜空中的彗星一闪而逝。

进入 20 世纪 90 年代后半期，小说家的方言情结、意识、实践进入全面自觉状态。莫言、阎连科、李锐、韩少功、张炜等小说家创作了一批引入方言或方言思维的、带有语言实验色彩的长篇小说。然而，其先入为主的方言理念与根深蒂固的反主流意识形态倾向——或出于反抗普通话大一统对作家语言意识造成的压抑（比如李锐），或出于融入“野地”、建构自由精神世界的强烈愿望（比如张炜），或出于弘扬知识分子人文精神、继续在文化和语言背后“寻根”的使命（比如韩少功）——也都在表明，方言及其世界依然被从外部赋予了沉重的非关本体的重任。虽然以韩少功的《马桥词典》、李锐的《无风之树》、莫言的《檀香刑》、阎连科的《受活》、张炜的《丑行或浪漫》为代表的小说也凸显了方言及其世界的独立性，但仍以放大、张扬其边缘性来展现写作的意义；虽然方言及方言世界的陌生化赋予他们

---

① 李锐、王尧：《李锐王尧对话录》，苏州大学出版社 2003 年版，第 194—195 页。

以全新的视角和灵感，但现代性烛照下的思维及文化归属，依然未摆脱所谓“现代”强加于“方言”的形象；虽然他们在与普通话话语秩序、内部逻辑的强行对比中，想象和再造了一个方言世界，但方言的边缘地位并没有因为这种生成而得到根本性改变。这种境况只有在新生代小说家方言理念与实践中才发生本质变化。

其一，方言意识与实践得到完全统一。他们的语言意识和实践都是彻底自由的。方言不再居于边缘，也不再以他者形象显示自身在小说语言中的存在，而是以绝对的主导力量入驻语言意识的中心。由于新生代小说家对口语特别是口语中的“社会方言”，对地域方言特别是其中最能表征个体欲望和情趣的粗鄙话语抱有先天的亲和力，这为方言由边缘进驻中心预设了充分的前提条件。从具体实践看，在中国现代小说语言史上，方言作为一种特殊形态的文学语言，还从来没有谁像新生代小说家这样大规模、全方位、无拘无束、自由开放地运用其资源，并以此在语言与生活、审美与实践之间建构起亲密无间的共处关系。方言从本体到形式都获得了彻底解放，其彻底性和自由度为小说语言史所未见。

其二，方言地位与功能得到全方位发挥。新生代小说家不愿也不屑于背负某种崇高使命，因而，方言进入小说不再负载任何政治、启蒙、道德的外在要求，而只与作家的肉身体验相关联。表现在创作中，一切拘囿方言在小说文本中生成的外在形式都被驱除，以前那种用括号、脚注、引号、同义复现等标志方言出场的方式、方法大都被弃用，转而以原生态方式让方言大量、直接进入小说。方言也不再成为普通话的附庸，进入文本就自立为主体。而像林白的《妇女闲聊录》和金宇澄的《繁花》这类作品，则更为鲜明、彻底地显示方言口语在思维、审美和修辞上的绝对主导性。方言不仅以主体姿态建构起小说的空间和空间形态，还以主导力量融于叙述并生成自己的时间和时间形式。

综上，方言和方言世界一次次从被压抑的状态中获得解放，而当某种潮流过后，它又被冷落、被搁置、被边缘化。方言进入小说，更多带有实验性，而且还要担负被硬性施与非关本体的意识形态重任。事实上，对莫言、阎连科、贾平凹等农裔小说家而言，内心对方言的亲和，与来自外部的无形压制，总会彼此缠斗。然而，只要笔涉故乡、故土，只要面向山川、大地，方言必然是其最亲切、最具召唤力的形象、声音；对张炜、李锐、韩少功等人文知识分子型作家而言，更多从对方言本体功能的认知与实践出发，上升为对小说语言、文体的实验，或者以此为视角、途径或工具展开对大地、历史、文化的溯源、探察与书写；对李洱、何顿、张者等一大批新生代小说家而言，悬置一切道德批判的方言实践，不过是对其敏感、自由、小我的个体形象及其精神镜像的映照，但方言运用和功能被解放得最彻底。

纵观百年新文学史，围绕方言所展开的现代与非现代之争，以及由此所生成的价值观评判，也从未远离汉语小说舆论场；方言在小说语言中的演变史，或者说小说家对方言既亲和又逃避、既召唤又剥离的百年"纠缠史"，因受各时代主流意识形态深度关联、规训，其在今天依然是一个未解的难题。在今天和可预见的未来，一方面，伴随地域方言传统文化根基的坍塌，以及普通话全面、持续推广，方言土语作为一种小说语言的发生空间会越来越小。而拥有地域方言情结和写作能力者也会越来越少。另一方面，包括网络语言在内的社会方言越来越发达，又会从理念到实践影响着更年轻一代作家的小说创作。在不久的将来，他们的小说语言质地、风格、样式也注定会发生新变。

二　方言进入小说：形神之变及其意义

方言包括地域方言和社会方言。对于绝大多数小说家来说，普通话对其影响是全面而内在的。在这个庞大的群体中，极少有人操着方言思维进行纯方言写作，而须以普通话为主体与工具，方能将方言"引渡"到小说中来。然而，对于80后、90后以及更年轻的作家来说，城镇化运动使其由乡下进入都市，更使其对故乡的原初情感、乡土伦理渐趋消亡。由此一来，地域方言与其生活、写作的关联也就越来越弱。所以，林白、金宇澄、何顿等新生代小说家可能是最后一批能吸纳地域方言并有名作留世的作家①。社会方言也是小说家广为借鉴和运用的语言资源。"社会方言是指由于社会

① 柳青、周立波、古华、阿城、李杭育、郑万隆、阿城、冯骥才、贾平凹、张炜、韩少功、刘震云、王朔、阎连科、莫言、李锐、林白、金宇澄、何顿等一大批当代小说家都曾在吸纳方言、推动小说语言建设方面做出过重要贡献。

的原因而产生了变异的语言。语言与社会共变，作为社会现象、人类最重要的交际工具，语言受社会的影响是必然的，也是显而易见的。人的不同职业、文化水平、社会地位、信仰、修养、性别、年龄、心理、生理等等，都会影响到语言的使用，使他们的个人言语带有一定的社会色彩。所谓社会习惯语、行业语（行话）、隐语、黑话、秘密语、忌讳语等等，都是属于社会方言。”[①] 地域方言在一定时期一定条件下可转化为某种固定语言，社会方言则不会，但其快速的传导性、大范围的普及性却是地域方言所不具备的。在当今这个网络信息时代，各种社会方言可以借助新兴媒体而广泛流传。口语化的市井方言保存了社会方言最为纯粹的“声音”，对年轻小说家尤具吸引力。

语际翻译是方言进入小说的常态实践。柳青的《创业史》、周立波的《山乡巨变》、陈残云的《香飘四季》、古华的《芙蓉镇》等20世纪80年代以前的名家名作，对方言的运用已形成一套较为成熟、可靠、可推广的经验。比如：整体上以普通话为规范，在引入方言时，以前者规范后者；用普通话解释方言，以实现语际转换；以页下注、括号注、引号，或以同义复现方式标示其存在；一般多用于小说人物语言系统中，而在转述语系统中则较为少见；常见方言不作注，生僻方言尽量不用，那些凝练、生动、传神的方言土语（包括语气词）能用则用；等等。直到今天，这种只在局部和细部有限度地引入地域方言的方式、方法，依然是通行的、占据主流的做法。小说家追求“原生态”使用方言，其根因、动机无非：

其一，情不自禁地受“第一母语”驱动的结果。赵树理、周立波、老舍、古华、莫言、何顿、曹乃谦等小说家都有浓厚的方言情结。解放并完整呈现地方生活及其言语系统，以追求本色的生活、本色的言语和本色的情感同构、统一，是很多小说家的愿景。

其二，因遵循人物身份、性格、言行特点而用。什么地方的人说什么话，为了尽可能呈现这一效果，小说家们常常追求方言运用的原生态效果。比如，吴君的《同乐街》在人物语言系统中大量使用粤语。从阴公、靓女、衰仔、屋企、细妹、捞妹、口花花、湿湿碎、周身蚁、吹水、阿婆、係、乜、唔、咪、嘢等常见方言词汇，再到诸如“唔好问我，我咩都唔知”“你们做乜嘢，唔想要我咩，有钱大晒呀”“我陈有光怕个边个？什么事都是他

① 钱曾怡：《方言研究中的几种辩证关系》，《文史哲》2004年第5期。

说了算就是英雄咩？”[①]一类的口语句式，都尽显深圳当地人的说话腔调和风格。因为小说中的陈有光、陈阿婆、陈水、阿见等人物都是当地社区的小市民，要传神表现小人物的市井气，特别是要栩栩如生呈现其无赖、泼辣、爱占便宜、耍滑头的一面，就必须使用最契合其生活环境、身份、性格的话语。因此，原生态引入当地方言口语，只要大体不妨碍读者理解，就实属必要。但在今天看来，粤语要进入当代小说语言系统，并被北方读者广为认可、接受，要比北方话难得多。因为粤语发音与汉字对应时难以匹配者居多，所以，周立波说："而南方话，特别是广东、福建和江浙等地的部分的土话，在全国范围不大普遍。这几个地方的有些方言，写在纸上，叫外乡人看了，简直好像外国话。"[②]而北方话因各省较为接近，大部分都有音有字，彼此句法和语法相似度也高，所以在这方面具有某种先天优势。

方言以"声音"为本位。身处方言区的人们，依靠"声音"即可完成绝大部分交流，而对文字的依赖程度极低。某一方言所独有的"声音"也是小说家模仿和表现的对象。当腔调或者说"声音"成为表现对象并占据主体，这就形成了方言或泛方言写作中极具特色的"声音叙事"。这样的小说在样式上可称为"方腔体"。"方腔体"小说应是最能代表中国当代文学成就、最能彰显"中国经验"和"中国方法"的样式之一。代表作有莫言的《檀香刑》、夏立君的《俺那牛》和《天堂里的牛栏》、金宇澄的《繁花》。

莫言因受家乡高密传统戏曲"茂腔"（又称"周姑调""肘子鼓"）启发而创作了《檀香刑》。这部长篇从形式到内容都凸显"声音""话"在文本中的绝对主导地位。无论"凤头部"的"眉娘浪语""赵甲狂言""小甲傻话""钱丁恨声"，还是"豹尾部"的"赵甲道白""眉娘诉说""孙丙说戏""小甲放歌""知县绝唱"，都凸显"音本位"（语、言、话、声、白、诉、歌、唱）在小说语言建构中的绝对主导地位，是典型的"声音叙事"模式。《檀香刑》简直就是山东高密各种民间"声音"集体亮相、交叉表演、喧哗驳诘的"大舞台"，于是，一场为普通话写作所未曾酣畅淋漓地上演过的话语狂欢也由此而生：

> 俺知道你爱的是俺的身体俺的风流，等俺人老珠黄了你就

---

① 吴君：《同乐街》，花城出版社 2022 年版第 34 页、第 23 页、第 229 页。

② 周立波：《谈方言问题》，《文艺报》1951 年第三卷第十期。

会把俺抛弃。俺还知道俺爹的胡须其实就是你拔的，尽管你矢口否认；你毁了俺爹的一生，也毁了高密东北乡的猫腔戏。俺知道你在该不该抓俺爹的问题上犹豫不决，如果省里的袁大人对你打包票说你抓了孙丙就给你升官晋爵你就会把俺的爹抓起来，如果皇帝爷爷下了圣旨让你把俺杀了，你就会对俺动刀子；俺知道对俺动刀子之前你的心中会很不好受，但你最终还是要对俺动刀子……尽管俺知道这样多，俺几乎什么都知道，俺知道俺的痴情最终也只能落一个悲惨下场，但俺还是痴迷地爱着你。其实，你也是在俺最需要男人的时候出现在俺面前的男人。俺爱的是你的容貌，是你的学问，不是你的心。俺不知道你的心。俺何必去知道你的心？俺一个民女，能与你这样的一个男人有过这样一段死去活来的情就知足了。俺为了爱你，连遭受了家破人亡的沉重打击的亲爹都不管不顾了，俺的心里肉里骨头里全是你啊全是你。[①]

山东高密日常的方言口语，通过文字进入小说，形成一种赤裸裸、汪洋恣肆的话语告白。由“俺”领衔的长句子如火山爆发，拓展成绵延不绝的语流，将一个女人的痴迷之爱展现得淋漓尽致。一个“民女”的爱恨情愁、生生死死，只有在这种“声音”里——“俺的心里肉里骨头里全是你啊全是你”——才能获得亘古未有、震撼人心、力透纸背的表现效果。

北方话大都有音有字，沪语、粤语等南方话则不然。若使南方话的“声音”引入小说并得到有效展开，需进行较多、较大的“改造”。比如，金宇澄的《繁花》自获“茅奖”以来，持续在文学界、影视界产生影响，不断引发关于“上海味”“上海话”“海派”等文化热点的深入讨论。其重要原因之一就在于，它以沪语思维消解普通话规范，竭力凸显沪语腔调，原汁原味地传达沪语神韵及其语言文化。为了让北方读者能读懂，作者做了很多加工，比如：

……沪生说，陶陶卖大闸蟹了。陶陶说，长远不见，进来吃杯茶。沪生说，我有事体……低髻一笑说……陶陶不响……沪生说，不晓得。陶陶说，雨夜夜，云朝朝，小桃红每夜上上下

---

① 莫言:《檀香刑》，作家出版社 2001 年版，第 203 页。

下……沪生不响……沪生不响。陶陶说，……沪生讪讪看一眼手表……几点钟开秤。陶陶说，靠五点钟，我跟老阿姨，小阿姐，谈谈斤头，讲讲笑笑，等于轧朋友……陶陶掸一掸裤子说……行头要挺……吃一杯茶，讲讲人生。沪生不响。

此刻，斜对面有一个女子，低眉而来，三十多岁，施施然，轻摇莲步……阿妹。女子拘谨不响。陶陶说，阿妹，这批蟹，每一只是赞货……女子不响……一双似醒非醒丹凤目，落定蟹桶上面。陶陶说，……

老妈妈讲，我做小菜生意，卷心菜叫"闭叶"，白菜叫"裹心"，叫"常青"，芹菜嘛，俗称"水浸菜"。[①]

作者通过重整语素（比如"雨夜夜""云朝朝""讪讪""施施然"）、营造语境（"谈谈斤头，讲讲笑笑，等于轧朋友"）、语汇复现（"不响"，即"不吭声"，在文中频繁出现）、凸显称谓（"小阿姐""阿妹"）、更换指称（将"阿拉""侬"等直接换成人名，比如："陶陶卖大闸蟹了"，此处把"侬"换成"陶陶"）、直接释义（卷心菜叫"闭叶"，白菜叫"裹心"，叫"常青"，芹菜嘛，俗称"水浸菜"）等各种手段，对上海话进行了全方位整合、加工、转化，再辅之以文白夹杂（……低眉而来……轻摇莲步……低髻一笑……似醒非醒……落定……）、去掉引号的直接引语（用"××说，……"短句式频繁转换，内在于其中的沪语声音及其语词次第显现、出场），从而将沪语各要素融入小说语言有机体中。尽管这部小说因这种加工而部分保留了沪语的腔调、韵味及文化，但也非常鲜明地留下了人为施与的斧凿印痕，不能完全、充分彰显"吴侬软语"的神韵。作为南方方言小说的代表作，其中的"声音叙事"很难取得李锐的《万里无云》、莫言的《檀香刑》那种自然、酣畅、浑然天成的显著效果。

方言进入小说，成为一种文学语言，在其与小说的深度关联中，可以引发小说观念和文体上的革新。在过去三十多年间，方言与汉语小说彼此"拥抱"、叠加，并产生"化学反应"，其最丰硕、最引人瞩目的成果，不仅在于屡屡引发关于方言小说内涵、外延及相关话题的广泛而深入的探讨——比如，由韩少功的《爸爸爸》、王安忆的《小鲍庄》等"寻根小

---

① 金宇澄：《繁花》，上海文艺出版社2013年版，第1—2页、第15页。

说”所引出的关于方言功能、语言与民族文化关系的漫议[①]，由李锐的《无风之树》和《万里无云》所延伸出的关于普通话和方言关系、小说本体的讨论[②]，由张炜的《丑行或浪漫》所引发的关于方言有无现代性、有无成为现代文学语言资格的争鸣[③]，由林白的《妇女闲聊录》所产生的关于“作者”“小说”概念的再界定、再阐释[④]，由韩少功的《马桥词典》所引发的关于“词典体”小说理论和形式特质的持续研究[⑤]——还生成若干自现代小说创生以来带有标志性的、初露经典品相的作品。这些作品正是因为对地域方言土语的大量运用，以及由此所展开的对于小说语式、本体、文体的再探讨、再创造，从而为当代小说发展开创了新局面。在此，方言不仅是一种声音、一种文学语言，还是一种立场、视角、思维、方法。

其一，用方言生成新语式。语式即小说的讲述方式。同样都是第一人称讲述，方言语式和普通话语式所生成的效果完全不同。比如，莫言的《檀香刑》最大限度地保留地方语言的腔调、句式，以及方言文化的神韵。更重要的是在“凤头部”和“豹尾部”采用孙眉娘、赵甲、赵小甲、钱丁、孙丙共五人视角分别述说同一事件，五种视角分别对应五种话语风格，从

---

① 可参阅基亮的《严峻深沉的文化反思——浅谈韩少功的中篇〈爸爸爸〉及当前的“文化热”流》,《当代作家评论》1985年第10期；陈思和的《双重迭影·深层象征——谈〈小鲍庄〉里的神话模式》,《当代文学评论》1986年第1期；陈思和的《对古老民族的严肃思考——谈〈小鲍庄〉》,《文学自由谈》1986年第2期。

② 可参阅李锐的《我们的可能——写作与“本土中国”断想三则》,《上海文学》1997年第1期；南帆的《“本土”的歧义》,《文艺理论研究》1997年第3期；李锐、王尧的《本土中国与当代汉语写作》,《当代作家评论》2002年第2期。

③ [日]坂井洋史:《致张新颖谈文学语言和现代文学的困境》,《当代作家评论》2006年第3期。

④ 可参阅张新颖、刘志荣的《打开我们的文学理解和打开我们的文学视野——从〈妇女闲聊录〉反省“文学性”》,《当代作家评论》2005年第1期。

⑤ 比如：宋丹的《论词典体小说——兼对〈马〉〈哈〉文本写作特色再辨析》,《写作》1997年第8期；赵宪章的《词典体小说形式分析》,《南京大学学报》(哲学·人文科学·社会科学版)2002年第3期；李晓禺的《有意味的形式：人类学视野下的词典体小说》,《兰州大学学报》(社会科学版)2012年第4期；李建军、李鑫的《论中国词典体小说的形式探索》,《写作》2021年第6期。

而形成多声部交响、多层面互涉、话语狂放激荡的艺术效果。如果采用普通话语式，它在讲述方式和叙述效果上，也就显得较为平常。因为这种采用多人多视角讲述同一事件或同一人物的模式，早被李洱、吕新等多位小说家采用过。

其二，用方言探察小说本体。因为小说首先是一种语言的艺术，所以，汪曾祺说“写小说就是写语言”[①]，王彬彬说“欣赏小说就是欣赏语言”[②]。虽然将语言上升为小说本体，也早在20世纪80年代被先锋小说家所广为认同、实践，但完全撇开普通话思维、彻底清除“翻译腔”，从而将地地道道的方言转化为文学语言，继而成为小说本体语言，似只有李锐充分实验过。他的长篇小说《无风之树》和《万里无云》就是这种实验的成果。《万里无云》彻底抛弃普通话思维、语法，完全用方言语词、句式、腔调建构小说语言，并以“我说”方式推进话语流转。他将雁北方言引入小说并自立为语言主体，不仅彻底达成了对于“普通话”“翻译腔”的颠覆，还成为革新小说理念、建设新文体的引领者。在这部小说中，每个人物都以第一人称“我”出场说话，地地道道的雁北口语，尤其“……呀你”“……呀我”“……吗你，啊？”等句法、句式以及言语腔调，都是原生态的“地方特产”：

> 我就笑，嘿嘿，嘿嘿，杀啥人呀你，我哪敢杀人呀我，我杀了一辈子猪，你见我跟谁碰过一根毛吗你，啊？我是在庙里杀猪呢。
>
> 她又骂，牛蛙，你死吧你，你个不要脸的你，人家一个女人家上厕所，你个男人钻在里头想干啥呀你。我刚刚咳嗽了那些回，你就成心不应声呀你，你就是想等着我进来呀你。[③]

他把老旧的方言土语引入小说，实则是一种极具先锋色彩的话语实验。在此，方言就是小说，小说就是方言，舍弃这些方言土语，一切都会变得毫无意义。与80年代诗人韩东那句“革命”口号——“诗到语言为止”近似，李锐的《万里无云》可以说是对“小说到方言为止”的全新实践。

其三，用方言生成小说新样式。方言与小说碰撞并引发从理念到形式

---

① 汪曾祺：《林斤澜的矮凳桥》，《汪曾祺全集》（第四卷），北京师范大学出版社1998年版，第103页。

② 王彬彬：《欣赏文学就是欣赏语言》，《当代作家评论》2018年第4期。

③ 李锐：《万里无云——行走的群山》，人民文学出版社2006年版，第7页。

上的质变，其标志成果就是两部“方言小说”的诞生：一部是韩少功的《马桥词典》。在形式上，以某一方言词条或某地众多方言词条为叙述对象，由此引出人物、故事、情节以及关涉时代、历史、文化的讲述，从而在形式上生成词条释义与叙事的“词典体”。实际上，早在50年代，另一湘籍小说家周立波在《山乡巨变》中就实践过这种样式：第六章标题“菊咬”①、第二十一章标题“镜面”②都是方言词，可算是对“词典体”的较早尝试。只是这种只在局部若干章节采用词条释义和叙事的实践，没有上升到如韩少功《马桥词典》那种引发文体质变的艺术效果。在内容上，小说以湖南汨罗马桥人的一百一十五个日常用词为话语触发点，讲述每个词条背后的人物、故事，并以此为中心呈现特定历史和文化。它在无穷地靠近那个本源，那个“根”，映照出那个被漠视、被遮蔽的世界本相和文化风景。《马桥词典》把普通话作为一种翻译工具，将方言、方言文化、方言世界作为言说或表现主体，从而生成了一种全新的小说样式。它是中国当代文学的一个重要收获。另一部是林白的《妇女闲聊录》。小说家是采访者、倾听者、整理者，被采访者是小说主人公，这就形成了以谈话交流模式建构小说体式的“闲聊体”。小说以主人公木珍的“口述”结构全篇，叙述者“我”自始至终作为“倾听者”存在。木珍是一个农村妇女，眼界、知识、说话方式自然与拥有作家身份的叙述者有着天壤之别。她只能述说乡村世界里琐碎、凌乱、野性、不合常规常理的生活故事。从小说语言上来看，湖北浠水方言的内部逻辑、句式特点和口语韵味最大限度地得到保存；以短句为主，口语风格，句与句之间跳跃性较大，甚至缺乏连贯；话语与自述者的口吻、情绪、心理高度一致。这也堪称一种极致的小说语言实验。《妇女闲聊录》的“闲聊录”，迥异于《一个人的战争》的“独语体”，标志着林白在世界观、文学观、语言观上的重大转变。

三　方言的极态实践：粗鄙化的意义及限度

一般而言，方言口语中的粗言秽语，在进入小说前，都要经过审美主

---

① 湖南方言：对自己利益看得重，难以讲话的人，叫“菊咬”，又叫“咬筋人”。
② 湖南方言：稻谷熬的一种烈性的好酒。

体的严格审查和转换，哪些能用，哪些不能用，都不是随便选择的，而新生代小说家全面、彻底地打破了这种禁忌。粗鄙方言语汇直接、大量进入小说，与之相连的是充满动感、快感、肉感的世纪末负审美情绪和亚文化图景得到淋漓尽致的宣泄。对他们而言，从骂人的脏话到性器官语词，再到赤裸裸的欲望独白，一切无不可写，一切无不可说。作者、叙述者、小说人物，不仅在话语姿态、风格、内容上若即若离、互融互串，而且其粗俗语词与野俗生活直接对接，从而生成了一种耐人寻味的狂飙粗鄙化口语的文本奇观。表现在小说语言层面，即从转述语到人物话语系统，成为一个兼收并蓄各种风格的民间粗言秽语的语料场。

（一）叙述语言：颠覆高雅，趋向俗野

20 世纪 80 年代的寻根小说也常引入地域方言口语中的粗言秽语，但基本出现在人物的对话中，以此表现人物的原始状态和朴野性格，即使在叙述话语中出现粗俗的语言，也基本是由叙述人以作者代理的方式将之客观呈现出来，故语言的粗鄙化只是一种外在表象，其本质还是指向精神启蒙或“文化寻根”。此后，经由新写实小说语言的碎片化展示、王朔小说语言的嬉皮士式表演，语言到了新生代小说家这里已经从本质到形式都高度统一为某种粗俗、粗鄙了。为了原封不动地呈现自然状态的生活和人物，新生代小说家的语言大幅借鉴和吸纳民间口语语法、民间俗语，从而大幅改变了以普通话为根基的小说语言质地、形态。原汁原味的“声音”绕开普通话的规约而涌入小说，复现民间乡野的野性、泼辣、生机勃勃。语言由审美到审丑、由雅化到俗化，首先在叙述者的转述语系统中得到充分体现：

（1）这话说的，比屁都臭。再仔细一品，不，不光是放屁的问题，还有吃醋的问题，瘦狗吃醋了。

（2）月经不正常，沥沥拉拉；屁股蛋碰得很紧；放个屁都是圣旨。

（3）她不喜欢被骑在下面，也就是说她更喜欢骑在上面。

（4）急死他狗日的；不是狗日的，是日狗的；反正是骚，从屁股蛋骚到嗓子眼。

（5）隔三岔五的，女人的裤衩就会像那火烧云。可起码有两

个月了，铁锁老婆姚雪娥的裤衩都没有火烧云了。

（6）以前殿军最喜欢和庆书开玩笑，称他为妇联主任，还故意把字句断开，说他“专搞妇女，工作的”。

——李洱《石榴树上结樱桃》

这是小说叙述者的话语，其语调、语感、语意与现实生活中的粗言秽语没有任何区别，本来这类语言在进入叙述话语之前，都要经过创作主体的严格筛选或至少需要一定的加工，但作者在此却原封不动地移植。叙述者说的话和现实中老百姓说的话，彼此在内容、风格上高度一致。作者让小说的叙述者把“下三路”的话逐一上演，尤其让“性器官话”“屎尿话”“黄段子”高频率出现，以达成对民间生活和人物风貌的原生呈现。在此，叙述者和小说中其他人物共同营造了一幕幕油滑、粗鄙、肤浅的话语场，并由此试图完成对乡村世相、人性样态的摹写。然而，在今天看来，这种隔靴搔痒式的描写是不及物的，是一种被悬置的空述，在其上，似乎只剩下肤浅而无聊的话语泡沫。那些流于表面的叙述，那些失于油滑的言说，以及融入其中的毫无拘束的自由、快感，都使得《石榴树上结樱桃》中的乡村形象近乎是一种臆想的产物。

（二）人物语言：肆无忌惮，粗俗粗野

何顿的小说堪称“长沙话”的活词典。其中，何顿的小说语言中骂人的话，特别是“鳖”“卵”“宝”等长沙口头禅可谓被用到极致。有人就详细统计过“鳖”“卵”“宝”等骂人和侮辱人的词语的运用问题。“他们会使用大量的粗俗词语来发泄情绪……尤其‘鳖’的高频使用，在《我们像野兽》中出现 1063 次，在《抵抗者》中出现 1045 次。”“‘卵’在长篇小说《我们像野兽》中出现 43 次，在长篇小说《就这么回事》中出现 20 次。”“‘宝’在《就这么回事》中出现 350 次。”① 为什么会出现这种骂语集中营式的方言现象？原因在于，何顿小说语言吸纳了“长沙话”成分，并在人物语言系统中较多保留了口语句法、方腔。在口语中，“鳖”“卵”等都是当地老百姓用以打招呼、调侃或表达好恶情绪、情感的常用语词。又因为何顿小说

① 白媚：《何顿小说中粗鄙化方言现象研究》，2014 年硕士论文。

中的人物大都是一些“小混混”、落魄的大学生、在市场中浮沉的个体户、不得志的小市民等，正如《我们像野兽》中的叙述者说：“我们是一群混蛋，不是谦虚，是的的确确的混蛋。我们很不愿意端起架子把自己看成一个好人，但我们也并非坏人……我们只承认我们是有些狡猾和乱搞的小坏蛋……”[①] 所以，经由这样一群人口中所说出的话，自然没有丝毫雅话的可能。何顿可能是新生代小说家中最钟情于此类语言风格的一位，不仅将“长沙话”大量、大幅植入小说人物语言系统，而且对“鳖”“卵”“宝”等粗言俗语运用之多、之频、之赤裸、之无节制，在当代小说语言史上恐无能比者。

在李洱的长篇小说《石榴树上结樱桃》中，被鲁迅称为“国骂”的词语，与排泄、性本能、生殖器官有关的粗言俗语更是比比皆是：

娘那个×、他娘的、我靠、我日、靠你妈、靠你娘、日他娘、靠他娘的、日你妈、他妈的、鸡巴、傻×、那些狗日们、这种傻×、痔疮、放屁不出声、有屁就放、裤衩、火烧云、比狗屁都臭、肚脐眼、狗杂种、翘屁股、奸臣王八蛋、小鸡巴孩儿、牛鞭、鸡屁股、摸个屁、结个屁、跑鸡巴跑、男孩的蛋、鸡巴问题、孬种、擀个屁、演三级片似的舔来舔去、狗屁、哄你是狗、一股鸡屎味、一撅屁股、一个比一个骚、性骚扰、狗屁本家、一刀劁了他、遇着这种鸟人、屁屁、屁本事、带蛋的牛鞭

以上都是《石榴树上结樱桃》人物语言系统中的核心词、关键词。这些从小说中殿军、繁花等乡村各色人物口中说出的粗俗词语，原生态呈现了乡村人物从日常生活、言行、心态到精神的基本风貌。他们打情骂俏、我行我素，说话、做事自然率真，赤裸裸地展现出了一派原生、野俗之像。小说语言系统中因为诸如此类乡野俗语及口语语调的大幅渗透而再无丝毫雅文气息。这部长篇小说之所以让人备感新鲜、泼辣、幽默、接地气，其重要原因就在于，以关键词为中心向外拓展而成的句群、语段，将以声音为本位的生气淋漓的民间社会及其人性系统予以原生态呈现。比如：

---

① 何顿：《我们像野兽》，长江文艺出版社 2005 年版，第 1 页。

庆茂说，我们是礼仪之邦，村里谁跟谁有过一腿？啊？没有，从来没有嘛。所以说，如果说庆刚是杂种，他也不是官庄人的杂种。他只能是恭庄人的杂种，他娘嫁过来的时候，肚子就已经很大了。不过，庆茂话锋一转，又说：当然，那个时候的人比较封建，这种事情是不可能发生的。所以，说来说去，庆刚还是地道的官庄人。至于人家为什么不给官庄投资，那就天知地知，你知我知了。反正啊，这煮熟的鸭子是飞掉了。这时候，祥民开车过来了。他说，他是从恭庄过来的。他说他见到庆刚娘的坟了，瘦狗会搞啊，把庆刚娘的坟修得很排场，比曲阜孔子的坟都排场。坟前有和尚念经，也有耶稣教的人念经，你念过一段，就到一边休息休息，我再念。[①]

"杂种"是这段文字的关键词，用乡间俚语"杂种"指称庆刚，并用贬义词"杂种"一词进一步述说"谁跟谁有过一腿"一事，再辅以"有过一腿""搞""很排场"等方言语汇，就很精准、生动、传神地呈现出了乡村语境中独特的声音世界。因为在这个不以字为本位的世界中，各种"声音"就是一切，"声音"通过文字进入小说语言系统，是最能彰显文学性的主要来源。

被驯化和规整的写作没有希望。俗词俗语及其语调、语法系统进入小说，是对以普通话为根基的当代小说语言的有力、有效的语源扩充，也是对小说复归母语、根植大地的有益实践。小说语言从自我、肉身到民间的通达之路，其尽头必然是方言的声音世界。然而，对作家而言，抵达、接触、倾听或共处，是不是就意味着对其不加选择地全盘接受？周立波说："在创作上，使用任何地方的方言土话，我们都得有所删除，有所增益，换句话说：都得要经过洗练。就是对待比较完美的北京的方言，也要这样。"[②] 鲁迅说："世间实在还有写不进小说里去的。倘若写进去，而又逼真，这小说便被破坏。""譬如画家，他画蛇，画鳄鱼，画龟，画果子壳，画字纸篓，但没有谁画毛毛虫，画癞头疮，画鼻涕，画大便，就是一样的道理。"[③] 新生代小说家彻底解放了方言和方言世界，不仅复原其在小说中的主

① 李洱：《石榴树上结樱桃》，江苏文艺出版社 2004 年版，第 235 页。
② 周立波：《谈方言问题》，《文艺报》1951 年第三卷第十期。
③ 鲁迅：《鲁迅全集》（第六卷），人民文学出版社 1981 年版，第 620 页。

体地位，也使得小说因为承接通俗文学传统而变得可读、好读。但是，他们也不加任何限制地将处于方言世界中的粗鄙话语平移进小说语言系统中，使其文本成为“靠”“操”“日”“放屁”“屎”“尿”“鳖”“卵”“傻 ×”“鸡巴”“狗日”等粗词鄙语放纵、表演、狂欢的天堂。这类混合着生理和暴力的丑陋而粗俗的口语及方言的无节制运用，使得其小说语言成为藏污纳垢的庇护所。对“屎尿”的言说难道没有限度、边界？“他一撅屁股，我就知道他要拉什么屎，给我们倒尿，是为了有朝一日为首长倒尿，最后再让别人替他倒尿。”（《石榴树上结樱桃》中瘦狗说的一句话）一句话中包含了屁股、屎、尿这些恶俗的字眼，从艺术上说，这有助于展现小说中瘦狗的凡俗形象，但当这样的秽语成了每个人物的口头禅，是不是太过于不着边际了？当然，小说中的人物自有其独立性，绝不能以此作为评判作者的根据，但是，这些指向丑陋的卑言鄙语，其建构者如此为之的主观意图，难道仅仅是创设一种修辞风格或仅书写一种人活于世的本相吗？与小说中人物共情、同欢、同骂，是否也昭示出深处在消费时代中一部分文人无聊而虚无的精神本相？

叙述语言和人物语言一并滑向粗鄙，其根本原因是 20 世纪 90 年代以来的世俗化加快发展，知识分子人文传统断裂使然。在此背景下，“粗鄙化已经成了一种结构性的存在，成了人们对这个时代的整体性评估，而文艺作品，只不过是这种评估最直观的反馈和宣泄对象”[①]。新生代小说语言的粗鄙化当然也是这种广义的文化结构中的一个组成部分。不过，在笔者看来，反感、逃离、颠覆由民族、国家、集体合力建构的大型话语，发现、投身、重建由个体、小我、日常所构造的私人话语，并对一切经验采用非道德、非伦理的审视姿态，是新生代小说家所努力践行的文学方向。他们只依靠自我肉身、欲望感官和虚无观念面对时代、历史和未来，这种写作是无根的、动摇的，因而也是无主体性的，缺乏持续向上攀升的潜能。

（三）叙述主体：从审美到审丑

文学在功能上可以审美，可以审智，也可以审丑。小说语言的粗鄙化，当然也与新生代小说家语言意识发生集体转向——由审美到审丑——有关。

---

① 邵杨：《“道”的问题还是“度”的问题——对“文艺粗鄙化”的一点思考》，《艺术广角》2012 年第 5 期。

为什么会出现这种转向？在生活上，他们以边缘人自居，但又奉行个人主义的超自由；他们曾是城市某一角落里的游荡者、小文人，以其享乐主义的或义愤填膺的个人主义形象打量人间；其中虽也有相当一批接受过系统的高等教育、深受80年代文学精神影响的“天之骄子”，但对坚硬的等级、秩序、大型话语抱有敌意和颠覆冲动。所以，他们对包括物欲、性欲、丑恶在内一切可供表达的“经验”皆采取超然静观态度，统统不予道德评判。[①] 他们试图以写作张扬个体的超级自由，更是在前人不愿或少有涉足的领域投入时间和精力。这是一种集体式的精神叛逆，也是一种为文的姿态和方式。

中国当代小说语言的粗鄙化曾分别在20世纪80年代的“寻根小说”和21世纪10年代的“新生代小说”中形成两波高潮。对于前者，蒋原伦在1986年撰文专论这一现象：“近年来，李杭育、贾平凹、韩少功、阿城、郑万隆等作者或泡在葛川江里，或侧身商州山镇，或居于楚地山寨，或云游边陲之隅，你一篇，我一篇，竟将充满粗鲁、鄙陋、俚俗、木拙、野性的语言的小说连贯了起来。”[②] 他从文学语言学、创作心理学、西方文学影响三个角度阐释了语言粗鄙化出现的原因。[③] 应该说，蒋原伦的观察、分析和

---

① “他们既不以批判、否定的态度也不以匍匐、认同的态度来对待现实，而是以一种宽容、平和、同情、淡薄、超越的心情来观照、理解和表现生活，可以说，正是本着这样的生活观以及修复文学与生活的愿望，新生代小说家建构起了自己的生活伦理。”吴义勤:《新生代小说的生活伦理》,《中国当代小说前沿问题研究十六讲》，山东文艺出版社2009年版，第136页。

② 蒋原伦:《粗鄙：当代小说中的一种文化现象》,《读书》1986年第10期。

③ “只有粗鄙的语言才能将某种原始、真朴的生活最贴切地传达出来，但语言是思维的表层结构，既然粗言鄙语来自原初生活与底层生活，那么作家运用这种语言正是为了通过这表层的同构来达到深层心理的融合。”“文学界拿来了海明威、福克纳、卡夫卡……近二三十年的西方文学，特别是美国文学中粗言俚语的运用，显然影响到了中国读者……如果说西方作品的粗鄙是在意识到了文化对人类非理性本能产生压抑后的产物，那么中国当代小说则在无意识中完成了这一点……西方文化的刺激对中国小说语言粗鄙化所起的作用只是一种催化作用，最根本的原因则是作家们审美意识本身的发展。”他最后的评价是：“……他们的出现带来了生气，使新时期文学更加斑驳、绚烂、生动而充满活力，为文学历来高雅的殿堂增添了一种原始的野性的质朴气息。至于其中掺杂着某些庸俗污秽的成分或装腔作势的恶劣文风，当然是要不得的。”蒋原伦:《粗鄙：当代小说中的一种文化现象》,《读书》1986年第10期。

评价还是较为实际而中肯的。因为深置于这种“粗鲁、鄙陋、俚俗、木拙、野性的语言”中的作家形象及意识，始终与审视、反省、再造民族文化、“本土中国”的使命紧密相连。所以，在彼时语境中，“某些庸俗污秽的成分或装腔作势的恶劣文风”并不占主流，但在后者中似已成燎原之势。粗鄙的方言口语当然可以进入小说，但关键是以什么思想、趣味、方式进入。这就涉及方言实践中的一个美学问题，即语言的粗鄙化有没有一个限度？小说家一旦肆无忌惮地挪用未经严格筛选和审美转化的存在于生活表面的粗鄙口语，在私德与公德、个体与集体之间是否完全隐退自己的评判？如果“屎尿体”“国骂”、黄段子等扑面而来且不被做任何评判，或者认为只要施以自然主义的描写或平面化移植，就可以达到表现生活、呈现本质、飞扬生命之愿景，那么，这种语言形态、内容及其建构者是不是都已深陷某种深重误区？我们必须意识到，绝不能单纯依据“屎尿体”“国骂体”、黄段子一类文本对作家予以道德审判甚至人身攻击，然而，同时也必须意识到，小说可以拥有向着无穷领域拓展的无限自由，但对那些粗言秽语也绝非跑野马式、毫无限度、不加节制地滥用。

综上，小说语言粗鄙化并成为一种备受关注的现象，是 90 年代以来文化、文学趋向自由发展的结果。承认个体欲望的合法性，以及被解放的自由、快感，表征于小说创作，也即这种紧贴生活的世俗言语，以其原生态方式最大限度被引入再造新式话语体系的小说中。新生代小说家借着这种话语也释放被“他者”边缘化的压抑和焦虑。粗鄙化语言大量进入新生代小说话语系统，当然有其不可否定的文学意义——比如，大大地解放了方言；有助于拓展经验表现域；生成新的小说语言样式、风格；等等——但是，文学中的粗鄙语词及其世界，在其反面，应指向真理、真实、本质，应为引领小说语言正向发展注入新动能，而非仅是肤浅的话语狂欢或流于表面的恶俗段子、搞笑噱头。

四　结语

由方言与小说、方言与小说家、方言与当代小说语言的内在关系，总会持续不断地生成诸多关涉文学、语言学、社会学的崭新命题。从文学角度来说，方言如何转换为文学语言，如何推进小说理念和文体更新，如何做到与普通话写作的“和谐共处”、提质增效，都将是一个个需持续讨论、探察、实践的永恒命题。

方言的留存及其价值、意义，都离不开作家的文学创造，而举凡有过长期乡土生活的作家，都对方言和方言写作抱有亲和力。因此，小说家将方言引入文学语言系统，不仅在普通话、文言文、欧化文之外不断为当代小说语言注入新质素，也为促进小说理念、文体发展不断预设种种可能。

在时间的长河中，方言或泛方言小说具有的无可替代的价值、意义，还表现在，作为第一母语的地域方言被小说家引入文本，也就意味着，即使在其式微或消亡之际，小说反而成为保存和推广各地方言的有效载体和庇护所。从这个意义上来说，如果把方言也纳入非物质文化遗产范畴，柳青、周立波、古华、莫言、李锐等当代经典小说家，反而成了辑录、收藏、推广各地方言的使者、代言人。呵护民族共同语（普通话），保护第一母语（地域方言），当代小说家更是责无旁贷。

第二讲　新时期小说元语言论

一　先锋小说中的“元语言”

在20世纪80年代，逐渐兴起的现代化潮流又一次激活了国人弃旧换新、追赶世界潮流的潜意识。对作家而言，打开国门，取法欧美，走向世界，不仅是一种姿态、一种想象，更是一种反思并重建现代中国文化、文学的有效路径。受此影响，大批西方经典作家、作品及社会科学著作经过中国学者的译介而进入中国，从而对中国当代文学的格局、秩序和发展趋向造成了巨大影响。元小说作为一种先锋艺术于1985年前后在中国文学界的兴起，可看成是欧美世界的“元”艺术在古老东方世界的又一次集中实验。马原、洪峰、孙甘露、格非、王安忆、陈村等以极大的热情投入了此种文体实验，其前卫的探索精神和全新的形式特征，一时引发了学界关注和阐释的热情。在今天看来，他们高举“‘怎么写’比‘写什么’更重要”的革命大旗，为更新中国现代小说理念、建构新时期小说美学体系、推动小说大发展，都作出了巨大贡献。

1985年后逐渐兴起的“先锋小说”是80年代影响最大的小说流派之一。马原、洪峰、陈村等先锋小说家曾集中创作了一批专注形式实验的元小说，尽管每个小说家的审美体验存在差异，表现形式也各具特色，但其创作显示了一个共同的倾向，即他们都对展开文体实验、揭示虚构本质抱有浓厚的兴趣。小说家采用元叙述策略，故意暴露文本生产和作家叙述行为，并时时提醒读者注意形式本身——形式即内容，内容即形式，形式就是小说的一切——而不必关注小说的主题、内容、思想。在此之前，我们的小说传统一向强调对人、事、物描写的逼真性，对历史和现实生活反映的深刻性，并始终坚信形式服从于内容，而元小说偏偏反其道而行之，以直接的元叙述实践向读者昭示，关于小说的一切都是虚构的，为此，甚至将作家本人具体的构思过程、文本结构展现出来。这种故意暴露小说虚构本质的话语实践是具有革命性的，不但颠覆了现代小说发展的历史传统，也开启了新一轮文体创新的序幕。其中，马原的艺术探索和文体实验，对引领当代小说加快复归语言本体、生成新小说样式，都作出了革命性贡献。

在一个封闭的文本中，若存在两套并列但又相互关联的叙述体系，就会有生成“元语言”的可能性。它的作用机制是：“对象语言和元语言总是相对而言的，就像主体和客体的关系，都不能脱离对方而存在，它们赋予彼此以意义，所以解释了一个，另一个自然就明了了。”[①]“元语言”就存在于语言中，总是针对“对象语言”而存在，而且，在理论上，可以拓展成“N次元语言”谱系。“元语言”和“对象语言”的区分也是相对的，二者之间可以彼此转换。在先锋小说中，元叙述拆解了小说结构，在文本内部不断分层，在整体上生成相互指涉的两大话语层级，即对象语言系统、元语言系统。在先锋小说语言中，“元语言”承担阐释、注解或拆解“对象语言”的功能，且与其并列存在、共同构成一个具体文本的语言整体（如图一）[②]。这两大系统互为关联、互为阐释，同时又互为拆解，形成了一个对话、交流的话语场。马原的《虚构》、洪峰的《极地之侧》、苏童的《一九三四年的逃亡》等一大批元小说都设置这样一个强行干预、旨在施与阐释或自我消解的叙述者，并由此而生成在内容、风格、功能都存在明显差异的两套语言系统。

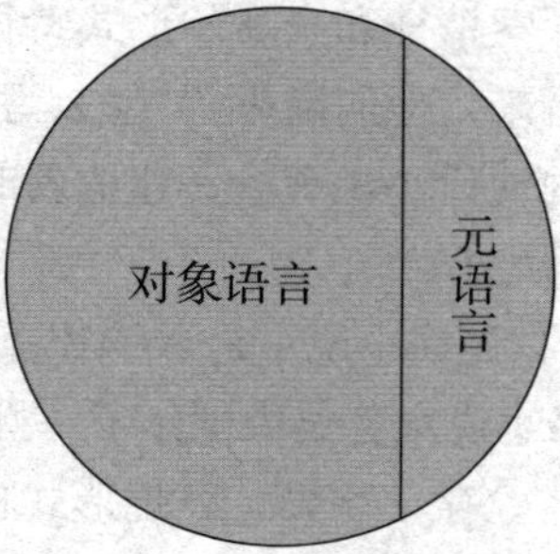

图一：80 年代先锋小说中两种语言关系图

① 李子荣：《作为方法论原则的元语言理论》，黑龙江人民出版社 2006 年版，第 4 页。

② “元语言”和“对象语言”在小说语言系统中并列存在；“元语言”依附于“对象语言”，并因其而生，且在量上远低于后者。

在中国现代小说语言史上，80年代在元小说中生成的“元语言”，其发生学价值、意义至少有：

其一，这种语言实践是对以往占据中国小说主体地位的启蒙语言、革命语言的双重超越。在我国古典小说语言中，虽早在评书、话本、拟话本中就产生了类似“话说……”模式的元语言形式，但其功能仍然属于故事层面，真正话语层面的元语言只能发生于现代小说语言中。然而，在中国新文学百年发展历程中，新文学语言并没有走上自主发展的路子，而是在西方文化、外族入侵、革命运动等外力的强力干扰下形成了乡土语言和社会革命语言独霸文坛的局面。在这样的文化语境中，现代小说语言大都是他指性的，指向革命，指向启蒙，现代小说家也不可能自觉地意识到元语言在叙述与描写中的独特功能。20世纪80年代，先锋小说家创作的元小说，为认知小说语言本体及美学功能提供了契机和典型文本。它既不指向文本以外具体的对象世界，也不指涉任何抽象的审美经验，而是以反身自指方式专注于对“对象语言”系统的解释或补充，从而独立生成一种内置语言。从文本内部自生出来的这套被称为元语言的话语系统，在功能和形态上都是全新的。

其二，这种语言实践构建了全新的“读—写”模式。传统小说中的“作者”如同上帝，居高临下，叙述者是作家的代言人，文本完全是作者和叙述者臆想之物，读者被动地接受来自“上帝”的信息，这样的不平等地位随着欧美世界中现代、后现代文化思潮的发展而被打破。在元小说中，叙述人时常站在读者一方，及时谈论，及时沟通，至少在表面上形成了一种亲切的对话交流关系。这就在小说内部形成了一套有作者、读者、文本参与的交流话语系统。三方的口吻、语调、风格都不一样，虽然都在场、在说，但话语逻辑、对象、内容往往游移不定，相互消解，直至无迹可寻。他们在语言中猜谜，也在语言中寻找，语言成就结果、意义，也自行消解一切。

在20世纪80年代，先锋小说文本中的“元语言”有两种显示方式较为引人注目。

一种是局部清晰、整体模糊模式。在对象语言系统中，能指与所指都是明确的、具体的，具体的句子及局部段落也都有确定的指涉对象。但连贯成整体，却不知所云。叙述者强行突入内部，不但打乱正常的逻辑顺序，而且有意横生事端，使得话语体系顿然四分五裂，分离成无意义的语言碎片。这种局部语段的能指和所指指涉明确，而连贯成整体却成为无多少意义的“对象语言”，最终演变成为“元语言”所指时，其带给读者的阅读体验是半生不熟、深陷迷宫、深感困惑的。它所制造的既明晰又模糊的语言效果，当然会给敏感于小说语言的高级读者带来无尽的阐释乐趣。比如，格非的《青黄》，其单个文本语言的局部（句子、语段）都具有清晰的指向对象，而模仿语言和描写语言构成了主体，但在整体上，其对象语言的所指是不确定的，“青黄”的指涉对象到底是什么？整篇小说都是为了这一追问，但直到叙述结束，也没有搞清楚。拆解故事逻辑，而凸显感觉的真实性，表现在语言上就是静态描写、语意暗示、修辞繁复（多用通感、比喻），成为一大景观。另一种是能指游戏、形式推演模式。能指与所指分离，而且完全是语言形式上的推演，如果说前一种表现形式还能给读者以似曾相识之感，那么，后一种就是完全陌生化了，读者只能付诸意会猜测，甚至动用超能感官，才能走进语言的深层。比如，孙甘露的《访问梦境》，小说语言恰似痴人梦语，大量表征无意识语言的句子毫无逻辑地连在一起，加之象征、隐喻的超量使用，不但使得局部的意义异常朦胧、晦涩，而且在整体上也不知所云。当这些“痴人梦语”成为对象语言，那么，对其作深层解读的元语言，就更不知所云了。这种极度形式化的语言实验，给读者带来了完全陌生化的体验。一部作品不能进入阅读领域，那就是死文本。

这些小说文本中的元语言表现为突出的技术性和人工化倾向，其缺陷和弊端也是非常突出的。

首先，这一时期的元小说语言多是叙述性质的，几难见描写性质的。重叙述、轻描写，本是西方叙述学勃兴以来现代小说在语体上的一个突出的话语特征。人物行为、故事进展、语境变迁，都是在叙述而非描写中完成。叙述性句子构成了语篇主体框架，抒情功能被排斥在外，诗学功能被遮蔽，交流功能被断开，整个话语体系宛然是一个封闭、不承载任何意义的空中楼阁。如若说有意义存在，那不过是一种形式的意义。这样的形式追求是马原们有意为之的，带有突出的先入为主的概念化写作倾向。他们的文本中的“对象语言”与“元语言”如同水与油的关系，彼此独立，相互分离，最终无解而终。尤须强调的是，先锋小说家并不缺乏语言描写的高手，吕新、孙甘露甚至将语言的描写功能发挥至无以复加的地步。但是，这种描写及其效果在其“元语言”系统中并无多少实质表现。

其次，其元语言策略及语言效果也都还停留于表面，仅是形式上对西方元小说的简单模仿，而并没有走上实质性创新的路子。众多作家对同一策略的集中实验，所达到的效果，基本都似曾相识，这也至少表明其元语言实践经验的单一和贫乏。而且，它们与“对象语言”并没有产生深度关联，或者说，它们并没有在与“对象语言”的碰撞和交融中，生成深层文学意蕴。这些句子是被作家硬性插进去的，属于简单的技术语言，留下了过于刻意而为的加工印痕。由此带来的结果之一是，过于机械性的操作使得句子的文学性和叙述的合法性大打折扣。这也就是当时过境迁，我们再回过头来审视这些元小说，总感觉其机械、生硬的重要原因了。

再次，中国小说家对元小说，特别是其“元语言”的认知和领悟是过于表面化了。其实，真正的“元语言”不仅仅是工具性的，也是自主性的，因此，其功能就不单纯是对“对象语言”的简单解释，它同样具有自我描述、自我表征、独立生义的增值功能。“元语言”就在语言中，一直以来，这一现象并没有引起中国小说家的重视。然而，在20世纪80年代，先锋小说家的元小说写作也仅仅是一种实验。前述揭示小说虚构本质的话语策略仅仅是元语言体系中的一种，除此，尚有很多领域和功能未被触及或充分打开。

最后，这些元语言实验不具有方法论上的意义。元语言依然是语言中的一部分，不可能脱离统一规定性的语言范畴而自立存在，但是，文学语言多半是反约定俗成的，它要以创生陌生化的语言形式为目标。当“我就是那个叫马原的汉人……”句式第一次出现时，它给文坛的冲击力无疑是巨大的，其形式本身的意义就意味着一种全新的文学意义的生成，但此类句法及此后作家们争相暴露小说虚构本相、揭示文本生产过程的实践是不可重复的，或者说不能在方法论意义上给予当代小说语言生产以持续的自我创造性。先锋小说中的元语言虽然在生成方式和效果方面存在一定差异——比如，马原依靠叙述，随时随地干预，制造叙述圈套，硬性插入一套语言；格非重视故事，自行拆解内部逻辑，制造叙述空缺，使其无所依附；孙甘露采用语言，频繁制造能指与所指的分离；余华虽然也依靠叙述，但操作方法、方向不同于马原，他以零度情感叙述，将其隐匿于“对象语言”之后——但都只是触及元语言表现功能中的一小部分，而没有从小说本体出发探索和建构出一套适合汉语小说的元话语体系和语法规则。

当然，对上述缺陷，我们也必须以客观公正态度对待之。我们知道，语言是思维的反映。西方现代语言哲学、语言学的发达，必然大大地助益其文学语言的发展。严密的逻辑、先进的语法、强大的外指功能，促使新文学奠基者们对古汉语展开了深刻的反思。中国现代小说语言基因里边有欧化因子，其中表现之一，就是特别注重对于这种语法观念和逻辑思维的学习与引进。胡适、陈独秀、鲁迅、刘半农、钱玄同等早期新文学奠基者、革命者都为现代汉语、现代文学的生成和发展作出了巨大贡献。早期的小说欧化语言多是一种简单模仿，只是在“拿来”而不是“改造”意义上奠定了中国现代小说语言发展史的地位，其刻意的欧化语言随处彰显出一种刻板、生硬的技术化修饰痕迹，加之对文言文表意、修辞及其世界的疏离或隔绝，使得中国现代小说语言在创生源头上就埋下了先天不足。早期以创设白话，加速欧化为主，中间以实践大众语，强调通俗为主，后又重归欧化，崇尚雅化为主，现在则是兼收并蓄，极力俗化为主。这都说明，中国现代小说语言的根基是极其松软的，它并没有形成古典语言那种强大的文化根基。从提倡白话文，到转向欧化，再到追求大众化，一部中国现代小说语言史似乎只有语言的中间物，而无典型的成熟态。20世纪80年代的元小说无疑属于先锋小说中最为前卫的文体实验，但由此造就的元语言因受翻译腔的深度影响，多流露刻意加工的匠气，形式单调、意义单一，欠缺丰富而灵动的表现力。

二　新生代小说中的元语言

新生代小说家也对元叙述抱有浓厚兴趣，也创作了一大批元小说。比如：鲁羊的《弦歌》、李大卫的《出手如梦》、毕飞宇的《武松打虎》、李冯的《牛郎》和《唐朝》、东西的《商品》、述平的《一张白纸可以画最新最美的图画》、林白的《一个人的战争》、赵波的《情色物语》、宁肯的《三个三重奏》。新生代小说家为什么纷纷实践这种语式？原因无非是：它作为一种工具、武器或媒介，可以帮助小说家快速、便捷、有效建立起自我与他者的对话关系，从而实现这一代小说家对于备受压抑的大型话语及其秩序的颠覆或解构，继而重释和重构关于个体自由的有我世界。

新生代小说家是一个庞大的群体。他们的元叙述主要有四类：一、马原式的纯技术型。依靠“叙述”，随时随地干预叙述进程——揭示小说虚构本质；与读者展开交流；评述叙述对象。二、依附于“源文本”的戏仿型。叙述者掌控整个叙述，依附“源文本”，但又逃离“源文本”。它扮演的角色有二——解释与评价者；戏拟与颠覆者。因为戏仿型终归是一种依附性的写作，所以它在小说精神空间及其艺术性张力效果的营构方面难有大气象。三、内生型。这类元叙述不多见，真正将元叙述落实到句群中，与整体叙述融为一体，是一种较为高深的、高难度的元叙述。这在林白、陈染的私语小说，鲁羊的部分小说中有所体现。四、符号型。比如，括号、注释、编者按、破折号、脚注、尾注等，都可形成一套不同于正文本的语言系统，发挥解释、补充、评判作用，从而直接干预叙述进程。在这四类语式中，第一类是较为初级的元叙述，作为一种语式，自从20世纪80年代被马原首先实践以来，已不能给现代小说文体理念更新带来新可能。第二类侧重内容和思想的颠覆，虽有较为广阔的发展空间，但其功能和元语言生成效果基本等同于第一类。第三类和第四类是真正的元叙述，是极富难度但也极具叙述学意义的语式实践。

不同类型的元叙述会生成不同性质和风格的元语言。从小说语言发生学来看，一般生成三套语言系统，即：作用于他者，主要行使指称或描述功能的对象语言系统；作用于自身，主要行使解释、分析功能的元语言系统；由对象语言和元语言彼此映衬、指涉所生成的新的语言系统。所以，元叙述远非一个简单的技术操作，也不是一种单纯形式上的美学实验，它赋予小说家以自由，也带来前所未有的挑战。评定一部元小说有无较高的艺术价值，其评判标准主要不在“对象语言”和“元语言”系统表现如何，而是两个体系彼此影响、融合和凝聚所生成的语言效果如何。这种互补互生而成的艺术效果是元小说语言所独有的。不过，技术型、戏仿型、符号型割裂于整个叙述系统之外，使得其所生产的两大语言系统彼此并列，因此在功能和表现效果上和前述先锋小说中的元语言基本等同。所不同在于，新生代小说家在这种语言中过多加入野俗的日常生活语言，特别是油滑、反讽性质的言语，从而流于戏耍、轻佻、插科打诨，并以此达到颠覆、解构某种庞然大物的修辞愿景。李冯、李洱、张者的早期小说多有这种倾向。

内生型元语言就在小说语言中，彼此融合，难以区隔，这在新生代私语小说中有典型表现。它是一种深度内指性的、以表现力见长的文学语言。

首先，小说对不可说、不可表达的神秘领域的探察、表现，可生成元语言。

语言是一种任意的、约定俗成的符号系统，那么，它对未知世界的表达就是开放的，呈现无限可能的，而一切存在都是语言性的，可说的，不可说的，可表达的，不可表达的……然而，我们用语言符号指称事物，描摹世界，传达情感，其可被形塑和显现的仅是其中一小部分，那些不能用语言表达的部分远比此丰富而复杂得多。对任何一位优秀的小说家来说，凡能够说的，他们可以富有逻辑地说清楚，凡是不能说的，他们也试着以非逻辑的方式将之呈现出来。小说家借助各种艺术手段使之形象化、具体化，并以修辞和语法生产句子的过程，正好显示了其语言的深层与表层之间的关系可以是修辞性、语法化的。而如何让这些"不能表达的部分"得以呈现，则是验证小说语言是否具有文学性的重要标准之一。比如：

> 我想……躺在浴盆里，瞧着鲜血从手腕里奔涌出来，在清澈的水中一缕又一缕，直到我沉睡在像罂粟花一般艳丽的水中。
>
> ——赵波《异地之恋》

> 黑暗里他清晰地感受到她的存在，轻轻的呼吸，两眼灼灼，几乎伸手可及……她是他生命中的夜行侠。身轻如燕，在他的心尖，登萍渡水般走，一掠而过。他极愿这一刻无限延长。
>
> ——须兰《闲情》

上面这两段文字都是表达个体感觉的。感觉属于心理层面的活动，极为细腻、活跃，它经由外在事物关联而生成，又沉入内心外化为可感的对象。在第一段话中，"浴盆""鲜血""在清澈的水中""罂粟花一般艳丽"都是具体可感的事物，但它们在这里都是"我"的感觉投射于他物之后的意识指涉物，这就使得这些对象语词负载了丰富的心理内容。心理情绪及内在的意识是不能够原封不动地外化为某种具体可感的"对象语言"的，其很大一部分隐匿于语词背后，成为元语言所要呈现的内容。在第二段话中，所有的句子都是对"他清晰地感受到她的存在"这一深层心理的说明和阐释，"夜行侠""身轻如燕""登萍渡水"是一种比喻，对应的是人物的内感觉结构，这种内感觉也是元语言性的。

其次，聚焦自我和内心的私语小说有着持续生成元语言的巨大潜能。

林白、陈染、徐小斌等新生代女小说家的语言多是描写性的。她们对中国现代小说语言发展史的意义，表现之一，即他们的小说语言真正进入了个体的无意识结构，显示了语言之后的元语言风景。她们对梦、下意识、失语、本能冲动的描写，不仅显示了现代小说家探索人类深层意识并赋予其种种审美形式的努力，更标志着一种崭新形态的元语言的生成。在其小说语言系统中，其发生机制是：深层语法主导着人物的文化心理意识结构，表层语法组织起对象语言的符号系统。两种语法、两套系统，彼此互融互通：后者隐匿于前者之后，并通过前者得以显现；前者直接显示后者中的部分内容，并受到后者深层结构的强力制约。

文化心理是意识与无意识的复杂交融。那些不能够通过语言符号被传达的内容，即使经过梦、下意识、本能释放等方式传达一部分后，仍然有大量的信息被隐匿在语言背后，成为只可意会不可言传乃至永远不被感知的内容。虽然无意识是非理性的，不能够通过语言符号得到充分展现，但它具有语言的结构。“元语言”中的“元”其本意是“在……之后”“超越……”小说家就是要探察语言背后的未知经验，调动各种语言策略，显示现实世界与精神世界关联域的宽广、丰富，以及未知世界的浩瀚、无穷。显然，两种语言系统之间的关联是复杂而多元的：在纵向上，它们相互解释、说明、补充；在横向上，则可互不干涉，并列存在，独立生义。这就使得这类小说语言趋于朦胧、含蓄，所指不确定，而“不确定”就是元语言的指称对象。比如：

> 羽简直着迷了。她一动不动地看着外婆的游戏。那盏灯在黄昏的玻璃窗前显现出一种无法染指的美。那是一个梦。黄昏窗外绿叶扶疏中飘浮起来的梦。羽的手无法触到它，但手指却分明感觉到一种玻璃器皿冰冻般的寒意。
>
> 黄昏中一盏紫水晶结成的灯。串串花朵发出风铃样的声音。羽知道，那是一种昂贵的声音。
>
> 玄溟会对着灯沏一杯香茶，茶在这灯光下慢慢凉去。
>
> ——徐小斌《羽蛇》

在这一段文字中，“外婆的游戏”“那盏灯”“黄昏窗外绿叶扶疏”是视觉性的，“寒意”是触觉性的，“风铃样的声音”是听觉性的，“一杯香茶”是嗅觉性的，这种联觉语言恰好指向“一个梦”，梦是无意识的，当然也是语言性的。所有这些语词都是隐喻性的，其附带的信息及意义都是这个被叫作“羽”的女孩的幻觉体验的结果，而且是其潜意识领域里的非自主的显现。那么，这些表层的语言符号，和其深层的心理内涵，到底构成何种关联？这一段话可浓缩为对“那是一个梦”的解释，所有句子都是其延展的产物，它的内容及结构是深层的，表现在语言中，就是受到深层语法的制约。对象语言多指向具体可感的世界（实在的与抽象的），文化心理语言多指向无意识状态。

这也说明，在她们的私人话语中，深层的文化心理语言隐匿于“对象语言”之后，其存在形态是无意识与意识的复杂交织。那不能以符号直接指称的部分，即是无意识的内容，它除了借助梦、幻觉、本能释放表现出来之外，一定还存在其他未知的显示方式。无意识不具有常态的逻辑结构，但它可以被文学语言所捕获并成为可言说的对象。文学表达就是把不确定、不清晰、不可能，用语言方式将之变成确定、清晰、可能的过程。一个优秀的汉语小说家，其优秀与否的衡量标准之一，就是要看其能不能不断生产出这样一套文学语言，以彰显现代汉语在表现现代人的情感、情绪和无意识领域时的无所不能。这就是内在于小说中的元语言。它不再依托马原式的强势干预、切割而生成，而是自内向外独立衍生出来的一种特殊的小说语言样式。因此，我觉得林白、陈染、徐小斌们的近乎梦呓的语言，不但是自主性的文学语言，而且是语言之后的“语言”——一种具有深层元语言性质的新符号系统（图二）。或者说，与其说《一个人的战争》《私人生活》《双鱼星座》等小说是私语型、独白体，还不如说它们就是主要由元语言及其一系列修辞语法建构而成的新小说。这种元语言只承担并完成对意识或潜意识领域的表现、说明和呈现并内在于“对象语言”中。

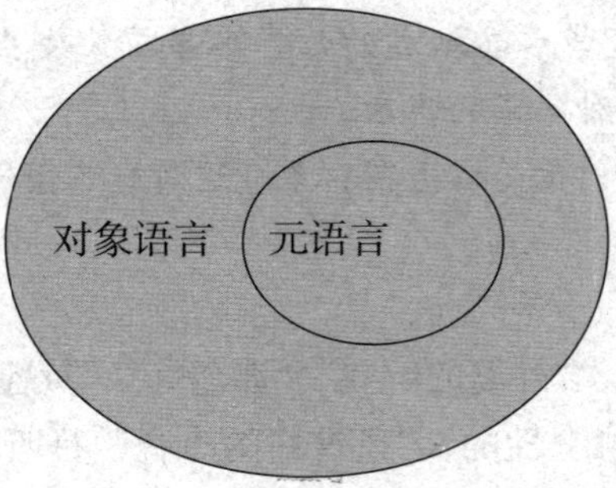

图二：新生代私语小说两种语言关系图

一部中国现代小说语言史几乎就是主流意识形态主导的发展史，是启蒙、革命等外在力量强行干预和推行的结果。在此过程中，除了鲁迅的小说、新感觉派小说、20 世纪 80 年代的先锋小说等真正、有效地进入个体无意识表达领域外，其他都很难与林白、陈染们的小说语言实践相匹敌。更重要的是，伴随这些私语小说的批量生成，随之而生的新式元语言也即出现。如果说 20 世纪 80 年代的先锋小说中的“对象语言”和“元语言”以并列关系存在，是一种“编外语言”[①]，那么，私语小说中，两者则是包含与被包含关系，是一种内生语言。由此，我们也可以看出，在文学语言中，元语言一旦和作家个性化的审美意识融为一体，就转化为一套复杂的、彰显浓郁文学性的话语体系。这也标志着林白、陈染、徐小斌等新生代女小说家在中国小说语言史上拥有不可被低估的地位。

① “编外语言”为刘恪的概念：“语言并没有说出其语意而是留在词语之外，读者和作者的心理，我这里正好把她要说的部分补出来，这是一种解释，说破这种暗示的妙处。这些编外语言正好是元语言。这表明元语言是一套解释语言。”刘恪：《现代小说语言美学》，商务印书馆 2013 年版，第 99 页。

第三讲　新生代小说语言的发生、演进与意义

一

在20世纪后二十年中，先锋小说专注形式本身的文体实验，由此生成一种充盈着隐喻和象征、擅长以长句推动话语流、能指与所指经常分离的先锋小说语言，代表了新时期小说自主语言发展的一个典型形态，也是20世纪中国现代小说自主语言发展的高峰。新生代小说家于20世纪90年代末期以集体亮相方式赢得文坛关注，并以极端的口号、宣言以及集群出场与创作确证了在中国当代文学史上的位置。在这一群体中，不少作家的创作始于20世纪80年代，他们亲自见证或者亲历过先锋小说兴衰过程，因此，其自主语言的最初发生首先就深受先锋思潮和话语风的直接影响。如果说马原的叙述是完全形式化的，那么，格非、苏童、洪峰、余华的小说语言则强化了描写功能，将语言的繁复、绵密、华丽推向了一个高度。孙甘露则极尽描写之能事，能指与所指分开，能指裸奔，颇类语言游戏。他们的语言实验惊艳一时，对处于边缘地位的新生代小说家来说不能不构成巨大诱惑。但他们已无法与余华、莫言、苏童、格非们分享先锋的盛宴了。剩下的只有告别——告别那个转瞬即逝的以文学语言革命为先的“黄金时代”[①]。

当以语言实验为先导的先锋小说家由于其高度的形式化、陌生化而割裂了与读者交流的正常通道时，当20世纪90年代由市场化主导的大众文

① 称80年代文学为“黄金时代”，主要借助两本书得以传开：查建英：《八十年代访谈录》，生活·读书·新知三联书店2006年版。马原等著：《重返黄金时代——八十年代大家访谈录》，吉林出版集团股份有限公司2016年版。

化潮流凶猛来袭时，先锋小说那套生硬的语言技术模式，已无可奈何地被时代所遗弃。尽管仍有吕新、孙甘露等少数先锋小说家的执着坚守，甚至在彼时语境也依然不时有先锋话语风“掠过”（比如吕新的小说创作），但伴随先锋小说家们纷纷转型，这种文学语言在整体上已完成使命而“寿终正寝”了。对于新生代小说家而言，20世纪90年代以来的市场化改革热潮为他们登上文坛提供了机遇。从上到下相对宽松的文化环境，使其尽享改革赋予的“红利”。自由就是资本，在那个充分肯定个体欲望合法性的年代，从题材、经验、方法到自由环境，一切似乎都为新生代小说家们预设了便利条件。韩东、朱文、荆歌、陈卫、林白、张梅、金仁顺、魏微、李修文、李大卫等首先以“断裂事件”走向前台，从90年代末到21世纪第一个十年，李洱、红柯、东西、何大草、李冯、毕飞宇、卫慧、棉棉、朱文颖、盛可以、叶弥、张生等小说家也引起文坛关注。他们的小说语言更具个性化，自主语言得到全面、深入发展。其突出表现之一是，语言回到肉身，回到感觉，释放出表征时代和身心的巨大能量。生活、生命、小说三位一体，共同指向对“个体之我”的表现，表征于小说语言，即标志一种去修辞化语言形态的形成。

其一，表意上的感性化、平面化。新生代小说家与日常生活建构起了一种亲密无间的共生关系，并充满自信地以为他们能够对这个时代做出精准把握、描述。但其语言体验与实践的途径、方式，既迥异于传统现实主义的经典原则，也不同于新写实小说的“零度情感”，而是以感性拥抱理性、以身体探知世界的方式，把“自我”也变为语言体验的“永动机”。拒绝宏大叙事，搁置道德评判，拥抱喧闹的生活，在自我、日常、写作之间建立亲密无间的关系，是新生代小说家们最具主流的生活和文学诉求。只要细读《我爱美元》（朱文）、《我们像葵花》（何顿）、《上海宝贝》（卫慧）、《把我捆住》（邱华栋）等这些新生代小说家的早期代表作，我们就会直接感觉到：语言指涉止于表层，物欲、性欲是绝对的主题；表达碎片化、平面化；聚焦个体情绪、情感，而无丝毫关于“本质”“必然”“理性”的探察；用生活语言，写生活故事，平实述来，亦不见任何晦涩、雕琢。

其二，表现上的反修饰、反技术。如前述，中国现代小说语言创生与演进，因与民族国家现代化进程紧密关联，而深受外力影响。在此背景下，小说语言多是为服务某种主题而生并获得新发展的。为了和主题一致，必须寻找或重构与之相适应的语言、语法。因此，小说语言也就多是技术性修饰的结果。标志百年中国现代小说语言发展成就的三大语言形态的启蒙语言、社会革命语言、乡土语言就是这样被“生产”出来的。新生代小说家的语言体验和实践却正好与之相反，语言不再服务于某个外在的主题、观念，而是视点下沉，拆解一切羁绊，以实现任由“我说”——任何施与语言的无关生命本身的修辞术都会被拒绝。“在他们那里，语言是生命的一部分，在生命的行程中语言自动地撞上了他们的身体，他们在生存的境遇中和语言相逢，这时他们就将语言记录下来，对于他们来说，写作就是守护那些在生存之中和他们迎面相遇的语言，进入语言就是进入存在，在语言中他们找到存在的家，获得对于生命的真理的直觉。所以看起来近来的新生代小说家们的语言是更为朴素而缺乏修饰性了。”[①] 语言、存在、生命的直觉，互联互构为一个暂避风雨的家园。所谓生命与语言的同构，表现之一就是，他们也不刻意讲求陌生化原则来彰显语言的文学性。叙述语调平实、自然，尤其重视语言的口语化、生活化。

其三，叙述上的欲望化、负审美化。主动解放，放飞自由，冲破樊篱，快感表达，在这一代小说家的生活、生命与文学实践中，得到淋漓尽致的展现。那些赤裸裸地表现生活欲望和被压抑的负审美情感的语言，几乎成了每一位新生代小说家的话语标记。“他们清除了欲望的禁忌和欲望的‘罪感’，从而建立起了一种新的叙事伦理：从罪恶的欲望到快感的欲望、从隐藏的欲望到袒露的欲望、从暧昧的欲望到大胆狂欢的欲望。他们由此建立了一个欲望世界，这个世界既是当今世界的‘镜像’，又是他们自我的写照并寄寓了他们的文学理想。”[②] 在女作家中，陈染、林白的私语小说以元语言表现隐秘的性、敞开的身体，言说内在的孤独和疼痛；卫慧、棉棉小说中的“性话语”，彻底释放被压抑已久的物欲激情，大幅拓展了欲望表现域。在男作家中，无论朱文、邱华栋、何顿等写实型作家，还是鲁羊、东西、述平等技术型作家，都以物欲、肉身、原欲为体验和观照中心，将话语复现为以性、身体为中心的欲望表达。他们既以彻底的叙述姿态“逃脱文学由来已久的启蒙主义梦魇”[③]，也以对欲望的非道德叙述，完成了对自己和一个

① 葛红兵：《个体性文学与身体型作家——90年代的小说转向》，《山花》1997年第3期。

② 吴义勤：《新生代小说的叙事伦理》，《中国当代小说前沿问题研究十六讲》，山东文艺出版社2009年版，第150页。

③ 陈晓明：《回到生活现场的叙事》，何顿小说集《太阳很好》，中国华侨出版社1996年版。

时代的速写。

去修辞化语言当然具有现代小说语言史的意义。首先，新生代去修辞化语言标志着一种新文学语言样式的生成。中国现代小说语言在过去的绝大部分时间内都没有获得如此彻底的解放。因为小说家对于语言的选择、体验都不是自由的，所以，小说语言大都不是独立的、纯粹的。如果语言体验既不能面向广阔天地，或者不能无拘无束地潜入自己内心，那么，现代汉语小说的自主语言就难以生成。新生代小说家的语言体验以前所未有的力度、幅度回归个体审美，充分实现自我与语言的自由关联，大幅拓展了文学经验域。在这个过程中，他们的小说语言追求原生态，拒绝过分修辞，从而实现了语言的彻底解放。其次，新生代去修辞化语言再次拓展了现代小说自主语言的表现域。在20世纪80年代，寻根小说家和先锋小说家都追求语言的纯粹性，首要表现就是，大规模地将小说语言从政治意识形态的樊篱中解放出来，语言体验的樊篱被彻底打破，潜能被激活，他们在语言的源头和深处，体验并建构个体的审美世界。寻根小说复归民间，先锋小说趋于欧化，新写实小说拥抱日常，于是，小说语言摆脱规约，多语齐竞，自主发展。到20世纪90年代末期，新生代小说家又全面否定、颠覆了20世纪80年代的小说语言传统：躲避崇高，驱离宏大，无限放大“小我”；全面、充分再现个体的生存景观、边缘体验。新生代小说家的语言体验聚焦日常、欲望、虚无，再一次将文学语言的指涉对象、功能、内容，拓展至无限宽广的经验域。

虽然去修辞语言形态的形成及多元演进给中国现代小说语言发展带来多种可能，但也存在着明显的问题。其一，以感性语言呈现并把握理性世界，以身体语言表现并穿越生活，大部分新生代小说家缺乏这方面的素质和能力。语言飘浮于生活表面，不具有穿透生活的力度。当语言不再局限于那点小情小调，而是指向广阔的生活时，其表现的乏力、疲弱就立马凸显出来。其二，语言返璞归真，但缺乏汉语的美感。语言等同于生活，也等同于文学，但往往庸俗不堪，乃至“大量充斥着自恋、冷漠、偏执、贪婪、淫邪”①，使得小说语言“几乎成了恶俗思想和情绪的垃圾场”②。其三，语言无根，臃肿、重复，琐碎不堪。

① 韩少功：《个性》，《小说选刊》2004年第1期。
② 韩少功：《个性》，《小说选刊》2004年第1期。

二

现代小说语言已经发展一百多年了，但遭受外力干扰的现代小说语言从来也没有走上自主发展的道路。白先勇说:“百年中文，内忧外患。”在笔者看来，在过去一百多年里，现代小说语言有七十多年受制于他者力量的操控，或成为大众启蒙的工具，或成为阶级革命乃至直接党派利益纷争的传声筒，直到新时期才逐渐摆脱政治意识形态的直接干扰，从而使发展步入常态。但文化寻根小说、先锋小说的语言实践证明，单纯聚焦于语言形式经验，或者仅有语言本体的创新，并不能将现代汉语小说引向良性发展之路。自 1990 年以来，相对宽松的政治意识形态环境赋予中国小说家以语言体验和创新的自由，其成果之一就是，直接催生了当代小说语言形态的多元化发展。这当然表征了中国当代小说发展的生机与活力，但语言过于粗鄙、浅薄、世俗，也生成诸多问题。进入 21 世纪第一个十年，一方面，大众文化加速发展，手机、广播、影视、互联网等大众传播媒介的发达，不仅大大改变了文学生产的空间和文学接受模式，也孕育了文学发展的新思想、新经验、新样态。这对更新小说语言体系、丰富小说语言表现形式，都提供了新机遇。但另一方面，各种信息的超量生产和无序传播，以及各种语言资源的泛滥和混用，都对现代小说语言造成了巨大冲击。在此背景下，小说语言也出现了很多问题，比如: 乡土语言式微; 语言无根; 语言泡沫化; 语言粗鄙化; 汉语诗性缺失; 等等。

重视描写，特别是对风景、心理、细节的描写，曾是 80 年代小说最为耀眼的文学风景。先锋小说弱化故事要素，凸显语言的描写功能，并以此充分彰显其在坚守文学性和语言本体实践中所作出的重大贡献。进入 90 年代后，新生代小说家又一次复归了小说讲故事的传统，叙说压倒一切，语言的描写功能被扬弃。朱文的《我爱美元》、何顿的《弟弟你好》、韩东的《我们的身体》、李洱的《石榴树上结樱桃》等新生代小说代表作，无不依靠“叙说”来呈现那些琐碎事件的过程和意义，叙述本身变成了一种语言游戏，即把原本简单的事情、琐屑的生活、碎片化的经验，依靠叙述强行整合在了一起。“叙述”止于表象，不乏浅薄与无聊。

叙述取代描写，首先是西方叙述学深度影响的结果；“叙说”进驻中心，最关键的是“我说”且不避无聊与琐碎，是社会原因和小说观念发生质变使然。以“反映论”“模仿论”为哲学根基的小说观，被以存在哲学为基础的超级自由的个人化写作观替代，其首要表现就是以“叙说的姿态”言说一切。新生代小说语言越来越倾向于叙述化，传统的白描、静态描写，特别是风景描写几近绝迹，有关人物动作、肖像和心理活动的精彩描写很难见到，话语只靠叙述推进，不停地前进，叙说语调和节奏也趋于单一，至于熟悉的议论与抒情则几近绝迹。但新生代小说家把叙述定于一尊，肯定会带来一些问题：“把叙述作为一门专业技术来研究其实没什么不好，可是它却取消了描写、议论、抒情的位置。把议论交给哲学，把抒情交给诗歌，戏剧则是兼而有之。叙述作为小说表述的一切，这个理念成立吗？”[①]讲述与呈示作为小说的两个基本功能，前者重在呈现整体，后者侧重深入细部，本来都不可偏废，新生代小说家厚此薄彼，往往造成讲述方式、语言风格和修辞上的单一；再者，世界始终在运动，叙述终有竟时，因此，小说与世界的关系如果仅借助于叙述，是不能达到无穷拟真性的。

新生代小说家在边缘处写作，沉迷于小叙事，言说小人物悲欢，表达碎片化情绪、情感，并把这种叙事等同于关于自我与世界的整体认知，表现在小说语言上，就是“自慰的叙述”[②]主导了句子的生成并拓展成段、成篇。描写观照静态事物，深入细部，呈现一种状态，单靠叙述是难以达到逼真效果的。因此，描写和叙述实在不可等同视之，更不可扬此抑彼。重叙述、轻描写，对话和场景交替出现，呈现为对事物和性质的模仿，叙述语言作为中介，推进事件和人物的时空轮转。然而，于叙述中加入描写，使得叙述不是一味向前，而是适时地停下来，作静态观照，语言与事、物、人同构合一，这就无穷接近了世界本质。有了这样的描写，语言

① 刘恪：《现代小说语言美学》，商务印书馆2013年版，第84页。

② 然而，“今天看来，几乎是叙事让世界走向平庸、无意义和肤浅，因为当代小说自新小说以后，叙事都是一味地对行为模仿，或者采用我叙说便是我行为的方法，所有的人都像上了发条的永动机，一刻不停地追求行动的过程，无法停下来思考。行为、情节不停地重复，一个接一个地游戏。传统故事哄别人，今天叙事哄自己，在一个平面光滑的界面溜走，那是一种自慰的叙述”。刘恪：《现代语言的叙述与描写》，《中州大学学报》2014年10月第5期。

进入肉体，进入心灵，彻底实现了向内转。向内转的语言往往是独一无二的。叙述不再追求速度，而是慢下来，乃至停下来，力求再现人、事、物的状态及相互关系；语言不再附着于外部，而是突入内部；语言不再仅仅满足于模仿，而是从里到外地呈现。描写语言应该引起当代小说家的足够重视。

语言的杂糅化，即不同语体、语调、文体的话语融合在一起，也成一景。新生代小说家也是语言形式革新的能手。

其一，常常将日常生活中为人们所司空见惯的语言符号聚拢在一起，从而显出特殊的意义指称。比如：

> 怀孕。肚子里有一个胎儿。还没结婚。刚满十八岁。知青。前途未卜。打胎。刮宫。带队干部。知青办。人流证明。这些字眼像更凉的风刮进我们的身体，一阵阵地往骨头里钻。
>
> ——林白《致一九七五》

> 中国人无论怎么活，永远活不出那几道成语。苦海无边，回头是岸。三十六计，走为上计。他山之石，可以攻玉。宁为鸡头，不为牛尾。树挪死，人挪活。挂羊头，卖狗肉。不发财，毋宁死。
>
> ——毕飞宇《哥俩好》

前者是词语、短语和句子的重新聚合，每一个语言单位都有特定的内涵。知青、知青办、带队干部承载着特定历史时期的历史信息。关于一代人的青春往事和今人的痛苦记忆，借助“人流证明”等带有年代感的特殊语词，得以清晰、深刻呈现。这样，看似没有关联的被按照一定的逻辑排列在一起的词语，也就具有了全新的强力指涉性的修辞功能。后者是由几个成语、谚语连贯而成的段落，因为成语以固定的形式保存了某种成熟的达成共识的经验，所以，当这些成语、谚语被重新排列，从语言形式到内容呈现，都给人以全新体验。这种较早出现于80年代王蒙小说中的语言方式，因其句型的新颖和表意的集中而备受新生代小说家喜爱。从词语到短语，从成语到谚语，以及从句子到句子，现代汉语及其文字符号，为小说语言从形式到内容的创新，提供了无穷可能。

其二，多文体、多语体杂糅一起，其语言的杂糅样态更为多样、复杂。

其极致表现是，由作者和代理作者合作建构的叙述系统更为开放，散文、诗歌、剧本、书信、广告、日记、卷宗、说明书、考察报告等文学文本或非文学文本被引入并承担一定的叙述功能，多语言文本及其风格在同一文本中共存，使其小说叙述语言和人物语言两大系统呈现互文、互串的混杂景象。比如，李洱的《花腔》依靠诸多文本而彰显长篇小说叙述语言的驳杂与纷繁，即将"各种规范""半规范"和"各种规范的但非艺术性的作者话语"调和在一起，从而形成特色鲜明的反讽语言。吕新的《掩面》共有六章，第六章是三首长诗①。首先，以诗歌组成一个完整的章节，当然既彰显了文体的杂糅，也显示了语体混成的特点。作为一个独立语言系统的诗歌，与其他章节，构成互为指涉的对话关系②。其次，叙述者自身的话语系统，主要靠"讲述"在推动故事和情节发展。然而，由回忆、访谈、日记、书信构成的诸多可独立存在的小话语场，由于它们在用词用语、表达方式、语体、语调方面都各各不同，但又都共同辅助于叙述者话语体系的建构，从而最终形成了一个多语混成、多音齐鸣的"言语广场"。

语言的杂糅化不仅是一种语言现象，也是一种文化现象。它是社会发展和时代变迁的必然产物，不仅丰富小说语言的表意体系，也显示了汉语言文学的独特魅力。作为一种文学语言，支撑其生成的理念和逻辑，依然来自小说家的历史观、文学观、生命观。

小说语言是开放性的，不断吸收和容纳新出现的语言符号。它们一经被艺术化地融入小说文本中，便与常规语言一样，具有了表意、抒情、承担叙事的功能。新生代小说家是在消费文化的影响下发展起来的一代，在其与市场零距离接轨中，深受消费文化深刻影响，必然使其小说语言呈现有别于前代作

---

① 三首诗歌的标题分别是《家》《失踪的革命者》《上山下乡》，写作时间分别标志为"1967年5月""1968年2月""1969年4月"。

② 根据上下文的线索，我们完全能够推测出这三首诗歌的作者其实就是那对失踪了的革命者的女儿。然而，这三首诗的标题、写作事件本身就服务于主题揭示、精神渲染的表现功能，但是，其更大的作用是对小说部分叙述功能的承担，即它也是巴赫金所谓"众声喧哗"所引发的对话链条中的重要一环。既然小说由五个人分别以第一人称限制视角参与叙述，每个人各自讲述自己视野中的革命者形象及其可能去向，那么，五个人的不同话语之间就必然构成对话关系，但关于两位革命者到底去了哪里，遭遇什么挫折的疑问一直没有解决。因此，这三首诗歌及其作者也被纳入到这种对话关系中来，本身就显示了如何讲述"革命"方法之一种的企图。

家的新貌、新质。其中，语词直达事物和身体的快感，语言对接精神和心理的感性表达，以及大量吸纳新词、新符号，运用新语法，更使其语言实践显得与众不同。比如：

（1）KFC BT DJ BBS QQ ICU ATM BRT CEO DIY CBD MSN CHAT

（2）斑竹 酷毙 刷夜 蜗居 套瓷 虫虫 聊天室 灌水 女软人 80前

（3）很淑女 太外交 很本质 特春风 很小资 很情调 十分物质 极琼瑶 不婵娟 不李白 不现代 很男人 格外锦绣山河 大快朵颐了别人的秘密

（4）长江后浪推前浪，前浪死在沙滩上 读书破万卷，结果没工作 有痣之士 活到老吃到老 挂凤头卖狗肉 毁人不倦 鸡立鹤群

（5）虚心地，幸福地，谨慎地，快乐地，巴结地，警惕地，鞠躬尽瘁地恋爱了。

（1）中的字母和（2）中的新名称都是20世纪90年代以来出现的新词汇，都是在网络和日常生活中广为流行的用语，以及（3）中由于超常搭配而引起词性、指称变化的新语法现象，在这一代小说家的语言中比比皆是；（4）中对民间谚语、成语、歇后语等进行拆解再组合，继而生成新意，以及（5）中对一个核心词的繁复、超长修饰的语言现象，在其小说语言中也不少见。这些新词、新语、新用法确实让人耳目一新，充分彰显出只有文学语言才有的表现力。

语法作为一种形式法则，其抽象性、层次性、生成性的特质，根据组合关系和聚合关系，可以生成无数个句子。首先，语法若作用于一个词语，可以改变其词性，从而生成新语象。“一个词在性能上的活用是汉语语象的特征，它表明一个词语兼有两个以上的语义，呈现出汉语既具有原始语象的面貌又具有语法租借后的新风貌”[①]，这表明，汉语语法也能主导新语象的生成，其效果也很好地在新生代小说语言中得到印证。比如：

① 刘恪：《现代小说语言美学》，商务印书馆2013年版，第514页。

（1）所以他有点怕北京，他觉得北京很政治，大家都把摇滚当革命。

——棉棉《糖》

（2）瞅瞅，很小资，很情调，很风花雪月呢。

——傅爱毛《天堂门》

（3）什么都主义又都主不了义，什么都先锋都先不了锋。

——徐坤《先锋》

（4）成了去年元月十五的烟火，灰飞了，烟灭了；都哗的一下，成了去年三四月的桃花，落花了，流水了。

——阿袁《女人的幸福》

（5）钟馨怀疑晓晓喜欢那个下巴长着一颗黑痣的班主任，所以老是故意违反课堂纪律，然后站到办公室接受那位有痣之士的谆谆教导。

——戴来《潘叔叔，你出汗了》

（6）如果是假，我要臭骂她一顿，不要拿女大学生的招牌卖淫，这叫挂凤头卖狗肉。

——张者《桃花》

“政治”“情调”“风花雪月”原本是名词，而（1）中的“很政治”，（2）中的“很小资”“很情调”“很风花雪月”都是形容词，词性活用也实现了语象的变迁。像这类以新用法生成新语象的语言现象在新生代小说家的文本中司空见惯，不胜枚举。这样的语言实践更新或更改了原象，不仅使得汉语的词、短语或句子具有了新的美学意味，还使得汉语本身的表现力得到加强。“先锋”“主义”“灰飞烟灭”“桃花流水”作为常用词，其语符秩序和概念意义都是约定俗成的，而在（3）（4）中，它们被拆分，中间加入新语素或标点，秩序被打乱，意义也发生了变化。“有志之士”和“挂羊头卖狗肉”原本也都是约定俗成的词语或俗语，（5）将“有志之士”改为“有痣之士”，（6）将“挂羊头卖狗肉”改为“挂凤头卖狗肉”，改变了原意，生成了新意。

如果说上述新语词、新用法作为一种简单的表意符号和修辞手段只是局部性的实践，那么在卫慧、棉棉、安妮宝贝、周洁茹等小说家的语言运用中，对字母词、字母与汉字的合成词，以及各种术语的运用，更是司空见惯且占据相当大的分量。比如，有人曾对《小妖的网》（周洁茹）、《博情书》（鲁敏）、《熊猫》（棉棉）、《告别薇安》（安妮宝贝）、《男人三十》（焦冲）五部小说中关于字母词的运用情况做了统计[①]，结果如下：

语料	样本字数（万）	字母词（例子）	例 / 万字	纯字母词		字母汉字合成词	
				（例）	所占比重（%）	（例）	所占比重（%）
《小妖的网》	20	60	3	51	85	9	15
《博情书》	17	31	1.82	21	68	10	32
《男人三十》	15	62	4.13	54	87	8	13
《告别薇安》	23.5	39	1.66	37	95	2	5
《熊猫》	14.5	78	5.38	73	94	5	6
合计	90	270	15.99	236	87	34	13

如何看待小说语言的这种变化？毫无疑问，这些新词新语的运用以及新语法的实践，既丰富了现代小说语言系统，显示了小说语言与时代的紧密关系，也体现了新生代小说家创新语言的活力，预示了小说语言发展的无限可能。字母词的命名及大量引入文学文本，堪称自五四以来现代汉语小说史上影响较大的文学语言事件之一。当然，字母词大量引入文学文本也是深受媒介语言的影响，对推动新文学语言自我更新，拓展文学语言指称功能，都大有助益。因为任何一种语言，必然首先是词语系统的变化，

① 张志远：《中国新生代小说语言变异研究》，扬州大学 2012 年硕士论文。

继而是句子，最后才是整个语篇及语法。对于现代汉语来说，词性有名、动、形、数、量、代等十几种，用来指称名称，描绘形态，揭示性质，展现动作，表示程度，等等，而词语的形声和意义原本是任意的，最后约定俗成为一个固定符号。汉语的句子就是由这些最基本的实词和虚词按照一定的语法规则组成的。小说语言是个性化的言语系统，通过改变词性和组合规则，重新获得语言的陌生化效果。陌生化即意味着文学性的生成，虽然上述语言现象仅局限于词句上的更新和细部语法的变化，但是，现代汉语就是由这样的一系列细微变化逐渐累加而最终发生根本变化的。语言变化既是文化变迁的结果，也是自律发展的产物。所谓语言的变与不变总是相对而言的，小说语言也在这种变与不变中显示出其特色和魅力。

然而，我们对这种语言现象的过渡性质有着清醒的认识，并不是说将此类非常规语言符号引入文本，就能够标志其文学性的生成，从上述语言实践来看，其稳定性和文学性都还有待时间的检验。而且，如果在一个文本中，此类符号用得过频、过多、过乱，甚至成为主要载体，特别是当网络用语和外来词汇，不经过任何筛选、转换就被直接移植过来，那么，它所承载和传递的往往仅是平面化的生活信息，而难有建立在汉语诗性层面上的文学性飞升。

第四讲　图像化、古典化、身体化

——关于新生代小说家语言实践的三种趋向

一

语言的图像化，即建构以视觉体验为中心、以新颖的语言形式为特征的小说语言景观。中外都有“诗如画”“画如诗”“诗画一律”之说，中国明清小说常有插图，近代以来，连环画（画册）广受大众欢迎。这都说明，图像和语言可以相互转换，相互说明。不仅语言可以生成图像，而且图画也可用语言加以表述。

表现之一：借鉴影视文法，叙述趋于影像化。大众文化和现代传媒的快速发展，使得21世纪中国也逐步进入卡尔维诺所言的“图像时代”。在这个时代里，小说与影视联姻，语言与大众文化互动，并深受其影响，写作向着剧本化、平面化发展的趋向尤其明显。影视艺术中的画面聚焦、人物特写、场面组接、蒙太奇、人物对白、字幕旁白，等等，作为一种艺术手段，常被新生代小说家们所借鉴、运用。麦家的《风声》《暗算》、龙一的《潜伏》、都梁的《亮剑》、范小青的《赤脚医生万泉和》、李洱的《石榴树上结樱桃》、吴克敬的《手铐上的蓝花花》、潘小楼的《罂粟园》等可为典型代表。所以，有论者认为，叙述趋于影像化，“只不过是把词替换为画面，把句子替换为镜头，把段落替换为场面，再把段落替换为章节，最后构成一部戏。因此，在场面上，这两种文本可以具有互文本性的。即文学文本中段落的描写可以改成电影文本中的场面，或让前者具有后者的功效”[①]。

---

① 张春红：《影像化的书写》，《前沿》2010年第4期。

麦家的《风语》几乎就是按照影视剧模式创作而成的类型化通俗小说，对之稍微加工，即可成为剧本底稿。“中国黑室”这一题材本身的神秘性；对数理式的推理逻辑、陌生化的密码知识的展示；反复的悬疑设计、神秘的场景描摹、彼此纠缠的谍战演进，使得这部小说的叙述给读者以极大的吸引力。但从主人公陈家鹄到陆从骏、李政、石永伟、冯警长、萨根、海塞斯、钟女士等角色，其动作和言语特点常呈现为类型化模式。一个个场景连缀在一起，类似电影的镜头，彼此分离，大幅度跳跃，存在着明显的以场面组接、推进情节的电影叙述特征。这种叙述改变了传统线性时间，一切都随着一个个场面的变更而发生变化，从而改变了故事的讲述方式。

潘小楼中篇小说《罂粟园》围绕男校医与多名女生的故事，从多侧面、多角度展开叙述，环环相扣，步步设疑，又融入了一些神秘因素。“我”对“镜头”（采访者的录像机）说话，讲述也处于零设防状态。“我”的讲述，随着故事时间、地点的不断变换，而一步步接近故事的核心。在整个讲述过程中，“镜头”起到了调节氛围、变换角度、连贯情节、整合故事之功能。此外，小说开头及结尾就运用了类似纪录片讲述故事的方式，中间借鉴了侦探剧剧情推进方式。很明显，这样的叙述也带有明显的影视图像化叙述特征。

与麦家、潘小楼径直采用电影叙述方法不同，宁肯则更多从影视叙述文法中获得推进文体创新的灵感。他在《天·藏》《三个三重奏》中大量运用“注释”，最初灵感就来自电影中的“字幕”“画外音”。“小说一直是一个封闭的系统，电影很多时候还有画外音。画外音将观众从内部唤醒……有时虽然不讲但会打上一排字幕，‘三年以后’，‘五年以后’……但是当2008年以后，我对小说中的‘注释’进行大肆改造时，我想到了电影中的画外音。尽管我从未追求过画外音，但事实上画外音对我的叙事在无意识上产生了影响……”[①]“注释”部分形成了一套独立的语言体系，不仅字数和内容甚至远远超过了正文，而且形成了类似影视（画面）中的旁白镜头，不时地对正文内容做出补充、说明。“……（注释）除了叙事，还有话语功能、转换视角功能、调动结构功能、让无联系的产生联系的功能、与读者对话的功能……它成为小说的第二文本，这已不是具体技术，而是世界观，也是方法论，是怎样看待世界以及对世界的重构。没有这样的方法，就无

① 宁肯：《把小说从内部打开》，《三个三重奏》，北京十月文艺出版社2014年版，第481页。

法构置一个自由而又充满自然性秩序感的世界。”[①] 在新生代小说家群体中，宁肯可算是对“注释”这种叙述方式做深入探索与实践的小说家。

表现之二：充分发挥汉语语象功能，展现汉语新诗性。语象是显现在语言中的图像。小说家通过运用叙述、描写、比喻、象征等多种艺术手段，可以营构出含义隽永、丰富多彩的语象。汉语语象是丰富多彩的，其生成机制又极其神秘、复杂。这给优秀的小说家继承母语传统、创新发展现代小说语言创设了诸多可能。语象不同于意象，以汉字为载体的汉语不同于以字母为载体的欧美语言。

1. 利用汉字字形、排列方式，生成新语象。新生代小说家充分利用汉字特点，常常能营构出富有新意的语象。我们知道，汉语是我们的母语，汉字作为母语的书写符号，其字形本身就是图像化的。汉字的会意功能以及组合之后所生成的更为丰富的语义，是西方字母文字所不能比拟的。不仅每个实词各显示为一个独立的语象，字与字的组合和连接也能生成新的语象。尽管西方小说也可用字母拼成某种图案、肖像或其他符号——比如，马拉美用诗句排成各种形状，《项狄传》用字母组成某种图像——但构成图像本身的单个字母词几难形成语象，而汉字则不同。汉语小说家常常利用汉字形体特征及丰富喻义创造新颖的语象。

春天来了，群燕已从南国向着北方飞翔，它们的身影在蓝天上漂移、浮动，我痴痴地望着，望着，在纸上画出了一幅画：

男人　男人　男人　男人
男人　男人　男人
男人　男人
男人
女人
女人　女人
女人　女人　女人
女人　女人　女人　女人

——陈染《与往事干杯》

① 宁肯：《把小说从内部打开》，《三个三重奏》，北京十月文艺出版社 2014 年版，第 481 页。

日头好，日头刺醒大厅刺醒我，我微微张眼看见大内一姐正在拧抹布，擦拭她的发财车，如此安静的村庄，日上八点，尚无一点声音。忽然……

霍！霍！霍！霍！霍！霍！霍！霍！

霍！霍！霍！霍！霍！霍！霍！霍！

霍！霍！霍！霍！霍！霍！霍！霍！

——杨富闵《暝哪会这呢长》

前者的核心语象是由汉字“男人”和“女人”组成的“画”。整个画面模拟的是群燕北飞时的身影和燕阵，“男人”和“女人”分别代指公燕和母燕，且一一相对，这就非常形象地烘托出了“我”此时的心境——渴望比翼齐飞，渴望天天相聚。后者主要是通过同一拟声词的发音及排列，摹写一种声音，从而给人以形象感。这种由文字符号和语言深层意蕴生成的语象表征了汉语及其语词所具有的无穷活力和魅力。从字形排列，到字词组合，都可生成新语象。

2. 根据汉语短句、长句的形式特点，生成语象的高密度叠加效果。语象呈现高密度叠加，指涉内容趋于繁复，这是长句、词语拼贴的大量运用使然。中国古典小说语言以短句为主，现代小说语言以长句为主。短句适合于听讲，特别能凸显口语的韵致和言说的节奏。长句适合于读写，特别能呈现话语的复杂和形式的复杂。在一个长句内，作为最小单位的语象前后连接，层层叠加，使得句子的信息含量大大扩展，句子的语义功能大大增强。以此延展成段、成篇，经验趋于复杂，情感趋于混杂，风格趋于多元。这些变化都是中国现代小说语言所独有的形式特征。新生代小说语言中的长句现象尤其明显。

我吐着烟，心不在焉地打量着左手的指甲，指甲修剪得整洁柔媚，食指尖尖，一瞬间看到自己的双手趴在马克健美的后背上，就像两只蜘蛛一样在蠕动，挑拨，轻指、嗞嗞的气声，漫天飞旋的性激素的气味。

——卫慧《上海宝贝》

这是一个表达心理意绪的长句，全句81个字，呈现一种莫可名状的欲望心理。“烟”“指甲”“食指”“双手”“蜘蛛”等名词暗示“我”生活方式的前卫、摩登，“吐着”“打量”“看到”“就像”“蠕动”“挑拨”等动词暗示“我”精神生活的恍惚、颓废，“心不在焉”“整洁柔媚”“嗞嗞的”等呈现欲望心理的状态。而核心语象则是“漫天飞旋的性激素”。“漫天”表示范围，“飞旋”呈现动态，“性激素”象征欲望。这就将一种都市环境下现代性的欲望景观充分地展现出来。这类长句所包孕着的内容与后现代社会中都市男女生理的躁动、心理的复杂和精神的解放是一致的。由此所生成的动态图像可由读者的视听系统真实、清晰地捕捉到。

3. 修辞中的语象实践，能够含蓄指意，展现汉语的强大表现力。比如：

> 夜晚的缠绵中，小丁河水一样敞开，陈刚是一条船，她托着陈刚这条光滑结实的船，曲折晃荡，一路欢歌，驶向波光闪耀的远方。
>
> ——张庆国《如风》

在此，以虚写实的笔法，将男女相悦的场景和过程图像化，很形象，也耐人寻味。优秀的小说家能够创造出极具穿透力的语象。其中，以某个固定语象结构全篇，彰显其象征意义，是最能考验小说家想象力的语象实践模式。比如朱文的《弯腰吃草》，“弯腰吃草”本身就是一个极具意味的语象。它由实际的动作“弯腰”加“吃草”组成，这一合成语象具有什么寓意呢？

小说语言趋于图像化，就是文学语言艺术与视听艺术互动发展的必然结果。在21世纪前二十年间，文学语言与网络、影视等现代媒体发生关联也是时代发展的必然。新生代小说家置身于这样一个“读图时代”，较之以前，其语言思维、语言体验与语言实践已发生了很大变化。20世纪90年代以来，大众文化的深入发展，现代传播媒介的快速更新，都全面而内在地改变着我们对传统语言的体验和认知方式。对读者而言，平面化、浅阅读逐渐取代以前的“深度模式”；对新生代小说家而言，消解革命、启蒙等大型话语后，欲望化、个体化叙述主导了写作，平易的、朴野的、日常的生活语言获得了大解放。小说语言的图像化合乎现代社会发展和读者接受心理需要。

二

白话文、文言文、欧化语是构成并持续影响当代小说语言生成、演变的三大基因。从整体上来看，“十七年”时期的“工农兵话语”、“文革”时期的被高度纯化的主流意识形态话语、新时期的欧化语言、90年代以来的世俗化语言，都标志着在过去七十多年间不同时期占据主导地位的小说语言形态。但除此之外，尚有另一向度、线索一直在主流、主潮之后延续着，发展着。这就是每一位作家所不可能完全断开的绵延几千年的文言世界及其文化渊源。新生代小说家也不例外，这个群体中有相当一批人接受过完整、系统的高等教育，自身文化、文学素养相当高。这也决定了他们在精神和文化上与中华民族那个伟大古典传统的扯不断、理还乱的纠缠关系。

新生代小说家语言的古典化实践，更多聚焦于中国古代“文”之传统的继承与改造。其中，鲁羊对古典文学语言形态的探索与实践最为坚决、最为彻底，也最为前卫。读鲁羊的小说，就是读其语言，离开了语言，一切都不成立。这是一种可供读者反复揣摩的语言，须有耐心和共情，这对读者素养和趣味，提出了很高的要求。它的独特性主要有三点：

其一，感知、复活古汉语内在的气韵、节奏和精神。

> 弹琴的人也将从琴声的余韵中滑落出来，跌进空寂、跌进风和时间。弹琴的人预先就必须懂得，弹琴是世上最虚无的作为。弹琴的人双手如飞鸟，如游鱼，如月下跳荡的阴影。他与琴的交谈往往直通性灵，是神秘之花迎着时间开放……正在弹琴的人和琴声，他们非事非物，非鸟非鱼。它们可能是时间渗出的时间，是风所吹动的风。
>
> ——鲁羊《弦歌》

鲁羊精通古琴文化，也是弹琴高手，这段文字可看作对其琴心的形象描摹。围绕“琴”这一个核心意象，话语表达由实入虚，独立生义，分明透着浓厚的禅意、玄机。“非事非物，非鸟非鱼”，近于道家老庄话语；“风所吹动的风”，似禅师惠能在说话。语言像水一样流动，形而上的意绪、玄思像琴声一样飞扬。从语言形式上来看，这段话有短句，有长句，搭配错落有致，从抒情到意象呈现，尽显典雅之风。语言思辨性也很强。现代人的逻辑思维、心理风景，也借助通感修辞得到呈现。

其二，这也是一种打通小说、散文和诗歌界限，复归文人传统的意象抒情语言。古人为“文”的典雅传统及其写法，以及作为先锋诗人的气质、禀赋，在其小说语言中都有充分展现。

> 在孤单的夜晚，虫子在河边闪闪发亮，并且对他说话，作为物证的小羹匙，神奇地回到了他的手边。
>
> ——鲁羊《青花小匙》

> 楚老师忽然在琴上弹起了一支曲子，那么短小，那么快乐，快乐得好比行云和流水，快乐得我和郭平都觉得头颈以下忽然失去了身躯，失去了身躯的头颈像植物。像植物的枝子上，开了满满一串的花朵。
>
> ——鲁羊《此曲不知所从何来》

前一句言说“孤单”以及由此所演绎的神奇、神秘。这是一种诗人式的内在体验，是以叙述人为视点和中介，将作者关于生命的哲思转移并投注到有“他”的世界里；后者以通感修辞描写楚老师弹出的琴声，言说微妙体验。语言接通物象，词语直达内心，意象玄妙，意境唯美，主题深邃，语言张力之美，莫过于此。它的轻灵与飘逸、幽玄与智慧、清澈与饱满，都不难从上述句法、意象、意境中体会出来。

其三，这又是一种可被感知、可供反复体味的艺术语言。

> 我把一颗核桃放在门轴下端的角落里，使劲一推门扇，核桃就喀叭一声碎开。核桃是被挤碎的。我把第二颗核桃放在门轴下端的角落里，使劲一推门扇，核桃就喀叭一声碎开。核桃是被挤碎的。我把第三颗核桃放在门轴下端的角落里，使劲一推门扇，核桃就喀叭一声碎开。核桃是被挤碎的。我把核桃的碎片捡起来，托在掌心，吹一吹，选出它的肉仁，送进嘴巴里

慢慢地嚼。

——鲁羊《佳人相见一千年》

鲁羊小说中有很多这类细节描写，把一个个看似无足轻重的场景、行动或物件作繁复、细致的描写，如同画一张工笔画。这一段细致描写“三颗核桃”在门轴下破碎，继而被“我”吃掉的经过。在此，每一个动作、每一个细节、每一种声响、每一个过程，都被做了颇有意味的细细描摹。为什么要用一大段文字描写一个看上去并不重要的事件呢？从作者到小说中的“我”，其意图都颇耐人寻味。也许在述说一个小人物的无聊，但这无聊也被这繁复文字所稀释。

经由古文、古诗词所奠定的古代为人、为文的典雅传统，经由鲁羊这一代“雅士”创造性转化后，表现在小说语言上就是，模拟一种古典风韵的诗化语言的生成。庞贝的小说语言堪称21世纪以来小说语言诗化和雅化的典范代表。他的长篇小说《无尽藏》追慕晚明遗风，融小品文笔致、考据风范和正统文言气质于一体，无论叙述语调、语式、语气，还是细部语象，都极具古风古韵，尽显古汉语的典雅、凝练、诗意。如何“古典”，怎样“雅化”？文言词大行其道、文言气息漫溢于字里行间，文人评画、纵论书法、谈玄说理等话语成为一道亮丽的语言风景。“诡奇疾速，如骤雨旋风；纵情恣意，似怒气奔涌。笔势遒劲而不失妍美，狂肆淋漓中神韵飘逸”，在叙述语言系统中，类似这种极其雅化、文言化的“讲述”，是作者所苦心孤诣追求的效果；在人物语言系统中，颇具古典意境的景语、情语成为主调，比如：“朦胧中有琴声飘来，琴声铮铮，如泠泠流水之音。熏风习习，罗帐微颤。这熏风中有蔷薇的幽香。琴音清澈，俄而又有一种颤动，如泠泉咽鸣，隐约中又有一种凄怆。伴着这清幽的香氛，我欠身寻觅那琴声。”为了呈现这种语言效果，甚至连白话文中的“的、地、得”也被抽离，句子不靠形容词的修饰而延展，以最大限度实现句法、语调、风格与文言世界的对接。他的语言体验和实践已经迈过现代汉语边际而一步跨越到文言世界里去了。

不同于鲁羊、庞贝在小说语言质地、格调、风格上极力追慕古风（传统文人精神），郭文斌则是另一路径，即把沉淀于中华民族文化深层的民俗、风俗及其培育的民间文明形态，作为小说语言体验与实践的主调和主向度，从而使其更为“天然”、纯粹，如一泓山泉，一派澄明，如丝绸质地，柔滑而又有质感。他的语言昭示出乡土中国农业文明中最为抒情、内敛、安详的精神气质。长篇小说《农历》可谓这方面的集大成者。其中，复活传统文化，将雅化或朴野的民间语言作为建构这部长篇小说语言系统的“语言主料”，尤其引人瞩目：首先，全书十六章，元宵、干节、龙节、清明、小满、端午、七巧、中元、中秋、重阳、寒节、腊八、大年、上九等传统农历中的节气名称被作了每章题名，就连人物的名称也称为五月、六月、爹、娘、金生等等，小说章节、结构、人物名字，都是对古典文化传统的注解。其次，人物对话极为简洁，有节奏，似童谣；叙述语言以短句为主，力避复杂和曲折；戏曲、歌谣、对联、谚语、灯谜、民间诗词曲赋贯穿始终。这种小说语言的质地、内容、风格，与古典文化及其精神谱系，构成了一一对应、互为表里的映射关系。颂扬古老而传统的乡村文明，敬畏天人合一精神，抗拒现代物质主义的侵袭，以为现代人寻找精神栖息的家园，是郭文斌借助《农历》所要传达的一个主体愿景。

面向古代和传统后生成的雅化风景，与回到日常与肉身后所形成的欲望化叙述景观，形成了一个很耐人寻味的对比。小说语言质地、风格在审美和审丑（或审俗）之间总是趋向两极。面向文言和文言世界的一极带有十足的文人气，含蓄、典雅、细腻，不沾人间烟火；面向白话文和当下生活的一极多有凡俗、粗野之气，平实、朴素、口语化。一位作家时常兼有这两种语言实践风格，比如，林白在私语小说中的诗化风格，与在《妇女闲聊录》中的乡野风，就完全呈现从大雅到大俗的演变趋向。自古以来，这是中国文学语言的两种演进路径、两种风格，既交叉又平行。要么大雅，要么大俗，也在新生代小说语言实践中，有着较为明显的分野。但是问题也由此而生，鲁羊、庞贝的“大雅”，有能力或有兴趣阅读者，并不多见；语言实践的大俗之风，虽为读者所易于接受，但浅薄的、粗鄙化的话语风又因过于粗野而令人生厌。而在雅俗之间，几乎未见雅俗共赏一脉的大发展，这是个问题，个中原因值得细究。如何在雅俗之间，在文言、欧化、白话之间做到兼收并蓄，以创生更具母语特质、更具表现力的当代小说语言，则是一个极具探索性、实践性、挑战性的文学语言学命题。

三

90 年代，从西方传入中国的女权主义理论也深深影响着女作家日常生活及文学实践。在现实生活中，打破男权秩序，争取妇女权益，维护平等地位，是所有女性所共同追求的目标；在文化、文学上，女作家们纷纷赋予文学创作以重要而特殊的话语功能，即以此作为对抗男权文化、争取自身话语权、维护女性尊严的武器或精神家园。在小说界，表达隐秘的女性经验，彰显纯粹的女性意识，以达到反抗、颠覆男权意识和秩序的目的，成为私语小说家们所努力实践的文学愿景。陈染的《私人生活》、林白的《一个人的战争》、徐小斌的《羽蛇》《双鱼星座》，都彰显出语言向细部开掘、极致化、诗意书写的风范。这些私语小说因赤裸裸地展现女性隐秘的生活、欲望心理、直觉体验，特别是细腻而绵密的性心理而引人关注。

“你的身体必须被听到”①，以“身体”探知世界，并建立与语言的亲密关系，就是达成“被听到”的最佳途径与有效方式。于是，身体成为一种语言、一种修辞、一种象征、一种抵抗男权文化的“武器”。在女性私语小说中，语词流动、句式连接、语篇拓展，都是经由身体语言和身体修辞而得以展开的。《私人生活》的主述对象不是故事和人物，而是女人朦胧的情感、流动的意绪、神秘的梦境、难以捉摸的心境：

> 时间是由我的思绪的流动而构成。时间流逝了，我依然在这里。时间和记忆的碎片日积月累地飘落，厚厚地压迫在我的身体上和一切活跃的神经中。
>
> 我对于往事的记忆方式，总能像筛子一样留下来我愿意记住的，那些阴雨绵绵的黄昏，远处渗透过来的陈旧、凄婉的歌声，以及灯火阑珊里禾在房间里的模糊影像，一直都印在我的头脑中。

---

① “写你自己，你的身体必须被听到。这样，无意识的巨大资源就会爆发出来，最终不可穷尽的女性想象将被展开。”转引自肖鹰：《九十年代的中国文学：全球化与自我认同》，《文学评论》2002 年第 2 期。

我悄悄地脱离了母亲不安的子宫，带着对世界的不适应和恐惧感，像一只受惊的羔羊，慌乱地大声啼哭。出生时的光线是柔和的淡蓝色，这使我一生都不喜欢强烈的光芒。

——陈染《私人生活》

这类小说以感性而诗意的笔触书写女性身体的微妙变化，以纯粹的身体美学，对抗男权主义，表征女性存在意识。在感性与理性、主观与客观、表现和再现之间，它们常常以前者融化后者并以某种弥漫性的精神氛围、情绪基调统摄全篇。比如，在这一段中，由“意识流”穿插并建构时空，情绪、意念带动句子的流转，表达极其细腻而含蓄，想象离奇而诡秘，弥漫着忧伤的调子。“时间”“往事”，乃至“出生时的光线”，都是“我”感知的结果，在此，“身体”成了一种语言的能指，而所指被悬空、被放逐、被碎片化。

她们广泛采用象征、隐喻、通感等修辞手法，充分发挥语言的暗示功能，语言极为含蓄、细腻、灵动、幽玄。这是女性作家感知世界的方式使然。林白的小说语言常有诗歌、散文的特点，又由于早期受到杜拉斯的影响，其对女性经验的表达，常采用回忆、独白模式；视点在第一、第三人称之间来回跳跃，句与句的连接，以及段与段的组合，都采用一种类似蒙太奇方式，而在整体上，对情感与情绪的渲染又大大超过对叙事的展开。这都使得林白的小说语言极富诗性特质。比如，她的三十多万字的长篇小说《致一九七五》以李飘扬为叙述视点，以其回忆方式串联起来主人翁的一段生活。人物和故事都被叙述人的主观情绪所笼罩，叙述视角不断调整，叙述节奏不断变化，闪回模式不断跳跃，整部小说如同一首长诗。“我或者在南流的上空行走，穿着过去的木拖鞋，我听见自己的脚下击打着石板上的声音，嘹亮而旷远。我从上空俯瞰南流镇，看见三十多年前的自己，站在木棉树的水龙头旁边，水花从脚背上飞起。”这是散文或诗歌的节奏和意境，句式整饬，节奏连贯，形式本身就富有音乐性。这样的语言是感性的身体与诗意的想象撞击后的自然呈现。

90 年代是充分肯定个体欲望合法性的自由时代。从贾平凹的《废都》开始，文学担负起扯掉掩盖于性与身体之上的最后一块道德面纱的职能。女人的身体逐渐从被想象的客体转为女作家所要审视和再塑的主体，自行解除被男权社会所强加的历史枷锁和文化负累，首先就成为文学写作的第一要义。以卫慧、棉棉为代表的纯欲望化写作，呈现的是身体语言与世俗化思潮激进碰撞后的风景，彰显身体在物的世界和情欲活动中的主体性。卫慧们所掀起的这股以身体和性为书写对象的小说创作，不仅有效拓展了小说表现的经验域，也提供了小说语言的新形式。其中，以物欲、性欲为中心所生成的身体语言及其修辞，从表现视角、表现领域到接受效果，又一次达到小说语言史的高峰。

> 我无法分清他的皮肤和我的皮肤，沉默是一种最温柔的围困，我的爱欲私藏在他的身体里。
>
> 我失去我的呼吸，我害怕自己消失，我无助的身体。我赞美我的身体。
>
> ——棉棉《糖》

> 她是那么倾国倾城地美，我的欲望像蓝色的飞鱼从刀锋上高高跃起，我盼望有温柔一刀插进我饥饿的后背我要从脊柱骨上感受来自生殖腺的喷射。
>
> ——卫慧《硬汉不跳舞》

> 他像一只大鸟栖息在我的欢乐之上，他不停地说爱你爱你离不开你，于是我感到甜蜜于是我感到荒谬于是我感到一切很正常存在即本质物质决定精神而精神分析家和道学家的话永远不要相信只需要性爱治疗关键是你能不能决定你的生活。
>
> ——卫慧《像卫慧那样疯狂》

上述三段，对私生活、性经验的近于自然主义的展览，其密集、繁复的程度的确很惊人。语言直达肉身，表达大胆、前卫，话语在裸奔、狂欢，解除和颠覆一切意识形态樊篱，甚至句与句之间不加标点，以“我”的心理体验为生发点，连贯成一个独白式抒情的长句。语言即内容，语言即文化，对于卫慧们来说，身体语言就是她们的一面镜子。这面镜子照出了她们的狂欢、压抑、焦虑的虚无心态和自由的、个人主义的现世景观。

第五讲　中国当代小说引语类型与实践

小说语言由叙述语言和人物语言两大系统构成。由于各种声音共存于话语场中，彼此关联、纠缠，因此，语言如何转述，采取何种语式转述，都会直接影响一篇小说的艺术效果。从广义上来看，现代小说引语形式的类别尚不能穷尽，文艺理论家出于不同学术目的和规范，也有不同的分法。热奈特提出四种分类法[①]，赫纳地提出五分法[②]，雷蒙-凯南提出七分法[③]，国内学者刘恪提出五分法[④]，赵毅衡提出四分法[⑤]。很显然，国内外学者在概念界定、范畴划分方面既有重合处，也有差异处。但综合上述界定，结合新生代小说创作实际，并充分考量现代汉语小说约定俗成的引语规范，本讲主要以刘恪和赵毅衡的界定和分析为参考，取重合处，采纳“四分法”：直接引语、间接引语、直接自由引语和间接自由引语。关于这四种引语的形式特征，我们首先结合具体例子略加说明：

1. 庆书点了一根烟，慢慢吸了，说：“娘儿们的事，我不是很懂。大概就是那个意思吧。”

——李洱《石榴树上结樱桃》

2. 看见温九坐在土场上打石器，金菊便用讽刺的口气说，哎

① 再述语、置换语、转述语和无加工语。

② 叙述独白、替代语、独立式间接语、再现语、叙述模仿。

③ 叙述性概括，较不“纯粹”的叙述性概括，间接的内容释义（或间接讲述），在一定程度上具有模仿性的间接讲述，自由转述，直接讲述、独白或对话的“引语”，自由的直接讲述。

④ 直接引语、间接引语、自由间接引语、自由直接引语、概述性叙述。

⑤ 直接引语式、间接引语式、直接自由式、间接自由式。

哟，满了七十还那么勤快呀！温九顶她一句说，怎么了？满了七十就不吃饭了？

——晓苏《回忆一双绣花鞋》

3. 我说那你不是说他被你给打死了吗？

——鬼子《被雨淋湿的河》

4. 他说，他杀人的那一天可能就是那一天，也可能不是。也可能是杀人之后，正在逃往另一个地方，正在大街上到处慌里慌张地流浪。

——鬼子《被雨淋湿的河》

5. 素素总是挑剔，不满意，不称心。不，不，不。他不用代用品。

——王蒙《风筝飘带》

6. 她对着他，轻轻地笑，善生，你恨我吗。

——安妮宝贝《莲花》

转述语类别	有无话语标志（引导句）	自称方式（“我”/“他”）	例句	补充说明
直接引语	① ×× 说：“……。” ②“……。”×× 说。 ③“……。”×× 说，“……。”	引号内的话语以“我”自称，直接显示人物语言，完整保留人物话语的内容、口气和节奏	1、2	还有一种类型是去掉引号，“说”后边统一用逗号，其他不变，比如 2
间接引语	保留“说”，但人称发生变化	一般以“他”自称	3、4	无引号，“说”后用逗号，比如 4，或不用，比如 3

续表

转述语类别	有无话语标志（引导句）	自称方式（“我”/“他”）	例句	补充说明
直接自由引语	无	一般以“我”自称	6	删除“说”“道”等话语标记
间接自由引语	无	一般以“他”自称	5	删除“说”“道”等话语标记

人类社会一刻也没有停止交流，人们每时每刻都要说话，交流和说话构成了这个世界的普遍行为。不同于生活话语交流的散漫、随意、肤浅，小说语言中的对话内容及话语形式都是经过创作主体严格的艺术化选择、加工而成为一套复杂的“多音齐鸣”的话语系统的。四种转述语各有各的形式特点、美学功能，因而所达成的语言效果各各不同。“为什么转述语要这么多的类型呢？用这四种转述语转述完全相同的语句，其效果会很不相同。引导句的存在，语句从第一人称改到第三人称，都是叙述语境压力的结果，从这个标准来判断，直接自由式中叙述语境压力最小；直接引语式至少在语句的小天地中保持了说话者主体的控制；间接自由式中叙述语境改造加工了转述语，但因为没有引导句，所以人物主体意识与叙述者主流意识似乎在势均力敌地竞争；而间接引语式叙述语境在很大程度上吸收了转述语句。”[①] 转述语受到叙述语境的压迫，又独立存在，生成新义，显示了话语转换并非简单的语言形式上的变化，而是蕴含着更为复杂的叙述内容和艺术效果方面的变迁。

直接引语是最为传统的话语转换形式。人物语言被框定在固定范畴内，语态、口气、话题皆保留了原初状态。因为有明确的引导句指引，引号、冒号成为明晰的标志符号，故其在整个话语系统的地位及作用都一目了然。这一引语方式一直就是中国现代小说话语转换形式的主流。其实，现代文体学家普遍认为，引号并非直接引语所必备的要件，相反，正是因为引号的运用产生了语意的复杂性。古典小说原本没有引号，现代小说引入新式

① 赵毅衡：《当说者被说的时候：比较叙述学导论》，四川文艺出版社 2013 年版，第 167 页。

标点符号，直接引语加引号才渐成固定形式。然而，现代小说的叙述语言和人物语言常常纠缠在一起，辨不清身份，要么叙述语言进入人物语言（对话、独白、意识流），要么人物语言侵入叙述语言，所以，引号内的人物语言常常是含混的，即引号内的一些语词常常是不属于人物话语体系的，而是来自叙述语言系统，代表了叙述人的声音和意志；反之亦然。这就造成了话语转换的复杂性和表意的模糊性。随着叙述学理论的引进和小说家现代性语言体验的发展，这种带有引号和冒号的引语方式逐渐被一些先锋小说家所遗弃。去掉引号，将冒号改为逗号，不但在形式上强化了语言转换的形式意义，也显示了话语主体彼此间的对话性，符合欧美现代小说发展的潮流。如果说有引号的直接引语让读者能够一目了然，快速融入话语中，那么，不带引号的直接引语就会延宕这一进程，使得读者必须依靠句子的语气、调式和形态对之进行体认。读者的反复体认，就将小说语言置于前台，于是，语言本身被前置化，从而成为自我言说的主体。进入 21 世纪，人物对话描写得以广泛实践，被先锋小说遗弃了的直接引语又成了新生代小说家语言实践的主流。因为直接引语合乎中国人的审美习惯和阅读心理，这也可以看成是小说语言形式复归传统的见证。后一种去掉引号的直接引语也在晓苏、郭文斌、安妮宝贝、付秀莹、甫跃辉等一大批中青年小说家的语言中得到全面实践。至于这两种类型的直接引语方式，哪一个更能强化现代小说的语言效果，则主要根据每一位小说家的艺术个性和审美创造力而定，它们本身不存在孰优孰劣的问题。

直接引语去掉引号，并在“说”和“道”后面加逗号（或者逗号也不用），而且根据语境灵活变换人称，就成了间接引语。比如：“我说那你不是说他被你给打死了吗？”就是标准型的间接引语。人称、内容、标点符号的变更都严格符合其基本要求。由此看，间接引语都有一个转述环节，被转述的内容和形式都有可能发生变化。

> 老人进屋坐定后说，听说你清明节给九升立碑，我家灯旺让我来问问你，到时需要他帮什么忙？
>
> ——晓苏《死鬼黄九升》

“老人”在转述“灯旺”曾经说过的话，同一话语先后经过了老人的再次言说，与原话有重合（比如内容），也有差异（比如语气）。有时，间接引语只显示语言的形式，不转述说话的内容。“我说你那晚上醉酒后和他说过的话是真的吗？”这里有“我”“你”“他”三个话语主体，“你”那晚说了什么话，无须转述，这句话只显示此时此地“我”的心理反应。在一些对话场景中，间接引语中的人称往往会发生频繁的变换，这需要读者仔细辨别、分析。

> 我说你这是什么意思，他说还你的。我说，我没让你还。他说，我说过，没钱就不还。
>
> ——鬼子《被雨淋湿的河》

“我说”“他说”交相转换，捎带相关内容和情绪的频繁变换，显示了语义和语气的复杂性。这都表明，间接引语关涉语调、语感、语体等众多关联域，其特点主要有：话语转换跨越两种语境、两种时空，故转述话语不能完全复原原发样态，即原话语的内容、意义、口吻不能被完全还原，甚至被有意或无意地隐瞒、缩小或放大；原说话人不在场，只有转述人在言说过去的人和事，这就不同程度地带有话语的虚拟性，即转述过程中所涉及的时间、空间、人物、事件等由于被再度陈述，故其准确性和真实性都不是一目了然的；有些间接引语只发生形式上的变化，原话被完全隔离或主动遮蔽，以一种语言的“离”凸显叙事的“隐”。间接引语的这种时空性、虚构性、形式感，赋予现代小说家以语言体验的快感和叙述的灵感。鬼子、东西、述平、刁斗、晓苏等新生代小说家尤其钟爱“我……”式的表现样式，但较少单独采用纯然客观性展示的第三人称（“他……”）样式。

间接引语如果省略引导句和连接词，或者与直接引语混合在一起，就形成了自由间接引语。

> a 她对着他，轻轻地笑，善生，你恨我吗。
>
> b 她对着他，轻轻地笑，说，善生，你恨我吗。

a 句省略了“说”，自由转述，b 句有“说”，增加了连接词。a 句属于自由间接引语，b 句属于间接引语。又比如：

> 王老炳叹了一口气，对着隔壁喊玉珍，<u>你过来，我问问你。</u>

你不用怕，爹什么也看不见。

——东西《没有语言的生活》

画线部分为王老炳原话，直接原封不动地征引，中间没有连接词，也属于自由间接引语。

怎么？我惊讶地问，你的导师还没房子？（a）我想我得顺着她的思路说点别的，（b）要不然她又要说我，（c）你们男的为什么就只看重“这个”。（d）

——刁斗《古典爱情》

a 句是典型的不带引号的直接引语。b、c、d 组成一个间接引语句，主语是“我”，谓语是“想”，下画线部分是宾语。其中，b 分句是遮蔽式引语，不显示“说”的内容，c 分句是 d 分句的引导句，d 分句是“她”的原话，属于直接引语。这是自由直接引语和自由间接引语混用的典型例句。自由间接引语是一种非常现代的引语方式。它赋予话语转述以极大的自由，不但说话人、引导句、转述词可以根据需要灵活安排，而且还可以采用直接引语、间接引语中的任何一种形式，从而使得叙述语言和人物语言共存于一个话语场中，实现两种“声音”的齐鸣共奏，而不是在直接引语中由于引导句的指引、符号的框定而致使双方的“声音”互不干涉，从而呈现为彼此割裂的独语模式；人物语言既可以完全保留原生风貌——保存人物话语的主体性就意味着彰显人物的独立性，也可以经由转述生成异体形态，人物话语异体形态的生成就意味着人物的主体意识被融入具体的语境中，构成了一个彼此关联的话语体；由于话语的自由转换和形式的自由变化，使得读者对话语意义的领悟和形式的识别更多要依赖于对语境再度体验，这使得读者、文本、叙述者、说话人之间的沟通与交流走向深处。更为重要的是，这种引语形式极大地凸显了叙述的美学效果。这种被称为“朦胧话语”（[德]卡莱普基）和“被体验的话语”（洛克）的自由间接引语，不但“打破了叙述者控制讲述，人物话语从属的等级制”，而且“讲述者和人物的矛盾性决定了人物语言和叙述者构成了反讽性关系”[①]，这种叙述美学上的审

① 刘恪：《现代小说语言美学》，商务印书馆 2013 年版，第 375 页、第 376 页。

美效果和形式意义与现代小说文体的创生与发展是一脉相承的。语言形式上等级制的去除，人物话语主体地位的凸显，与小说家在现实生活中的体验构成了同构性。比如，新生代小说家是以极力颠覆传统秩序、彰显个体存在感方式进入文学现场的。他们对自由和独立的渴求，以及他们的无视一切文学戒律和形式规范，恰好在对这种语言形式的体验与实践中，获得了心理上的共鸣。由此看，新生代小说家对自由间接引语形式的广泛实践，归根结底，也反映了他们对某种霸权秩序的反叛和对新生秩序的创造精神。

还有一种自由直接引语。它由直接引语转化而来，直呈原话，但省去引导句或连接词。“自由直接引语指不加提示的人物对话和内心独白，其语法特征是去掉引导词和引号，以第一人称讲述，叙述特征为抹去叙述者声音，由人物自身说话，在时间、位置、语气、意识等方面与人物一致。”① 由于驱除了一切形式标记，句子组合和流动非常自由，人物的意识、潜意识等精神、心理方面的痕迹很明显地随句子推进的节奏而不断变化。人物的内心独白、自言自语、意识流动多借助这种方式得以充分呈现。内心独白是没有说出来的留存于内心的话，自言自语面向某一虚拟体自动说出来的话，意识流是不合逻辑的无统一目标的经由自由而任意联想所表现出来的话语流。在极端自由状态下，它们能够摆脱一切约束，呈现为话语的狂欢，表现为词语的裸奔，这在先锋小说语言中屡见不鲜。但在新生代小说语言中，它们的意义相对明确，层次性和逻辑性相对清晰，即使像林白、陈染、徐小斌那种极度私人化的内心独白，其意绪和情感也都大体可被感知，远没有表现出像先锋小说那样的高度形式化。

> 珍珍掏出小镜子照照，她挺满意今天这大红唇。哥哥干吗不说话呀，什么带晓白吃冰淇淋，明明是想请晓蓝！他为什么都没想到请他的亲妹妹！算了，不计较，好好逛街去！
>
> ——鲁敏《六人晚餐》

> a 刘亚军感到人世间的偶然其实隐藏着人性中最热切的期盼，上天总是会安排一些事让你得到一个解脱的机会。b 我已经清楚了这件事的本质，上天已给了张小影远走高飞的机会，上天同时

① 胡亚敏:《叙事学》，华中师范大学出版社 1994 年版，第 94 页。

告诉我，我将以适当的方式在这个世界上消失。

——艾伟《爱人同志》

在前一段话中，第一句话是一般叙述语，从第二句话第一个分句开始，就进入自由直接引语模式。珍珍的心理活动不受任何形式约束，意绪自由流动，体现这一引语模式“自由”和“直接”两大特征；后一段由 a、b 两个长句组成，a 句是常见的第三人称全知叙述，是叙述者从外部介入刘亚军的心灵世界，对其内心活动做整体性的概说。b 句是刘亚军自己的内心独白，属于自由直接引语。这样，这段话从外到内，跨越第三人称与第一人称两个视点的转换，完成了对人物心理意识的呈现。内心独白以及人物的自言自语，多是局部上的应用。意识流动既可是局部的，也可是整体的。比如，施蛰存的《梅雨之夕》就是整篇直陈“我”的意绪。而在新生代小说语言中，由于多以第一人称的“我”为叙述语式，因此，在整体上的话语自由转述倾向就更为明显。几乎是每一位新生代小说家都写过自叙传式的“成长小说”，或以“第一人称”为语式的叙述体小说。这两类小说都经常采用直接自由引语话语转换方式。

妈的，我说话真是说得乱了套。我发誓我不是有意的。我这一段就是这样，说起话来颠三倒四的，走路也跌跌绊绊的。那是因为我伤心了，沮丧了，并且受到意想不到的惊吓。我说着说着话就会带上哭腔，如果我面对的人是老虎那样的好朋友，昨天晚上在宾馆的走廊里，我就毫不顾忌地对她流了半天眼泪。先是我说着说着哭起来，后来我也不想哭了，可是不晓得为什么，她忽然望着我满是泪痕的脸发呆，接着她就开始流泪……我发誓我当时给她做出的略带羞涩的微笑模样，从前我只是在那些骗得我魂不守舍的臭男人面前才做的，因为那其中含有不由自主的谄媚，最软弱的拒绝，还有对待将遭摧残的苦涩的预感。我怎么在老虎面前那样地笑，我怎么会呢。

——鲁羊《鸣指》

这是一段长达几百字的近似自言自语的文字，全部以“第一人称”面向潜在的读者说话，有价值评判，有场景描述，有事件分析。在鲁羊的长篇小说《鸣指》中，这样的话语独白构成了整部小说语言体系的主体。上述几个事例都说明，自由直接引语与内心独白、意识流动有着直接的关联，但是，内心独白和意识流并非直接对等统一的，它们之间有重合，也有分离。赵毅衡对此做过较为深入的研究，认为:“直接自由式转述，内心独白，意识流，是三个互相关联的概念，直接自由式转述是基本的语式，用这种语式来表现人物内心没有说出来的思想过程，就成为内心独白，而意识流动是某一种内心独白，即用直接自由式转述语写出人物内心的无特定目标，无逻辑控制的自由联想。因此，当内心独白不是表现这种自由联想时，则不算意识流。”[①] 据此，他认为王蒙在20世纪80年代创作的《春之声》《布礼》等小说根本就不是典型的“意识流小说”。

引语形式的变迁反映了小说文体发展的现代历程。中国古典小说几乎没有间接引语，几近为清一色的直接引语形式。间接引语是近代以来采用新式标点、更新新式思想的直接产物[②]。间接引语作为近代以来发生的新事物，也为后来引语形式的多样化发展和艺术创作打下了基础。间接引语是理性控制的产物，非常适合于有强烈意识形态倾向的语言，而不大适合于具有强烈主观倾向的个体语言。比如，1942年以后深受延安文艺座谈会精神影响的解放区小说语言，“十七年”的工农兵小说语言，以及20世纪80年代初期的“改革小说”“反思文革”的小说语言，叙述语言中的意识和规范直接侵入人物语言肌体，从而使得小说的人物语言并不能获得充分的主体性。这就是为什么单纯间接引语不被新生代小说家所广泛采用的根本原因。然而，任何一种小说语言，都不可能是全部的单一的直接引语或间接引语，它一定会走向新的融合。而直接引语和间接引语的兼并，却天然地适应了现代小说语言发展的需要，即语言主体都是平等、自由的，自身地

① 赵毅衡:《当说者被说的时候:比较叙述学导论》，四川文艺出版社2013年版，第177页。

② “只要中国小说尚未采用新式标点，就无法摆脱直接引语式天下。到晚清，圈点比较盛行，开始出现了松动的余地。吴趼人的《恨海》作为中国第一部大量心理描写的小说，就开始把心里想的（主要是女主人公棣华的心理活动）与转述语混杂起来。在当时，没有引号，这样的混杂就是一个新事物。此外，在这本小说中也出现了大片的间接引语。”赵毅衡:《当说者被说的时候:比较叙述学导论》，四川文艺出版社2013年版，第174页。

位与语境的压力发生了更为内在的、直接的关联。出于语言体验的自由和独立之需要，自由间接引语被广泛采纳，其原因也就不难理解了。直接引语被新生代小说家所普遍采用，而直接自由引语只出现在私人性话语极为个性化的小说家语言中。其原因，一是出于语言传统和惯性需要，二是要广泛采纳生活语言，特别是方言口语之精华，三是超越先锋小说语言过于形式化、晦涩化之弊端，这就使得直接引语的运用出现了再一次回潮。

第六讲　新生代小说长句建构的内生逻辑及美学特质

句子是现代小说语言的基本单位。句子由词语与词语（或短语）遵从语法规律排列而成。句子的长短之分只是相对而论，因为小说句子不可能都是短句或长句。那么，如何界定小说语言中的长句和短句呢？这里只是以古典小说中的句子运用为一个参照物，来论析现代小说语言中的长句现象。

语料	总字数	总句数	长句数	长句比率	短句数	短句比率	每句平均字数
《简帖和尚》	6880	786	36	4.58%	417	53.1%	8.7
《红楼梦》第八回	6331	694	65	9.37%	323	46.5%	9.0
《小二黑结婚》	9248	863	94	10.9%	289	33.5%	10.7
《春风》	8062	698	215	30.8%	93	13.32%	11.5

由上述数据粗略可知[①]：古典小说向现代小说发展的标志之一就是长句在一篇小说中的数量越来越多，所占比例越来越大，单个句子越来越长。现代小说语言长句增多，不断变长，这是欧美句法影响现代汉语，特别是现代小说语言的必然结果。以《春风》为例，长句有215句之多，占了总句数的近三分之一，这种现象在古典小说语言中是不会存在的。100字以上的超长句子在郁达夫、叶灵凤、施蛰存、徐讦等现代小说家的文本中大量

① 卢惠惠:《古代白话小说句式研究》，复旦大学2004年博士论文。

出现，足可表明，长句现象是凸显现代小说语言独特形式特征的标志之一。但这并不等于说，古典小说中的短句传统是违逆现代性发展潮流的。相反，在现代小说语言发展史上，以短句为突出形式特征的古代汉语传统常常成为现代小说家回望和借鉴的重要资源。比如，赵树理和汪曾祺的小说语言就多用短句。这是因为，作为汉语书写符号的汉字是方块字，音、形、义三者合一，本身又多能独字成词，适合诵读，故书面语中多以短为主，显示了汉语言典型的民族特色；古典小说由话本、拟话本演变而来，在由“听说”向“读写”模式转变过程中，保留下了古代说书人的口语特征和多用短句的特色。短句有其突出的优点，比如：表意言简意赅，句式灵活多样，韵律、节奏感强，等等。但现代小说语言是现代社会发展的产物，短句不能充分表达现代人的现代情绪，这样，长句由于其逻辑的缜密、层次的丰富和表意的复杂而天然地暗合了现代小说发展的文体需要。现代小说语言发展到今天，其长句的类别、审美功能和被运用的频率都出现了很大的变化。每位优秀的小说家都有其独特的审美个性，长句现象因此而更加丰富多彩。王蒙动辄几十字的“话痨”型长句、孙甘露“像……”式长句、莫言顺着语流一气呵成的超长句、刘震云“不是A，而是B；或者不是A，不是B，也不是C，而是D”式的绕来绕去的长句……都是展现其小说语言特色的标志之一。很明显，这些长句就不单纯是为长句而长句，而是有着更为深层的形式追求和语言意识。

卢惠惠通过抽样调查，得出：“古代白话小说，平均字数大多在8到9个字，现代小说平均字数都在9个字以上。”[①] 我们可以以此作一个参照，如果把“9个字以上”作为衡量“长句”的标准，那么，我们可以通过对新生代小说句子的抽样调查，看出21世纪中国现代小说句子字数发展到了怎样的程度。

语料	总字数	句子总数	每句平均字数
《哺乳期的女人》	5976	183	32.6
《上海宝贝》第四章	2233	53	42
《炼狱之花》第一章（1）	2342	50	46.8
《美丽奴羊》	4030	116	34.7

① 卢惠惠：《古代白话小说句式研究》，复旦大学2004年博士论文。

由上述粗略调查可以得出：1. 长句运用成为一个普遍现象。在过去一百多年间，小说中的句子越写越长，数量呈现明显的递增趋势。2. 现代小说发展到 21 世纪第一个十年，其长句数量和每句容纳的字数都远远超过了此前的标准，又是历史发展的最高峰。这反映了现代小说语言发展的新趋向，也印证了中国小说家审美思维的复杂性。3. 长句的衡量标准已经大大超过了“9 个字”这个基准，而呈现为 20、30、40 乃至 100 字以上的发展趋势。在可预见的未来，小说中的句子依然会呈现不断拉长态势。表面上看，长句子是表示形态、状态、程度的修饰语增多和短句叠加造成的结果，本质上还是现代人认知思维、审美意识、语言能力大发展、大跃进的必然结果。

超长句子的频繁出现，成为新生代小说长句中的一个突出现象。这些句子又不同于先锋小说中的长句，后者纯粹依靠词句的能指游戏使得句子变长，前者依靠具有清晰的所指内涵的词语的层层叠加、串联，或句子本身的大扩容而生成新长句。现代小说中的长句多见于叙述语言中，在人物语言系统中并不多见。而在新生代小说中，叙述语言和人物语言系统中的句子都变长，特别是在表现心理活动、内心独白、超能感觉时，那种不可遏止的情绪流往往容易演变为超长句子。比如：

> 屠夫和他的刀子一下又一下，每下都是他杀生生涯的绝活，都是天籁之音，那刀刃仿佛游动于苍穹和地心，当羊皮全摊开时，弥漫于天地间的音乐一下子从赤裸的羊身上涌流而出。
>
> ——红柯《美丽奴羊》

> 出租车在凌晨二点的街头飞驰，窗外是高楼、橱窗、霓虹、广告牌、一两个步履踉跄的行人，彻夜无眠的城市里总有什么在秘密地发生着，总有什么人会秘密地出现，一阵阵酒精味还有淡而坚定的 CK 香水味时不时飘进我的胸腔，我的大脑空空如也，身边的男人一个失去知觉，另一个静默无声，虽然没有声音，但我还是感觉到了人行道上发黏的影子，和昏暗中陌生男人闪闪烁烁的注视。
>
> ——卫慧《上海宝贝》

前者是一个描写屠夫杀羊动作的长句，共 73 字，语言的模仿功能和表现功能赋予“杀羊”这一动作以优美的图像和诗意般的想象（“绝活”“天籁之音”“游动于苍穹和地心”）。红柯的语言都是直接表现大自然的神性，将传统的抒情赋予边疆神奇的大地，人、景、物天然合一，小说家本身的语言体验和地域风情、地方知识血肉般融合后，语言获得了源源不断的生成动力，以此生产出来的长句多是原创性的、鲜活的，丝毫不见先锋小说长句那种因语言游戏所带来的不及物性。后者是一个长达156字的超长句子，包含十一个小分句，描写“我”在出租车里的所见、所感。高楼、橱窗、霓虹、广告牌、CK香水具体呈现了现代都市的摩登与时尚，散发着的酒精味、两个男人的形态是刺激“我”引发内感官体验的主要诱因，这样，由外到内，由动而静，由此及彼，由视觉、嗅觉到触觉，将“我”的精神样态立体化地呈现了出来。

在私语小说中，表现欲望心理的长句更是司空见惯。“长句传导细微与变异的感觉体验伴随着奇异的幻觉与心理现象，使得长句处于内在的流动状态，这样的长句一般会搅乱时间和空间的界限，使之成为一种艺术感觉的迷狂状态。”[①] 长句所具有的这种美学功能在林白、陈染、徐小斌等新生代女作家的早期著作中达到了极致。所谓语言的诗意和女性意识也多借助这种长句得以淋漓尽致地表现出来。

> 在梦里，我跟一个蒙着眼罩的男人赤身裸体地纠缠在一起，四肢交错，像软酥的八脚章鱼那样，拥抱，跳舞，男人身上的汗毛金光闪烁，挑得我浑身痒痒的，在我最喜爱的一支酸性爵士乐过后，我醒过来。
>
> ——卫慧《上海宝贝》

> 她坐在床上久久地凝望着窗外的世界，她望着天宇的无际与时间的绵长，望到无数颗孤独的头颅高昂在智者们虚撑着的肩膀之上，四下找寻依托，望到每一颗独自行走的心灵，正在这冷秋日里的街上无助地梦想……
>
> ——陈染《时光与牢笼》

---

① 刘恪：《中国现代小说语言史1902—2012》，百花文艺出版社2013年版，第76页。

我爱她的芬芳，她在浴室里发出的水声，爱那温润的水雾气，雾气散去，美人出浴，在残留的薄雾中，梅飞裸露的身体婀娜柔软，参差的水珠在她身上闪烁，在凸起处、拐弯处、凹陷处，那些水珠完全变成了另外一种水珠，跟珍珠有相同的质地，却闪着钻石的光。

——林白《玻璃虫》

第一句是一个 80 字的长句，包含十个分句，分句长短分明，节奏感鲜明，分句内部的语词直达体验的细部，生活的内容和心理的欲望几乎同构。由梦起，到“醒过来”，其间“性心理”的由浅入深、张扬沉浮，被表现得无比真切、透骨。第二句是一个 87 字的长句，包含六个分句，句末用了省略号，预示“望”的内容无限拓展。这句话既有实写（“窗外的世界”“天宇”），又有虚写（“时间的绵长”“孤独的头颅”“行走的心灵”“无助地梦想”），由实入虚，渐入幻境，将一个女人幽闭、隐秘的心理活动艺术地表现了出来。第三个长句共 102 字，包含十二个分句，每个分句都以“我”对梅飞身体的想象进一步推进，借助嗅觉、触觉、听觉等感官，细致而又诗意般地描写了一位女性深层的心理意识。这是典型的“联觉语言”。

句子的变迁归根结底还是现代社会发展的必然结果。新生代小说的长句表达了如此复杂而繁复的信息，不但充分展现了现代小说语言发展的崭新特征，也体现了现代社会发展的新趋向。

这些长句是怎样被生产出来的呢？这需要首先从汉语句子的特点说起。“汉语句子不一定具备主语和谓语；汉语里即使具备主语和谓语的句子，也不一定是‘NP+VP’的句子（NP 代表名词性成分，VP 代表动词性成分）；汉语里即使是‘NP+VP’的主谓句，也不一定是‘施事—动作’或‘受事—动作’的句子；即使是‘施事—动作’的主谓句，主谓关系也非常松散”[①]。由于主谓关系松散，可以灵活拆分，汉语句子的这些特点赋予小说家以极大的创造自由，既可以遵从汉语语法，也可以以反语法形式创造极致形式特征的长句子。完整形态的汉语句子一般由主语、谓语、定语、状语、补语构成，各个组成部分原则上都可以加入修饰成分，句子或短语又可以被

① 陆俭明:《汉语句子的特点》,《汉语学习》1993 年第 1 期。

当作某一长句的一部分，承担构造句意的功能。这是使得句子在形式上不断变长的根本原因。最常见的有两种：一是利用转折、并列、递进等关系连接句子，因为每一个分句都展现为一种状态，因而最后形成的长句不仅内部逻辑和层次复杂，而且表意也丰富和充分；二是由两个或两个以上的词语（短语）以并列或递进方式充当核心词的修饰语，从而实现句子的无限拉长。比如：

> 与浑浊相对的词是纯洁，这个词在过了许多年之后在一个潮湿而寒冷的日子里变作一把尖利的刀子直插二帕的心脏，这把刀紧握在二帕的好朋友意萍手里，好朋友手里的刀总是比我们想象的还要充满力量还要锋利还要令你更受伤害。
>
> ——林白《瓶中之水》

> 从广场的红绿灯掠过，两条雪白的袖管摇晃着，摇晃得眼花缭乱……那，那闪烁的火焰……有晶莹的触须，铁牛，蜻蜓，蜗牛，动物与事物的一种状态……落在水里，是悬浮于水草之上的一具尸体，昆虫尸体，蝙蝠尸体，瘟猪尸体……一个人的战争，守护自己灵魂而战，稚童、老头、老女人和生物的尸体……颤抖的内脏，化腐朽为绿色，曲曲弯弯，一根树杈，一片飞叶，包括白色的蛆虫与殷红的蛔虫，还有呕吐的一堆污秽物……阳光下飘落下一个塑料软盒，粉尘如雾……
>
> ——刘恪《城与市》

前者是一个长达98字的超长句子，包含四个分句，分句与分句之间是承继关系，整句话都是围绕“纯洁”这一核心词，不断拓展、解释和补充。在其内部，每个分句都由修饰性的词语或短语进行阐释，形成语义的繁复性和层次性。最后一个分句的补语很长——“还要充满力量还要锋利还要令你更受伤害”——深入解释了本句的核心语义。实际上，在具体的小说长句生产中，汉语句子由于有其独特性，故又往往不遵从一般的语法规范，而体现为反语法、反规范的特性。如果将词语拼贴、词性变异、语序颠倒等用于长句生产，其形式就被风格化了。在前述第二个句子中，很多词语、短语彼此杂陈，连接成小分句，继而形成超长句子。这类似于后现代写作中的词语拼贴，即把彼此关联或不相关联的事物纠合在一起，使得句子内部因此而“内爆”，产生超量的碎片化信息，它们之间的拼贴不合生活逻辑，也不具有意义上的直接关联性，但整体上服从于某种精神意绪，并以此统摄句子，以暗示或象征生成意义。上述句中事物都是一位雅院的老人透过窗子所观察到的实在景象以及她内心想象到的图景。它们让人有点恶心，处处播散着一种颓败的负情感气息。这样的事物和气息再现了这位“老女人”在此时此地的心境和情境。以这样的后现代拼贴技术形成的长句在新生代小说中有很多，它代表了现代小说长句生产的现代性品格。

长句的生产及渐成主流，最初是欧化文影响的结果。白话文取代文言文，需要提高其表达的逻辑性和语法的缜密性，因而引入西文长句和语法，以此改造刚刚创生的白话文，以弥补其本身固有的某些缺陷。再者，长句适合表达丰富复杂的社会文化内容，反映隐秘曲折的个体情感，描绘变动不居的意识流动，这与社会现代性、审美现代性的发展构成了互补关系。现代小说长句的生产正是这两方面的原因，在过去一百多年里，全面而深入地改变了中国古典小说语言以短句为主的格局。新生代小说接续此种趋向，几十字乃至上百字的长句成为主流，标志着中国现代小说语言发展到了一个新阶段。但是，句子变长并不等于现代小说语言走上了“正道”。如果说先锋小说语言中的长句子过于抽象、晦涩，其弊端早已被现代小说语言史所确证的话，那么，新生代小说语言中有些长句子则是对生活语词的简单拼贴，浮于表面，流于形式，欠缺逻辑性。不但长句内部结构极为松散，缺乏语言的美感效应，而且句子往往臃肿、混乱。这都表明，新生代小说的长句生产依然处于实验阶段。

那么，当下长句生产应该遵循哪些可行的路径呢？现代小说长句深受欧化语影响。中国新文学奠基者们最初从西文中引入长句样式，其主要出发点是“实验汉语的极限”[①]，促使白话文趋于精密、严谨、丰富，以助力新文学发展。但正如鲁迅所言，“烦难的文字，固然不见得一定就精密，但要精密，却总不免比较的烦难”[②]，此后的长句发展证明，中国现代小说语言中的长句子始终不在精密而在烦难上得到了大发展。句子烦难，是欧化和长

① 鲁迅：《答曹聚仁先生信》，《鲁迅全集》，人民文学出版社 1995 年版。
② 鲁迅：《论新文字》，《鲁迅全集》，人民文学出版社 1995 年版。

期书面化的必然结果。[①]五四草创时期的欧化长句，到了20世纪30年代胡风、路翎等小说家这里，便已发展到烦难的小高峰，到20世纪80年代的先锋小说，已发展到了极端，动辄上百字甚至不加标点的长句成为当时一道令人眼花缭乱的语言风景。新生代小说语言因对传统和历史的割裂，仅仅依靠肉身体验和简单的语词拼贴生产的长句趋于空洞。绝大部分长句内部逻辑不精密，形式烦难，因而，它也不能够被树立为汉语长句生产的典范。总之，如何处理好长句生产的精密和烦难之间的关系，依然是摆在21世纪中国小说家面前的一个重要命题。

① “经过近一个世纪的语言变迁，五四时期的欧化文已经成为现代汉语的有机部分，我们甚至已不能分辨哪些是汉语原有面貌，哪些是欧化成分。但是，欧化文在当代新的翻译体文本的刺激下又得到助长……这在可能增进汉语表达的准确性的同时，使汉语意合表达的灵动进一步弱化……新文学作家们实际上正是在思维和审美上接受了西方。若是一种健康的语言影响，这种变化不会影响当代文学的总体品质。问题在于，当代文学中的欧化句子并没有给我们带来精密，带来的是精密的假象，成为一种风气，而汉语原有的优势也就丧失了。”李心释、姜永琢:《“新文言”与“反语言”：当代文学的语言困境》,《扬子江评论》2010年第4期。

第二编　修辞论

第七讲　新生代小说家的元叙述实践

一　元叙述的形式特征

马原式的元叙述模式及策略，依然备受新生代小说家们欢迎。在早期，他们采用这种策略，重新进入并改写历史题材，形成了一波颠覆历史、改写人物、修改主题的反讽叙事潮流。这是李冯、李大卫、张生、毕飞宇等一部分新生代小说家在处理自我与历史关系时的重要方式。在这类小说中，历史不过是其想象甚至随意拼贴的产物。而在策略上，常常有一个“我”或某一人物，自由出入于文本，对叙述行为做出点评、阐释、说明。若单从技术层面看，这是对马原元叙述方式的直接继承，但在策略和文化心态上已不是单纯的形式实验，而是一种价值观的跨时代转换。这种转换带有十足的大众消费文化意味，即其叙述中的娱乐性、猎奇性内容更多对接于90年代以来大众读者的阅读趣味。各类日常用语、方言俗语，以及各种文本、资料、知识——只要稍具文学表现力——都被作者通过元叙述手段整合进小说中，其信息的芜杂、内容的繁丰、风格的多元，都达到了历史新高度。这也大大改变和丰富了当代小说语言的已有形态。

但问题依然存在。我们以张生的《你的一生见过几个医生》和李冯的《唐朝》为例对之稍做说明。前者以元叙述方式穿插了大量文献资料，以辅助正文本展开，令人惊奇的是，其中光征引司马迁的《史记·扁鹊仓公列传》和拉·梅特里的《人是机器》等文献资料就占了三分之一篇幅。而像“写到这里，我想简单地回顾一下这篇小说前面的段落的内容。笼统看来，这些段落之间没有什么必然的联系……”这类具有元叙述风格的语句，则承担起了缝合线索、结构全篇、揭示小说虚构本质的话语职责。后者讲述都尉李敬奉皇命外出寻找仙山的故事，其中涉及了大量的历史人物。而在“注释”中以元叙述方式，不但大量引入并分析古典诗歌、历史典故、用药配方，而且还不断对正文内容做出解释、说明。不厌其烦地罗列知识，颠覆传统，解构人物，是这两个短篇所共有的修辞趋向。但这两篇小说的语言，特别是其中的元叙述部分，总还是给人以零落、散漫、空洞之感，叙述缺少灵动，语言毫无韵致和美感。这样的语言依然更多是技术的而非艺术的[①]。然而，李洱的《花腔》、红柯的《西去的骑手》等产生较大影响的作品也在局部采用了元叙述策略，既较好地处理了审美主体与历史客体的关系，也彰显了小说语言独特的艺术效果。这也说明，由马原最早系统实验后并被先锋小说家们广泛采用的元叙述，只要不是出于纯然技术性的机械运用，它一样能够被证明是一种有效的不过时的叙述方式。当然，这种“有效”和“不过时”的主要依据是：它必须与整个文本语境艺术地融为一体；它必须与小说的具体细节、场景或某种情感发生“化学反应”。

董立勃的《杀瓜》就成功地沿用了这种元叙述策略。这个短篇采用全知叙述视角，讲述了陈草种瓜、卖瓜、杀瓜，刘红国杀人、逃跑、被判死刑的故事。一方面，小说中的故事是悲剧性的，是个现代版的“官逼民反”故事。另一方面，叙述人的讲述超级冷静，他的声音和人物的声音是彼此剥离的，但他自由出入故事，不断打断故事讲述进程，揭示故事的虚构性，目的是引导读者注意故事的不同寻常和人物的悲惨结局。叙述人说“都不知道我究竟想要表达的是什么”，并强调“胡言乱语，什么意思也没有”，但是，对于读者来说，他叙述的故事更真实，更可信。显然，这样的元叙述最终指向的是内容，而不是形式，因而，它是成功的。

元叙述是一种高技术性的艺术手段。在新生代小说家群体中，真正深谙其艺术奥妙并成功运用于具体实践中者当首数鲁羊。鲁羊的代表作有

---

① “这样的语言是瘫痪的语言，无根的语言，没有故乡的语言。它无法脱离情节要素而自立，也没有生命的质感和自然的气息，更不会焕发某种经由地域文化长期浸润而形成的韵致和光泽。主导这种语言的力量，既不是痛苦的人生经验，也不是参悟不透的命运玄机，而是被竭力掩饰着的肤浅的说明冲动。在这样的语言里，不同情感空间的并置，不同欲望和意志的冲突、较量，以及理性或思想的悖谬，都不会有容身之地。在这里，小说除了一些零星的落套的日常感想，已发现不了任何新的东西，它们只是重复人们已经说过的、确认过的，偶尔抬一下杠，作一些涂改，也不在致命的地方。”王鸿生：《小说之死》，《当代作家评论》2001 年第 2 期。

《九三年的后半夜》《青花小匙》《洞酌》《鸣指》。这些小说都有一个讲故事人的角色出现，他也不断地干涉叙述过程，以议论、说明方式展开对于某一环节、人物或事件的评介，表面上看，这一点和马原们的元叙述策略别无二致，但他采用这种元叙述策略的目的却与之不同，即他不是以暴露写作的虚构性为根本意图，而是企图在小说内部寻找到一种艺术力量①。这样的出发点自然与马原式的元叙述不同，本意不是颠覆，而是在探索，在重构。而且，这些叙述人，比如《洞酌》里的龙薇的祖母、《青花小匙》里的独眼人、《薤露》里的马叙常等等，都多多少少地与作者的气质、精神、理想有某种内在关联，也即他们是生活中的作家本人在小说中的代言人。这与马原们笔下的“叙述者”通常与作者本人在心理和精神上没有多大关系有所不同。正因为“与这些角色有精神上的血缘关系”②，所以，上述小说中的叙述者都不是一个个独立于叙述之外的木偶、道具，而是一个个有血有肉的人。比如，在长篇小说《鸣指》中，“我”与马余都参与了叙述：“我”脱离开叙述，审视、评价马余的日常生活；马余会脱离开文本场景，也审视、评介“我”的活动。这种视角互换、互评模式，不但消弭了先锋小说那种刻意为之而留下的技术痕迹，而且在语言效果上真正与“正文”达成了一种和谐的张力。我们不妨比较一下：

> 读者这时一定发现了，作者居然称所有十三人都为“家”，这实属荒唐。而且听口气作者也是其中之一，换句话说也是某位艺术家。说不定他自视为一个极端重要的角色呢。据作者自辩，所谓家不过是一种职业，把这个单音词理解为某种荣誉实在是同胞们弄错了。
>
> ——马原《拉萨河女神》

---

① “我不得不在某一段开始审视小说，也就是写小说这一行为本身，那是因为我对小说或小说的叙述产生了疑问，或对语言的真实性、连贯性及内部的和谐程度发生了疑问。这其实是‘王顾左右而言他’，然后回头再叙述。也有另一种情况，在审视小说的同时，以叙述之外的活力推动小说的进展。”张钧：《鲁羊访谈录》，《小说的立场——新生代作家访谈录》，广西师范大学出版社 2002 年版。

② “我之所以经常设置这样一些角色，是因为我觉得我就像这些角色，他们跟我的某些感觉有相通之处，或者说我与这些角色有精神上的血缘关系，他们是我个人体验的外化形式。”张钧：《鲁羊访谈录》，《小说的立场——新生代作家访谈录》，广西师范大学出版社 2002 年版。

在这里陈村既不是叙事者，因为他还处于前叙述，又不是故事人物，因为故事还没有开始，他亮出的只是作者的身份，讲述的只是作者的写作意图，即关于即将开始的小说叙事的叙述……

——陈村《象》

没想到如此陌生，大柴垛下的小镇，与小镇一水之隔的村庄，笼罩在夜雨中，使人感到前所未有的身处异乡的心情。苏轼听着啼哭声渐渐远去，无形的火焰归于无形，只有夜雨进一步真实。大柴垛顶部的人，越来越感到寒冷。苏轼转动着头颈，僵直了整个白天的头颈，在谜样的夜雨中四处张望。苏轼是否会发现，距离大柴垛仅仅百步之遥，有一盏灯，透过农舍的墙壁和厚实的农舍屋顶那盏灯和它椭圆形的灯火，在夜雨中虚实相生，一点也不晃动，把小镇和村庄所有点燃和熄灭的灯火收拢着，缩小到豌豆那样。苏轼凝望着雨中的灯火，想起刚刚经受的感动，和一个人降临人世所面对的事物，忍不住松开双手，无声地笑了。

——鲁羊《九三年的后半夜》

前两段话是针对虚构世界里的对象的，指向话语本身，故是典型的元语言。作为一种强大的评论语言，它本身就能够独立地显示意义。在前一段话中，叙述者停止叙述，面对读者，谈论作者的所作所为（包括作者的说话语调、口气、职业），并做出非常主观性的评价。叙述人与读者之间的坦诚交流，最终也将读者的意识纳入了文本中。在后一段话中，作为作家的真实姓名“陈村”也出现在了小说中，所评述的对象是“陈村”的创作。与读者沟通、谈论具体创作行为的句子，当然是属于元叙述，而且也与读者构成了一种真诚交流模式。但其作用也仅限于此，他并不能在语言效果上形成一个和谐的张力，总感觉它与正文“隔”了一层。在第三段文字中，那个“讲故事的人”在言说、评介苏轼（文中的人物）的言行、心理，他脱离开叙述，突然插入上述分析，这里很明显有元叙述成分，但我们几乎看不出明显的技术痕迹。从语言效果来看，鲁羊的元叙述有一种随物赋形的飘逸感。运用含蓄的抒情、隐喻、暗示等修辞手法所生成的元叙述语言，已与正文血肉相融，不分彼此。

二　元叙述的形式标志

21 世纪以来，小说家对元叙述的认知及实践较之 20 世纪 80 年代都有了一个深入的突进。元叙述的本体特征、表现形式，特别是其在叙述学方面的话语功能，都引起了小说家们的注意。小说中经常出现一种带有形式标志的元语言，比如括号、破折号、编者注、脚注、尾注。这些标志性的符号一经出现，不仅成为小说形式的组成部分，而且还与小说的叙述语式、语调、语体构成了复杂关系，在文体上生成了新义。

（一）以括号为形式标志

括号作为一种符号，经常出现于其小说语言中，用来解释语言本身的意义。如果偶尔用之，那不过是一种普通的标记符号而已，但当括号大量运用，演变为一种独特风格，贯穿于语言生产过程中时，那它就不是单纯的形式标志了。比如，普鲁斯特《追忆似水年华》就有很多括号，括号里的语言独立地存在，并具有解释、评论和描述的功能。在新生代小说家群体中，韩东、鲁羊、陈染、宁肯、李冯等小说家常常采用括号这种元叙述形式。

韩东最钟情于括号的运用。他不但在诗歌写作中善用括号（比如《甲乙》），而且在小说创作中更是情有独钟（比如，其小说集《西天上》），有时候一段文字，接连运用了好几处，比如：

> 大坟口何以得名，不得而知了，多半以前这里有一片坟地。它目前的标志是路边的一家代销店，一栋青砖大瓦房，方圆二十里地也就这一处（就是楚赵大队部的房子也还是草顶泥墙的，更别提农民家了）。当然代销店不属于个人，是丁集供销社在大坟口设的点。柜台后面的营业员被称为“会计”，极受人尊敬，和书记（大队党支书）、先生（民办小学老师）属一个阶级。
>
> ——韩东《十把钢丝枪》

了了此时碰到的有语言障碍、饮食障碍（他不习惯中餐，因此吃得很少）、年龄障碍（几天来围绕着她的都是四十岁左右的大人）和爱的障碍(男朋友远在美国)。可见，她是多么孤独。当年，一川去美国闯荡时和现在的了了一样，也碰上了语言障碍、饮食障碍和爱的障碍（李娜、了了都在国内。他们是三年后才去美国和一川团圆的）。想必那时他也是孤独的。

——《扶持进京》

括号的大量使用，给读者阅读制造了一种疏离感，甚至产生语义上的破碎感。我们不禁心生疑问：上述括号里的文字直接放进正文中不就可以了，何必如此费力不讨好地运用括号？只要翻一翻韩东的小说集，我们会经常看到括号现象。很明显，这是他有意为之的。在第一段中，第一个括号的内容是叙述者的评论，对前句细节做补充说明。后两个括号内的内容是解释性的，分别对“书记”“先生”做通俗化解释。在第二段中，叙述者时不时对了了生活上的几大障碍做解释——交代发生背景。如何解释这种现象？可以肯定，括号里的语言完全独立于对象语言之外，是针对“对象语言”的评论、阐释，因而是典型的元叙述。

陈染也时常运用元叙述手段：

水水目睹了外婆去世前在医院的情景。外婆睁大木呆呆的眼睛(那曾经是一双断文识字，通晓四书五经的眼睛；曾经顾盼流连，满盛一潭春水的调过情的眼睛)，脑袋像风干的核桃（那曾经是一张娇艳妩媚像寂寞夜里跳跃的烛光一样照亮男人心房的脸颊），干枯的白头发野草一般滋生在枕头上蓬向不同的方向（那曾经是一帘神秘的夜幕，黑漆漆地荡漾在风中），干瘪的身子淹没在覆盖过无数死去的人之后又拆洗过的被子下边（那身子曾经是一株绽满花朵的榕树在晨风中招展，芳香四散），一只被抽空血肉的乳房从被子一角裸露出来，斜垂着如一只倒空的奶瓶（那里曾经是跳跃的鸟儿在胸前饱满地舞蹈），外婆的腿间甚至像失禁的婴儿一样夹着厚厚的尿布（那曾经是穿着粉红内裤，诞生过水水的前辈的出生地）。

——陈染《时光与牢笼》

在这段文字中，针对外婆的眼睛、脑袋、头发、身子、乳房、双腿，形成了两套描述性的、风格截然不同的话语系统：一套是以“水水”为视点，并由她生成“对象语言”，以呈现其风烛残年的颓败景观；一套是以叙述者为视点，并由她生成“元语言”，以呈现其如花的青春岁月。老年外婆和年轻时的外婆，被一并呈现在一起，相互比衬。比衬的结果就是，它直接作用于人的生理和心理，给人以认知和体验上的巨大落差。很明显，括号内的文字是由“对象语言”而生，是一种描写性的元语言。这种从“对象语言”到“元语言”都是描写性的并且风格统一（细腻、含蓄、优美）的语言，在中国当代小说语言史上并不多见。

鲁羊也大量运用括号，比如：

> 整个上午（勤劳者认为上午时间是最好的，也就是最有效的）……甚至不想坐在他对面（假装很乐意陪他稳住他让他别发声）。我会拿起一本书（已经看了很多天却看了一小半）……因为每次睡觉时（准确说是准备睡觉时）……而他（讨厌的犯嫌的让人无奈的）……屁股（我喜欢让她的两瓣屁股赤裸）……我的目光（他是怎样的？）……让自己寂寞（他永远嘲笑我关于寂寞的想法，和他畏惧我关于离开的想法一样）……显出他自己的面部特征（奇怪的是，与我与他都毫不相似）……我去接他（或她，因为他既是男孩又是女孩）……
>
> ——《鸣指》

采用文体拼贴（小说、诗歌、散文、报告、案例等等），有意模糊小说文体特征，以及驱除故事因素，不以正常逻辑推进叙述，是作者在这部长篇小说中有意为之的修辞策略。也就是说，鲁羊想写一部不像小说的小说。为了实践这一策略，叙述人“我”不厌其烦地对某个细节、事物、动作、场景予以品评——平庸、随意、无意义的话语碎片。在这一段话中，由同一叙述者生成的两套话语同时展开，它们相互解释、相互映照，并时有反讽，看似有意义，又看似是无聊的语言游戏。这是一种反常规、反意义的元叙述，它不但颠覆了读者对小说这一文体的传统认知，也在实验一种新的叙述方式。

带有括号标志的元叙述，不但以此实现了全新的形式建构，而且培育和生成了新的语言系统。这也都说明，形式是有意义的，其话语功能也是无可限量的。

（二）以注释为形式标志

如果说小说的正文为“第一文本”，那么旨在补充、解释正文的注释则是一个独立存在的第二文本。注释具有调换叙述角度、完善小说结构、与读者进行对话交流等多种叙述功能，故作者或叙述者可以随时随地干预叙述。这也标志着元叙述的发生。小说的内部空间不再是封闭的，而是立体的、开放的。

在李冯的《唐朝》中，正文以李敬寻访杨贵妃的经历为主线，讲述李敬、道士、李白等人鸡飞狗跳的故事。在注释中，叙述人纵横捭阖、穿越古今，大量征引古诗词、名人轶事，甚至当下杂志上的信息，极尽拼贴之能事。当各种资料移入注释中，这实际上就形成了各种材料的大拼贴。当叙述人不断打破正常的叙述流程，而停下来对正文中的人物、事件进行评论，并与读者适时展开交流时，小说就不再是那种封闭格局，而是无限开放状态。正文本中的李敬寻访杨贵妃一事不重要，重要的是“注释”中以此为中心所展开的种种解释、说明、评论或再叙述。

宁肯的《三个三重奏》将论文写作中的注释格式嵌入叙述中，单从形式上就别开生面。比如：

>……居延泽在最诚惶诚恐的瞬间也倏忽想到要成为杜远方那样的人①。
>
>……
>
>①居延泽对谭一爻说，女人刺激人的野心远比精神刺激的野心大得多，也直接得多。那个晚上，堪称居延泽人生最强烈的一个晚上，惶恐又疯狂的晚上，野心勃勃的晚上，性感的晚上，美丽狂想的晚上，又是深刻自卑的晚上。……

正文本先是题记，后是序曲，然后分四十四章展开主体部分。每一章节都有“注”，“注”中的文字与正文本的章节一样，都是大容量的，有些章节的“注”要远远超过正文本的信息量。比如第三十九章中的“注”占了二十二页，而正文仅有八页。

“注释”作为一种话语手段一直备受致力于文体探索的小说家们的喜爱，但多是一种局部性的应用，比如对某个词、句子做出解释，或对某一虚构内容做出补充，但是像宁肯这样将之扩充为与正文本等量齐观，不分主次地运用，还是很少见的。很显然，《三个三重奏》中的“注”就绝对不是一种简单的平面的话语解释或内容补充，其意义远不止于此，而有更多、更深刻的小说叙述学功能、意义。首先，由“注”组成的单元既是独立的，也是关联的，与由正文组成的单元，不仅是补充说明的关系，还是互文式存在的关系。正文本的展开，要依赖“注”的存在；注的展开要借助正文本的说明。两个话语单位彼此互动，谁也离不开谁，失去其中任何一个，另一个也就无任何意义。其次，作为正文本的话语单位，与作为“注”的话语单位，不存在主客关系。它们彼此纠缠，你中有我，我中有你。如果把正文本看作“对象语言”，那么，“注”文本就成为“元语言”；反过来，如果把“注”文本当成“对象语言”，那么，正文本就是“元语言”。两个系统之间由于消融了主客关系，就形成了这种神奇的主客屡屡互换的艺术效应。

注释改变了小说的结构规则，面对读者打开了其封闭的内部，彰显了形式本身的强大的话语功能。借助这一形式，形成了两套相互关联的语言系统。但是，在宁肯的“注释”中，除了一般常见的故事层面的解释、评论功能外，它更多具有话语层面上的叙述学功能。“注释与正文的切换，有种奇妙的时光互换效果，如同将自己的童年P在中年上，或者相反，将中年P在自己童年上。另外，正文是故事，是特定的具体的封闭的场景，注释则是话语，是宏大是敞开的话语空间，是随笔、议论、叙事、夹叙夹议的集装箱。”[①] 注释与叙述时间发生了神奇的关联效应，引发了作家的创作灵感，而“随笔、议论、叙事、夹叙夹议”实则是针对正文语言系统的，是关于“对象语言”的语言。而在李冯的《唐朝》中，每一章节都有“注释”，叙述人随时评论正文中的情节、故事、人物，既和读者展开交流，也和作者、隐含作者交谈，更重要的是，“注释”部分成为结构全篇、推进情节和深化主题的主要动力元素。注释部分压过正文本，这样的实践也是较为少见的。

---

① 宁肯:《把小说内部打开》，中国作家网 2016 年 7 月 4 日。

（三）以编者注为形式标志

庞贝《无尽藏》也大量引入括号和“编者注”形式，所列内容都是历史资料的征引或对某一所指的历史性陈述。比如：

> 编者注：史载宋灭南唐时即已使用火枪和火箭，而在更早时的唐哀宗天祐初年，即有“发机飞火”用于战事。原著者未经沙场，故其想象中似只有冷兵器的交战。[①]

> 编者注：富贵不过一世，此可谓“现世报”。史载刘成勋美风度，善数计，南唐烈祖由粮料判官迁德昌官坊，历三代国主后归宋，宋太祖却不予叙用。[②]

上述“编者注”是陈述性的，近于写实，与正文雅化风格形成鲜明对比；关于历史背景的介绍，严格按照史书记载，不做丝毫虚构，这又与正文完全虚构和审美化的语境形成另一个鲜明的对比。这两种“对比”赋予《无尽藏》的语言以形式上的特别、新颖，也将小说的文体意义凸显出来。更为重要的是，两个“编者注”分别是对正文本中的战场场景和人物言行的背景解释，编者注引导话语指向正文本，针对虚构世界里某一人物和场景进行解释和评论，这是典型的元语言学意义上的评述功能。在此，我们也看到这类元语言功能与1980年马原们元语言实验的不同之处：前者是叙事层面的隐含作者的评论，而后者则是语言学层面的元语言的叙述与评论功能。可靠叙述者的评述与正文本的话语虚构，彼此虚实相映，共同营构了一种似真似幻的叙述效果。“虚构小说中凝聚强烈的元语言成分，既使得文本中两种叙事声音有所差别，又没有把叙事者与隐含作者完全割裂；既塑造了虚构，又把虚构的真实性和逼真性突出到最大限度。”[③]庞贝《无尽藏》中作为小说元语言系统的“编者注”就是将“虚构的真实性和逼真性突出到最大限度”的一个绝好的例证。

---

① 庞贝：《无尽藏》，作家出版社2014年版，第249页。
② 庞贝：《无尽藏》，作家出版社2014年版，第272页。
③ 封宗信：《小说中的元语言手段：叙述与评述》，《外语教学》2007年第2期。

第八讲　讲述、展示、综合：新生代小说家的语式实践

一

第一人称讲述式是新生代小说应用最普遍、最广泛的语式。这种语式不是传统的讲述式，也不是完全的呈现式，而是介于两者之间的“寄生式”（刘恪语），是传统讲述式的变体。代表作主要有荆歌的《粉尘》、叶弥的《成长如蜕》、毕飞宇的《是谁在深夜说话》、鲁羊的《鸣指》、张旻的《自己的故事》、朱文的《我爱美元》、徐小斌的《双鱼星座》、林白的《一个人的战争》、陈染的《私人生活》。在这些作品中，“我”作为小说的叙述者和作品中的一个角色（通常为主人公），既表现为作者的自叙传倾向，又体现为一个时代精神整体特征的代言人。由于视角限制，“我”只能讲述自己的故事，对他人的感知受到自身认知能力和视野的限制，这使得这类小说的语言较多保留了“我说话”的口语痕迹。就整体而言，小说语言呈现为“讲述”风格，无论故事、人物，还是行动，都是被“说”出来的，这和传统的讲述语式是共通的，但是，它又不同于传统讲述语式，即它讲述的速度非常慢，慢到极致就转变为呈现式，讲述和呈现这一源远流长的叙述传统，在中国新生代小说家的第一人称讲述语式中获得了神奇的结合。

> 我犹豫到最后一刻，被同屋拉去。我一路紧张着，进了门就开始冒汗，我用眼睛的余光看到别人飞快地脱去衣服，光着身子行走自如，迅速消失在隔墙的那边，我胡乱地脱了外面的衣服，穿着内衣就走到了喷淋间，只见里面白茫茫一片，黑的毛发和白的肉体在浓稠的蒸汽中飘浮，胳膊和大腿呈现着各种多变的姿势，

乳房、臀部以及两腿间隐秘的部位正仰对着喷头奔腾而出的水流，激起一连串亢奋的尖叫声。我昏眩着心惊胆战地脱去胸罩和内裤，正在这时，我忽然听见一个声音叫出我的名字，我心中一惊，瞬时觉得所有的眼睛都像子弹一样落到了我第一次当众裸露的身体上，我身上的毛孔敏感而坚韧地忍受着它细小的颤动，耳朵里的声音骤然消失，大脑里一片空白。

——林白《一个人的战争》

每个句子都是“讲述”出来的，即“我”在讲述我自己的所见、所闻和所感，但当讲述一停留于细部，又让人感觉不到讲述的痕迹，而呈现为一种体验性的心理感应模式——她人的裸体刺激了我的感官，让“我”昏眩、心惊胆战，外在的声音、动作、映象瞬间涉入“我”的心魄，在内感官处引发心灵的动荡。在这里，“我”的讲述和“我”的心理感应同步，速度慢到最低点，所有一切都在彼此交互感应中，落实到心理层面上，继而演变成为一种近似内心独白式的呓语。

我知道我的讲述被过于强烈的情绪支配了，左右了，被嫉妒和厌恨之手凶狠地揉皱和扯烂了。我暴露在街头的面部表情有多难看。如果我能克制内心被锈蚀的痛楚，以天生柔情——对你的、对全体少女的、对已生和未生的孩子们甚至对那个“肯德基”领班的——来滋润我的心和我的语言，也就不会那么地无法挽回地伤害你了。报应我早已领受，而且正在领受。我所领受的最沉重也最过瘾的报应不是今天的疯狂，而是你，你不翼而飞，消失于布帘卷起的朝北的窗口。为了给自己留点安慰，我当然可以继续假想那窗口不过是某种神秘通道，是通道向绝望之人打开的矩形洞口。我还可以假想自己也像你一样踊跃而入，跟随你作无翅的飞行……然而我早已无权这么做，我和你曾共同居住的房间被房东收回了。要是见到他那抱怨的苦相，你会笑的，笑得连口腔深处那颗深黑的臼齿都显露在我眼前……

——鲁羊《鸣指》

这一段的讲述语式落实到每个句子，就是对“你”的动作、场景和事件的事无巨细的叙说，表面上看，“我”是在讲述一个完整的事件，但讲述的速度在这里停止，所显示的不是事件本身，而是依托事件所生成的精神活动。这样，讲述的目的最终定格于“我”在此刻的绵长的诉说，而“说”是向内指涉的，而非向外拓展，这就把事件、人物和环境都纳入到了“我”的感觉和情绪之中，从而在细部抹去了叙述者讲述的痕迹。讲述者痕迹被消除，语言本身得以凸显。

传统的讲述语式采用一种第三人称全知视角，叙述者的视界和能力高于人物，依托于这种语式而创生的小说语言，显得较为客观、理性，带有浓厚的观念色彩。这种语式非常适合于意识形态浓厚的革命历史小说、官场小说、主旋律小说。新生代小说的内聚焦叙述严格说也属于讲述式，但它因“我”的限制讲述，且落脚于心理情绪和精神状态的细致言说，从而使得它又不同于传统的讲述语式，而表现为讲述与呈现交互融合模式。这样，新生代小说第一人称语式就占据了两方面的优越性，符合现代小说语式发展的客观规律，即作为传统两大语式的讲述和呈现原本就不表现为完全割裂状态，而总是你中有我，我中有你。如果各执一端，其极致就是要么一言堂式的了无新意，要么就是先锋小说式的晦涩难懂。中国小说依托讲述语式创造了中国古典小说的辉煌，鲁迅、茅盾等现代小说大家也以此奠定了各自在现代小说史上的经典地位。这都说明，讲述语式仅是一种言说方式，其本身不能决定一部小说的成败得失。新生代小说的第一人称讲述语式更是以实践证明，讲述也可以不露痕迹，生成独特的语言效果。李洱的《花腔》、毕飞宇的《玉米》、韩东的《扎根》、红柯的《西去的骑手》、艾伟的《爱人同志》、鬼子的《被雨淋湿的河》、东西的《没有语言的生活》都是产生很大影响的作品。

它们语式都是“讲述”式的，风格平易、朴实，毫不哗众取宠，更不会雕琢晦涩。在一个信息交流的现代社会中，小说必须以可读、可交流为前提，脱离这个前提，小说也就自己宣布了死刑。

> 在后工业社会的语境下，在第三世界国家面临社会转型和价值重整的情势下，小说作者只有通过更加自觉的修辞活动，或更具体地说，只有像传统小说那样，充分利用有助于促进作者和读者的亲近、自然、家常的交流和沟通的讲述手段和技巧，才能使小说成为一种有效的沟通媒介和交流手段。讲述是一种构成言与听的交

谈关系的技巧。现代人缺少的是交流和沟通，渴望的是平实、亲切、真诚的心灵对话和精神交往。只有讲述这样一种古老而又永远不会衰老的方式，才能满足人类的这种孩童般的渴求，只有讲述才能焊接已经断裂的“言路”，才能最终形成理想的修辞交流情景。[①]

传统讲述语式不但没有失效，反而在21世纪显示了其存在的艺术价值——既有助于“心灵对话和精神交往”，也有利于“焊接已经断裂的‘言路’”，并“最终形成理想的修辞交流情景”。新时期以来，讲述式所具有的这个优点很长一段时间内被认为是落伍的表现。在文体革命突飞猛进的20世纪80年代，类似《平凡的世界》那样的全知全能的讲述语式不被看好，以先锋小说为代表的呈现式、干预式、综合式被认为是前卫而现代的语式。由于刻意于语言形式的探索、实验，不注重思想内容的经验、实践，这使得小说语言表现的对象指向本体，但由此带来了所指空缺、能指游戏的弊端，发展到极致就是语言完全形式化，极端晦涩，人为阻断了读写之间的正常交流。进入20世纪90年代，传统讲述语式所具有的优点在陈忠实的《白鹿原》、贾平凹的《废都》、二月河的历史小说、余华的《许三观卖血记》、张平的《抉择》等长篇小说创作中大放异彩。新生代小说普遍采用了接地气的第一人称讲述式，续接上了这一传统，标志着传统讲述语式再一次获得了现代性转换和再生的机遇。这一发展过程也充分表明，讲述式所具有的优点是任何其他叙述语式都不能替代的[②]。讲述语式作为“非物

---

① 李建军:《小说修辞研究》，中国人民大学出版社2003年版，第28页。

② “一、讲述有鲜明的形式感，任何情况下讲述都会带给你一个现场感，人物、时间、地点、事件都是讲述人口中说出来的，有一种现场的证据感，有明确的真实感，在场讲述有一种气氛，读者容易置身其中。二、讲述者在场时可以调整故事与读者、人物与人物之间的距离，讲述者可以把时间调得很远，保持一种幻想的遥远，也可以拉到面对面的耳语，一种口语的倾诉便有了亲切感。三、对于读者来讲可以放松，作为休闲，你可以担心人物与故事，也可置身事外，不必选择重点、要害与意义，因为讲述者把握了一切信息，他会告诉你一切，你不知道的，他也会不知道。四、讲述是汉民族的一个文化传统，今天说它是一种非物质文化的遗存。你永远会保存那种传统文化的心态，从这个氛围里进入可以探索更多文化信息。五、讲述者虽然控制所有信息，但讲述也是散播信息……一个好的讲述文本，一定会有超出文本而优秀的思想等你探究和开发。故事是天然地契合于讲述的方式，这也是讲述同讲述的故事得以永久流传的重要原因。”刘恪:《现代小说语言美学》，商务印书馆2013年版，第356页。

质文化遗产”（刘恪）的一部分，值得我们好好地继承，作为一个永不过时的艺术技巧，则有待小说家们进一步创新。当然，讲述式也有其自身的缺陷：“一方面讲述是动态的，故事是动态的，故事在进行中情节就不能中断，那么感觉体验的东西，思想性的东西就不容易插入，故事因通俗便流入消遣。另一方面，由于讲述者个人控制文本，声音是单一的，这个单一也表现在思想观念上的单一，又因他是对大众讲述，那么讲述与故事合谋便决定不是少数精英的东西。”[①] 也正是从这个意义上，我觉得新生代小说家的第一人称讲述语式，以感受统摄故事、人物、环境，以主观体验压缩情节，实现了传统第三人称讲述语式的向内转，给现代小说语言带来了新的审美效果。不但“感觉体验的东西”“思想性的东西”大量进入语言系统，而且，又避免了陷入晦涩之途。

二

展示语式也在新生代小说中得到实验。讲述和展示作为在中外小说史上产生重大影响的两种占据主导地位的叙述语式，一直以来就呈现为一个起伏不定、交替发展的过程。就一般规律而言，在某一时期内，若抬高讲述语式的地位，一般意味着对小说思想主题的重视；若突出展示语式的价值，一般预示着对小说文体或语体的重视。从整个现代小说发展史看，完全讲述式逐渐走向式微，而代之以展示语式的强势发展。在展示语式占主导地位的作品中，作者在作品中的声音进一步弱化，语言的审美效果和形式意义得到进一步加强。在新生代小说家群体中，林白和韩东都曾实验过纯粹的展示语式，作者对叙述的干预降低到最低点，落实到具体的句子，就是人物的声音或词句本身成为被关注和表现的对象。代表作有林白的长篇小说《妇女闲聊录》、韩东的小说集《西天上》。

《妇女闲聊录》以作者与普通农村妇女木珍的闲聊为中心，顺带引出王榨村的人、事与风土人情，从而将人物的“声音”前置化。小说语言系统主要由乡民口语构成，本色的语言、本色的生活、本色的人物，彼此直接

① 刘恪：《现代小说语言美学》，商务印书馆 2013 年版，第 357 页。

同构，外化为这部“闲聊录”。以口述实录方式建构小说形式，让原生态方言自立为主体，即意味着经由叙述者与木珍的“闲聊”所结晶而成的这部长篇小说，在小说语式上已不再是为新生代小说家所钟情的第一人称讲述式。人物在不停地说话，话语显示现实生活的质地和人物的精神样态，而作者仅是一位倾听者、记录者。作者除了引导聊天的话题和方向外，对聊天内容和过程不加任何主观评判。所有的内容、主题及情感，都依据木珍的口述得以呈现。因此，就文体而言，“闲聊体”“口述记录体”“口述实录体”“记录体长篇小说”等多种称谓，显示了这部长篇小说在文体上的特异性。① 这尤其表现在，作者和小说中的“作者要素”几乎完全退场，经由木珍口中说出的话语及话语里的那个世界，才是小说名副其实地始终占据主体地位的表现对象。由“我说”到“他说”的立场转变，以及由“他说”所建构的话语系统，也即表征着一个独立而新异的小说语式观念的生成。也就是说，当乡间原生态的生活、人性、人情及其丰富而复杂的内生关系，借助木珍快言快语或吞吞吐吐，甚至没有逻辑性的话语而得以充分显现，那么，作者所实践的这种展示语式变体也就具有了十足的文学意义。

韩东的小说语言是叙述性的，但作者的身份和声音不在场，语词作为主角显示了人、物、事的状态及意义。句子不以修饰成分延展其长度。传统的主谓宾结构大行其道，而句与句的连接又绝少不合逻辑的随意跳跃。作者的叙述客观冷静，有关情绪、情感的流露和价值态度的评判几难见到。很明显，韩东的小说语式不是传统的讲述式，而是近于极致的展示式，所有内涵及语言效果都要借助“线性语言”得以显示。

a 日光灯管是白色的，墙壁和被单也是白色的。b 所有人的脸部都对日光灯反光，看起来更加扁平。c 外祖母鼻梁的高度似乎

① “《妇女闲聊录》是我所有作品中最朴素、最具现实感、最口语、与人世的痛痒最有关联，并且也最有趣味的一部作品，它有着另一种文学伦理和另一种小说观……我听到的和写下的，都是真人的声音，是口语，它们粗糙、拖沓、重复、单调，同时也生动朴素，眉飞色舞，是人的声音和神的声音交织在一起，没有受到文人更多的伤害。我是喜欢的，我愿意多向民间语言学习，更愿意多向生活学习。”林白:《低于大地》,《当代作家评论》2005 年第 1 期。

也降低了。d房间里除了床还是床，没有其他任何家具。e随身带来的包裹塞在床下。f各家都在一根看不见的绳子上晾毛巾。g各种颜色的毛巾晾出来，绳子也就显出来了。h只有两个床头柜，上面放满各种药瓶、杯子、肥皂盒、发卡、眼镜、手电筒、书本、手纸和零食。i一直蔓延到各自的床上。j特别是那些女人，小波从来没有这么近地看过她们。k也没见过这么老的老太太，比外祖母还要老。l坐在床上，一个女人在给她洗脚。m为了使老太太的脚伸进水里，女人必须端着瓷盆。n虽然父亲、外祖父不在，小波觉得同时有许多家长。o哥哥不在，但小波有许多兄弟姐妹。p很多年后，小波从一本书中读到：人类社会是由早期的母系氏族制发展而来的。q不禁想起这个招待所之夜——孩子们围着母亲，或者母亲领着孩子围绕着外祖母。r喧闹声又一次响起，响起。

——韩东《描红练习》

如给这一段文字加个标题，可命名为《招待所之夜》。整段文字都在展现一种状态，因此，语言又是模仿性的。杂陈各种物件，但不加细描；交代几个人物，但不加任何点染。一切事物或人物的初始风貌都显示自身，至于意义则隐含于文字背后，作者从不干预，也不评价，一切由读者借助文字去亲身感知。从a句到i句，是借助叙述者视野展现招待所房间中的人、事、物的状态；从j句开始，视点移动到小波这里，借助他的视界，显示了房间里人们的行为动态；从p句（“很多年后……”）开始，文本时间大幅拉长，叙述节奏大幅跳跃。这样，由对物的展现，到对人物行为的提炼，其人、物并存的立体感就非常鲜明地存在于语言中。这样的文字都是自主自足显示意义的，作者或叙述者仿佛压根就不存在；语词不带情绪，作者拒绝评价，一切到语言为止，这也就将一切附着于语言表面的根深蒂固的观念意识擦除掉了，从而显示了语言本身的“骨感”效应和“裸奔”状态。这样的展示语式，就其功能而言，无疑是极端而彻底的。从诗人韩东到小说家的韩东，其对语言的探索和实践也无疑走在了同类作家的前列。

展示语式中的叙述者与叙述对象在文本中的位置、地位、关系、作用，都有别于前述讲述式[①]。叙述者退场，以追求纯客观效果，一直以来，这被看作是展示语式最突出的特征。实际上，在具体实践中，这很难做到。比如,20 世纪 80 年代末期的“新写实小说”追求叙述的“原生态”“零度情感”，但是作为一个文学思潮的“新写实小说”和具体实践中的“新写实小说”实在不是一回事。后者也不可能完全按照前者的理论、口号那样去一一实践。事实上，两者的出入还是很明显的。包括方方的《风景》、池莉的《烦恼人生》、刘震云的《单位》在内的新写实小说代表作，都不同程度地留有作者介入的痕迹，所谓“原生态”“零度情感”仅是一种理论上的抽象界定而已。上述林白和韩东的展示语式也仅在相对意义上显示了作者或叙述者的不在场姿态，究其实质而言，林白在《妇女闲聊录》中还是大体控制着谈话的内容、方向，韩东在《描红练习》等众多小说中还是将自己曾经的诸多成长经验置入其中。这都说明，虽然虚构是小说的本质，但完全客观、纯然展示、没有任何倾向性的“展示”是不存在的。

三

新生代小说叙述语式越来越趋向综合，即在一部小说中，纯粹讲述式、第一人称讲述式、展示式、元叙述往往聚合在一起，而非仅仅表现为某一单个语式。现代科技特别是媒介技术的大发展，人们生活、情感、思维观念的大跃进，都对小说家提出了更高要求。那种单一视角、单一语式已很

① “第一，叙述者退场，即作者退场，不仅是人的身体与应该言说方式退场，最主要的是观点退场。不要在显示过程中插入叙述者的思想观点，尽量展示事物的纯客观性（因而又视为纯客观写作），甚至让读者连幕后也感觉不到。第二，视角规则。一般采用第三人称方式，作者视点在主人公之上，一种高高在上的角度处理文本中的人物和事件。尽量让客观事物和人物按自然情状和关系发生联系，不显露人为的安排。也有第一人称的，不过我是加了引号的，‘我’是众多人物群体中的一个，仅以‘我’的视点去冷漠观察而不介入评价议论，让整个文本自然进入一个客观自主自给自足的全能活动系统。第三，模仿的可能。假定言语是不模仿的，意思指讲述是直陈的。那显示必定是模仿的，是用语言模仿事物。”刘恪：《现代小说语言美学》，商务印书馆 2013 年版，第 358 页。

难适应这种变化。既然每种语式都有其优缺点，那么，小说语式越来越趋向综合，也是社会演进和文体自律发展的必然结果。

首先，最常见的是讲述式与展示式两种语式的结合。比如，李洱的《花腔》以采访方式，通过三位当事人的回忆，从不同角度讲述“葛任之死”的故事。由于每个人看待问题角度、感受和认知能力、视野的不同，因而，有关“葛任之死”的讲述也就是各不相同的。在这一过程中，三个人的讲述是主体部分，作者或叙述者的声音被遮蔽了，所以，三个版本的讲述又转化为一种局部的“展示”，即试图从不同的角度呈现这一事件的本来面貌。但最后的结果证明，这一切都是徒劳的。既然一切历史都是被“讲述”出来的，那就不存在那所谓历史的本真。吕新的《掩面》接续了《花腔》的讲述语式，采用寻访当事人（五位革命者）的方式，探寻革命者失踪之谜。在这个长篇中，主体部分采用第一人称限定视角（一位失踪了的革命者的女儿），但她仅是采访文字的记录者，并不参与叙述过程，也不做任何主观性评价。除了第五章（全部为诗歌）外，其他五章分别由五位革命者讲述，但由于时过境迁，中间又经历“文革”，他们依据自己的记忆所呈现出来的人物和事件也就纷乱而模糊，最后结局必然是，“失踪之谜”依然是个谜。这两个长篇都采用了讲述式，但局部又都表现为展示式，作者的声音始终没有被凸显出来。根据常识，既然小说是作者虚构的产物，作者介入叙述，凸显自己的声音，是完全合乎事理逻辑和艺术规律的；既然小说要讲述故事，要再现场景，要表现情感，那必定显示人、事、物的状态、形态，因此，展示语式的运用也同样合情合理。但是，中外小说史的发展实践告诉我们，讲述和展示两种语式并非像上述理论预设的那样和谐共处、互涉生发，而是不间断地发生孰优孰劣、谁先进谁陈旧的争论及各执一端的极端实践。中国古典小说大都是讲述式，作者在作品中的公然露面和声音的弥漫于文本，都是司空见惯的现象。在漫长的发展过程中，它形成了一套成熟、稳定的形式规范。中国现代小说由于先天注定与新民责任、民族再生、国家前途等直接的功利诉求发生关联，甚至在很长一段时间内不得不受制于狭隘党派利益的指使，那么，讲述式也就必然成为叙述语式中的主导类型，直到 20 世纪 80 年代，这种语式才在先锋小说、寻根小说、新写实小说中渐趋式微。由此，也似乎形成了一个心照不宣的文体约定——讲述式让作者的声音置于前台，呈现式隐匿了作者的声音，因而，前者是落后的、陈旧的、非文学性的，后者是先进的、前卫的、文学性的。其实，这种二元对立式简单评判在西方也时有发生，其中，福楼拜和乔治·桑的争论就堪称典型事例。前者强调写作的客观真实性，尤其关注小说的语言和形式，把作者介入叙述看作是大忌，主张作者“不该在他的作品里露面，就像上帝不该在自然里面露面一样”[①]，后者认为“一部小说首先应当合乎人性”[②]，关注小说的内容、道德等思想主题，突出作者对读者的引领地位。亨利·詹姆斯继承并发展了福楼拜的主张，排斥讲述，阻止干预，倾向于以细致的描写和真实的场景，呈现人物的精神风貌和小说世界。玻西·卢伯克则在其《小说技巧》一书中对呈现方式、技巧给予系统的理论定位。而在布斯看来，一部小说不能也不必排斥作者干预。作者的介入和干预，不是要不要的问题，而是如何介入，怎么干预的问题[③]。其实，作为叙述语式的讲述和展示，本身并无孰高孰低、谁先进谁陈旧的问题。中外小说发展史都有这方面的经验教训。热奈特很早就认识到这两者是绝难完全割裂开的[④]。

其次，多语式混杂使用也屡见不鲜。如果三种或三种以上的语式错杂使用，视角、距离、节奏的控制就会趋于复杂，语言也因语气、语调、语体频繁变化而变得更为繁丰。这主要有两种实践方式，一是句群或段落内多语式的杂糅：

> 狗白日飞升的情节，纯属杜撰，读者不必试图模仿——当然了，你也模仿不了。（元叙述）
>
> 折冲都尉李靖垂头丧气地打着马，下了山岗，由于一下子失

---

① 伍蠡甫:《西方文论选》(下卷)，上海译文出版社 1979 年版，第 210 页。

② 伍蠡甫:《西方文论选》(下卷)，上海译文出版社 1979 年版，第 214 页。

③ “我们必须明白，我们不是要反对作家的评论，而是要反对观念和戏剧化事物之间的一种不和谐”“作家可以闯入作品，直接控制我们的感情，但是，他必须使我们相信，他的闯入至少同他展示的场面一样，是经过仔细安排，十分恰当的。”[美]韦恩·布斯:《小说修辞学》，广西人民出版社 1987 年版，第 215 页。

④ “展示”只能是一种讲述的方法，这种方法既要求讲述尽可能多的内容，又要求不留下讲述的痕迹……换言之，就是让人忘记讲述者在讲述。由此形成了展现的两大原则：詹姆斯式的场景的优势（详尽叙事）和（伪）福楼拜式叙事的透明度（典型例子有海明威的《杀人者》或《白象似的山丘》)。[法]热拉尔·热奈特:《叙事话语　新叙事话语》，王文融译，中国社会科学出版社 1990 年版，第 111 页。

去了旅行的目的，他忽然间不知道该上哪儿去了。他信马由缰，心中茫然，沿着海边闲逛……（讲述式）

码头上，堆满了各式各样的货物：即将出海贸易的丝绸、茶叶、漆器、香料和青瓷，还有刚从外国商轮上卸下的毛皮、象牙、波斯银器和埃及玻璃。几个高鼻子的洋人扑到岸上，激动地亲吻着泥土：“噢，上帝，我们终于来到中国啦”……（展示式）

——李冯《唐朝》

第一段叙述者一边对“狗白日飞升”这一情节展开评述，一边和读者进行交流，是常见的干预式叙述语式；第二段以全知视角从外部展示折冲都尉李靖的心理动态，是为传统讲述语式；第三段展现码头上贸易来往的场面，各式各样的货物都是唐朝时所独有的，其中还呈现了洋人们的声音、动作与神态，采用了展示语式。元叙述、讲述式、展示式三种语式的运用，使得这三段文字的内容变得丰富起来，内部不同声音和视角的转换更使得叙述趋于立体和复杂。二是语篇多语式的综合。邱华栋《正午的供词》就是一部开放而前卫的多语式的先锋实验之作。作者想“写出二十年中国文化在一个人的心灵的投影及变化”，为此，他“将报告、文件、日记、散文、书信、报道、访谈、小说、诗歌、剧本、回忆录、札记、评论和消息等几十种文体熔于一炉，从而形成一个庞杂的、足以佐证主人公心灵成长的材料”（《正午的供词》后记），这使得这部长篇小说的叙述自始至终都张扬着多文体、多语体、多视角、多音部彼此杂糅、接续转换、众声喧哗的内在旋律。而整部小说的语式是以新生代小说家惯用的第一人称讲述语式为主，在每一章每一节又灵活采用展示式、元叙述、干预式等多种语式，从而表现为语式大综合倾向。我们以第一章为例做一简单分析。第一章共四节，第一节以“我”为视角讲述“潘岳与百灵之死”，典型句式是“我……”语言带有极强的个体风格；第二节以“你们”为视角近距离与死者展开对话，典型句式是“你们……”语言带有感性的独白腔调；第三节是刑警的刑侦报告书和法医报告，以第三人称客观陈述这一死亡事件，语言极富理性，以逻辑推理为主；第四节先是“一个男人和一个老太太”关于房子风水不好的对话，最后转换为潘岳与百灵两位死者（灵魂）之间的对话，前者以日常的生活口语为主，后者以心灵语言为主，带有浓郁的抒情色彩。由此看，第一章既有第一人称讲述式、第二人称的展示式（独白体），也有客观冷静的陈述式，这就形成了类似科学报告的理性语言、日常生活语言、个体化的抒情语言、内心独白语言交相辉映的杂糅态势。

综合语式是多文体杂糅的直接结果，也与20世纪90年代以来的“跨体文学潮”（王一川语）密切相关。20世纪90年代末，《作家》《青年文学》《山花》《莽原》《大家》《中华文学选刊》等文学期刊大力倡导跨体写作，于是，“泛文学”“超文本”“凹凸文本”“实验文本”“模糊文体”“无文体写作”等成为世纪末的一道亮丽的文学景观。进入21世纪，文体创新的冲动也一直断断续续地存在着，文体的杂糅成为一种趋势，散文、诗歌与小说之间的融合最为常见，报告文学与小说的融合最终形成“非虚构写作”潮流，现代媒介与小说文体的结合使得网络小说获得了长足的发展。毫无疑问，跨体写作不但具有独特的美学和文化功能，也具有文体革命的意义。“它以跨体文体形式突破传统文体界限，带来文体的解放，在多体混成、形象衍生、诗意缝缀、异体化韵中展示新的意义表达可能性，使特定本文之内似乎还蕴涵多重文本或超级文本，从而深化和拓展中国现代汉语文学的美学境界。”[①] 在这种背景下，一部小说往往杂糅多种文体，语体样式和风格也趋于多元。同时，如何整合这些文体和语体，使之成为一个艺术有机体，在众多艺术手段中，多语式的灵活运用就显得尤为重要。如何做到语式运用的繁而不乱？在笔者看来，首先，应当确立语式的主次地位，即要从讲述式、呈现式、元叙述、干预式等众多叙述语式中选择其中一种作为主导语式，以此为中心，根据审美意图和文体需要，灵活采用其他语式，切忌滥用。其次，语式的综合不是形式要素的简单聚合，而应是思想、心力及艺术的创造性生发。但以李洱的《遗忘——嫦娥下凡或嫦娥奔月》、林白的《玻璃虫》和海男的《男人传》为代表的新生代跨体实验文本尚处于为形式而形式、为实验而实验的层面上，有些文本甚至有哗众取宠之嫌。

结语

语式仅是一个调节叙述信息、控制叙述节奏的艺术手段，每一种都有

---

① 王一川：《倾听跨体文学潮》，《山花》1999年第1期。

其优长和不足。讲述式长于再现丰富广阔的社会生活，但不利于表现人物的内心活动；展示式适合进入内心，表现人物的精神世界，但对外在宽广的生活世界缺乏必要的表现力；第一人称讲述体虽能部分地弥补讲述与展示的弊端，但依然自闭于一个狭小的格局内，难以呈现大气象；元叙述使得叙述者获得解放，并有助于推进现代小说文体的革新，扩充经验表现领域，但因对前文本的依附性，也难有向内或向外拓展的大气象。因此，语式趋向综合，以达到取长补短之目的，是大势所趋。但这对小说家的艺术素养和能力提出了更高要求。虽然如此，我们依然强调，任何一种语式都有其特定的历史发展过程和艺术表现上的优长，陈旧不意味无价值，前卫也不意味一定成功，它总是以既老又新、既留存又延续的方式在文学发展的漫长历程中辩证地存在着，发展着。那种极端的实践和武断的评判——讲述式就是落后的，展示式就是先进的，或者单一语式就是落伍的，综合语式就是进步的——都是不切合实际的。

第九讲　作为小说微观修辞的拼贴

“拼贴”一词源于绘画，即将生活中的实物（比如相片、贝壳、皮毛、报纸碎片等），根据绘画意图需要，经过精心制作，粘到画作里边去，从而与画的意境、主题浑然一体，生成新画面、新意境。这种技术在工艺美术领域应用尤其普遍、广泛。拼贴作为一种艺术技巧，被引入文学领域内，首先成为一种基本的修辞手段被广泛运用。但文学中的拼贴与绘画中的拼贴有着质的不同：它移植的是与语言密切相关的非实物体，比如文字、符号、图片、图表、新闻报道等等。“语言文字的拼贴，必然是历时的，你必须一字一词，一句话地阅读，然后在头脑里组装成共时性的画面，这种拼贴要经过大脑智力的整理才能成功。因而，文字的拼贴是有限的，所以难度更大。”[①] 同时，在现代和后现代社会，拼贴作为一种语言思维，引导文学家们思考历史和现实、今天和传统、自我和他者之间的关系。比如，德里达就把拼贴当作解构逻各斯中心主义的三大策略之一。那么，拼贴缘何会成为一种语言修辞术呢？刘恪把“拼贴”看作是后现代结构中的中心原

---

① 刘恪：《先锋小说技巧讲堂》，百花文艺出版社 2012 年版，第 218 页。

则[①]，是对20世纪下半叶以来欧美后现代文学思潮、经典作家和典型文本的深入分析和研究后得出的结论。当代中国有没有进入“后现代”，虽仍是一个有待争论的文化命题，但它在局部（比如京、沪、深等大都市）表现出了后现代社会的某些特征，则是不争的事实。

新生代小说家是伴随市场化、大众化潮流成长起来的一代人，其写作不同程度地表现出了后现代特征，比如语言体验与实践中的反理性、反统一、反传统等等。他们打破传统叙述规约，把大量的异质性因素引入文本，使得作为一种文类的“小说”越来越偏离传统的文体特征。拼贴作为后现代小说写作常用技巧之一，在新生代小说语言中也得到普遍的实践。文体边界变得日益模糊，语言越来越综合。

一　语词拼贴与图文拼贴

早在20世纪80年代，王蒙、徐星等小说家就实验过这种语言形式：

> 自由市场。百货公司。香港电子石英表。豫剧片《卷席筒》。羊肉泡馍。醪糟蛋花。三接头皮鞋。三片一瓦帽子。包产到组。

---

① “拼贴之所以成为一个语言组织规律的原则：其一，是由事物的复迭因素产生的，世间所有事物的差异性均在时空内重叠，人置身于事物的时空随时都是个闯入者，人与一切事物，或事物与事物之间均处于拼贴状态。其二，我们是使用语言表达的，语言本身的复义、差异均在词语本身，词与词之间构成拼贴。这种拼贴是必然的。但人的活动是有主体意志的，在运动中并非必然地与某事某物相连，而是偶然，随机的联结，这便产生了人为的作用，因此也产生境遇性的拼贴，什么人，何物何事，在任何一个时空内相遇而产生拼贴关系，既关涉自然，也因人不同，更有社会因素的左右，这形成了拼贴的千差万别。其三，拼贴作为后现代的中心原则，则主要因为碎片成为后现代写作中的主流现象，碎片是需要组织的，拼贴使所有的碎片按一定的方式集合起来。可见，拼贴也是后现代结构的中心原则，是后现代文本的普遍现象，某种意义上说，把握了拼贴也就找到了后现代文本的一个有效的读解方式。”刘恪：《先锋小说技巧讲堂》，百花文艺出版社2012年版，第212—213页。

收购大葱。中医治癌。结婚筵席。

——王蒙《春之声》

冷笑。坏笑。窃笑。谄笑。

微笑。假笑。蠢笑。嗤笑。

苦笑。一只眼哭一只眼笑。

皮笑肉不笑……

——徐星《无主题变奏》

上述语言片段不是由独立的句子构成，而是一个个的词语或短语，每个词语都有实指，对应现实世界中的某个事物或某种状态，而且全部以句号标示各自独立地位，体现了写作的碎片化特征。很显然，这是一种全新的语言聚合形式。这种词语的碎片化在新生代小说中则被进一步切分、细化，其整体意义被进一步分解。如果说深受现代主义文学思潮影响的王蒙、徐星们的词语碎片还能在整体上显示具体的意义——比如，徐星对青年人精神反叛的直接揭示——而新生代小说家们的词语碎片则不再倾向于显示这种整体上的内在意蕴，更多具有语言形式上的意义。

中国人无论怎么活，永远活不出那几道成语。苦海无边，回头是岸。三十六计，走为上计。他山之石，可以攻玉。宁为鸡头，不为牛尾。树挪死，人挪活。挂羊头，卖狗肉。不发财，毋宁死。

——毕飞宇《哥俩好》

怀孕。肚子里有一个胎儿。还没结婚。刚满十八岁。知青。前途未卜。打胎。刮宫。带队干部。知青办。人流证明。这些字眼像更凉的风刮进我们的身体，一阵阵地往骨头里钻。

——林白《致一九七五》

第一例运用七个固定的成语涵盖中国人的活法，第二例用了十一个短语概括李飘扬的人生际遇，这种表达效果是语言组合后重新生成的，如果按照一般的叙述就会趋于庸常。看似平常的汉语词汇和短语一经组合，反而呈现了全新的形式意义。这也说明，汉语达意的方式和途径都是无限敞开着的。而在更为年轻一代作家的文本中，词语碎片更是以密集的、展览的甚至游戏的方式得以呈现出来。

俊锋的妈妈在走进这由礼帽、毡帽、韩版针织帽、披肩、围巾、丝巾、呢子大衣、羽绒服、鸡心领毛衣、鄂尔多斯羊毛衫、衬衫、马甲、睡衣、保暖内衣、文胸、内裤、情趣内衣、蕾丝内衣、单肩包、斜挎包、手提包、哈伦裤、垮裤、皮裤、牛仔裤、铅笔裤、休闲裤、灯芯绒裤、打底裤、连衣裙、羊毛呢子裙、毛衫裙、丝袜、蕾丝袜、短靴、雪地靴、圆头皮鞋、高跟鞋、绣花鞋、运动鞋、旅游鞋、口红、面膜、深层补水套装、嫩肤霜、香水、爽肤水、玉兰油、车载音响、MP3、MP4、音乐手机、智能手机、触摸屏手机、台灯、煤气灶、抽油烟机、电磁炉、微波炉、电饭煲、不锈钢锅、折叠桌椅、扫帚、拖把、墩布、围兜、桌布、毛巾、碗、碟、筷子、刀叉、勺、保温杯、玻璃杯、洗洁精、洗衣液、84消毒液、樟茶鸭、烤鸭、茶油鸭、鸭脖、鸭舌、来子熏鸡、德州扒鸡、童子鸡、鸡翅、鸡爪、猪头肉、猪耳、猪肝、猪肚、猪蹄、猪尾巴、鸡蛋、鸭蛋、皮蛋、干豆腐、五香豆腐、卤水豆腐、蛋糕、南瓜糕、蜂蜜糕、馒头、戗面馒头、花卷、包子、肉饼、葵瓜子、外号叫牙签的葵瓜子、西瓜子、南瓜子、水煮花生、柴锅炒花生、盐焗花生、开心果、松子、板栗、纸核桃、山核桃、新疆核桃、和田大枣、葡萄干、榛子、杏仁、木耳、丸子、带鱼、冻虾、虾米、武昌鱼、乌江鱼、鲫鱼、鲤鱼、鲶鱼、死气沉沉的螃蟹、鱿鱼、墨鱼、海带、白萝卜、胡萝卜、大葱、大蒜、生姜、番茄、圣女果、洋葱、豆芽、芋头、红薯、马铃薯、黄瓜、红辣椒、青辣椒、蘑菇、菠菜、油麦菜、圆白菜、小白菜、菜心、莴苣、铁棍山药、草莓、山楂、白梨、雪梨、香蕉、帝王蕉、红提、猕猴桃、金橘、蜜橘、砂糖橘、脐橙、血橙、沙田柚、富士、红富士、栖霞富士组成的琳琅世界时，花了眼。

——阿乙《虎狼》

上述词语都有具体的所指，但所指之物都是商品。“俊锋的妈妈”深处这样一个被物包围的世界，看花了眼。单个词语都是有意义的，但经由词语碎片组合成的段落，却不再具有整体上的意义。这是一个被各种“物”所填充的世界，人物置身于其中，被包围，被同化，丧失了作为人的主体性。在此思维的非理性、去中心化，体验的即时性、偶然性，越来越使得新生代小说家在具体的语言体验和实践中，都秉承一种碎片思维和碎片化叙述策略。这种思维和策略全面解放了个体的感官，深入人、事、物的细部，赋予新生代小说家以语言体验的无限自由。

在现代、后现代写作中，在文本中插入图片，对正文内容做形象化的阐释、说明，使其主题、意境趋于具象化。这是图文拼贴所具有的最为常见的功能。图文拼贴能够赋予小说语言以直接的视觉效果。这是更年轻一代新生代小说家乐于图文拼贴的重要原因。安妮宝贝《莲花》的故事发生于精神和寓意都高度形而上的西藏，人物的旅行、巧遇、寻找、皈依都充满着玄幻意味，青春写作中的迷茫与感伤、寻找与迷失又被作者做了哲理化的处理，这也使得这部长篇在整体上趋于抽象。如何将抽象转为具象，以图释文就是其中方法之一。作者插入《墨脱的徒步路线图》和十幅图片（古寺壁画、经幡画面、森林景象、路途风貌、旅馆布景、墨脱地貌、多雄拉山谷等等），将人物的行踪和所处的环境做了详细的说明。这些图片成为语言系统的组成部分，与人物的内心独白、梦幻融为一体，与对人、事、物展开细部描写的语词互文生发。何顿的《喜马拉雅山》和《男人的故事》分别插入二十幅、五幅画，他说这是“把画面和文字结合起来的一种尝试”[①]；而在《就这么回事》中，作者特请画家根据内容画了很多精美别致的插图，“因为这些充满现代派绘画意识的插图及一幅幅极为生动有趣的白描，致使本小说也突然充满现代派意识了”（何顿语）。邱华栋《正午的供词》插入了一些人物肖像图，并配以简要的说明文字（皆为原文），将某个场景以画面形式呈现出来。

新生代小说家也很重视图文拼贴的叙事功能。庞贝《无尽藏》插入书法字体、“秦鸟虫篆”图、古文献复印图和南唐江宁府图，将南唐时期的历史、艺术和建筑以原生态风貌植入文本中，形成以“实”映“虚”、似真似幻的艺术格局。更为重要的是，这四幅图无一例外地都成为推动故事情节的关节点。因为整部小说叙述的立足点始终是《韩熙载夜宴图》，人物及情

① 张钧：《小说的立场——新生代作家访谈录》，广西师范大学出版社 2002 年版，第 509 页。

节的次第展开都离不开对该图的解释、推理和想象。所以，叙述人通过对这几幅图的细致分析，从某个字的一点一画、印章中的一鸟一虫到某个地方的一房一室，都务尽其详。在此过程中，一个个的疑问和悬念不断生成，继而引发有关阴谋、政变、杀戮等更为宏阔、复杂的故事。由此看，这些图画就不是附属于文字的拼贴物了，而是和文字一样充当了小说的本体。如果没有这些图的参与，故事就没法展开，人物的命运结局也不成立。历史的面貌和人物的宿命就这样被收缩在一幅幅图画里边，西方悬疑小说的讲述方法和中国古典的意境被很巧妙地融合在了一起。

图文拼贴不是新生代小说家的独创，其历史可谓源远流长，比如中国古代的题画诗和插图小说。但这时的插图不占据主导地位，只是作为语言文字的附属物，起到局部图解和说明作用，或者仅起到一种平面的修饰效果。近些年来，图像与现代小说之间的关联逐渐引起了陈平原（《图像晚清》）、杨义（《中国新文学图志》）、吴福辉（《插图本中国现代文学发展史》）、于德山（《中国古代图像叙述及其“语—图”互文现象研究》）等研究者的注意。现代小说的图像叙事功能不同于古代，很多时候它不再是次要的附属物、装饰物，而是作为语言系统的一个现代性要素，推进了文体现代性的发展。今天被称为“读图时代”，图文拼贴作为一种艺术手段，则呈现为更为开放、多元的格局。各种图片被拼贴进文本，参与叙事并成为其中不可分割的组成部分，形成了以图释文、以文说图的互证、互文的艺术效果。这是传媒时代发展使然。今天的文学已经无法也不能固守那个古老的定义——文学是语言的艺术——它的边界一直承受着相邻或相近学科的侵袭，其中，图像对语言的侵袭和争夺，就切切实实发生于我们面前。在大众传媒时代，直观的视觉图像比想象的语言图像更具有冲击力，更容易获得受众群体的青睐，因而，语言和图像的结合有着切实的时代动因。

> 从文学本身的性质来看，它被图像化并不是坏事。“文学是形象思维”是句老话，它所展示的也是一种图像，不过不同于传媒的图像罢了，后者是直观的、诉诸视觉的图像；前者是思维的、诉诸想象的图像……从理论上说，这不但不可能从根本上消解文学，而且还有助于理解文学，特别是有助于大众对于文学的

理解。[①]

但语言与图像如何转化，并实现艺术融合，不仅是一个技术问题，也是一个理论问题。从这点看，新生代作家的图文拼贴依然是一种实验，迄今为止，也并没有出现一个公认的母本，即使像宁肯的《无尽藏》一样在“图—文”关系上苦心经营者也不多见。图文拼贴不等于随意拼凑，作为语言艺术的小说更不是附属于单纯图像的影视艺术，它必须以语言为本体，既要厘清两者之间的差异，更要在二者共通性方面找到契合点。

二　文体拼贴与综合拼贴

小说越来越倾向于多文体拼贴，那种据守单一“小说”文体规范的传统，逐渐被更为多样的文体杂糅所替代。小说、散文、诗歌、报告文学彼此之间实现融合的趋向越来越明显。在传统文体分类中，择其一二，加以艺术化拼贴，已属司空见惯。但“小说+其他文类”永远都呈现为一个开放状态，它还有没有更为新锐的实验?

（一）“小说+学术论文”模式

李银河的《爱情研究》甚至引入哲学家的论点、统计数字，以写小说的方式探讨爱情的本质，语言风格类似学术论文，大大超出了读者的心理预期。这可算是小说和学术论文体的拼贴。“说是小说其实是论文，其中甚至有统计数字，引经据典。敢于写这种非驴非马的东西是因为，不论我现在写出什么匪夷所思的怪胎，都会有读者。这感觉很不错，自由的感觉。”[②]作者“非驴非马的东西”“匪夷所思的怪胎”其实都是针对短篇小说文体而言，因为按照我们对短篇的惯性认知，以论文方式从事小说创作，以前还真没见过。尽管这也是一篇按照其固有的社会学理念创作的作品，必然有

① 赵宪章:《传媒时代的“语—图”互文研究》,《江西社会科学》2007年第9期。
② 引自李银河新浪微博。

其不符合纯文学理论定义中的文体特征，但是，对于中国短篇小说的文体创新而言，这种探索和实践也是有意义的。

（二）“小说 + 杂文”模式

以“赵氏孤儿”为讲述对象的剧本、小说有很多，艺术家们对它的叙述与想象也截然不同。史书上的记载有详有略，有张扬有遮蔽，那些记载简略的或者被有意遮蔽的部分就给艺术家们留下了许多想象的空间，因而，这也就有了各种形态的文本。李敬泽的《赵氏孤儿》也是这诸多文本形态中的一种。这个短篇名为想象历史，实为说古鉴今，既遵循艺术虚构的逻辑，也表现为直接针对当下的实写，甚至作家本人就动不动冒充角色来向读者表露自己的行踪。因此，现实的成分与虚构的内容很难被分开，而矛头直指当下诸多社会弊端和人性缺陷。不过，这个短篇让我感兴趣的还是其文体风格。作家率性而为，行文机智幽默，揶揄嘲讽之处常引人深思。该作虽名曰“短篇”，却极似杂感。叙述议论不拘常格，古今中外，谈天说地，一切都信手拈来，又常有妙笔生花之处。它让你笑，让你思：

> 所以，去伦敦，看见满城旧房子，便知君主制下，人活在现在，也活在过去和未来，在君主国搞拆迁比在共和国难。我如果是拆迁办的，我就很想输出革命，但在下是搞文学的，搞文学的也有拆迁办和钉子户，比如王国维，就是钉子户，最后以死明志，一头栽进昆明湖。王国维不肯拆的到底是什么呢？有人说是因为皇上被赶出了紫禁城，王先生想了想，完了，拆光了，时间停止了，活着还有什么意思，遂不活。这种说法遭到普遍反对，王先生怎么会这么反动？他老人家不过是得了忧郁症，二十年来，唯余一死，他就是想拦也拦不住……

在这段话里，从中国的拆迁说到了伦敦的旧房子，从君主制说到了拆迁办，又从紫禁城说到了王国维之死，其文笔真可谓腾挪跌宕。我有时在想，批评家跨行搞创作，最终究竟会产生怎样一个效果呢？这可真是一件让人期待的事情。

（三）“小说 +N 类文体”模式（N ≥ 2）

邱华栋《正午的供词》就是一部开放而前卫的多语式的实验之作。作者想“写出二十年中国文化在一个人的心灵的投影及变化”，为此，他“将报告、文件、日记、散文、书信、报道、访谈、小说、诗歌、剧本、回忆录、札记、评论和消息等十几种文体熔于一炉，从而形成一个庞杂的、足以佐证主人公心灵成长的材料”（《正午的供词》后记），这使得这部长篇小说的叙述自始至终都张扬着多文体、多语体、多视角、多音部彼此杂糅、接续转换、众声喧哗的内在旋律。一部长篇小说中拼贴进了这么多的文体，表面上给人以罗列杂陈之感，但整体上又能够有章可循、多而不乱。这主要得益于以下两点策略：一是以顺时间串联起整个故事，以人物的成长过程为主线，而对每个时间、每个过程中发生的故事则打破次序，用作者的话说就是“由不同文体构成的材料不过是穿在一根绳上的红辣椒”（《正午的供词》后记）。二是始终以主人翁的活动为讲述主体，其他七十多个人的活动、故事都作为补充而存在。整体上切合讲故事的传统和读者的阅读习惯。总之，这部长篇小说是文体拼贴的典型。

鲁羊的《鸣指》原稿由三种类文体构成，“原书稿由三部分构成，大致想呈现三种不同的叙事面目，即小说、诗歌和散文”（《鸣指》后记），而出版后的小说则由“小说 + 散文”构成。两种文体风格和内容都不一样，呈现为一个明显的互文关系。当仔细辨别每一章的语言风格，我们会发现，这部小说依然呈现为明显的多文体拼贴状态。在第一部分中，《候车》和《你好》这两章是纯然小说的叙述风格，《宠物》这一章与习见的杂文风格别无二致，《儿子》一章很显然是诗歌语言，《夜幕》和《邂逅》这两章局部是戏剧模式，另外，又采用“手记”“附加说明”“台词提示”“正文提示”“名词解释”等文类形式。第二部分共 37 节，长短不一，短则三五行，长则三四个页码，在文体上类似散文。这部长篇呈现为明显的文体拼贴特征。你很难说，这是一部真正意义上的小说，因为他有意驱除故事要素，章节之间也缺乏明晰的逻辑。作为“小说”的文体特征被进一步抹杀。

三 综合拼贴

综合拼贴，即把各种文类、语体、图像、符号等整合进一个文本中，形成与语言文字共生共荣的修辞手段。

阿乙的《虎狼》中有两幅插图（如下图）、两种字体（宋体和楷体）、多处方框连排（比如，"□□□□□□□□"），大量运用括号注释［比如，"两位哥哥先后死于传说中的被褥杀（一种发生在睡眠时的莫名其妙的呼吸衰竭），这使她以及陈宗火更为紧张"］、连接线（比如"乡村官话区：北乡八乡镇——武蛟、白杨、流庄、码头、南阳、夏畈、横立山、黄金"），"我"说的话用楷体字表示，总体上表现为一种拼贴叙事特征。其中，对小说人物"鱼先生"头部形象的描写，借助两幅图的比较，再加之正文的文字叙述，让读者一目了然。大量运用括号对正文本内容展开解释、补充，实际上建构了另一种叙述体系——元叙述。很显然，这些图像因素，与传统的语言符号，形成了一个鲜明对比，不仅在形式上给人以陌生化效果，而且也有效地服务于小说内容和主题的展开，即小说通过对一位盲人的言行的逐步解密，展现了一个自闭自足的小县城里的特殊生态。

词语拼贴、图文拼贴、文体拼贴仅是新生代小说家常用的三种类型，实际情况远比这丰富得多。其意义主要有：首先，作为微观修辞的拼贴打破传统叙述规约，把大量的异质性因素引入文本，使得作为一种文类的小说越来越偏离传统的文体特征。这样，文体边界变得日益模糊，小说语言越来越走向综合。其次，思维的非理性、去中心化，体验的即时性、偶然性，越来越使得新生代小说家在具体的语言体验和实践中，都秉承一种碎片思维和碎片策略。这种思维和策略全面解放了个体的感官，深入人、事、物的细部，赋予小说家以语言体验的无限自由，重建语言和自我的关系。那种类似“十七年”时期的大一统语言，那种类似 20 世纪 80 年代形式压过内容的语言实验，都一去不复返了。新生代小说家作为一个个原子，更广泛、更普遍地实现了语言和自我体验的统一。

第十讲　作为微观修辞的戏仿

一　戏仿与戏仿叙事

戏仿（Parody）是从西方舶来的术语。该术语有“滑稽模仿”“戏讽”“戏拟”“戏仿”等多种翻译名称，而以“戏仿”最为学术界所通用。若追溯其词源学含义，戏仿最初是以带“模仿之义”进入文学批评视野的。在亚里士多德的《诗学》中，亚氏称赫革蒙为“首创戏拟诗的塔索斯人”，因为他惯于模仿庄严的史诗。而最早带有“滑稽”之义则出现在文艺复兴时期，即1516年，斯卡利各尔在界定Parody含义时将之指称为“滑稽之义”。此后，这一定义被英国批评家广为运用，“定为嘲弄严肃主题或夸张琐碎小事的滑稽讽刺作品”。艾布拉姆斯则以“戏谑作品”指称“戏仿”。虽然中国文艺理论体系中并无“戏仿”这一词语，但自明代以降，中国叙事文学中也出现了许多带有“戏仿”性质的文本。比如，被阿英称为“拟旧小说”的《新三国》《新西游记》《新石头记》很明显都具有对前文本的模仿和改写倾向；而在中国新文学史上，鲁迅的历史小说和杨晦的《磨镜》较早开启了带有戏仿叙事性质的文本改写之创作历程。借鉴中外文学传统有关“戏仿”的词源学意义，笔者所谓“戏仿小说”是指作者有意识地模仿前文本的人物、故事、主题、话语或文体而形成新文本，以达到颠覆某种意识或解构某种审美规范，从而形成新的美学原则和审美风尚的小说类型。

戏仿小说多指向早已存在的广为流传的某一文本，但从性质上讲，它也是模仿性的，即以某个具体话语或经典文本为模仿对象，这就首先形成了两套语言体系：前文本语言系统和戏仿语言系统。两者相互依存，缺少其中任何一个，另一个就失去了存在的价值。又因为“模仿”作为一种语言行为，与讲述者的话语风格及个性意识发生关联，所以，两套语言体系并非油与水那种互不侵犯的关系，而是以既矛盾又统一的方式存在着，并生成了第三套语言系统。这第三套语言系统所展现出来的艺术效果，直接决定了一部戏仿小说价值的高低。很显然，这三层语言关系赋予小说家以极大的自由，既可以借助叙述人（往往不止一个）在人物、隐含作者以及作者之间自由穿梭往来的便利条件，灵活掌控叙述进程，俯瞰整个文本，并及时表达一己的观念，也可以以文本为媒介，与读者展开充分的互动和交流。

有趣的故事、幽默的反讽、智性的叙述，是戏仿小说三大特质。戏仿小说生成的意义至少有：一、建构新型交流场。作者和读者似有一个心照不宣的契约，即由作者与读者共同营造一个话语场，双方以此为媒介展开交流。这种交流必然是平等的。二、生成新小说和新语言样式。戏仿作为一种修辞，将反讽语言、历史语言、日常生活语言，综合调制于一体，也生成了全新的话语风格。其中，反讽语言是最深入人心的，由此而生成的反讽文本则是新文学最为珍稀的种类。我们知道，古典形态的讽刺文学在晚清达到顶峰（比如《儒林外史》），然而，在新文学百年历史进程中，讽刺文学却成了一个稀有品种。一生致力于讽刺文学创作的也无非就是张天翼、沙汀、高晓声、乔典运等屈指可数的作家，其他如鲁迅、钱锺书、陈白尘等都是偶有所作。因此，在讽刺成为冰块，作家缺乏自醒、自嘲的当下，新生代的戏仿叙事在艺术经验的探索和表现方面所取得的成绩是应该被予以肯定的。当然，他们的戏仿也大多“小打小闹”，至今也没有创作出类似品钦、巴思的作品那样的后现代反讽式的巨著，也不能与巴塞尔姆那样的致力于反讽叙事的小说家等量齐观。

肯定其意义，并不意味要遮蔽其缺陷或不足。由于文学经典中的人物形象、民间传说，以及传奇故事经过千百年来的无意识沉淀后都已成为当代人精神谱系或文化背景中的一部分了，所以，小说家对传统文化和历史的颠覆、解构必然对读者的认知情感和公共意识造成了破坏。这使得戏仿往往走上一条颠覆有余而建构不足的老路。戏仿是一把双刃剑，既可生成一个全新的有意义的艺术体系，也可以摧毁一个有价值的精神传统。在摧毁与重建中，戏仿也就成了验证小说家人类良知与伦理底线的标尺。因为戏仿必须以前文本为基础，以读者的反差性阅读为追求，一旦脱离这种前提，其意义和价值也就大打折扣。因此，单纯的戏仿技巧算不得什么创新，特别是那种单纯形式上的把玩，其价值更不可被高估。

二　新生代小说家的戏仿叙事

1993年成为一个标志性的年份，自此，不但改革步伐大幅度向前迈进，而且文化面向市场和文学直面消费的趋向也逐渐明朗化。传统的启蒙意识、人文精神除了在张炜、张承志等少数小说家那里尚继续存在外，它在整体上已经溃散。尽管这一时期曾发生过“二张之争”、“二王之争”、人文主义大讨论等文学事件，但其作用已经不可能对消费文化潮流构成实质性的影响。所谓理性、启蒙、历史、民族、国家等这些文学中大写的字眼，不但失去了昔日耀眼光环，遭到了普遍质疑、审视，而且其内涵和意义也被彻底颠覆和改写。而当中心轰然倒塌之际，“躲避崇高”“回到肉身”的理念和创作甚嚣尘上。大写的“人”沦落为卑微的、欲望的个体。这样有关“人”的观念重新树立，再加之存在主义思潮和解构主义思维的蔓延，使得20世纪90年代的文学深深刻印下后现代文化的特征——“深度模式削平、历史意识消失、主体性丧失、距离消失”[①]。在此大背景下，作为一种修辞术的戏仿就有了用武之地。

新生代小说家的戏仿小说首先与20世纪90年代后现代文化思潮的发生密切相关。作为一股全球性的文化思潮，其所彰显出来的“反中心性、整体性、体系性”特征，天然地迎合了要急于与传统“断裂”并开拓写作新纪元的中国新生代小说家的心声。一方面源于作家对叙事虚构本质的清醒认知，即一切文本都是虚构的产物，虚构方式多种多样，这就给新生代作家拆解前文本叙述规范和主体架构提供了合法性。另一方面是遭遇布鲁姆所谓“影响的焦虑”使然，即当文学史几乎穷尽了所有新颖形式时，小说家该如何超越前代？按照约翰·巴思在《枯竭的文学》中的阐述，作家完全可以以讽刺的方式采用过去的文学形式，这也给后代作家的戏仿以不小的启发。

新生代小说家的戏仿小说也与新文学的传统有关。鲁迅的《故事新编》，施蛰存的历史题材小说，刘震云的“故乡系列”，以及格非、余华、苏童、

---

① 王岳川：《后现代主义文化研究》，北京大学出版社1992年版，第236页。

叶兆言等众多先锋作家的新历史小说，等等，都有“戏仿”成分，也都有较为成功的经验可供借鉴。

正是源于上述几方面原因，在20世纪90年代末期，李洱、毕飞宇、李冯、徐坤、东西、鲁羊、述平等新生代小说家对已经深入人心的历史典籍、民间故事、历史人物等进行了重新改写，创作出了《武松打虎》(毕飞宇)、《先锋》(徐坤)、《牛郎》(李冯)、《商品》(东西)、《一张白纸可以画最新最美的图画》(述平)等一批戏仿小说。

人物戏仿、故事戏仿和文体戏仿构成了新生代小说戏仿叙述的三大叙述类型。中国古代文化典籍和神话传说中有很多性格各异的人物形象，这为小说家的再创作提供了丰富的文学素材和人物原型。小说家一旦完成了对人物原型的再塑造，就有可能生成全新的戏仿文本。比如，李冯的《中国故事》和《孔子》分别是对历史名人利玛窦和孔子的戏仿；情节是小说的基本要素，情节由故事按照因果逻辑连贯而成，故事与主题的关系、故事与人物的关联、故事中场景与场景的承接，小说家都可对之进行改写。小说家通过对上述叙述成规的拆解和新规范的付诸实践，完成了对故事的戏仿。比如，李冯的《十六世纪的卖油郎》以冯梦龙的《卖油郎独占花魁》和《杜十娘怒沉百宝箱》为改写文本，就是通过更改故事进程，修改故事场景，重塑卖油郎形象而达成戏仿目的；任何一个小说文本都包含有两种以上的声音。声音是文体、语气和价值观的综合。小说家可以通过更改或替换话语类型，从而在文体层面上达成全新的戏仿叙事。比如，徐坤在《呓语》中对岳母刺字的调侃，在《梵歌》中对武则天、韩愈等历史人物对白的调侃，都是文体性戏仿的绝佳例子。当然，上述三种类型在具体的修辞实践中并非彼此分开，而往往兼具两种或两种以上的戏仿类型，从而呈现为一种复合型的杂糅模式。新生代小说家常常杂糅各种戏仿类型，综合呈现一种颠覆性的、寓言型的话语图景。

新生代小说家的戏仿叙事与西方后现代写作有着惊人的相似性。如同后现代小说家对神话故事、英雄人物和经典名著的戏仿或改写一样，他们也以对此类文本的颠覆性改写为能事。颠覆神圣性，还原世俗性，构成了新生代小说家人物戏仿的基本逻辑规则。将神仙或侠侣蜕变为肉体凡胎，将英雄人物降格为欲望的个体，将宏大的理想行动消解为一地鸡毛式的琐事，这也恰恰印证了后现代消解深度和复归肉身体验的感官化写作倾向。比如，在《另一种声音》(李冯)中，《西游记》中那个上天入地、勇敢机警的孙悟空被塑造成为一个不折不扣的俗人："那次流芳百世的取经事件，完全不像后来艺人们演的那么牛 × 烘烘。一路上最大的问题是小腿抽筋和肚子饿。"在故事戏仿中，故事不具有传奇性，故事中的人物也不具有高尚性，一切无不彰显着世俗化的烙印。比如，在《牛郎》（李冯）中，牛郎和织女离婚，宁可回到天上做一颗孤独的星，也不愿返回人间尝试人间的婚姻；而织女则嫌贫爱富，最终导致了牛郎的四处漂泊。这就完全修改了民间传说中的织女与牛郎七七相会、恩爱如一的传奇故事。在文体性戏仿中，要么以戏谑、调侃话语解构宏大话语，使其失去原有意义。比如，《轮回》（徐坤）是对《复活》（托尔斯泰）的颠覆性改写，以极度夸张和戏谑方式完成了对于启蒙话语和救亡话语的彻底解构。要么还原叙事文学虚构本质，拆解虚构神话。比如，《武松打虎》（毕飞宇）采用古典叙事与现代故事交替讲述的方式，最终拆解了"武松打虎"的虚构本质。《我作为英雄武松的生活片段》（李冯）让武松在古今之间随意穿行，以与《武松打虎》相似的戏仿方式，也揭示了其话语虚构特性。也就是说，"武松打虎"这一事件只存在于施耐庵的《水浒传》和说书人的讲述中，离开了这两者，它压根就不存在。通过对上述三类戏仿叙事修辞方式的考察，我们可以清醒地看到新生代小说家戏仿叙事的逻辑规则，即创作主体以逆向思维方式审视前文本，根本性地改变了前文本的表意体系，呈现为一个简单的二律背反的话语模式。因此，这些前文本一经新生代小说家的戏仿后，便是一个具有鲜明当下感的全新文本了，不但其内容和主题都是当代的，而且其思维逻辑和精神谱系也是当下的。被戏仿的这些前文本不过是一个个道具，戏仿一旦结束，它们就被作者抛弃。

从创作发生学来看，任何一位成熟的小说家在写作之前，都要秉承某种分类思维，既从文体、语域、风格等语言的外显方式做出初步设想，也从词语、句子、语段等语言的细部加以考量。小说家根据审美倾向和主题意图的不同，采用何种语式，决定选取何类词语、何种句式，都会事先受制于这种分类思维。当然，这一过程是复杂而精密的，既有严格的理性控制，也有捉摸不定的灵感顿悟。既然"分类是万事万物的存在方式，也是我们对这个世界的一个知觉模式"[①]，那么，这样也就为我们划分语言类型、助益语言分析提供了理论支撑。分类即意义，分类即过程，分类即写作，

① 刘恪：《现代小说语言美学》，商务印书馆 2013 年版，第 179 页。

分类即结果。对各种语言的特征和功用展开分析并进行分类，其结果必然生成大大小小的语言类型。我们可以从多个角度划分，比如从风格、主题、文体等等，但就语言功能而言，它大体可分为三个大类：写实型、表现型和象征型。前者发挥的是语言向外拓展的能力，它与具体可感的世界有着千丝万缕的联系，后两者发挥的是语言向内指涉的功能，它与形而上的虚构世界发生着内在的关联。在传统现实主义小说中，无论面向现实，还是返回历史，其语言都是模仿性的，而且，逼真性和深刻性成为衡量语言表现力的主要标准。这种语言模型贯穿了整个小说发展的历史。在浪漫主义小说中，语言并不直接指向现实世界，而多是内指性的，虚构的是一个充分主观化的审美世界。这种语言模型也有着悠久的历史传统。在象征型小说中，语言不但是极端内指性的，而且多具有哲理性。语言和经验发生的关联范围及深度，都远超前两者，“世界在语言中存在”，“存在是语言的家园”。然而，戏仿语言既是细部的，即可落实于一个词语上，或一个句子一个段落内，也是整体的，即可以是语篇性，构成连绵不断的文本话语流。所以，我们对小说戏仿语言类型的划分，就不宜采用上述一刀切方式，而应进一步细化。比如，毛语体戏仿、元语言戏仿、文体戏仿等等。

三 “毛语体”戏仿：一种特殊的修辞

语体不同于文体，它是按语言的功能和风格对话语的分类，“语体就是语境类型决定的语言功能变体。说得严密一点，语体就是一定语境类型中形成的、运用和语境类型相适应的语言手段，以特定的方式反映客体的言语功能变体”①。每一种话语都有其适应的语境，一旦脱离语境，与之关联的语意、语气及其接受效应就会发生变异。新中国成立后在文艺界广为普及和流行的“毛语体”话语可谓深入人心，三十多年间，大陆几亿人日常的说话、思维及行事无不深受其影响。以下是一位十一岁孩子的日记：

① 王德春、陈瑞端：《语体学》，广西教育出版社 1987 年版，第 190 页。

今天，通过学习毛主席的《反对自由主义》这篇光辉著作后，我思想有了开窍，想起开学来我有很大退步，我感到惭愧，想起去年有了很大进步，今年就有了很大退步，这是为啥呢？是因为我骄傲自满，认为差不多了，躺在老本上睡大觉，所以退步了。

“金猴奋起千钧棒，玉宇澄清万里埃。”我决心今后要努力学习毛主席著作，彻底改造世界观，丢掉包袱，赶上形势，当一名毛主席满意的合格毕业生。[①]

像此类文字，对于那个年代的人来说并不陌生，它典型地体现了那个年代“毛语体”的话语特点和修辞方式。在信息的发送和接收方面，它以不平等的超量的话语，将领袖的思想直接灌输给群众，并成功实现两者之间的互动，从而成就了新中国成立后“毛语体”大一统的话语神话。须知，上述文字出自一个十一岁孩子的日记中，我们会问，这个孩子的体验是真诚的吗？按照福柯的话语理论，权力无处不在，它以话语方式对他者构成了潜移默化的影响，“毛语体”所具有的话语威力，由此可见一斑。

“十七年”时期的文艺莫不以此为纲领，以此为规范，毫无疑问，它对中国现代文学、现代汉语的发展所造成的影响也是至深至巨的。李陀以“两个不能低估”评价“毛语体”（他称为“毛文体”[②]），很明显，作为一个历史阶段的特有话语，“毛语体”话语给中国文学界、语言学界的影响主要不在理论层面，而在具体的实践层面，即各类型的知识分子通过学习、领会其精神，最终以具体的文艺活动（文学创作、学术研究、戏曲演出）实现自我身份改造。所谓“资产阶级思想”“小知识分子情绪”是要不得的，一切都要以“工农兵思想”为标准，所以，这一改造过程给予他们的就不是

---

① 李陀:《汪曾祺与现代汉语写作——兼谈毛文体》,《花城》1998 年第 5 期。

② “毛文体为这一规范化提供了一整套修辞法则和词语系统，以及统摄着这些东西的一种特殊的文风——正是它们为今天的普通话提供了形和神。这些都不能低估。不过，事情还有另一面，那就是毛文体对现代汉语发展的严重束缚，这也不能低估。大众语论战中暴露出的那些现代汉语发展中的矛盾和困难，不但在毛文体中未能真正解决，反而更尖锐了。因为毛文体真正关心的，是在话语和语言这两个实践层面，对言说和写作进行有利于革命的改造和控制，而不是汉语多元发展的诸种可能性。”

单纯定格为某一种反映，而是艰难改造，五味杂陈[①]。在文学界，这一始自20世纪40年代延安文艺座谈会讲话精神，在“十七年”全面铺开，在“文革”达到顶峰的“毛语体”话语，在新时期（1980—1985年）才因汪曾祺小说[②]、“朦胧诗”、“第三代诗歌”的先后涌现而退出主阵地。

“十七年”时期的小说语言是一种带有极强观念的被纯化的工具语言，不但逻辑清晰、简单，带有极强的鼓动性和渲染力，而且具有鲜明的时代特色和政治倾向性。这样的语言当然不可避免地有其先天的局限性，但是，今天，学界对这一时代的小说语言多有诟病，极端的评判和否定之声时有发生，我觉得都不是正常的学术争鸣的声音。我们应该肯定，那些描写革命者艰苦卓绝革命历程，展现新中国新气象，特别是流露乡野气息的文字，它们都还是具有现代小说语言史意义的。小说从来就是“俗文体”，“十七年”时期小说语言的通俗化、大众化诉求，以及对工农兵语言的规范化要求，难道不是新文学语言一直要实现的目标之一吗？所以，有学者说：“大众语言、工农兵语言本身可能没什么错，问题是这种语言的实质指向革命的目的，它是一种抽象的概括语言。可见后来的文化大革命的工农兵语言不是

---

① “知识分子的写作已经不再是简单地写小说诗歌，写新闻报道，写历史著作，或是写学术文章，它获得了另外一种意义，即经过一个语言的（文体的）训练和习得过程，来建立写作人在革命中的主体性。在这个过程中，千千万万个知识分子正是通过‘写作’，完成了从地主阶级、资产阶级或小资产阶级立场向工农兵立场的痛苦的转化，投身一场轰轰烈烈的革命，在其中体验做一个‘革命人’的喜悦，也感受‘被改造’的痛苦；在这个过程中，也正是‘写作’使他们进入创造一个新社会和新文化的各种实践活动，在其中享受‘理论联系实际’的乐趣，也饱尝意识形态领域中严峻的阶级斗争的磨难。如果说正是毛文体的写作使知识分子在革命中获得主体性，那么反过来，知识分子又正是通过这样的写作，使话语实践和社会实践在革命中实现了转化和联结。毛泽东领导的革命之所以能够在不到三十年的时间里，就把原来不过在几十个知识分子心中浮动的革命思想，转化为几亿群众参加的急风暴雨式的社会运动，知识分子的写作这个环节可以说是一个关键。但是，这不是一般的写作，而是毛文体的转述、复制和集体生产。”李陀：《汪曾祺与现代汉语写作——兼谈毛文体》，《花城》1998年第5期。

② 按照李陀的观点，汪曾祺在1980年、1981年发表的小说，其小说语言不仅引领现代文学语言改革新潮，也是最早颠覆“毛文体”理念和文法的实践。他又说，此后反“朦胧诗”者，实质也是在维护“毛文体”的主体地位。参见李陀：《汪曾祺与现代汉语写作——兼谈毛文体》，《花城》1998年第5期。

从天上掉下来的，它是红色经典语言的新的延续。”[1] 语言本身没什么错，我们该反思的是语言背后的权力运作，它和革命的复杂关联，以及由此带来的对文学发展的负面影响。

无论正面的还是负面的，“毛语体”对 50、60 后一代作家的影响是确定无疑的了，有关它的积极和消极的、正面和负面的语言体验，作为一种无意识，或者说作为一种“前理解”，潜移默化地影响着新时期以来中国作家们的文学创作。“毛语体”话语及其修辞风格，在王蒙、莫言、阎连科、韩少功、王小波、刘震云等一大批敏感而又极富语言创造力的小说家的改造下，生成并呈现出崭新内容、风格、形式、效果。

> 马克思列宁主义是无往而不胜的，为什么到了闵秀梅就不灵了呢？他给她讲婚姻关系首先是一种阶级关系，他给她讲爱情的物质基础并不是性而是两个人的经济关系和必要的生活资料，归根结底，婚姻关系也是一种生产关系，不仅与社会的物质生产有关而且与人类本身的再生产有关。他给她讲无产阶级的爱是忘我的无私的只有实现全人类的解放才能解放自身，他给她讲马克思和燕妮、列宁和克鲁普斯卡娅，还有恩格斯和胡志明，他们根本没有结婚。连印度的圣雄甘地也没有结婚，虽然他只是资产阶级，比无产阶级差着老鼻子啦，他们还是把一切都献给了事业和人民。
>
> ——王蒙《失恋的季节》

这段话中的“马克思列宁主义”“物质基础”“阶级关系”“实现全人类的解放才能解放自身”“把一切都献给了事业和人民”等都是一些非常正式而严肃的带有浓厚政治内容和时代色彩的词语或句子，都有特定适用场合（比如领导人的讲话），而当其被用来分析极其私人化的婚姻生活和情感关系时，就显得无比滑稽了。为什么会生成这种反讽效果？因语境错位、语体混搭、大词小用而生成新义。

尽管新生代小说家一再宣称与传统的“断裂”，但是，那不过是一种宣传口号，他们在语言上不可能断开与前代的关联。实际情况恰恰相反，他

① 刘恪：《中国现代小说语言史（1902—2012）》，百花文艺出版社 2013 年版，第 313 页。

们不但对“十七年”时期的历次运动及深处其中的人与事抱有浓厚的探索兴趣和表达的愿望，而且也以该时期的语言资源、语言规范及其在文学领域内的语言实践为观察、反思的对象，并以此为基点，将占据现代小说语言史半壁江山的“社会革命语言”向前推进了一步，这就是被称为“后革命时期”的毛语体戏仿语言。前革命时期流行的词语、句式及话语风格，作为一种语言资源，经过新生代小说家们的整合、改造后，出现于叙述人或人物语言体系中，就形成了一种非常滑稽、能生成全新意义的戏仿语言。

> 有甚说甚，在后沟，不等别人来做思想工作，我就把自己的思想工作给做了。我打心眼里承认自己犯了错误。别的都放一放，就拿拾粪来说吧，当我说“毛驴还会再拉呀”的时候，我其实就已经犯下了不可饶恕的错误。我受党教育多年，早该学会站在毛驴的立场上思考问题：那些毛驴，口料已经一减再减，可是为了革命事业，还是坚持拉磨、拉炭、犁地，肚子本来已经够空了，但为了响应拾粪运动，它们有条件要拉，没有条件创造条件也要拉，不容易啊！可我呢，作为一个知书达理的智（知）识分子，却一点也不体谅毛驴，竟然还要求它们一直拉下去。难道自己的觉悟还不及一头毛驴？
>
> ——李洱《花腔》

上述语言是戏仿性的，模仿“毛语体”的话语风格，用严肃的政治话语分析“我”在拾粪运动中的思想动态，不仅显得滑稽可笑，而且还引人深思。语言所承载的历史记忆与这种空洞的政治话语纠合一体，不仅消解了“毛语体”的严肃性和庄严性，还在这种巨大的反差中解构了历史。而解构历史——将大我降格为小我，将神圣化解为庸常，将革命落脚于肉身——正是新生代小说家以此彰显自我身份，获取话语权的主要方式。他们力求语言摆脱政治意识的干扰，而试图以一种纯粹的语言表达他们关于这个世界和人生的体验，为此，其对待“毛语体”的态度及在具体的语言实践中的表现主要有两种：一种是重新打量、整合革命语言，并让其进入新话语系统，在相互映照中生成新的表意体系。类似上述语言，带有很强的戏仿性，是有强烈主观色彩的语言。另一种是虽也有大量的“毛语体”语汇，但只是直接移植，语言本身不具有倾向性，比如韩东的长篇小说《扎根》中就大量涉及了“毛语体”话语，但它只是如实引入，不做任何评价。

第三编　小说家论

第十一讲　偏执、耽奇、模式化：阎连科小说论[①]

阎连科及其小说是当代中国文坛的热点话题之一，这不仅表现在他是当代不多见的在文学和非文学领域持续制造热点效应的跨界作家，还表现在众多学者对之予以持续的关注、阐释，不断生成新话题。单就后者而言，从"世纪末的奇书力作""当代中国政治寓言小说的杰作""顽强现实主义"一类的颂扬式宏论[②]，到"没有取得成功的色情作家""宫廷抒情诗人""粗制滥造的文字大杂烩"之类的否定式评介[③]，都充分表明阎连科及其小说在学界不断引发争议。事实上，从小说理念到实践，阎连科的写作一直就是成就与局限同在，深刻与缺失共生。本讲拟结合他各时期的典型文本，对这种"同在"或"共生"状态进行研究，以为当代小说创作提供镜鉴。

---

① 原刊于《文艺理论与批评》2021 年第 3 期。标题有改动。

② 参见《一部世纪末的奇书力作——阎连科新著〈日光流年〉研讨会纪要》（《东方艺术》1999 年第 2 期）、陶东风的《〈受活〉：当代中国政治寓言小说的杰作》（《当代作家评论》2013 年第 5 期）、陈晓明的《给予本质与神实——试论阎连科的顽强现实主义》（《文艺争鸣》2016 年第 2 期）。

③ 参见旷新年的《穿制服的"作家"：解读阎连科》（《文艺争鸣》2016 年第 2 期）、党艺峰的《一个宫廷抒情诗人及其写作：阎连科论》（《小说评论》2012 年第 5 期）、唐小林的《"神实主义"与"耳朵识字"——阎连科小说的病象分析》（《南方文坛》2014 年第 6 期）。

一　偏执之源：一个传记学考察

阎连科从小说理念到实践都以颠覆的极端性而为人所知。在其小说中，变异的权力、扭曲的人性、被献祭的女人、主人公令人惊悚的死亡，都成为最具辨识力的风景。他塑造的人物形象是扁平的，表达的主题是单一的，他的小说在情感和意旨上大都指向愤怒、绝望、荒诞，但借助作家本人的激情想象、新语式和丰富语词，又总能给人以鲜明印象。他的写作是深刻的，又异常偏执。深刻集中表现在他对乡村社会权力结构、村镇异变景观、人之种种欲望形态（权欲、性欲、物欲、生存欲）的极致书写，以及创生新语词和小说新样式的实践；偏执则既表现为在小说理念上对人、历史、地域文化本质及其内在关系的理解常存在重大误解或偏差，也表现为在具体实践中只顾一点不及其余的单向度书写而导致情节营构、人物塑造、主题呈示方面常有片面或失实之嫌。然而，在很长一段时间内，由于其作为“题材型作家”的聚光效应，上述“偏执”以及由此引发的一系列问题常被遮蔽或搁置不议。

知人论世、以意逆志的批评方法，以及以此为基础形成的“传记批评”，其核心议题就是从对作家生平的梳理与研究中，寻求阐释其思想和作品的可能路径。传记写作尤重“节点”叙事，即若精准把握和书写一位传主，对其一生中若干关键节点的识别与阐释，必是重中之重。与之相类，在文学研究领域，作为一种批评方法的“传记批评”亦把一位作家人生历程中的若干关键节点作为精研对象，以追溯和阐释其世界观、文学观从发生到成形之谜。这提醒我们，对阎连科及其小说的科学解读，须首先从其生平和知识结构中寻找答案，从而弥补仅以“文本批评”为中心的阐释活动所带来的诸多不足。

与路遥、李存葆、莫言等众多来自农村的新时期作家通过考学或参军进入城市，继而依靠勤奋和天分从事文学创作并最终完成身份、职业、地位的质变一样，阎连科早年在农村的生活遭际、求学之路、逃离农村的迫切愿望和出走方式，以及参军后的提干机遇和结缘文学的经历，也都大体呈现出相对一致的演进逻辑。逃离土地、改变命运、出人头地，是包括阎连科在内的一些农裔作家压倒性的生命诉求。其实，与考学、参军的动机一样，文学也由最初的业余爱好而逐渐上升为这种“生命诉求”的方式之一种，正如阎连科所言：“当时让我猛地一惊：原来，写出这样一部书来，就可以让一个人逃离土地，可以让一个人到城里去的”[①]，“我最初写小说时，目的非常明确，那就是为了逃离土地。为了离开贫穷、落后的农村，和路遥笔下的高加林一样，为了到城里去，有一个‘铁饭碗’端在手里……”[②]。新时期改革开放的时代语境为他们这种原始而朴素的本能诉求提供了最好机遇。文学天分与历史机遇的合力，使得阎连科在20世纪80年代较早脱颖而出。“一九八五年，我的儿子出生后，母亲从乡村家里到古城开封为我带孩子。刚好那年我的第一个中篇发表在今已停刊的《昆仑》杂志上，不到四万字，有着近八百元的巨额稿酬。为这八百元，我们全家喜得如又超生了一个孩子般；为庆贺这稿酬，一家人走进餐馆狠狠吃了一顿，还又买了一台十八英寸的电视机。”[③]在20世纪80年代，依靠写作换来真金白银，对于农裔作家阎连科来说，还有什么能比这更感刺激与幸福的呢？由此也可看出，那个年代文学之所以成为“显学”，作家身份和地位之所以备受推崇，其根本原因或许就在于此——铅印的文字可以直接换来真金白银，可以让农裔作家“农转非”，吃上“国库粮”，变成“人上人”。阎连科青年时期的从文动机与此后相当长一段时间内的从文之路，并未超出这种本源诉求。

莫言、阎连科等携带乡土记忆进入城市的农裔作家，固然有其特殊的经验、天分、悟性，以及由此而生成的创造力，但其知识结构、人文素养以及由此而形成的世界观、艺术观，注定存在无法弥补的先天缺陷。造成这种缺陷或不足的原因主要不在个体，而在那个极端的“文革”时代。这是无可奈何也无法弥补的历史遗憾。这种“遗憾”也必然造就这样的作家，即作为从乡土进入城市的农裔精英，他们对乡土社会或历史本质的认知大都有其先天局限性。他们在文学中所灌注的所谓“思想”，大都不过是一种基于自身非常态遭际、裹挟时代记忆的情绪结晶体。对阎连科而言，由早年所遭受的饥饿体验、生存疾苦、对支书及其所代表的权力的刻骨铭心的记忆（崇拜＋畏惧）、对城乡关系的单向反思所建构起来的生命感知和历史

---

① 阎连科：《我与父辈》，河南文艺出版社2019年版，第29页。

② 阎连科：《我为什么写作——在山东大学威海分校的讲演》，《当代作家评论》2004年第2期。

③ 阎连科：《我与父辈》，河南文艺出版社2019年版，第7页。

认知，以及由此主导的对于权力的激情想象及其多元关系的探察，便成为其一生都未曾稍稍放松的实践母题。然而，他与历史、时代的关系似始终处于一种紧张、缠斗、无法和解的态势。这赋予其写作以某种尖锐与异质性。

青少年时期的生活经验和命运遭际对阎连科小说理念的形成起到了决定性作用。一边是贫穷、饥饿、困苦、劳累成为生活常态，一边是对备受歧视和不平等遭际的困惑、不解、怨责，一边又是因不满现状而千方百计寻求摆脱困境的路径、方法（创作长篇小说《山乡血火》、参加高考、参军），这些遭际和体验对后来成为作家的阎连科的影响可谓至深至巨。事实上，当“从有记忆开始，我就一直拉着母亲的手，拉着母亲的衣襟叫饿啊”[①]，当“我童年最强烈的印记之一，就是大姐在病床上不绝于耳的疼痛的哭声，腰疼、腿疼以至全身的疼痛”[②]，“我从小就有特别明显的感觉，中原农村的人们都生活在权力的阴影之下……每一个人都是在权力夹缝里讨生活的”[③]，特别是当遭遇教育不平等、高考失败、在水泥厂高强度劳动、父亲过劳而病死等一系列挫折、打击之后，阎连科对历史本质的认知以及后来对自我与文学本体关系的思考，逐渐萌生出一种或怨或悲或恨的主体情绪与姿态，也就不难理解了。待至参军后，那种“我永远不会渴望战争，不期冀军人的建功立业”[④]的思想，以及在具体写作中动辄解构英雄主义或理想主义的实践、对城市文明的隔膜与敌意，以及对“农民之子”身份的强化认知，似乎从一开始就决定了阎连科小说在主题和内容上走向颠覆、越轨之举。农裔作家先天具有的自卑、自负、自强、自许情结，对乡土风俗风物、人情世事与权力结构的熟稔，以及由此而生成的对于城市文明既羡慕又排斥的矛盾心态，特别是在经历或目睹乡村社会中的人、事、物屡屡被代表城市文明一方的有形无形“力量”所吞噬、伤害后，一种本能的反抗意识和由此主导的以释愤和批判为主调的代偿式艺术表达也就有了充分的心理依据。他所理解的乡村和城市发展必是异质力量操控的结果，因此，他的文学世界必然充满对权力秩序及其景观的迷狂式书写。或者说，他对

---

① 梁鸿、蒋书丽:《阎连科文学年谱》,《东吴学术》2013 年第 5 期。

② 梁鸿、蒋书丽:《阎连科文学年谱》,《东吴学术》2013 年第 5 期。

③ 阎连科、姚晓雷:《“写作是因为对生活的厌恶与恐惧”》,《当代作家评论》2004 年第 2 期。

④ 阎连科、姚晓雷:《“写作是因为对生活的厌恶与恐惧”》,《当代作家评论》2004 年第 2 期。

乡村权力恐惧、敬畏、厌恶，以及由此所形成的心理烙印，从根本上决定了其后来文学写作的基本面向。

二　文学资源：移植、拷贝欧美

阅读欧美现代文学经典并从中获得艺术经验的滋养，根本性地改变了他对小说本质属性及其表现形式的传统认知。阎连科从事小说创作的艺术灵感和艺术形式的建构很大程度上借鉴或直接移植自以欧美为主的名家名著。从马尔克斯、略萨、海勒、萨特、博尔赫斯、卡夫卡，到日本的川端康成、古川俊太郎，再到苏俄的瓦西里耶夫、拉斯普京，他都曾精读深研，并竭力从中寻找支撑自己小说创作的艺术资源。细读其长篇理论文章《发现小说》，其中无论有关"神实主义"内涵的阐明，还是对"生命现实主义"和"灵魂现实主义"的命名，以及对"零因果""内因果"的分析，可发现其理论与方法都是对上述资源的直接移植。他的精神世界里充满对现代西式文明和西式小说的膜拜之情，在其阅读视野中，中国除了鲁迅，包括路遥在内的现实主义小说家都是被质疑的对象——彻底否定了"十七年"时期的"社会主义现实主义"，完全无视路遥式的"现实主义"，也对"新写实小说""现实主义冲击波"之类的"现实主义"深不以为然。阎连科在小说艺术上追求彻底"西化"，从而成为背叛中式现实主义的"不肖之子"[①]。他鼎盛时期的几部代表作无论在主题、风格、模式还是在人物形象、细节营构方面都对西式经典小说多有借鉴或模仿。因此，相比于同时代作家，阎连科式的"拿来主义"显得极端而彻底。他的小说常以"奇绝"想象和奇异形象而备受瞩目，然而，这种"奇"也更多借鉴自西方经典名著的写法。比如，类似《耙耧天歌》中尤四婆与亡灵对话，《年月日》中老人与狼对峙，《受活》中茅枝婆长年累月闭门织寿衣，《日光流年》中司马兰与蓝四十（死尸）同床共枕，《炸裂志》中朱颖秘密培养八百名卖身女人并在关键时刻集体出击、"炸裂市"突然神秘消失，都不难看到有直接移植《百年孤独》（加西亚·马尔克斯）、《佩德罗·巴拉莫》（胡安·鲁尔福）、《老人与海》（海明威）、

① 阎连科:《发现小说》,《当代作家评论》2011 年第 2 期。

《潘达雷昂上尉与劳军女郎》（略萨）、《献给艾米丽的一朵玫瑰》（威廉·福克纳）的鲜明印痕。应该说，就个体而言，他对现代西式小说艺术经验的系统总结和“为我所用”较有成效，但对于熟读西方文学名著的读者来说，肯定会觉得这不是独创，而是变相复制。因此，在笔者看来，阎连科是现代欧美文学在“东方”结出的一个“异果”。

阎连科就是依托上述两种经验、资源，以田湖镇、程寺镇、诗经古城、受活庄、丁庄、炸裂村、皋田镇、刘街等或实或虚的空间架构为中心，展开对苦难、疾病、残疾、死亡、权欲、性的集中书写，并以其激情想象、异化奇观和拉郎配式的小说语言，显示了其在当代文坛特立独行的形象。他更因对当代历史或事件的尖锐书写而成为“题材型”作家。阎连科小说从内容设置到主题表达都是严肃认真的，但他对20世纪后半期发生的历次历史运动或事件的理解、书写又总是趋于极端——特别是屡屡赋予村长（支书）权力、女人身体以神奇魔力，甚至将其与村镇发展直接等同、挂钩的做法，则更凸显阎连科在处理小说与历史、小说与现实关系时的过于随意、简单、突兀。由愤懑情绪和单一执念主导的写作亦将对特定历史或时代的理解引向窄路、险路、异路。不必讳言，阎连科的历史观以及在小说中所呈现的历史风景是极其褊狭的、异质的，其中，部分理解与实践纯属私见或想象，无限夸大或凌空硬造的所谓“奇观”经受不住史实的验证。但吊诡的是，他用从西方“淘”来的艺术经验为自己的“偏执”再造了华丽的小说形式，也以“进口转外销”方式获得了域外的关注、赞誉，这又在一定程度上遮蔽了他这方面的局限性。

三　耽奇与重复：修辞与非修辞

阎连科的军旅题材小说书写各类“农民军人”如何离开土地、投身军营的过程，如何在军营环境下生活、成长，尤其侧重展现他们由于自身局限性而身陷迷惘、困境或走向悲剧的心路历程。这些创作于20世纪80年代至20世纪90年代前半期的小说因将“文学是人学”的理念较早落实于对当代军人的集中书写——反英雄叙事，消解传统的理想主义，将“军人”当作常人予以形塑并侧重挖掘其庸常或悲剧——而引发关注。他的军旅题材小说虽也有较强的现实感、反思性，且不乏尖锐的笔触，但整体上并未超脱新时期文学主潮的演进趋向。不过，其军旅题材小说对异质要素的表达已初露端倪，突出表现为：第一，讲述男主人公迫于村长（或支书）权力、部队等级秩序，或者为了入党、提干、留城而演绎出的各种离奇故事。无论《夏日落》讲述因战士自杀事件而在连长和指导员之间引发的一系列让人瞠目结舌的角力风景，还是《中士还乡》讲述中士从参军到退伍还乡过程中所遭遇的一系列坎坷、衰微和变故，都已初步凸显其在营构故事情节和讲述人物命运遭际方面的求奇追异倾向。第二，村长（支书）权力至上情结、男主人翁娶村长（支书）丑女为妻、女人被作为权力交换的产物、主人翁令人惊悚的惨死场景等在后来被无限放大并屡屡出现于小说的核心场景中，已在上述军旅题材小说中广为呈现。

阎连科军旅题材小说的思想表达并未取得实质性突破，或者说，他的此类小说并非因思想深刻而自成一体。相反，他对现代军事思想、军队精神和军人风貌的认知水平尚停留于通识层面。他的特长不是从内部书写军人之魂，而是从外部的乡土视角表现进入军营的农村青年们的非常态生活、情感和命运。因此，表面上看，他在写军人，实际上他写的依然是农民，或者说穿着军装的农民。但是，他的此类小说故事情节和人物性格单向度发展，常因欠缺内在逻辑而多有经受不住推敲之处，甚至出现因存在致命“硬伤”而致使整部作品“坍塌”的情况。比如，长篇小说《生死晶黄》中的核心事件——核裂剂泄漏（液体）和核剂废料掩埋，从核物理学和部队规章两方面看都是不可能存在和发生的。早有专家指出，绝对不存在液体泄漏这种事，因为“核弹头的特殊材料是固体不是液体”[①]。另外，核废料也绝不可能随便交给下属自行处理——更何况还让主人公背着它出入公共区域，乘坐火车，穿越城市，回到乡下将之掩埋。既然前提不存在，那么他以此为中心建构的人、事、物及关系就失去了依据，成为空想。

阎连科小说中的军人形象也流于模式化，最常见的“行动模式”可归纳如下：农村青年通过非常规手段获得参军资格（逃离乡土）—进入军营后为入党或提干努力表现、极尽钻营或深陷困境—留城后无论情感、婚姻还是事业总会与周遭发生不可调和的冲突—退伍后又因不被家乡人所接受或

① 西南：《仅仅仰仗土地文化是不够的——关于长篇小说〈生死晶黄〉致阎连科》，《小说评论》1998 年第 5 期。

自身缺陷而沉沦，乃至走向悲剧（回归乡土）。上述每一环节都可衍生出各种各样的故事，每个故事都指向不同的人生面影，不同环节中的故事层层累加，即形成其军旅题材小说的整体骨架和样态。当然，一篇小说并非总是要涵盖上述各个环节，但容纳上述四个环节的中长篇小说最能代表阎连科的写作路径、风格——大起大落的人生际遇、悲喜交融的命运感，以及一波三折的故事情节。但是，这种带有突出模式化的故事形态常因缺乏内生逻辑的有力支撑而容易形成刻板印象。它们之所以引发关注，根本原因还在其小说对细节和人物命运感的营构远超常理常情，特别是他精于细节处理，尤其能从中开掘出冲击人心的力量，从而给读者以接受上的巨大落差感。比如《生死晶黄》中大鹏抱着核裂剂把自己锁在防辐射防毒服里惨烈死去的场景，《自由落体祭》对农民军人春生性心理和行将完婚时从屋顶掉下摔死场景的深描，就极具阅读张力。此类震撼、惊心的细节设置在乡土题材小说中被进一步放大。《日光流年》中司马笑笑以身饲鹰，《耙耧天歌》中尤四婆自杀救子，《年月日》中从先爷腐尸上长出的一株玉蜀黍，《四书》中“作家”用自己的血浇灌小麦，“孩子”则把自己钉死在十字架上，《耙耧山脉》中村长死后阳具被割并插入嘴中，《坚硬如水》中高爱军耗时半年挖通一条与情人夏红梅私通的地下通道，《乡村死亡报告》中村民纷纷拿着无头尸体（遭遇车祸而死）的大腿骨、胸骨、尾椎骨以征集丧葬费名义拦车收钱、自肥腰包的举动，《日熄》中李天保用焚尸油再造一个“太阳”，以助镇民免于灾祸，等等。这种“负审美”体验和“审丑”式写作让人震撼、惊悚，甚至直接刺激人们的感官，引发不适。

为阎连科揽得大名并屡获国内外文学奖的是以《黄金洞》《年月日》《受活》《日光流年》《四书》《丁庄梦》为代表的乡土题材小说。这些小说以题材选取上的“剑走偏锋”、人物塑造上的新奇诡谲、主题表达上的尖锐凌厉，特别是对恶的激情表现而成为中国当代文坛具标志性的存在之一。在其小说世界中，不仅人与人、人与历史、人与时代的关系呈异态互构、负向发展态势，而且内在于其中的各类角色的聚与离、爱与恨、生与死也离奇、怪异、惊悚。阎连科体悟、把握、想象并沉浸于特定历史境遇中的种种权欲景观的极致书写，试图从中揭示某种被遮蔽或搁置的“历史真实”，或者消弭历史背景、时代语境，诉诸寓言方式，试图在形而上维度揭示生存意志、人性本质，这两种实践虽途径、方式不同，但主题表达与修辞风格却几无差异——书写畸形历史，塑造奇异人物，生成奇诡故事，表达异变主题。阎连科的此类小说大都存在固定不变的模式，即将故事背景和人物命运置于某地由村变镇乃至县、市的快速而魔幻的发展进程中，或者将几位主要人物（其中一个必是女性）及彼此关系设置于一个假定的时空中，继而从中开掘和表现权、性、恶、丑的种种形态及异变过程。其中，村镇发展依赖权势人物近于“胡作非为”或“违法乱纪”式的横冲直撞、弯道超车。比如,《炸裂志》中孔明亮带领村民扒火车、女人卖身以实现致富的疯狂行为;《柳乡长》中的槐花因在省城开美容店（卖淫）而致富，被柳乡长作为致富模范予以推介。而且村镇升级中的关键一环需要某个女性做出“牺牲”，比如《金莲，你好》中的金莲被委以重任——表面上是给李主任帮几天忙，实则是以出卖身体为代价，换取掌握大权的李主任同意刘街升格为刘镇;《炸裂志》中在“炸裂”由村、镇、县到市的每一次升级过程中，女人们的性贿赂总是在关键时刻起关键作用。在阎连科笔下，女人卖身或直接的性交易宛然成为推动历史发展的巨大动力。

通过塑造各类扁平化的村干部形象，以此为中心编织权力谱系，书写惊心动魄的权欲景观，或者通过塑造各类符号化的女性形象，以此为依托，揭示某种概念化的命题，也是阎连科小说模式化的突出表征。如,《日光流年》中的司马笑笑（“我是村长，我就是王法”)、《金莲，你好》和《耙耧山脉》中的村长、《坚硬如水》中的老支书、《炸裂志》中的孔明亮等，都是权力和专制的化身。他们都是村庄“政治”及伦理秩序的绝对控制者。阎连科的乡村故事就是以此为中心建构一个个自洽性的关系网，并由此集中笔力展开对权欲景观的极致书写。在此过程中，女人完全被符号化，她们或者是权力争斗的牺牲品（如《炸裂志》中的程菁），或是男权社会中权力交换的产物（如《金莲，你好》中的金莲），或者是身体残疾者（如《耙耧天歌》中的尤四婆），或者是自愿出卖身体的妓女（如《柳乡长》中的槐花），或者被塑造为钟情男主人公的献祭者（如《风雅颂》中的玲珍），或者被直接等同为某种欲望符号（如《黄金洞》中的桃）。在其小说世界中，男人作为权力世界的主角控制一切，女人作为权力的衍生物成为彻头彻尾的符号。但耐人寻味的是，她们与“他者”的碰撞以及由此生成的“内在关系”大都并非一种被迫或被施与的关联，而表现为一种主动的且自为主体的突进与迎合。是什么力量让她们以身体为武器投入一场场轰轰烈烈的历史运动或社会变革洪流的？“市场、金钱和欲望，这些看似自由地摆在社会文化里的现实和精神物，却又以无形之手和物性的力，让女性自己去拿起那似乎搁置的‘第三性’的历史注射器，由她自已朝着自己身上注射和变异。”[①]“市场、金钱和欲望”诱导下的自我注射以及因之形成的异变力量，在阎连科小说中即指向对权力关系的解构。于是，我们不难体悟，他长期郁积于胸的怀疑、愤怒、绝望似也借助这种快感、奇诡叙述而暂时得以释然。

从细部和细节来看，性猝死（权势人物纵欲而死，且动辄死在女人身上）、娶丑女（为接近权力或获得升职，以及诸如过政审关、拿回祖田这类好处，男主人翁自愿娶村长或乡长的丑女为妻）、性贿赂（村镇升级、村委选举，关键环节都由女人出面搞定）、进城出卖身体（致富手段）等若干典型的情节模式屡屡出现于各文本中，也形成明显的自我重复现象。其他诸如男人动辄以下跪方式向女人赎罪、村长或副乡长之女必丑无疑、村长与上级官员联系必以女人为媒介之类的细节重复，更是屡见不鲜。此类重复现象已有两位学者论及[②]，此不赘述。

上述模式化和自我重复成为阎连科小说最为明显的实践向度。如何评价这种现象？对任何一位作家而言，都会不同程度地存在模式化和自我重复的问题，而反模式化和避免自我重复也是任何一位优秀作家所应恪守的玉律。在笔者看来，由于根深蒂固的乡土记忆、相对单一的知识结构和褊狭的意识形态执念，阎连科的写作必然是依托自有经验的、反主流叙事的、解构式的、顾一点而不及其余的偏执实践。他反反复复书写的也就那么一些事，他的思想也并不那么深刻或高人一等，因此，他也只能依靠自身阅读经验、艺术潜能、代偿表达的冲力，不断审视并激活那些与其身心际遇紧密相连但已被反复征用过的人生经验，或早已形成刻板印象的认知模式。在此过程中，模式化和自我重复不仅是其重要的修辞手段，也是其用以表达某种理念的重要叙事方式。依托这种手段或方式建构起来的小说世界承载了他对历史、时代与人之本质的基本认知和极致想象。毫无疑问，他所理解的乡村图景和历史真实是失之偏颇的、夸张的，他所塑造的人物形象也大都是扁平的、符号化的，他所表达的主题也并没有超出新文学奠基者

① 张学昕、贺与诤:《另一种灵魂与命运的传记——读阎连科的〈她们〉》,《中国当代文学研究》2020 年第 6 期。

② 参见唐小林的《“神实主义”与“耳朵识字”——阎连科小说的病象分析》;唐蓓的《论阎连科小说创作的重复性》(《小说评论》2016 年第 5 期)。

们所反复探讨的向度，但他的想象和表达是狂放的、直接的。这就形成了一个很有意味的闭环阐释现象：一方面，对阎连科而言，他以艺术方式表达一个偏执、偏颇的主观理念，以游离、重复的修辞模式包装一个不言自明的意识形态诉求；另一方面，对读者而言，阎连科及其小说似也成了某种具有“代言性”的文化符号，久之也就形成了一种期待。围绕阎连科所形成的热点话题，究其根本也不过如此。这成就了他，也限制了他，其创作的优长与缺陷也纤毫毕见。在早期阶段，阎连科依靠这些模式将自我风格化，并在接受现场中快速奠定其作为“另类”作家的独特形象，他因这种形象和“聚光灯效应”而长期入驻当代文学现场的核心地带。但是，由于其对历史认知的褊狭和自我经验的持续消耗，待至后来，依然凭借这种历史观和小说模式延续其创作生命的探索与实践，已很难在原有基础上取得实质性突破。相反地，他那些被反复征用过的细节和情节演进模式，以及在“神实主义”名义下展开的任性书写，都多有意气用事之嫌和游离文本之弊，导致文学性的流失。

结语

文学可审美，可审智，也可审丑，无论哪种趋向，都有其传统和经典之作。就中国当代文学而言，文学审丑理念曾在20世纪80年代的“寻根小说”“新写实小说”“先锋小说”中广为操练。人性中的丑恶、历史中的杀戮、现实中的欲望，被余华、莫言、方方、刘恒等作家无限放大，展现了一种触目惊心的审丑景观。阎连科显然对这一脉多有继承和突破，并以其极致想象和极端修辞制造了当代文学中的又一叙述奇观。他这种被称作“撞墙的艺术”[①]或“被任性与愤恨奴役的单向度写作”[②]让其一直深陷舆论漩涡，并由此成就了一个另类作家的盛名和骂名，他也以这种审丑实践越出文学界，成为国内外热议的焦点。

① 栾梅健：《“撞墙的艺术”——论阎连科的文学观》，《当代作家评论》2013年第5期。

② 李建军：《被任性与愤恨奴役的单向度写作》，《小说评论》2005年第1期。

事实上，理解阎连科及其小说似也不难，他的内在愤激以及被业界所反复论及的所谓“国民性批判”并没有超出常人常识范畴。但如何理解他与当代文学的关系，如何评判他求助欧美、行于中土的艺术实践的得失，如何破解其偏执、耽奇与模式化后的修辞愿景及接受迷局，显然都有待客观总结和深入研究。近年来，阎连科依然保持着可观的创作量，但《日熄》《速求共眠》《心经》《中原》等长篇小说已很难引发如《受活》《日光流年》那样的热点效应。这充分表明，当尖锐与颠覆、偏执与异质——一种形象或符号期待——成为老生常谈后，在接受效果上就会大打折扣。由是观之，《中原》和《心经》在题材、主题和风格上所显示出的某些新变，是否也暗示着其写作上的某种转变？

第十二讲　小说艺术家与小说艺术化：韩东论

韩东作为优秀小说家的声誉和地位早在20世纪90年代即已确立，待至新世纪《扎根》《我和你》等六部长篇小说的出版，更使其声名远播。他在20世纪90年代以年均六部中短篇小说发表量和在新世纪连续推出六部长篇小说而长期进驻当代文坛核心地带。作为“新生代小说”或“新状态小说”的代表作家，即使新世纪搁笔不写，但以《房间与风景》《美元硬过人民币》《我的柏拉图》《我们的身体》为代表的一大批中短篇小说已足够让其位列当代中国最优秀小说家行列。但对韩东而言，“写作”是一种生活，一种工作，一种立于此世的精神支柱，故它将永不停止，亦将“永在路上”。2019年又是一个带有标志意义的重要年份。从这一年开始，他在《花城》《人民文学》《青年作家》《钟山》《当代》《青年文学》《十月》《芙蓉》《雨花》等国内重要文学期刊上集中发表了十几个中短篇，从而高调宣告小说家韩东归来。对此，他说：“1990年代，我集中写了一些中短篇小说，到了本世纪，主要精力就放在写长篇了。从2019年7月开始，重拾中短篇写作，其间隔了几乎二十年。一年多一点时间，我完成了十四篇小说，其中中篇两个，其余都是短篇。我的自我评价是，约有三分之一写得很一般、三分之一及格水准、三分之一有望超出我以往的小说（1990年代写的那批）。花了一年有余的时间，终于走通了折返之路。”如此密集发表并频繁宣讲“小说观”[①]，这在韩东小说创作史上是极其少见的现象。以“作为艺术家的作家”

---

① 主要有《写作、创作、工作》（《花城》2019年第5期）、《至高的最低点》（《青年文学》2019年第9期）、《〈春笋〉创作谈：关于小说写作的七段笔记》（《雨花》2019年第7期）、《“写什么”理应成为重中之重》（《文苑（经典美文）》2020年第11期）。除了上述单篇文章外，还出版《五万言》（四川文艺出版社2020年3月出版）。

身份出场的韩东将“艺术性”置入汉语小说，并以两部中篇和十几个短篇的创作量正式宣告时隔二十年后又一个“韩式小说”创作高峰期的到来。

因为韩东对小说本质属性的理解和实践一直就保有固定不变的艺术标准，所以，在“撂荒”近二十年后，以回溯和重构方式，接续20世纪90年代那拨“新状态小说”的理念和样态，自也是顺理成章之事。然而，由于对“艺术家”身份的高度认同和对艺术活动广泛而频繁的参与，加深了其对包括小说在内的各文体与文类的全新理解，所以，这一次始于2019年7月的“回归”又必然在继承或延续前一拨创作理念和风格基础上发生新变。表现之一，他对包括小说在内的“写作”行为的理解和定位，以及作为“艺术家”的理想抱负——“我把写作当作某种艺术工作，以制造作品为目的。具体到写小说，就是力图成就小说杰作。我是用现代汉语写小说的，因此就是力图成就现代汉语的小说杰作。[①]”——较之20世纪90年代都有了一个质的飞跃。他又说：“之所以强调小说写作作品方式的艺术性，是因为在我们的环境中，作为文学家的作家不乏其人，作为革命家的作家更是屡见不鲜，却鲜有作为艺术家的作家。艺术家在我们的传统所导致的现实中可算是某种新人类，作为艺术家的作家更是寥若晨星，不成气候。”[②]在此，“艺术性”作为首要和最低标准被予以强调并贯穿于“制造作品”的每一环节中。可是，何谓“艺术”或“艺术性”？何谓“作为艺术家的作家”？很显然，韩东对其本质属性或表现形式的理解都有其特殊规定性，因而带有极其私人化之风格。这一切都需要到具体文本中去寻找答案。

首先，聚焦人、事、物及其关系，并在建构的“关系网”中探求或揭示种种可能性的智性叙述传统，依然在此番创作潮中被予以全面继承。《去厅里抽烟》《大卖》《我们见过面吗？》《对门的夫妻》《门和门和门和门》《春笋》《夏日霓虹》《玻璃镇纸》《素素和李芸》等短篇小说较为完整、充分延续着20世纪90年代那批“新状态小说”以对种种“关系”营构为基础，侧重开掘和揭示内置于其中的“可能性”景观（由“不可能”向“可能”转换）的常态写法。在《去厅里抽烟》中，“我”、大醉不醒的胖子、女孩并不认识，就是因为“我”在公用大厅里抽烟（因为妻子不喜欢香烟味，所以，“我”只好出去抽）这一再平常不过的日常生活中的小事，将“我”、妻子、大醉

---

① 韩东：《至高的最低点》，《青年文学》2019年第9期。
② 韩东：《至高的最低点》，《青年文学》2019年第9期。

不醒的胖子、女孩紧紧地联系在一起，并引发一系列意想不到的带有戏剧性的场景或事件的发生。在《大卖》中，小林单身生活时期和花姐的偶遇和闹剧，竟然在其后来的生活历程中再次上演。一系列匪夷所思之事接连发生，原来都与这位“花姐”密切相关。小说采用铺垫（伏笔）、显隐笔法、卒章显志等艺术方法，讲述小林和花姐的关系以及由此而引发的一系列让人啼笑皆非的故事。“花姐”口中的“大卖”和“我爱你”，更将小说的“戏剧性”推向高峰。在《我们见过面吗？》中，“我”与两个孙姓文界人士的交集故事被置于两个区隔开的时空中予以讲述，从而在比衬中揭示内在于“日常”中的某种意义或“图景”。生活中的偶然与必然之间的关联看似无迹可寻但又随处可见，小说揭示并呈现这种既对立又统一的内面风景，充分展现了韩东作为小说家透过生活表象，发现和把握“关系”本相或本质的哲理化倾向。《对门的夫妻》和《门和门和门和门》也都聚焦同一特定空间（某一栋楼或某一楼层）中人与人之间的关系，并以此为依托点，揭示或表达人与人、人与环境的存在关系。不同时期不同邻居搬出或搬进，以及由此而引发的众多“关系”的缔结或更替，不仅将年代气息、社会风景、时代风习引入文本，也将人事变迁和人世演进的沧桑感和盘托出。《对门的夫妻》文末附诗一首《老楼吟》，其中有诗云，“唯余无名老楼，摇摇不堕 / 如大梦者”，以此而论，任何经历世事浮沉进入中晚年的赤子型作家，哪个不会发出“如大梦者”一样的感慨呢？《春笋》讲述了小艾和圆圆的两次郊游经历以及在此过程中所遇到的若干小事。无论第一次掰竹笋、路遇小蛇并和一农民“周旋”，还是第二次在掰竹笋一事上两人所发生的小分歧，都不承载任何微言大义或明显指涉意图。它就是单纯讲了两个人平淡无奇的两次郊区之行，那么，其意图何在？韩东对“关系”情有独钟，竭力阻止外在意义对“关系”建构的直接干扰，而极力追求写作的真诚与澄明。正如文末附诗所云，“我身上空无一物 / 他们不知道 / 我就是山中的竹子 / 已悠然下山去”，体悟一种存在之谜（“我就是山中的竹子”），呈现一种单纯明净的关系，或许是这个短篇所着力凸显的主题向度。总之，在韩东小说中，那些按常理常情来看都不可能发生的事，一经作者组织和艺术转化，就由“不可能”变为“可能”。他尤能从无聊、琐碎、庸常中开掘出新意、神奇，并以此为素材，依靠智性讲述，将其创生为艺术性的小说。这就是韩东小说中的“关系”，它既是日常的，也是历史的，既是偶然的，也是必然的，既是主观的，也是客观的。这也就是成就韩东作为“新状态小说”代表作家的重要原因之一。

其次，尝试新写法，探索新可能，揭示新经验，作为最能彰显“韩式小说”艺术独特性的三个实践向度，更是在此番创作潮中得到充分体现。确切地说，从《呦呦鹿鸣》[①]开始，特别是待2019年后《人的世界》《动物》《狼踪》《幽暗》《佛系》等一系列短篇小说发表后，一种凸显新变、展现新貌、生成新质的“艺术小说”由此而生成了。《呦呦鹿鸣》讲述一对夫妇因欲摆脱生下畸形男婴而深陷困境，于是在友人指向下到“鹿野苑”寻求解脱之道的故事。他们在此获得了梦寐以求的宁静、和谐，继而升华为对人生之路和生命本质的理想探求。实际上，这种故事和主题原本稀松平常，但其非同寻常处在于，小说继续讲述了在时光倒流中，婴儿重回母腹，并于鹿野苑遇到男孩童童，发生身份与生命的双重重叠。这种融现实和荒诞、俗世与禅境、此生与彼生于一起的复杂故事，已经明显昭示出韩东小说发生某种转向的鲜明迹象。《人的世界》与《动物》采用寓言体，打破人界与动物界的区隔，并以后者为视角并通过设置人与动物的巧遇和对话，来反观和探讨“人界”本相及其关联之谜。在此，“我”与马的交谈和辩驳、林教授与鬣狗的夜间相遇及对话，以及小皮蛋在陌生人群中的惊慌和窘境，都被赋予某种深层寓意，从而指向有关人界、动物界及其关系的省思。《狼踪》主体部分在讲述一男二女的三角恋故事，但中间又以寓言方式穿插讲述段志伟与车女士的神秘往来，并以此补充或解释主体关系。这种互指互补的讲述方式赋予这个文本以神秘和幽远，从而生成多重解读可能。相比于上述三个短篇，《幽暗》显得更独特，更新颖。小说采用新聊斋体，讲述王岳在“梦都大学”参会和会后与庄玫玫（死者）在宾馆相遇并发生云雨之情的故事。这个文本内置了多种未明关系：王岳与庄玫玫（生者）早就相识，但二人怎样认识和亲密度如何，小说未交代；老蔡与庄玫玫（生者）显然亦彼此认识，要不然，老蔡向王岳详细讲述庄玫玫患癌、投江的事实就失去了根基；老蔡与王岳此前并无交集，他送给王岳一枚胶囊，那么，他是在暗示什么吗？庄玫玫（死者）与王岳在宾馆云雨，彼此是如何相遇和召唤的呢？小说将这些内置关系一概搁置不表，甚至连这次会议的内容和过程也只字不提，而专注于讲述王岳与庄玫玫（死者）宾馆云雨这件略显鄙俗的性事。显然，这个文本在审美形式上是很有意味的。事实上，其价值

① 发表于《作家》2010年第1期。

也在此，即它有意让读者舍弃或打消试图寻求深刻内涵的可能性，转而从文本内部体味种种“关系”以及由此而建构的陌生化空间所昭示出的无穷意义。上述小说无一不致力于陌生情景及陌生关系的营构，从而给读者阅读带来新异体验。当然，这也是一种挑战，即当熟悉的背景和人物关系乃至常规事理与情理逻辑都被予以舍弃或淡化，那么，小说在某些局部或细部营构方面就会显得很突兀，特别是那种悬浮、跳脱或不及物表达显然不是普通读者所能接受的。很显然，韩东的这类小说从理念到实践带有极强的先锋性，或者说，是写给少数精英读者看的艺术小说。

再次，以小说方式介入公共事务、公共话题，并以独立型知识精英的视野、情怀和识见对之表达或批判或宣扬的人文立场和观点，应是韩东自从事小说创作以来难得一见的以如此挨近现场和直切主题方式所展开的近距离逼视、拷问与书写。《崭新世》讲述一位叫“刘涛”的新员工在“崭新世”（厂名，也即“富士康”这类企业）如何一步步走向“跳楼”自杀的故事。当然，刘涛自杀的直接动因是爱情——一段也许并不存在的虚拟爱情，但根本原因还在压榨工人的厂方（资本家）。为了自己心爱的并没有见过面的女孩能够获得一笔赔偿金，他毅然选择并精心设计了这次自杀行为。表面上看，这是爱情的力量，实则是迫不得已的、极其扭曲的、异常残酷的抉择。司空见惯的跳楼事件、极端的自杀行为、命若蝼蚁的生命，映照了现实中那些屡屡上演着的人间悲剧。小说也设置了暗访者这一角色，写了资方（董事长、车间主任、监工）的冷漠，交代了工人的非人遭遇，很容易让人想起夏衍名作《包身工》里描述的场景。《老师和学生》讲述金老师因“野猫事件”被派出所拘留两月，老皮、小佘、小关、刘涛等学生和好友想方设法为其提供衣食钱物的故事。其中，小说也捎带讲述了金老师对小关生活的关照和众人对“小关之死”的关切。温暖与关爱作为主旋律、主色调贯穿于全篇，从而引发大家对新冠肺炎背景下有关疫情与人、人与人关系的再思考。这两个短篇一个直面企业全员跳楼事件，一个关涉疫情肆虐背景下人之关系，都属于事关每个人或人类生存和发展的宏大命题。《临窗一杯酒》以对齐林和毛医生因诗歌而临时缔结的亲密关系的讲述为中心，继而以此为背景将书写旨归指向当下医患关系。在小说中，齐林岳父患癌症住院，因为主治医生毛医生正好酷爱诗歌且是齐林的粉丝，由此而得到特殊照顾。但即使如此，结局依然是悲剧性的。这个小说之所以特能触动人心，就在于它从小角度切入，以轻喜剧笔法，将这个时代中人人所随时面临的生命之重予以艺术化呈现。我曾对韩东及其创作有个判断，即一度认为“韩东不是介入型作家，即他对现实生活的态度重在呈示，但极少引领和批判。如果只从小说和诗歌创作来看，这种认识是大体合乎创作实际的。但一旦将其散文创作也考量在内，这种认识就站不住脚了。他不但写了大量反映现实生活的作品，还以公共知识分子形象积极评判公共问题，特别是在大是大非问题上总是积极介入，真假对错、褒贬好恶，从不掩饰”[①]。如今看来，对其小说创作倾向的评判是有误的，是需要修正的，事实上，他不但在散文中也在小说中同样展现出了介入姿态和普世情怀。这是任何时代人文知识分子所理应具备的最珍贵、最有价值的精神品质。

最后，继续为“游走者”“卑污者”或“不得志者”立传，继而从对其日常和命运故事讲述中，揭示有关个体与环境、人与存在等带有鲜明时代性和总体性倾向的深层命题，也是韩东侧重表达与思考的重要主题向度。《兔死狐悲》和《峥嵘岁月》是两部尤需予以重点关注的中篇小说。前者讲述张殿从出生到病亡的人生故事，后者讲述李畅、马东等一帮文艺青年合作办刊的经历。这两部小说都写得至性至情、至真至纯，可以看作是韩东用心、用情写就的代偿之作。既充满对底层小人物生存和生命的人道关怀，也表达对一个时代和一代人的缅怀、感慨和深思。同时，讲述客观、冷静，虽趋于写实且竭力抑制情感、情绪的直接表达，但混合着怜悯、感伤、感慨等情绪的多重挽歌式的调子又时常浮出表层。另外，由于作者采用回溯模式，致力于人物言行、心态、事件和精神风貌的精雕细描，并旁及一系列非常态场景或故事的穿插讲述，且辅之以对特定时代社会风景和精神气息的交代，所以，这类小说写得很纯正，很朴素，很接地气，很有时代感；尤善开掘和呈现人物性格命运中的张力景观，无论表现生活中的种种对立与冲突，还是展现时代演进中人之无常（离与聚、生与死、常与变），都直逼人心，很有感染力，很有代入感。正如他写过《乡村温柔》这类经典诗歌，《兔死狐悲》《峥嵘岁月》这类中篇小说也将其温暖、温柔的一面展现得淋漓尽致。

通过以上分析，可以看出，作为小说家，归来后的韩东依然保持了上佳的艺术感觉和不竭的艺术创造力，不断在小说理念和小说样态上为中国当代小说带来新收获。时至今天，时年六十一岁且在文坛打拼四十多年的

---

① 张元珂：《韩东论》，作家出版社 2019 年版，第 361 页。

韩东已无须也不必依靠任何“外力”来明证一己地位和成就，作为“独特的这一个”，他已超越某一专称而拥有了多种显耀身份。然而，他高度认同“作为艺术家的作家”这一身份，实际上也就昭示着其在小说理念和实践上行将发生某种新变之可能。虽然目前尚无法也不能对这种“新变”及其最终效果作出精准概括——因为此番创作潮才刚刚开始，未来几年到底还有多少文本以及何种性质的文本问世都不能确定——但对其作家身份的认定及其意义的评介倒有必要予以探讨。

其一，韩东是一位有自创理论体系和充分实践行动的“文学革命者”。韩东开始小说创作于20世纪80年代末期，成名于20世纪90年代，扬名于新世纪第一个十年。他曾提出“把真事写假”、关系诗学、线性语言、“虚构小说”、“制造作品”等带有十足原创性的小说理论或创作理念，并将之贯穿于创作实践中。从告别“政治动物”“文化动物”“历史动物”三个世俗角色，到“力图成就现代汉语的小说杰作”……韩东为革新中国当代小说理念并试图引领其趋向“本体”维度上的发展作出了重大贡献。周新民在谈及中国当代小说理论发展情况时说：“从1980年代初期至1990年代初期，当代小说理论发展史上出现了现实主义小说理论、主体性小说理论、形式主义小说理论三类小说理论多元并存的历史状貌……当小说理论发展到1990年代中期，当代小说理论的第三个阶段形成了，小说理论开始出现了综合性发展的历史趋势……形成了‘形式—文化’综合性小说理论，小说修辞学取代了小说叙事学。此历史阶段小说修辞理论尝试沟通中国古代叙事学理论传统，开始创建具有民族传统的中国叙事学理论。”[①] 以此而论，韩东就是“第三个阶段”中的一位重要理论探索者。他不仅常把自己独创的诗歌理论（“诗到语言为止”“中国当代诗歌到现实汉语为止”）融入小说创作中，还在探索汉语小说叙述语式、创造小说极简语言、更新汉语小说理念方面，都作出了不容漠视的重要贡献。总之，韩东不仅是“新时期文学”的引领者、创建者之一，也是在过去四十多年间汉语小说写作群体中最具持续力、写作最接近母语本体（民族特色）的代表作家之一。

其二，韩东是一位为文学艺术而生的“为艺术派”的忠诚信徒。从“第三代诗歌”主将到“文化散文”“新状态小说”的代表作家，韩东分别在20

① 周新民：《中国当代小说理论发展史研究琐谈》，《中国当代文学研究》2021年第1期。

世纪 80 年代、20 世纪 90 年代、新世纪第一个十年即奠定了其在当代中国文坛上作为杰出诗人、小说家、散文家的地位。后又转入电影、话剧、美术领域，尤其在导演与剧本创作方面别开一面、备受瞩目。韩东在身份上融作家、诗人、小说家、散文家、剧作家、导演等众多艺术角色于一身，其文学或文艺实践也经常在诗歌、小说、散文、电影、话剧等诸多艺术门类之间来回“游荡”，故任何单一指称或创作评判都有以偏概全、错判身份、遮蔽实绩之危险。从具体实践来看，当导演，做演员，写剧本，办画展，这是艺术家的做派；写诗歌，写小说，写箴言体散文，这是文学家的活动。韩东是当代中国不多见的将这两种身份、两种活动兼容一起并作出卓越成就的少数作家之一。经年累月沉浸于“艺术”探索与实践中，“断裂”后旋即着手于空间划分和艺术建设的锐力，特别是在新世纪第二个十年间毅然向艺术领域拓展的魄力，都使得韩东以著名作家和艺术家的“双栖身份”而深入人心。如今，他又把“作为艺术家的小说家”作为身份定位，把“艺术性”定位为小说创作的“至高的最低标准”，把“成就现代汉语的小说杰作”作为伟大目标，在当代中国，他这种以一己之智慧和力量献身文学艺术的理想和信心少有人能比。

其三，韩东的文人形象和文艺道路是全新的这一个。韩东于 20 世纪 90 年代初期辞掉公职，此后在体制外依靠一己天才般的智慧和无穷能量，成功走出一条以文为生、以文养生、文我互证的职业作家之路。在官养、私养、他助、业余等方式外，韩东以其自食其力、独立而纯正、波西米亚式的艺术形象、气质，为当代中国文人生存、发展和文学艺术的勃兴，开拓了一条通向民间和未来的自由之路。更重要的是，四十多年来，对各门艺术的虔诚信仰和永不停歇的探索热情，对艺术工作的勤奋、自律和睿智，以及由其独立思考和自由心性所不断生成的艺术创造力，都使得韩东及其文学实践在当代中国文学艺术界自成一脉、一体、一标高。

他那种超脱常规的执念与爱，誓将文学艺术“革命”到底的决心与行动，以及因之而不断生成的新理念、新文本，都让人叹为观止。他的理论、宣言与实践并非完美无缺，甚至某个时期的极端与偏执总会授人以挖苦、奚落的把柄，但是，韩东及其文艺实践已足够世人“脱帽致敬”。

第十三讲　省察人间问苍茫：夏立君论

沂蒙地当古齐鲁之间，蕴鲁风，兼齐气。在此出生、成长并长期受此种文化影响的沂蒙作家自有其独有精神气质和人文风采。性格上的沉稳，风格上的朴野，顽固的执着与奉献，不计一切的忠诚与牺牲，以及与老乡土缔结的割舍不断的挽歌或牧歌情结，自是其中最为引人瞩目的传统之一种。然而，在此之外，还有另一种传统也总在自在、自为地野蛮生长，即，从沂蒙民间生成并蔓延出来的一种恣肆、自由而又不乏躁动的精神力量，总会以另一种完全不同的方式、路径，抵抗、消解或重构历史之路。这两种传统、两种力量一直并行不悖、交叉影响，深刻潜移默化地影响着沂蒙作家的为人和为文，并在中国当代文坛形成了清晰可辨的文学风貌。不同于刘知侠、李存葆、刘玉堂、赵德发、苗长水等当代沂蒙作家在国家、民族或启蒙视角下所展开的对于“新沂蒙”及其文化谱系的深刻书写，夏立君其人其文，沐鲁风，有齐气，谨重与恣肆兼具，在审美姿态、实践向度、书写主题、文学气度方面均显示出了独特的格局、格调，从而为沂蒙文学和新时代文学提供了一种新样态。夏立君及其小说创作，较多吸纳沂蒙民间和中国士人文化传统之影响，不仅放大了当代沂蒙文学的现有格局，也在接续张炜、莫言等继承“齐人”、弘扬“齐气”一脉上展露其朴野而又恣肆的气象。截至目前，夏立君的创作量不大，却是一个不可漠视的、可供发现并阐释出新意和新质的作家样本。

一　身份转变：从散文家到小说家

解其文，必先懂其人。古人所谓“知人论世”“以意逆志”，说的就是这个道理。我们知道，作为主体的“作家”与作为客体的“作品”是作家研究中的两大关键因素；在作品诞生之前彼此间如何关联，之后各自又如何自立为“主体”并独立生成意义，一直就是“作家论”这种文学批评活动所着重关注和展开的主体向度。由此出发，若解读夏立君及其文学创作，须首先对其人生历程和从文之路做必要梳理、阐释。夏立君于20世纪60年代初生于山东沂南，后曾任中学语文教师十余年，其间曾有在山东教育学院中文系进修二年、新疆喀什支边三年之经历，现供职于《日照日报》，兼任日照作家协会主席。从人生履历来看，其人生经历似并不复杂，所受教育和读书生涯也相对简单：

“我所受中小学教育比较特别，从一年级到高中，没出沂蒙山区我那个闭塞村庄。那时口号叫‘贫下中农管理学校’，一直管理到我高中毕业。高中毕业时，高中初中一齐撤了，后来小学也撤了，我没母校了。所幸，在那个糟糕的读书时代，我仍保持了必要的课外阅读。当时较易读到的是《艳阳天》《大刀记》等读物，亦能读得如醉如痴。大我七岁的长兄有少量存书，其中约有七八种鲁迅单册书，包括《呐喊》《彷徨》《野草》等。初中时，我就试着读它们，理解有限，感受却是强烈的，与读《艳阳天》等大异其趣。鲁迅著作特别是《呐喊》，给我开启了一个有些曲折幽暗却又崭新异样的文学与人性世界。待理解能力渐强，就大体能形成一个与教科书塑造的不太一样的鲁迅形象。时至今日，不论写散文还是小说，仅回味一下《阿Q正传》《药》等作品的氛围，或某个开头某个细节，就能抑制一下轻薄为文的冲动。”①

生在闭塞农村并在此完成从小学到高中阶段的教育，相比于同代人，是幸运，也是遗憾。幸运的是能一直上到高中毕业，须知，在当时，初中

① 夏立君、宋庄：《夏立君：阅读可以是一种解放》，《中华读书报》2022年1月5日。

生、高中生即可当教师了；不幸的是，这阶段所接受的教育以及所读过的有价值的图书都极其有限且陈旧，对于成就一个哪怕三流作家所必需的阅读视野和阅读量，都是远远不够的。倘若没有《艳阳天》《大刀记》等通俗读物所激发的对于读小说故事的渴望，以及由鲁迅若干经典作品给作者“开启了一个有些曲折幽暗却又崭新异样的文学与人性世界”，那么，夏立君在青少年时代关于“文学”的理解与想象可能就要彻底绝迹了。高中毕业后，即使做了老师，也依然在农村，物资穷乏，地理闭塞，身心受阻，也一定是其日常生活中的常态。在此背景下，对于象征理想的星空、大海和远方的遥想，以及由此所带来的暂时的精神代偿，作为一种虽虚幻但并不虚无的“文学梦”，也一定曾在彼时夏立君脑海中反复萦绕过。儿童少年时期眼中的乡村乞丐，引起的竟是他对这种有吃有喝、自由来去生活的追慕，成年后远赴新疆喀什支教以及动辄在宏阔空间里的自由游荡，以散文方式叩问历史以及与历史人物所发生的深度共鸣，这一切若追根溯源，最终还要从那个寂寂无闻的刘家庄说起。沂蒙大地上，这样的村庄不胜枚举，包括李存葆、赵德发、刘玉堂、夏立君在内的众多沂蒙作家在青年时对其怨恨又爱的复杂感情，以及由此在逃离与皈依之间所演绎出的感人故事，本身就是一种典型的承载丰厚历史讯息的沂蒙叙事。村庄、少年、作家、文学梦，在这一代沂蒙籍作家文学实践中，无一不首先体现为在对乡村叙事的讲述中，完成近似成人礼似的惊艳一笔。

传记批评作为“作家论”所倚重的重要方法之一，尤重分析若干“节点”在作家人生和从文之路上所起到的重要助推力。由此，节点和节点叙事便成为“作家论”或“作家评传”所侧重展开的主体向度。具体到夏立君，几个区隔较长的“时间单元”对他从事文学创作的影响还是相当内在而深远的。自童年时期便逐渐培养起来的对历史读物的阅读喜好以及由此而生发出的对历史体验的“苍茫感”；业余办刊和创作所形成的对文学的虔诚心态、转向专业型作家后所生发出来的文学抱负以及对精品意识的自我加压；早年从教经历以及近十几年来不间断的有选择性的读书所慢慢形成的知识分子素养、学者型心理结构；长期在农村生活以及对于乡村伦理、公社秩序和生产队风景的熟稔；在媒体与文坛之间从未间断过的交互往来，以及他那种天生具有的寡言、多思和对人、事、物及其关系的敏感悟性，等等，都为他从事有深度、有难度、有识见的文学创作，打下了坚实的基础。今天看来，其文本中所呈现的对历史的亲和力以及由此而带来的绵延不绝的压力感，特别是那种宏大的空间感和绵长的时间性，都与他在这种漫长的文学准备期内的文学活动、经验历练、读书积累、生命体验息息相关。

夏立君不属于莫言那种灵感爆发型作家，而类似陈忠实那种厚积薄发型作家。从创作经历来看，他的文学活动开始于20世纪80年代，早年与文友创办诗社，合办民刊，写诗，写散文，偶尔也写小说，是典型的在新时期文学影响下成长起来的一代作家。按说，他早已是文坛“老人”了，但并非如此，在文坛前沿阵地上，直到21世纪第二个十年，他依然是个不折不扣的“新人”，因为在获得鲁迅文学奖前，他一直没有进入中国当代文学现场的中心地带并为同行所熟知。为什么会形成这种局面呢？原因当然是多方面的，但其中有三方面的原因不容忽视：由于文学准备期内所耗费的时间过长，且发表作品过少，自然难以在混脸时代快速脱颖而出；创作长期处于业余状态，且从业余到专业型作家的转型过程过于漫长，自然也难以引起学院派批评家的关注与阐释；这些年来，他主攻散文，但散文在文学四大类中最不受重视，“如果说诗歌、小说、戏剧是朝阳，散文至多也就是余晖。所以，各种文学史几乎没多少散文的事，如果有也是其他文体的叙述之‘余’，且有点千篇一律的赘述[①]”。在这种背景下，散文家很难像小说家那样，只要有力作，即可快速成名，更何况，夏立君既不是那种高产量散文家，也不是那种八面玲珑的文学活动家。他难以突入“中心地带”，当事出有因。好在，文学创作不以谁先谁后、年龄谁大谁小定胜负，成就和声望最终要靠作品来衡定。正如陈忠实在五十岁才发表《白鹿原》并因此而一鸣惊人一样，夏立君也在这个年龄阶段突然闯入“中心地带”并为众人所瞩目，毫无疑问靠的也是作品质量[②]。

优秀作家大都是跨界或跨文体写作的多面手。选择何种文体，即意味着一位作家在思想、审美、修辞或艺术观上发生某种有意味的变迁。事实上，文体选择及其实践并不是一件无足轻重的小事。具体到夏立君，亦然。一个显在的事实，即作为散文家的夏立君，与作为小说家的夏立君，以及由此所各自生成的文学景观，存在不小差异。这在提示我们，首先从身份

① 王兆胜：《好散文的境界——以2018年〈人民文学〉为中心》，《中国当代文学研究》2019年第1期。

② 此处和上一段部分文字引自笔者一篇论文：《寻根、对话、识见与大文体实践——论夏立君〈时间的压力〉的精神品格与当代意义》，《中国当代文学研究》2019年第4期。

上予以界定、阐释，确有其必要性。如今，夏立君已近花甲之年，虽突入文坛并有所成就也仅持续十多年，但从其从文之路和愿景来说，可算是大器晚成，有相应的实绩与名望，并有在创作上保持持续掘进展现的潜力。当然，明面的光鲜并不代表，也不能遮蔽从文之路上的苦恼、坎坷或诸多不便表白、无以释怀的生命信息。但不管怎么说，对于任何一个成功者来说，在其身份和角色的不断演变过程中，一定隐藏和承载着关于生活本身和生命本体的原始密码。具体到夏立君，从教师、编辑、作协主席、散文家到小说家，在其诸种职业和身份或并存或前后承继演进过程中，一定也含蕴着作为一位优秀作家的特殊而丰厚的生命讯息。我们知道，教师和编辑分别是其早年和现今的职业身份，作协主席和散文家是在过去几年间依凭数部散文集而约定俗成的志业身份，而小说家则是目前正在快速生成的又一作家身份。作为散文家，夏立君所取得的文学成就和在业界的口碑已基本奠定。如前所述，在其长达数十年的不间断阅读积累中，特别是在前些年有计划地以中国传统文化精英及其典籍为中心的精读中，他凭借一己之力寻找并建构起的精神世界已足够宏阔，以此主导并生成的文化产品自然也格外震撼人心。那种“干净利索，剥皮见骨，时有水落石出之效，通情而又达理，读来简洁畅快，而又时时让人警醒，颇费思量”[①]的文化寻根、探察和表达之力，也足以展现出沂蒙作家天性中厚积薄发、一鸣惊人的对于识见、灵感及其表现力的特立独行、敢破敢行。而作为小说家，尽管在过去十几年间也陆续有作品发表，但终因散文家身份声名远播和强势影响，而致使这一身份被遮蔽。当然也有另一个原因，即由于其创作数量太少、向来不注意自我宣传使然。然而，如同他在散文界的“气象不凡”（梁晓声语）而引发读者和评论界关注一样，他在近两年间所发表的《在人间》《俺那牛》，以及早些年发表的《草民康熙》《乡村少年的1976》《天堂里的牛栏》，也展现其出手不凡、叙述老到、内蕴深厚、风格独特的新气象、新格局。从主写散文转向主写小说，不仅意味着其身份、趣味和志业的转变，也昭示着其对自我与历史、自我与时代关系的认知、体悟发生某种有意味的变化。

对于任何一位优秀的作家来说，以何种文体从事何种写作，一般都有

① 贾梦玮:《序：时间在呼吸》，见夏立君《时间的压力》，译林出版社2017年版，第1页。

其主客两方面的诱因。比如，鲁迅在小说、散文、杂文、文论之间来回跳脱：因乡恋乡愁而选择散文，因灵魂独语而选择散文诗，因针砭国民痼疾而主选小说，因方便快速介入现实或论战需要而选择杂文，因探求真理、发展“新文学”而选择翻译与文论。鲁迅的文体实践可充分表明，源自生命本身的内在诉求和来自“当下”的外在需要，都可以独自或合力影响作家的文类选择。具体到夏立君，时间、空间、苍茫感、文学梦等生命内宇宙意识在中年后猛然觉醒，他受其诱导而埋头读书，并在与屈原、曹操、司马迁、李白、杜甫、夏完淳等十几位精魂对视、攀谈中获得自我主体性的飞扬。如此一来，其选择以散文方式重构自我与文明史的渊源关系、精神谱系，就至少有其必然性。或者说，以“形散而神不散”为特征的大散文格式，更切合作者对于非虚构、大容量、驱除羁绊、自由交流、充分表达之主观需要。那么，此番悄然发生由散文向小说领域的转场，其动因何在？若依他公开的说法：“可是，虚构注定是一种宿命式诱惑。要进入更苍茫更真实之域，虚构永远比非虚构更有力量。数年前，放下《时间的压力》后，就向虚构的诱惑屈服，沉醉于小说了。”[①] 他在小说集《天堂里的牛栏》中有此题记：“虚构作为人类异禀，是一种宿命式的永恒诱惑。在它的隐喻和象征里，一定蕴藏着可能的真实之境。”[②] 在他看来，“虚构”是到达更真实之域的手段或路径，也就是说，以想象和虚构为核心特质的小说相比于散文更能契合他这一精神诉求。在笔者看来，为了探求真实，为了抵达可能的真实之域，作者发现、体悟、把握到了唯有小说才有的秘密和力量——以想象开路，用虚构赋形，最终用小说方式度己、观世、察人。因此，所谓“宿命般的诱惑”“更苍茫”，与其以散文方式所达成的愿景、所释怀的主体意念，有着内在的一致性。事实上，无论选择散文，还是转向小说，之于夏立君，都不过是寻找一种形式罢了，其对人生之路的回溯、对梦想的代偿、对自由的渴望、对可能性的探寻都是一以贯之的。

夏立君的文学创作是典型的宏大叙事。大写的人物形象、大开大合的结构、跨越时空的对话、内敛的激情，以及基于宏大历史时空的关于种种场景和关系模式的建构，更是在其大文化散文创作中得到集中、充分展现。如果说他以散文方式完成了对于历史的回访、审视，是一次背对现实、时

① 夏立君：《写了个年长的事物》，《北京文学·中篇小说月报》2022年第2期。
② 夏立君：《天堂里的牛栏》，山东文艺出版社2023年版。

代而专注于过往的精神寻根，那么，用小说替换散文，则展现出其背对历史而聚焦时代、现实，继而以超然姿态介入并完成对于民间世相和人间百态的审视与书写的宏愿。“民间”是作者所秉承的一种立场、观念、方法，是据此观察社会、审视历史、培育灵感、寻找素材、提炼故事、培育形象的艺术装置，是确保意识独立、写作自由不受他者驱遣的精神栖息地。当然，“民间”更是其小说审视、表现、建构的对象。与之相对的是，“人间”是其在“民间”基础上建构出的一种形象、主题、意境，是最能彰显其小说思想和艺术独特性的符号标志。从“民间”到“人间”，即昭示着作为小说家的夏立君从小说观到具体实践已形成了自己独有的价值体系。对“人间”和“非人间”的空间建构，以及以“非人间”为参照系所展开的对于“人间”的审视，并升华为对“人”或“人类”本身的整体观照，则正好显示出从散文领域转场后的夏立君，试图在更高层面上赋予小说这种文类以宏大意义的企图。人与人、人与社会、人与自然作为文学所要重点表达的三大关系向度，在其小说理念和实践中得到全面展开。其中，对人与自然关系的深度思考，特别是以野鳖、野兔、耕牛、大刺猬等动物界灵物为视点，所展开的对于人或“人间”的审视与书写，也都进一步表明，作为小说家的夏立君并非仅仅服膺“小说是一种俗文体”的传统信条。当然，这并不是说他有意在推动小说的“文体革命”，而是在重拾并激活长久以来被弃置或被漠视的小说传统。从根本上来说，小说之于夏立君，更多是一种连接自我与他者关系、通达“可能的真实之域”的便捷方式或手段——乘坐虚构之舟，借助虚构之力，最终实现度己于彼岸，开启并抵达“真实之域”的全新可能。

二　小说世界：从“民间”到“人间”

沂蒙、民间是理解夏立君小说最重要的两个关键词，其外延与内涵可进一步拆解为对乡村、公社、生产队原生形态及其内部各类小人物自在自为生命属性的指涉、描写或建构，其所实现的人性探索深度，又时时漫溢至更广大世界。以此为视角和方法讲述大地上发生的一幕幕令人惊叹不已、感慨万千的乡村故事，以及在故事中融入对特定历史境遇中人之生存本相和生命本质的追问，就成为其小说最引人瞩目的实践向度。

其一，言说沂蒙少年之痛、之困。青春与成长是每一位作家都要涉及或重点表达的文学主题，也注定是一个持续为中国当代文学奉献新形象、新内容、新意义的写作领域。在夏立君小说中，有关乡村少年人形象的塑造及其乡间往事的讲述占了不小比重。无论《天堂里的牛栏》以“我”这个“人见了人嫌狗见了狗嫌的村童”为视点，讲述物质极端贫乏年代乡村人为“吃”而引发的种种发疯发狂的异态故事，还是《乡村少年的1976》直接述说乡村世界里一对少年男女因青春萌动而发生关系，但又因不谙时势、深陷惊恐之渊而终致惨剧发生的爱情故事，以及在《一个都不少》中讲述几个农村孩子因家贫、多子、母病而不能或难以上学的无奈遭际，都为这一文学主题和叙事模式提供了新内容、新形式。其中，《乡村少年的1976》将青春主题、成长叙事与特定年代的政治意识形态整合为一种极富穿透力的艺术格调，从而在同类题材、主题、模式的小说中脱颖而出。在小说中，宋元与小怜因彼此间不可遏制的青春期欲望而发生肉体关系，然而男女相悦与相爱的历程是短暂而苦涩的，由特定年代带有监控、训诫和惩治指向的“流氓罪”自始至终都对宋元构成精神上的钳制、伤害，最后宋元在无尽的惊恐中用一把菜刀剁掉自己“惹事”的命根。这位乡村少年遭际足够奇绝，行为足够震惊，结局足够惨烈，然而，它让人深思，导致这一切发生的根源何在？极端年代里的极端意识形态对民间社会的极端把控，成人世界里日益疯长的实用主义和严重悖逆生命伦理的野蛮举动，共同促成了这一悲剧的发生。

其二，记述沂蒙民间之野、之趣。回到元气淋漓的民间社会，以生长于其中的典型人物和事例为原型，继而以小说方式对沂蒙民间野生人格、特异形象、传奇故事予以再建构，是夏立君创作中极具特色的部分。《草民康熙》开篇便述小毛贼“康熙”以拉家常、套近乎、做示范方式偷羊的故事。其实，在实际生活中，这种让人可气又可笑的小毛贼大都不是大恶人或坏人，其小偷小摸行为更多时候是被贫困生活所逼而不得不为之的一种谋生手段罢了。作者以此为人物和故事原型，通过想象和虚构，将之与在省城有一个厅级干部儿子的乡间老汉上官仁义及其生活圈子关联一起，并从道德、族亲、现实生活等维度多方切入对这一形象及其故事意蕴的形塑、阐发。从“康熙”的小偷小摸到上官仁义因羊“被偷”而萌生的快感，再到彼此因“偷”而建立起来的亲密关系，以及靠其父“偷”而支撑考上大学的康浩（“康熙”之子）重蹈父业的经历，都耐人寻味。《天堂里的牛栏》聚焦“吃”与生存问题。小说讲述黑牛石大队饲养员马大爷和一帮孩子们为解决这一问题而向鸡、狗、鹅、鸭甚至作为生产队核心资产的耕牛下手的故事。他们的行为被发现、被惩罚是必然的。然而，它让我们思考的是，在大饥荒、大饥饿、物乏人困的特殊年代，既然“吃”是超越一切的第一要务，那么，孩子们偷鸡摸狗，马大爷联合孙四以病死为由（欺骗上级）杀掉老犍子牛，就有了非同寻常的阐释和镜鉴历史的意义。《俺那牛》更耐人寻味。一位“吃烟的浑身带有非常特别气息的女精神病人”来到桃花源大队并被收留。女人拥有为生产队社员所稀缺的珍贵资源——性，并且视其如同吃饭、抽烟一样的随便、来者不拒乃至主动出击。为此，花容嫂想让她三兄弟马全福（光棍汉、模范饲养员）借机当一回男人（但他最终虽与女人同床但无性）；便宜不占白不占，生产队长马云路本拟借职务之便趁机“犒劳”一顿，最后关头却又决绝放弃；青年社员马云飞则不安分地围着女人游来荡去。如果说一个女人和三个男人的乱性故事颇能昭示出人之原始、本能欲望的涌动样态，并由此展现出卑微者在生活和生存上的无可选择、被摆弄、被设计的命运，那么，当马云飞因带着情绪暴打耕牛而被其踢翻、致残，以及马全福移情于牛并因之而命丧黄泉，此种变态之举则映衬出偏离正常生活轨道的乡间小人物的可悲与可叹。这些被现代文明甩出正常轨道的边缘人，无论来还是去似乎都不重要，但他们的存在和遭际让人震惊、感慨。夏立君以小说方式将这些人物从历史长河中打捞出来，将有助于丰富我们对特定历史和人之存在本相与生命本性的深入认知。同时，这类小说也都带有“野史”意味，不仅从故事到人物既奇又异，而且从意蕴到主题也难以做出或是或非或褒或贬的评判。

其三，书写沂蒙民间之爱、之善。夏立君曾有十多年语文教师生涯，不仅对沂蒙乡村教师形象、生活、师生关系特别熟悉，也对其美善、奉献等精神品格有特别感触。他远赴新疆喀什支教，也正是对这种品格的最好注解。到目前为止，《一个都不少》是其唯一一篇教育题材小说，从形象、内容到主题，当然与其早年从教经历息息相关。小说主要讲述公社小学校长兼班主任的罗老师力劝四户农家孩子返学的感人故事，故事很简单，情节也不复杂，而主要以情动人，即由主人翁罗老师不顾一切劝生复学、牺牲自己以成全学生、宁可挨饿也绝不吃学生家一口饭的奉献者形象，所传达出的巨大情感力量而彰显其独有品格。他在一天内走访四村，在大饥荒之后力劝学生复学，但终因劳累、饥饿而赶路不支的经历，读之，让人动容。须知，在大饥荒年代，即便煎饼这种沂蒙山常见的吃食也是极其稀缺的。如此一来，无论罗老师发誓并严格遵守不吃学生家一口饭的诺言及最后终因体力不支而爬坡撂倒的一幕，还是沂蒙山特有的烙煎饼场景及其所反映的辛酸生活一再出现，它们作为小说细节的重要组成部分也都分外感人。另外，小说对赵家疃赵静家、钱家疃钱有家、柴家岭柴青家、孙家岭柴青舅舅家四家家庭状况和难以复学原因的讲述也格外触动人心。四个家庭各有各的难处或不幸，孩子们连坚持到高小毕业也成了难事，但"我要上学"的渴望从未停止过。作者以饱满而极富情感的笔触对这种处境和诉求作了极为细致的描写，读之，也特别触动人心。总之，《一个都不少》是继刘醒龙名作《凤凰琴》之后出现的又一教育题材小说力作，是一篇洋溢着鲁风齐气及浓厚沂蒙地域文化色彩的小说精品，也是一篇直接、正面塑造大爱者形象、讴歌伟大奉献精神的新时代沂蒙文学的代表作。

其四，反思人间之相、之异。他把人与动物、人与自然的关系作为重要的表现对象，尤其擅长并置两种视角（动物视角、人或人类视角），建构两种空间（动物世界、人界），并让前者审视和俯瞰后者，以达成对人或人间世相的反思性书写。这主要有两种表现方式：一种是局部运用。《一个都不少》结尾处以虫子、大刺猬为视点书写饥肠辘辘的老罗爬坡时因体力不支而累倒的身体姿态和心理状态，《俺那牛》以耕牛为视点表现马全福和马云飞不可告人的欲望和扭曲的言行。这种方式主要是借助"作者声音"的直接介入，通过话语转换，以辅助于人物心理、言行或场景的描写。另一种是系统的或整篇的运用。《在人间》下半部以老鳖为视点，建构老鳖的生活和精神世界，既而以老鳖和老鳖世界来反观人和人间世相、世态、世情。《兔子快跑》以一只母兔为视点，让它自己讲述在一年中定居、孕育、生产、与人对峙并规避风险的历程，并以此来审视人类施与它们的对峙、驱赶、围猎等行为。这两篇小说非常鲜明地区分"人间"与"非人间"（动物界），作者笔力重心在塑造、建构老鳖和母兔的神异形象及其主体世界，但在整体上又无不指向对人间异相的审视、反思或批判。应该说，这一类小说是夏立君目前最具代表性和艺术独特性的作品，是对"抵达可能的真实之域""往大里想，往小里说""越虚无缥缈越能接近真实"等小说理念的充分、典型实践。

夏立君公开发表的小说数量虽少，但每篇都是用心之作，且在思想表达和艺术风格营构方面自成一体。一方面，无处不在的“沂蒙元素”，对生产队“牛栏”这一空间形象、内涵及其内部关系的建构，对乡间诸多小人物形象及其生活世界的描写，以及对乡村文化及其精神内涵的表达和再建构，构成了夏立君小说创作中最具特色的部分。“牛栏”这一空间形象已具意象蕴含，充斥流布于所有作品。另一方面，关于大地上的神异之事，关于乡村少年的青春爱恨，关于成人世界里的原欲原性，关于乡间的人伦、奉献、生死……这些令人感叹、感伤、疼痛或戏谑的人与事，以及由此所反映出的历史风景、时代镜像、人文关怀，将夏立君及其小说的境界、情调、格局提升至“独特这一个”的位置。从小说风格来看，他又较为充分地展现了蕴鲁风、兼齐气的特有格调和崭新气象——既显隐逸之气、汪洋之象，又有舒缓之态，还有大胆、恣意之笔。用笔之势、想象之力、修辞之魅，是在莫言、张炜及其齐气一脉上的继续延伸。

三　小说语言：谐趣、方言、方腔及其他

对小说家而言，写小说即写语言；对读者而言，读小说即读语言。这种说法不免极端一点，如在“写小说”和“读小说”之后加上“首先”二字，应该就不会引发争议了，那就再回到那个常识性的定义吧——“小说首先是一种语言的艺术”。这个定义用来指涉夏立君的小说，也大体适用。读其小说，首先备感自然、轻松、流畅，毫无雕琢、做作、装腔之态——从句群推进逻辑到叙述节奏，一切如同流水，浑然天成。他将作为地方语言的沂蒙口语予以艺术提炼、加工、转换，从而生成了一种带有标志性、风格化的文学语言。

口语风格，轻松幽默，充满谐趣，是其小说语言的首要特色。他的这种语言风格与刘玉堂有点类似，即都是以沂蒙口语为基本语料，以普通话转译为主，从而形成了一种极具地域性、个体化的小说语言形态。但他又有不同于刘玉堂处，即无论转述语，还是人物对话、心理独白，都更趋向原生、朴野、生活化、性格化。比如：

咱又能与亲爱的王八蛋们在一起了。这里才是我们鳖族可以

下蛋的地方。老钱们，滚回你们老窝，下你们想下的蛋去吧。

王八蛋，小王八蛋，世上最好的蛋就是王八蛋。

——《在人间》

有一回，刘为花在家里哼唱“洪湖水呀浪呀么浪打浪啊”，她娘生气地说：死妮子，瞎唱个啥，难听死了，光浪还不行，还得浪打浪。

——《乡村少年的1976》

“一晚上没睡着觉吧？你来得正是时候。我检查过了，那个女人全福没有使用，就等着你来使用。犒劳犒劳你吧。现在，你是奉命搞破鞋。”队长扬手做了一个请云飞往里走的动作。

——《俺那牛》

钱有兄弟四个，他是老二，他们小名分别叫北京、南京、青岛、界湖。这个村里，用城市给孩子起名，始于文盲钱进家。到给老四命名时，老钱发现全国有名的城市都成了这个村的孩子了，连外国的平壤、伦敦等都有叫的了，他只好让老四叫了县城名：界湖。这个村的大人们扯开嗓门叫唤孩子时，全球就都在震动了。老钱无意中在村里发起了一场命名革命，把什么腊月、八月、狗剩等土名比得再也没人愿叫了。

——《一个都不少》

由“蛋”与“王八蛋”作为关键词连接而成的语句，用“浪”和“浪打浪”为关键词所形成的对话，用“使用”“犒劳犒劳”“奉命搞破鞋”指涉男女间的性事，都是很典型的整合沂蒙口语资源为“我”所用的例证。这些语言自带生活，一经说出，即将浓郁的人物性格及所附着于其上的生活趣味一并呈现出来。更重要的是，夏立君尤其擅长将原本司空见惯的生活语汇用作他指，即通过常人意想不到的搭配使之瞬间生成全新内涵、意义。而将沂蒙乡村文化风俗融入小说中，特别是用“这个村的大人们扯开嗓门叫唤孩子时，全球就都在震动了”“老钱无意中在村里发起了一场命名革命”这类话语予以评价时，一种新型的陌生化表达方式即由此而生成了。

夏立君小说语言洋溢着浓厚的沂蒙地域色彩，既是对民间文化的发掘与保存，也内蕴走向远方的精神品格。

口语是最鲜活的语言，直接关联个体的生活与生命，因而自“新文学”创生以来一直就是中国现代小说语言所借鉴、吸纳和整合的主要话语资源。其中，因为方言是来自山川大地的、不受“污染”的“第一母语”，可以表现“人的神理”（胡适），呈现“地域的神韵”（刘半农），传达“语气的神韵”（张爱玲），故一直以来就为新文学作家所格外看中。夏立君对沂蒙方言也情有独钟。首先，方言语汇及其形象常被立为主体并以此生成统摄小说空间的主情、主调。比如，中篇小说《俺那牛》不仅以“俺那牛”（沂蒙方言，意即“俺那天”“俺那娘”）为题，还以此作为小说的主体基调贯穿始终，从而生成某种带有整体指向性的主题意蕴或氛围。每当这一关键词从小说中任一人物口中发出时，也就预示着或标志着某种非寻常之事、之言、之行的发生。由此一来，作为标题的“俺那牛”、作为小说中人物口中说出的“俺那牛”、作为篇章线索和关键词的“俺那牛”，彼此间形成一种互为参照和阐释的互文效果。其次，至于方言在局部或细部的运用就更为常见，比如，“老钱天天开车进进出出。有些人常把这种车称作‘鳖盖车’。真是岂有此理”（《在人间》）。“女孩子家，能识三个两个蚂蚁爪子就行了”（《一个都不少》）。“鳖盖车”“蚂蚁爪子”原本都是沂蒙方言中的常见词汇，分别指代小轿车、汉语文字，用在此处，和沂蒙百姓日常称呼基本一致，可以看作是对方言语词的直接搬用。再次，夏立君不仅直接移用沂蒙方言常见语汇，而且还对这种语言进行创造性转化，使之焕发“神韵”。比如：“……喷香的媳妇花惠，将喷香的煎饼塞进老罗嘴里，老罗一面大嚼煎饼，一面将媳妇一把揽进怀里……喷香的煎饼，喷香的媳妇，老罗最需要的好东西，一齐来了……接着，学生们一个一个来到他面前……”（《一个都不少》）“喷香”中的“喷”是表程度的副词，有“很、非常”之意，“喷香”即“很香、非常香”。用“喷香”一词形容和自己的妻子在一起的身心体悟，又动用了“通感”修辞。在此，煎饼的味道，妻子的味道，形成形象和语义上的互文，此种用法以及由此生成的独特意蕴应是夏立君的独创。此类用法还有不少，可以看作是夏立君小说语言另一独有特色。最后，除了方言语汇的征用外，其小说语言风格中的沂蒙方言腔调（即“方腔”）也别具一番神韵：

“花容二嫂，你是上头饿了，还是下头饿了？急得像个猴子。”

“云路你个孬种。老娘哪里都饿，就吃你那个鳖蛋，大——鳖——蛋。”

“花嫂，想吃俺这蛋，好说，好说，太好说了。发展经济保障供给，保障啊那个供给。”马云路笑着，继续占嘴上的便宜。

花容举起锄头朝马云路挥了挥。“一锄捣碎你那个鳖蛋，拌蒜吃。”

“捣——蛋啊，捣——蛋，当队长的什么都怕，就是不怕捣他的那个——蛋……”队长身后又黑又瘦的青年社员马云飞趁机高喊。

——《俺那牛》

“俺的老伙计呀，您可得原谅俺哪！您说，这一辈子，俺待您不孬吧？1956年啊，刚刚入大社呀，队长和我一块去赶集买牛呀，俺一眼就相中了您呀，您那时才1岁口呀，还没拉过犁呀，自从那一天啊，俺就养着您啊！1971年啊，也就是去年秋收秋种大忙季节啊，可把您累毁了呀，我忘了是哪一天啊，就是林彪的三叉戟从天上掉下来的前三天啊，太阳刚落山啊，您实在拉不动犁了哇，一下趴在地里不走了哇，是俺去拉您啊，您才起来呀。自从那一回啊，您一天不如一天啊。人老惹人嫌啊，牛老了也是这样啊。您拉了16年犁啦，也该歇歇啦！您这一辈子呀，活得可真像个爷们呀，全体社员啊，谁不说您好哇？今天是农历三月初三啊，选了个好日子让您逝世呀！别拿大眼瞪俺啊，您还不知道俺吗！别怨俺心狠啊，实在没办法啊，人的日子难熬，牛的日子也不好过啊，您从今天就捞不着吃草了哇……”

——《天堂里的牛栏》

前者描写生产队社员之间的打情骂俏。马云路和花容二嫂之间的一问一答，彼此你来我往，话语指向都与“性”有关，但又都是拐弯抹角式的间接指称。由于话题与场域的开放性、自娱性，马云飞的突然插话也就使这个场景有了民间“狂欢”意味。在此，由口语所烘托出的空间氛围、交流语气都是沂蒙民间所特有的气息，也就是张爱玲所说的“语气的神韵”；后者是生产队饲养员马大爷在灌杀老耕牛时的一段自白。在此，由“啊”“啦”“呀”“吗”“哇”等语气词，以及由“俺”“爷们”“不孬”“瞪俺”“怨俺”“捞不着”“累毁了”等方言语汇所传导出的说话口气、节奏、语调，更是将沂蒙方腔特有的调性和气息予以淋漓尽致的呈现。从目前实践情况来看，夏立君应是继刘玉堂之后又一个将沂蒙方言(口语)引入小说，并成功将之改造为一种具有独特韵味和风格的文学语言形态的作家。

话语杂糅也是夏立君小说语言的一个鲜明特征。不同风格、语体、文体的话语趋向融合，继而生成“多音齐鸣”效应，一直就是当代小说语言的一大发展趋向。其中，革命、政治等意识形态话语与日常生活话语常被整合在一起，并让前者辅助于后者的意蕴生成，更是其中较为常见的实践向度。然而，不同于莫言、阎连科、王小波式的彻底解构，也不同于李洱、李冯、毕飞宇等新生代小说家们的戏仿，夏立君并非以颠覆或戏仿策略展开对这种语言形态的运用，而是从民间立场出发更多为塑造形象、建构关系提供背景支撑和话语烘托。比如:“刘为花说:告去吧。革命，革命，就你革命，不要脸，不要腚。我说你癫了，没说你背诗词背癫了。你这是诬陷我。干屎可抹不到人身上。”(《乡村少年的1976》)在特定年代，背诵领袖诗词当然被视为一种严肃的政治行为，如果有人借此讥讽，很容易被作上纲上线的解读，所以，刘为花才这么生气地反驳对方的“诬陷”。但对于乡村少年而言，作为政治性的“背诵领袖诗词”只是一种背景衬托，即彼此间因打情骂俏而偶尔喊出的并无实际效力的废话而已。再比如，“明摆着，这个家，两个大的，得做出牺牲。为大的不牺牲，让谁牺牲。打仗杀鬼子汉奸杀反动派，还得当班长排长的带头冲呢。咱是这样的命，就得认命。穷猴子，得知自己能蹦跶多高”(《一个都不少》)。三个孩子只能允许其中一个上学，为了证明老大、老二必须让给老三的合理性，遂以此为例证明之。在此，将“抗战”这种宏大命题与孩子上学这种小问题关联一起，以两种话语之间的巨大落差生成崭新意蕴。夏立君以普通话为基础，以沂蒙口语为语料，不但将二者予以整合并作创造性发挥，还在修辞、语式、语调方面作出了有益探索。

夏立君是散文家，将散文语言融入小说，亦成一景。这主要在两个向度上展开:一是以偏于摹物或达情方式构建“有我之境”。比如:“有月光的晚上，与没有月光的晚上，很不一样。月亮升起来了。这是一件重要的事情，它以一种隐秘的方式与阵容，展开了可能有的所有奇迹。月光从天上走下来，把非人间的气息压向人间。地上的所有事物都变了。月光下的牛，月光下的狗，月光下的马大爷，月光下的万物，仿佛都变得格外深沉或深情，唯独我失去了分量。在有月光的晚上，我就要把自己抓紧，一不小心，我就可能像一片月光一样飞走了。”（《天堂里的牛栏》）“我”即作者在文本中的代理人，也可以说，这个月光下的“我”与文本之外的作者几乎重合。包括牛、狗、马大爷、“我”在内的“月光下的万物”在这一刻都“变得格外深沉或深情”。这种语言在其小说中显得很纯粹，似乎与上述诸种语言形态并存但不相容。另一种是以叙事或谈理方式直陈某种真实，直达某种本质。比如，“吃饭是一件大事。小麦成熟也是一件大事，是一件格外亲切的大事。小麦成熟了，就显出大度慷慨样子，就具备了居家过日子味道，就不该在野外站着了。没有哪样庄稼的成熟，比小麦成熟更重要更有味道。新麦即将到口这一事实，强烈振奋着人民公社社员的心灵与肠胃。收割庄稼特别是收割小麦，能给人带来异乎寻常的喜悦。你看吧，小麦收获时节，连狗都变得格外兴奋”（《兔子快跑》）。这类文字具有散体文的议论、阐发特质，侧重析理或论辩。这两类语言主要是凸显“作者声音”在文本中的在场性，是作者出于自我表达的强烈需要而直接言说的结果。由此也可以看到散文与小说两种语言形态在同一文本中同生共存、相互影响的多姿风景。

结语

作为山东人，夏立君已具备山东优秀作家的共有特质，又是现代沂蒙文化孕育出来的代表性作家。既沉实又开放的沂蒙文化对其人生、人格和文学之路的影响是极其内在而深远的。与李存葆、赵德发等沂蒙作家一样，他及其文学创作也有这个群体所共通的稳健、朴实、厚重之特色，但他又展现出与之很不一样的一面，即他性格中的跳脱思维和在精神上的自由飞扬，常使其文学创作展现为一种活泼的、新鲜的、异质的格调与形式。可以说既蕴鲁风，又兼齐气。“鲁风为何，似乎不必多说，浑厚质朴之风也。”“齐气是一种什么气？曹丕《典论·论文》有徐干时有‘齐气’一说。当代学人对‘齐气’解说纷纭。既言气，即是一种相对模糊的判断。我倾向并赞同释‘齐气’为隐逸、汪洋、舒缓，还有大胆、夸诞等意。”[①] 这话可视为夏立君的一种夫子自道。笔者曾对其作家形象及贡献做过如下一段论述：“刘家庄时代的夏立君是沉稳的地之子，而喀什时期的夏立君则是天马行空的漫游者，从喀什回来定居日照的夏立君既是复归悠久传统的古士子，又是面向大海文明的现代精英……长年累月的苦读，以及对时间、空间的体悟，加之以沂蒙乡土文化所造就的沉稳，使其终以《时间的压力》和《时间会说话》两部散文集而一举成名。以夏立君为代表的‘游子型’作家创作所带有的大情怀、大气象倾向的文学作品将沂蒙精神的文学表达引向开放、宏阔，从而为沂蒙文学与沂蒙精神的互源与互构提供了崭新可能。[②]”如今，夏立君已由主写散文转向主创小说，并以《在人间》《俺那牛》《一个都不少》等几部中短篇小说显示出了其在文坛中的独特风貌和气质。我们期待夏立君及其小说创作为当代沂蒙文学、中国当代小说奉献更多的新形象、新内容、新主题、新形式。

① 夏立君:《齐气与鲁风》,《人民日报》(海外版)2019 年 7 月 4 日第 7 版。
② 张元珂:《绽放在沂蒙大地上的民族之花——沂蒙精神与沂蒙文学互源互构发展史论》,《中国当代文学研究》2022 年第 1 期。

第十四讲 “文学深圳”的建构者：吴君论[①]

吴君是一位标识度较高的小说家。除长篇小说《我们不是一个人类》外，她创作的所有小说都与深圳有关。这首先是其自我期许和自我塑造的必然结果。“我个人对自己的定位是有特点的作家。”[②]“让我如同一棵不好看，却又倔强的仙人掌，虽偏居一隅，却鲜明地存在着。”[③] 到目前为止，她的这种角色定位应该说已终如其所愿。“深圳叙事”“深圳想象”“深圳系列小说”，以及与之相关的“北妹叙事”“移民叙事”“底层书写”“城市书写”等关键词屡屡成为学者们解读吴君小说时所常用的诠释符码。它们就像一枚枚标签，不仅将吴君及其小说加以框定、命名，还将之声名远播，并初步确定其在新世纪文学现场中心地带的有效身份和地位。这种发展趋向是显而易见的[④]，经由孟繁华、洪治纲、谢有顺、傅小平等众多文学评论家的集中阐释与推介，学界对其的关注继而逐步上升为学术意义上的研究。特别是在王永胜、孙春旻、刘洪霞、谭杰、杨钰璇、叶澜涛等几位中青年学者撰文

---

① 原刊于《中国当代文学研究》2020 年第 5 期。

② 《中国作家》2015 年第 7 期。

③ 《中国作家》2015 年第 7 期。

④ 2012 年 3 月，由人民文学杂志社、广东省作协、深圳市文联和深圳市宝安区委宣传部联合主办的吴君作品研讨会在京举行。在这次会议上，吴君与深圳、吴君与城市文学、吴君与文学史、吴君与“底层写作”等诸多关联性命题得到充分研讨，“深圳叙事”的艺术特质更成为大家关注的焦点。此前，孟繁华、施战军、洪治纲、谢有顺、傅小平等评论家都陆续写文章探讨了吴君及其小说的特质。而在学术界，王永盛的《吴君小说创作论》（《中国现代文学研究丛刊》2015 年第 8 期）、孙春旻的《专注于描写底层的心灵病相——论吴君小说中的“深圳叙事”》（《海南师范大学学报》（社会科学版）2013 年第 6 期）、刘洪霞的《城市书写视域——论吴君深圳系列小说》（《特区实践与理论》2019 年第 2 期）是其中三篇重要的学术论文。

深入论析后，其在广东乃至全国领域内的标识度和小说特质也就愈发凸显出来。如今，作为小说家的吴君将倾其一生书写深圳，其在当下的价值与意义已无须赘言。然而，与其创作实绩相比，特别是当《甲岸》《万福》等新作发表后，单凭上述几位学者的研究成果，尚不能充分展现其小说的艺术特质和内在于其中且关联甚深的若干文学史问题。

一　吴君与深圳：因熟悉、爱而写

一位作家与一座城市的因缘际遇、生死相依，虽也有偶发或被迫的成分使然（比如苏东坡与黄州、惠州），但在当代社会中大都是先天注定的。无论是在出生城市日复一日生活，还是在移居城市（第二故乡）终老一生，其中被迫的、命定的或主动的因由，都可能将一位作家与一座城市结成命运共同体。比如，老舍与北京、陆文夫与苏州、王安忆与上海、方方与武汉。吴君与深圳的关系，类似方方与武汉，即她们都是从外地迁入，然后长时间定居，既而因熟悉而产生特殊情感。具体到吴君，十二岁前在东北农村度过，十二岁后在大城市生活并完成学业，再后来南下深圳先后做过记者、公务员，吴君从乡村到城市、从底层到上层的人生历程，本身也足可作为城市传奇的一部分而被予以记载。当然，在深圳城市史中来谈论吴君的非文学意义为时尚早，且作为一个社会学意义上的样本也并不能显示其无可取代性，但在深圳文学史中来谈论吴君及其意义，则一定是“独特的这一个”。考察她的这种“前史”特别是其中的关键环节，对于我们追溯与研究其与深圳的文学渊源、文学情结，以及由此而生成的小说样态，都是一个必要的前提和重要的参考。书写“底层”，聚焦“移民”，成为吴君小说挥之不去的志趣、意绪，其根因何在？古人论及作家、作品，大都遵循“知人论世”“以意逆志”的批评原则，若以此来探析吴君与其小说的“间性关系”，也同样适用。可以肯定的是，她这种对“底层”的亲和力，对“移民”的观照，与其在北方农村的生活和后来居住城市后所形成的城乡二元对立的感性认知密切相关。再后来，她由北方南下深圳，这不仅是地理空间上的大跃进，也是精神空间上的再突围。事实上，早年乡村生活经历、初入城市后的茫然失措、青年时代对底层社会及其社群关系所抱有的亲和力，它们作为精神之根，即使在其移居深圳后也未曾被消解多少。长篇小说《我们不是一个人类》是吴君的乡愁，是精神上的寻根，是心理上的代偿。在深圳，作为记者常年在工厂与社区间的采访、调查，作为公务员对城市功能及其内部复杂关系的熟稔、体悟，以及此后不间断地下沉基层经历（比如经常到工厂采访、调查，到社区街道挂职），都使得她很难蜕变为一个"小布尔乔亚"式的内倾型作家。或者说，她不是那种能把自己的卧室写成一部长篇，把一个花瓶、一个苹果、一杯咖啡整成长篇大论的唯我独尊的都市小资作家。无论"我要绘一个文学的深圳版图"[①]，还是声言"把深圳所有的地方全部涉及是我的一个理想"[②]，似都在表明，吴君与深圳的亲密关系不是老舍那种基因型的，也不是王安忆那种气质型的，而是类似方方那种熟悉型的，即"我喜欢它的理由只源于我自己的熟悉。因为，把全世界的城市都放到我的面前，我却只熟悉它。就仿佛许多的人向你走来，在无数陌生的面孔中，只有一张脸笑盈盈地对着你，向你露出你熟悉的笑意。这张脸就是武汉"[③]。我觉得，若将引文中的"武汉"改成"深圳"，并将之用来表述吴君与深圳的关系，大概也不会有多大出入吧。是的，吴君之于深圳，因熟悉而爱，并因之而写。

二 "文学深圳"的初步生成与空间再造

吴君的"文学深圳"正式"动工"于21世纪第一个十年间，而在"动工"伊始，既无完整的规划方案，也无现成的建设经验，一切都边摸索边建设。这是吴君一人的浩瀚工程，直到今天依然在建设中，即从内部肌理到外部形态都尚未定格或定型。在她2010年前后几年发表的中短篇小说中，讲述农民工、刚毕业的大学生、都市白领等各类"外省人"在深圳有关生活与生存的种种困境以及非常态命运故事，侧重展现其在现代化境遇中如何走向身份迷失、身心变异或自我沉沦的"非我"历程，自是吴君"深圳

① 《中国作家》2015年第7期。
② 《中国作家》2015年第7期。
③ 方方：《行云流水的武汉》，《文化月刊》2003年第5期。

叙事”中最引人瞩目的部分，而揭示城市问题，针砭心理病相[1]，自也是题中应有之义，由此，作为“问题小说”之一种，其价值与意义亦应予充分肯定。其中，《复方穿心莲》《安宫牛黄》《福尔马林汤》等以某种药名称作为标题的小说更是意味深远。另外，对形形色色“北妹”形象的塑造[2]——比如，嫁给当地人，但遭受歧视、毫无尊严可言的方立秋（《复方穿心莲》），遮蔽乡下人身份、极其虚伪的都市白领张曼丽（《亲爱的深圳》）——以及从中所寄予的或悲悯或批判的女性情怀，则更突显了一个秉承底层现实主义精神的作家所拥有的关怀弱者、呵护生命的人文精神。而在《皇后大道》《万福》等小说中，其笔触向香港更广阔的空间拓展，讲述更曲折复杂的深圳故事，描绘更立体丰盈的人生图谱，追问更尖锐多元的人性命题，从而显示了吴君及其小说趋向纵深发展的态势。上述种种，都使得吴君及其“文学深圳”在2000年以来的城市文学写作和“底层写作”中脱颖而出，一度成为读者和评论界关注的焦点之一。吴君在十多年间快速建构起了“文学深圳”的初始样貌，并为同行所熟知，这在文学领域内上演了另一个版本的“深圳传奇”。

吴君的“文学深圳”在时间维度上纵向延展很有限。在其小说实践中，不仅作为虚拟空间的城市与乡村自始至终成为统摄性的存在，而且作为实体存在的某一区域、某一社区、某一街道、某一楼宇等地理坐标常被引入小说。其不仅善于以某一具体地理坐标作为小说的题目，比如《二区到六区》《皇后大道》《十二条》《生于东门》《十七英里》《地铁5号线》《岗厦14号》《蔡屋围》《甲岸》，还动辄以小说人物命名某一地理坐标（比如《陈俊生大道》），而至于商场、街区、咖啡馆、厂区等虚拟空间或坐标则更是随处可见。这固然是她要建构“文学深圳”所有意做出的修辞实践，但虚实相生的空间想象与建构也不期然触及了这样一个深层命题，即任何一位有志于城市文学书写的作家都不能回避都市空间想象与再造问题。其实，在“深圳”这一现代都市空间中，感觉、体验、心理、精神等人学层面上的现代性发展，被工具、技术、制度、器物等物质层面的现代性狂飙突进

---

① 关于这方面研究成果，见孙春旻《专注于描写底层的心灵病相——论吴君小说中的“深圳叙事”》，《海南师范大学学报》（社会科学版）2013年第6期。

② 杨钰璇在一篇论文中曾专论过这一话题，见《“北妹叙事”中的姐妹镜像——以吴君的小说为例》，《安康学院学报》2019年第1期。

所彻底打乱、压制和改写。更多时候，前者跟着后者疲于奔命，找不着归宿。作为后发的现代大都市，深圳的每一条街、每一个标志性的地理坐标，都有待作家们去开掘、描绘，并在已有认知经验基础上展开艺术创造。吴君从都市空间切入，不仅将都市中具体的地理坐标或方位纳入考察、审视的对象，更将此空间中的人、事、物及其关系作为素材收集、灵感生发和文学建构的基本依托，实际上也就将人与现代都市（深圳）最内在、最深层的纠葛以及由此而生成的隐秘景观传达了出来。也可以说，地铁5号线、岗厦14号、十二条、陈俊生大道、甲岸、万福等一系列无论实然还是虚拟的地理坐标被作为小说意象或主要角色融入小说，不仅使得单个文本的空间架构和意蕴生成空间得以生成，而且串联在一起即是对“文学深圳”风貌的整体呈现。当然，实际存在的地理坐标一旦进入小说，就有了虚构的成分，它们和小说中的人物、故事一样，成为建构“文学深圳”不可或缺的小说要素。

三 “文学深圳”：一座小人物的城

吴君的“文学深圳”专为“那些失败的、落魄的、无人问津的小人物”[①]而建。加缪说，“要熟悉一座城市，也许最简单的途径是了解生活在其中的人们如何工作，如何相爱和死”[②]。同样，要熟悉吴君的“文学深圳”，最便捷的途径就是要看这座城里的人物如何生活，如何工作，如何爱恨。这些小人物大体可分为两类：一类是被称为“北妹”“北人”“外省人”的外来人群。他们来深圳寻梦，梦想之一即“我要做城里人，我要做深圳人”，然而他们没有根基，没有户口，所谓“寻梦”大都是虚妄或无果。成功者毕竟占少数，而所谓成功不过是各类利益交换的代名词。比如，在《亲爱的深圳》《复方穿心莲》《福尔马林汤》《陈俊生大道》等小说中，为了获得合法身份（拥有深圳户口），为了过上体面生活（要掩饰作为乡下人的身份），为了走向成功（通过身体交换），他们就必须付出常人难以想象的惨

① 《中国作家》2015年第7期。
② ［法］加缪：《鼠疫》，丁剑译，新星出版社2013年版，第3页。

痛代价，所谓个体尊严、身心自由，所谓亲情、友情、爱情，在深圳这座大都市内，都被击打得面目全非。吴君的很多小说就是要把这“被击打得面目全非”的人际关系和内面世界予以重组、深描、呈现。《甲岸》所折射出的氛围、情调、意旨更触动人心。不深描都市光影及置身于其中的有关都市人的负审美、负情感世界，而是聚焦都市漂泊者的职业困境和心灵归宿，侧重表达超越现实的有关生命和灵魂的温暖、感伤、悲壮和悖论。无论是对“我”、高侠、薛子淮等昔日同事间和谐场景的描述，对高侠发自心底地怜悯他人而遭受对方欺骗和毒打事件的讲述，以及公司倒闭后对其现实处境和精神状况的展现，还是在“我”与薛子淮交往故事中对“同是天涯沦落人”“无论如何投缘，我们都不会相亲也永远不能相爱”“为了在这个城市扎下根，我们要忍痛互相成全”等主题向度的表达，都展现了作者对人、人性、人情的建构性认知与现代性表达。另一类人是深圳人或从深圳到香港谋生的“偷渡客”。在很长一段时间内，对深圳人而言，香港即代表着物质富足和现代化，于是通过各种方式离深赴港，曾成为许多人的梦想。而对乡下人而言，“偷渡”或联姻即为其中最常见的两种方式，然而，无论“偷渡”还是联姻都并不意味着成功，即使成功也并不意味着生活美好。深圳人的离深赴港，不只有光鲜和荣耀，还有辛酸和沉重。《皇后大道》和《万福》对这种人生遭际进行了集中书写。其中，《皇后大道》作为前文本被作者部分移到《万福》中，并以阿惠为视点，对作为素材的前文本再作艺术整合，从而再次承担了离深赴港第三代的叙述职能。在《万福》中，陈水英和阿惠自小便是情同手足的一对玩伴，且都以出嫁香港为最大荣耀。成年后，阿惠率先出嫁香港，陈水英与当地人结婚。彼此间友谊破裂，十几年间不往来。再后来，陈水英心有不甘，离婚赴港，在不期然与阿惠的相逢中，真相终被揭开——阿惠的男人是个癫痫病人，公婆也是当年的“偷渡客”，一家人的生活也要靠阿惠来养活。这是一个涉及人之虚伪、欺骗、韧性、荒诞等多重主旨的文本。作者毫不保留地将那幅表面华丽光艳的幕布戳破，赤裸裸地呈现出背后的诸多不堪或丑陋，读来，让人惊心动魄。然而，这些深陷困境的小人物又不屈从于命运安排，表现出了惊人的“反抗绝望”的勇气。阿惠的遭遇是令人同情的，前期命运是被他人所摆布的，但一旦决定留港后，她又有了委曲求全、“安营扎寨”的求生动机。靠着打零工，虽也度日艰难，但总算在陌生的异域生存下来。小说开掘出小人物身上这种在苦难来袭时执着于生活与生存的韧性精神，也于灰暗低沉的格调中透出一点光亮，从而给予迷途中的人们一点心灵上的安慰。这种“光明的尾巴”是否也正反映了作者在面对底层小人物命运遭际时的复杂心境？投射进一束光，给一点希望，哪怕带着削平主题深度的危险。

四 《万福》:“文学深圳”的新坐标

吴君的深圳系列小说是一个既各自独立又彼此关联的大体系。在“文学深圳”的开放式版图上，每一篇（部）小说都有其特定位置。一篇篇小说，就如同夜空中的星辰，既单独存在，各自发光，又连成一体，光耀天宇。其中,《万福》[①] 无疑是一颗最耀眼的星。相比于其他文本，其重要性或突破性主要表现在以下几个方面：

小说格调、格局初显大气象。吴君的小说多以独特的故事、沉重的主题、相对明晰的人物关系和小剖面表达深刻而富有张力的意旨，是以小切面进入深刻的主题，整体上看有特点，有个性，但厚重不足，有现实关切，有历史反思，但纵深感不足。待《万福》一出，此种境况已大有改观。小说设置深圳（万福村）与香港两个空间并分别赋予其象征意义，讲述了四十多年间三代人离深赴港的故事，由此展现大时代变迁，表现十几个人物的爱恨情仇、生离死别并就此深入探讨人性之谜。把如此宏大的背景和多元主题综合调制在一个文本中并彰显一种新气象——时间长，空间广，人物多，主题多元，无论向外拓展还是向内指涉都充分体现出一个“长篇”所应有的气度与格调——这在吴君小说创作历程中尚属首次。

书写心灵秘史，重构“文学深圳”。“文学深圳”是吴君着力建设的宏大工程。那些从深圳特区“土壤”生长出来的形形色色的故事和人物，被吴君以小说方式记载下来，并陆续安放进这座城市中。具体到《万福》，主要表现在：其一，“爱情”作为表现的对象和主题在其此前的小说中很少正面涉及，而在《万福》中则有多层面的探究和深入表现。这主要表现在两个向度，首先是真爱无果，比如，陈炳根与阿珠彼此情投意合，潘寿娥、潘寿仪都爱华哥，但最终都无缘相守；其次是单恋或无爱反而有果，比如，

① 《万福》初刊于《中国作家》2019 年第 11 期，2020 年 1 月由花城出版社初版。

潘寿良与阿珠、陈炳根与阿珍、陈水英与阿多都非因爱而结婚。如此表现倒不是重在探求爱情与婚姻的瓜葛或单纯揭示爱情发生过程，而是在对爱情心理、爱情行为、爱情结果的探寻中呈现一种莫可名状、触目惊心的内在真实。比如，因爱而宽容，因爱而生恨，因爱而自赎，分别在潘寿良（也包括陈炳根）、潘寿娥、潘寿仪的爱情实践中得到充分展现。因此，围绕爱情而生发的对于“可能性”的把握或讲述，是这部长篇小说最引人关注的主题表达向度。其二，关于亲情、友情以及深层次人性话题的探讨。小说将这些话题放置于特定时空中或极端条件下（遭遇险境，面临羁押，深陷困境，等等）予以考察或表现，无论是对人性变异景观的描写——比如，潘寿娥对母亲潘宝顺的恨意，对女儿阿惠的狠心放逐（以狸猫换太子方式将她骗到香港，与癫痫病人马智慧结婚），阿珍对陈炳根没完没了的怨责，还是对包容、成全、自赎等非常态人情、人性的揭示——比如，潘寿仪对二哥潘寿成孩子的抚养，陈炳根对潘寿良、阿珠等人的宽恕与无私帮助，潘寿良对二弟、二妹以及阿惠的呵护，等等，都将人的复杂性和生命内涵的丰富性予以充分展现。总之，《万福》是一部集大成式记录深圳人心灵变迁的秘史。它将深圳、香港城市发展史作为小说背景，讲述万福村两个家族三代人在港深两地的生活演变史和心灵（或精神）变迁史，并侧重从小人物一幕幕生离死别的历史场景和具体的生活细节中探寻与人、与人性密切相关的深层次命题，这种向内深度开掘的艺术实践在其此前的小说创作中也是不多见的。

艺术探索与实践有突破。长篇小说是一种大型文体，一般情况下，小说家一旦从事长篇写作，即意味着其已在素材、方法、精力等各方面做好了充分准备。每位小说家感知和建构新世界的方式、方法都不一样。《万福》在艺术上的突破主要有几点。

其一，聚焦“关系”，并将“关系”自立为本体。作为小说基本要素的“人物”被以艺术方式组合为一种“关系”，即把小说中的十几个人物编织成一张网，网内各“点”交相呼应，彼此关联，从其任意一一相对的人物关系中皆可显示出丰富内蕴。这和以前聚焦某个具体人物和单一故事模式的实践效果不一样。每个人物都是其中一个点，任何一个点的变动，都会引发“关系网”的变化；“关系”让讲述节奏放缓，即意味着让小说时间放慢甚至停止，让空间放大或定格，而这一切不过是为一个目的服务——让人、事、物及其关系在这种慢节奏中呈现原相。以“关系”为本体的意蕴生成模式将小说讲述的难度空前提升，为确保主题表达向度上的有效展开，在小说内部织一张大网的“行动”成为压倒性的艺术诉求。为此，除若干主要人物外，一些次要人物也被屡屡纳入“中心地带”，而作为某一“点”的单个人物极少被静态描写或被集中观照。这也就是我们在初读《万福》时总会被其人物关系所“阻拒”的根因所在。“关系”自立为主体，承担“独白”或交流的话语功能，不妨也可看作是吴君对当代汉语小说讲述语式所做的一次极富探索性的实验。

其二，重构“出走—回归”模式，并赋予形而上内涵。这一模式本是中国现代小说的传统艺术形式，自被鲁迅创造性实践后，就被后世小说家们以不同形式反复运用。那么，《万福》是如何重构的呢？一是构建具体的“出走”与“回归”。潘寿良一家人从万福出走，移居香港，并在此后四十年间，不断重复这种出走、回归，再出走、再回归的不定期迁移。这是具体时间、具体地理意义上的“出走—回归”模式。另一种是虚拟出有象征意义的“出走”与“回归”。香港与万福紧密相连，在物理意义上，两地距离几乎为零，然而在精神意义上，它是那么地遥远。对潘寿良们而言，四十年往来，四十年身心分离，竟始终没有跨越那道坎。其精神上的回归何日才能尘埃落定？万福自然是潘寿良们（包括阿惠）精神皈依的原乡。不是外在的环境制造了不可跨越的距离，而是异化的“自我”一手开掘了一道天堑，使迷途的人们无家可归。同理，香港也是万福人期待进入的异乡，然而，横亘在故乡与异乡之间的距离让陈水英跋涉了十几年，这又是怎样的一种人生境遇？物理距离再远也能克服，精神距离一旦形成，若想跨越，那就难了。总之，从具体到虚拟，“出走—回归”模式寄托了吴君有关“家园”“寻找”“反抗困境”“人生宿命”“生命悖论”等众多形而上命题的深度思考。为辅助于这种模式的有效展开，小说采用倒装讲述法，即在首尾分别讲述结果（“风波”与“团圆”），继而依次讲述两家三代人的爱恨情仇、生离死别的故事（“往昔”“积怨”“纠葛”），小说结构（形式）与内容高度合一，也很有意味。

其三，大量融入粤语方言，并使其承担部分叙述功能。这种实践应予充分肯定。如何运用方言，如何处理“官话”与方言关系，从来都是一个难题。从吴君的实践来看，抛弃方言语法，而以普通话语法统之；引入方言语汇，辅之以必要的注释；引入语气词，保留方言腔调。这种既顾及可理解、可接受，又尽可能把常用或有表现力的方言、地方腔悉数引入的做法是合乎实际的。其实，像吹水（吹牛）、打交（打架）、头先（刚才）、细佬（弟弟）这类方言词都不难被理解，而“回来是应该的呀，你做咩”“阴公（可怜）啊，你看看自己都在讲咩嘢”这类融方言、地方腔于一体的口语，其表现力自是普通话所不能比拟的。

综上，《万福》不仅涉及此前小说曾经表达过的所有主题，比如，变异的爱情、亲情、友情，人性中的虚伪、欺骗、荒诞，生活困境，心理病相，等等，还特别表现了温暖、宽容、韧性等常态主题，以及寻找、宿命等形而上命题；其不仅在小说格调、气象上呈现新风貌，还在表达向度、讲述方式、语言运用上有突破。因此，《万福》不仅在吴君小说创作历程中具有里程碑意义，即使在当代城市文学发展史上也是一个典型文本。

五　作为“独特的这一个”的“文学深圳”

深圳是一个深受外来文化影响的现代化大都市，文化多元、混搭，并不像北京、上海、武汉这类有其核心文化的城市，故深圳文学趋向多元化发展，也是大趋势。对此，深圳当地的评论家感触最深：“作为一座奇迹一样产生并天天上演奇迹故事的现代都市，其移民性带来全国各区域文化，包括不同地域族群的地方性知识，不同阶层的价值、信仰和生活方式，在此汇集碰撞；其地域性导致政治文化与工商业文化的奇妙融合、香港文化引力和中原文化规训的相消相长；其青春性造成了青年亚文化特有的不安分、敢创造，以及流行、时尚、活力和激情。因此，深圳这座城市就具有了不同于过去城市、不同于其他城市的新的质素、新的特征，经由创作主体心灵的感受和投射，赋予了深圳城市文学文本新文化气质和品性。”[①] 城市与乡村、中心与边缘二元模式并没有从城市内部消失，作为现代性修辞的身体、阶级、阶层依然在焕发生命力，而作为城市文学的主导范式、方法却始终未取得实质性的突破，在此背景下，期待出现《长恨歌》《繁花》这类较为纯粹的城市文学作品似也不现实。

---

① 于爱成:《我们在什么意义上谈城市新文学——以深圳文学为例》,《文艺争鸣》2013 年第 10 期。

作为城市形态的深圳已然迈入国际化大都市行列，其繁华表象与现代化逻辑业已作为中国传奇而永载史册，而作为文学形态的深圳却非如此，它依然处于萌芽后漫长生长期内的初生阶段。而对于每一位有志于书写深圳的作家而言，其对深圳的认知、想象或描绘各有不同，故从宽泛意义上来说，有多少位持之以恒书写深圳的作家，也就意味着诞生多少个“文学深圳”。文学批评家于爱成的不同于小说家邓一光的，诗人赵目珍的不同于小说家盛可以的，小说家曹征路的不同于诗人蒋志武的……那么，吴君的呢？吴君的“文学深圳”[①]依然在建构中，至于最终将呈现何种风貌或未可知，但就目前而论，“打工文学”“移民文学”“底层写作”等一度被用来界定或阐释其小说特质的术语只能在表层或表象上有一定合理性，但从整体和长远来看都是不合适的。《万福》就是很好的例证。

吴君以小说方式描写了这座新城市，确切地说，是其中一个有限的层面。她有意回避社会的中上层，而单单把“底层”独立出来，并作为一种立场、方法、主题而在文本中予以特别实践——视点下沉，多表现，少批判，以“底层＋现实主义”方式讲述那些或沉痛或荒诞的深圳故事，从而在题材和主题上形成了一个有鲜明特点的作家形象。然而，“文学深圳”作为新城市文学样态之一种成就了吴君，似也限制了吴君。吴君的“文学深圳”如若想在未来的城市文学发展格局中显得更加卓尔不群，需要以更宽广的创作视野、更强烈的主体性、更具前瞻性的城市意识、更具艺术表现力的方式方法探究城市本质，表现城市精神，昭示城市未来。

吴君及其小说从未远离文学史传统。从20世纪30年代的左翼文学、新世纪第一个十年的“底层写作”到当前的“新城市文学”，她都可被纳入其中并阐释出新意来，但这些不足以显示她是“独特的这一个”。在笔者看来，秉承底层现实主义立场、精神，以系列小说方式描绘世道人心与深圳发展之间的错位景观，聚焦对城市小人物命运或心灵秘史的书写，并在这种描绘与书写中将“深圳”这座城市的某些特质——比如，它对乡村和乡土伦理惊人的颠覆力，资本和多元文化合力造就的高吸附力（超大磁力场），

① “文学深圳”这一概念最早出自赵改燕的论文:《“文学深圳”的呼唤》(《广东女子职业技术学院学刊》2010年第2期)。后来，谢有顺在一篇文章中也用过:《认识一个文学深圳》(腾讯网“谢有顺说小说”栏目2018年6月28日)。赵、谢两位的“文学深圳”都是泛指，与“深圳文学”“文学中的深圳”等概念有较大的相似性。笔者所用为特指，即仅指向吴君一人。

以及空间再造与自我更新力，等等——做了独到、充分的展现。然而，这依然不是对吴君及其小说的定评，因为她以深圳为“革命根据地”的写作依然在路上，题材、主题、风格、方法、理念等其中任一要素或向度上的变化，都可能引发新变，产生新质。深圳在变，文学在变，吴君在变，她的“文学深圳”也必将会变。

第十五讲　反类型的青春写作：双雪涛论[①]

双雪涛是后起的 80 后小说家，但在几年前，他还是位默默无闻的“小卒”[②]。如今，他已是国内很有名气的一线著名小说家了。志业、才气、机遇，使其在短短几年间迅速“走红”，并为文坛和读者所熟知。对他来说，2014 年应是他小说创作开始起步的“元年”[③]。按其在《小说家的时钟》中所言：“写这篇东西的时候，看了一眼时钟，2013 年 12 月 2 日 23 点 43 分，打从决定以写小说为生这件事算起，已经过去了 1 年零 5 个月。作为幼儿我度过了 7 年，作为学生的时间较长，17 年，作为银行职员，5 年，作为写小说的人，1 年零 5 个月。”[④] 我们大体可知：他受过良好的高等教育，有过几年金融从业经历，把写小说当成人生正业，但起步较晚。而检视他短短几年的文学历程，笔者也看到，在同代作家中，他闯入文学界的方式也是很引人关注的，即他以迂回台湾、折返大陆文学界的方式，以其别具一格的青春书写，逐渐从 80 后作家群体中脱颖而出。这与其他一部分 80 后作家依托网络影视传媒、青春时尚杂志，以青春形象拉动粉丝消费不同，他先是触电影视评论，后在影视与文学的跨界写作中脱颖而出，继而以大陆

---

① 原刊于《创作与评论》2014 年第 17 期。有改动。

② 在《主持人语言》中，谢有顺和李德南说：“对于许多读者来说，双雪涛也许还是一个陌生的名字。”（《创作与批评》2014 年第 17 期）

③ 本年 1 月，《芙蓉》在“新人”栏目，推出双雪涛，共发表《北极熊》（中篇小说）、《冷枪》（短篇小说）、《小说家的时钟》（创作谈），外加一篇评论；本年 9 月，《创作与评论》（2014 年第 17 期）在专栏中推介双雪涛，发表《安娜》（短篇小说）。随同刊发的还有笔者的这篇综论和栏目主持人李德南写的《最初的爱情　最后的仪式——读双雪涛的〈安娜〉》。此次入集，又做了修改。

④ 双雪涛：《小说家的时钟》，《芙蓉》2014 年第 1 期。

文学期刊为阵地，表现出了趋向纯文学写作的传统路径。这也都表明80后作家进入新世纪文学现场的方式、方法及途径是多元而开放的。他们在树立自我形象，获取话语权力方面表现出了很大的不同，因而，也会导致其在创作思想、话语风格、发展趋向等方面的差异性。

他的中短篇小说主要有《翅鬼》(又名《飞》)、《我的朋友安德烈》《无赖》《靶》《安娜》《大师》《刺杀小说家》(又名《北极熊》)、《冷枪》《大路》《平原上的摩西》《火星》《北方化为乌有》。这些小说就题材而言，可简单分为三类：校园生活系列、玄幻传奇系列、民间人物系列。这三类小说深受网络小说，特别是校园题材小说的影响，既具有通俗小说的情节模式，也具有纯文学的写作特征，从而彰显了雅俗融合和反类型化的青春写作倾向。这种反类型化的青春书写模式也为80后小说家的创作提供了一种可资借鉴的珍贵经验。从类型起步，走向反类型写作，也标志着作家艺术水平的显著提升和写作能力的大幅度提高。

校园生活类小说作为类型小说中的一种，侧重描写的是校园内青年学生的校园爱情、颓废青春、叛逆思想等青年“亚文化”风景。21世纪以来，以韩寒、郭敬明为代表的青春偶像型作家，依托庞大的粉丝团体，将以校园生活为题材的青春小说的创作与传播，提升到了一个纯文学作家前所未有的高度。但是，每一个人都有自己独一无二的青春经历。就它的原本状态而言，它是不可重复的，也是不可回溯的。而对于每个人的记忆来说，它又是可以被重新建构的，当然，这必须借助心理和话语的力量。作家是话语权力的绝对拥有者，青春经历必然成为写作的第一经验。也可以说，叙述青春，言说成长，是每一位小说家的必修课。从王蒙的《青春万岁》到韩寒的《三重门》，我们大可体会到“青春”作为小说书写对象和主题所呈现的诸多风景。具体到双雪涛，尽管其小说描写的对象多是边缘人物，展现的经验也多是另类生活，但是，我们看到他的小说所建构的审美世界已不是那种司空见惯的经验样态，而多是注意展现边缘人不同凡响的心灵世界。

首先，他的小说善于展现青春期的别样风景。“别样风景”指涉的是陌生的、震撼人心的青春故事。故事的讲述又跟着人物走，而这些人物又是独特的“这一个”。比如，《我的朋友安德烈》中的安德烈，在班里，他是一位不被老师和同学看好的凡庸学生，可是他在周一升国旗仪式上的两次非常态的现场演讲，他以贴大字报方式对学校暗箱操作现象的揭批，他醉心于朝鲜问题的研究乃至于深陷精神癫疯状态而迷失自我，都给人以深刻印象。也就是说，这个人物每向前走一步，他的动作及心态都让读者震惊。为了展现自我，他敢于坚持己见；为了友情，他敢于冒险；为了一己理想，他毅然迷醉于自己的世界里。他的大起大落，似乎都超出世人对青春少年的原有认知。此外，就其自身的文本场域来看，其小说经验也自成体系，人物也自足存在着，发展着。小说是什么？双雪涛以他的探索和实践对之做了回答。比如，《靶》中的兰江因正步走不准而屡受教官惩罚，而打靶却能够大放异彩。如果小说单纯叙述这样一个故事，其实，并无新意；其新意在于，这一角色被置于刚入大学时宿舍这一既陌生而又熟悉的环境中，作家以“我”为视点细致展现舍友之间微妙的心理世界。宿舍四人，无论言行、性格还是心态，都各各不同。他们在相互帮衬或映照中逐步凸显出各自的心理世界。微醉中的兰江和我诉说心事，谈了他的一些伤心的往事，但又没完全展开。这种带有“留白”特点的对话场景描写给读者留下了足够宽广的思考空间，文本所营造的精神空间因此而呈现为更为开放的状态，恰似一幅山水画，画中意境等待读者去领悟，画中留白等待我们去填空。因此，只有联系这些铺垫，才会体会到这一场景的意蕴。

单纯从创作学来看，因为生活和成长经历之故，东北显然已成为双雪涛小说创作中一个永在的内置背景。近几年来，双雪涛常被作为“新东北文学”的代表作家予以阐释，并从中发掘关涉东北工厂史及其工人的残酷青春，继而进入更为广阔、深层的社会意识层面，阐释其社会学意义。在《北方化为乌有》中，大年夜，一个作家，一位编辑，一位陌生来访者，三个人因共同话题聚在了一起。他们谈生活，谈历史，谈文学，谈工作，每每关涉现实，特别是边缘人的边缘体验，总让人产生情感与心灵上的共鸣。这个短篇对寓居大都市里处于边缘地位的青年人的边缘生活及情感予以充分反映和表达，是难得一见的及物的带着痛感的直击生活内核的写作。但更引人瞩目的是这个短篇对历史经验及其光影的处理方式，即作为载体的话语（三人之间的谈话）在此承担起了有关历史的讲述，故事就是从他们的相遇与谈话中开始、发展或结束，但那些故事虚虚实实、远远近近，既清晰，又缥缈，充满着诸多不确定性。他们的谈话方式和态度随意、率性、自由，但内容严肃、认真，而交谈中有关血腥与暴力、衰落的北方工厂里的爱恋与私奔、都市边缘人边缘处境的描写、揭示或反映尤显历史感和现实感。这样的讲述抹平了现实与历史、想象与纪实、文本与生活的界限，一切以你中有我、我中有你的方式存在并持续发展着，从而赋予小说以别样的韵味。很显然，作为标题的“北方化为乌有”这句话带有多重意蕴，你可能会问，“化为乌有”的到底是哪些东西呢？是衰败了的北方工厂以及人事纠纷，还是作者、叙述者或小说中人物的某种记忆？是一代人的生活与生存，还是作者或叙述者的当下镜像式体验？大概都有吧！

其次，他的小说也重在叙述青春期的创伤性经验。青春意味着成长，成长不可避免地会遭遇心理的磨难或精神的创伤。创伤不能修复，磨难不能消除，于青春生命而言，就会引发悲剧。青春期的苦闷与彷徨，灵肉分离的焦虑与痛苦，在《大路》《安娜》两个短篇中得到淋漓尽致的展现。主人公们以屡次“自残”或“自杀”来结束生命，将青春时期的生命不堪承受之重和因心灵的脆弱而不能承受的成长之痛彰显得凄美而多姿。《安娜》中的安娜在压抑的童年中长大，她过早地熟稔了成人社会里的逻辑规则，她早熟、早恋，但无法释放心灵重负，她屡屡自残，而又自杀不成；《大路》中的“她”也将“生命”置之度外，大有看破红尘、唯求一死之意。她们为什么自杀呢？这不但成为小说中“我”的疑问，也成为读者的一个巨大疑惑。从文本表层来看，我们不可否认，这两个文本对青年人心灵创伤经历的揭示，对残酷青春经历的描写，首先反映的是青春少年群体中一部分人真实的心路历程和生命遭际。但是，从文本深层来看，这两个文本却呈现为另一种截然相反的意蕴。我们暂且抛开作家的创作意图，从文本接受美学角度，对这一问题稍作阐释，那么，我们可否得出以下两点认知：一是作家将她们的自杀处理得唯美而富诗意，那感伤、惨痛的青春经历和肉体的消亡过程被其当成了美的化身加以处理。这种美既展现为一种暮春落花的自然之美，也流露出了类似“黛玉葬花”那样的凄伤之美。《大路》中的“她”言行中对“我”的关怀和叮嘱，文末“我”在幻觉中与“她”的对话，文中多次出现“格子衬衫”和“玩具熊”这两个小说意象，都营造了一种童话般的意境。然而，我们深刻体验到的是，文本所传达的不是传统意义上的带有暖色调的美，而是以感伤而又沉痛的青春献祭发散出来的凄伤之美。二是，我们也体会到作家笔下的清纯女子在香消玉殒之时，也都将人生未竟的理想和未把握到的命意寄托于对方，她们的自杀似乎又具有了一种灵魂转世和理想寄托的意味。安娜向“我”诉说青春的压抑、不幸，并在送“我”出门时发出绝望的呼喊，《大路》中的“她”嘱托“我”要做一件有意义的事情，三十年后将生命的意义告知于她，也就是说，她们在濒临绝境之时，内心依然没有泯灭对未来的美好期盼，因此，生与死的轮回在此发生了戏剧性的转变，这似乎也多少表现为某种形而上的生命哲学意味。

他的玄幻类小说充分吸收了网络文学、影视艺术与纯文学的艺术表现手法，他将通俗文学的“情节—故事”模式、网络文学的“类型化”模式、纯文学的“反类型化”模式结合起来，从而在雅俗之间、媒介之间、文类之间的融合方面做出了有益的探索，体现为一种艺术整合品质。《翅鬼》是其成名作，堪称一部中国版的《魔戒》。这部中篇小说不但具有奇幻、武侠、阴谋、爱情、英雄等类型小说常见的流行元素，也展现了虚幻的空间、动感的画面、瞬时的穿越、紧张的情节等通俗文学、影视作品常见的艺术表现方式，但又有别于市面上流行的大部分类型小说，体现了一种反类型写作的特点，即，它不是网络文学中流行的奇幻小说，而是一部寓言小说，不过被置换了一种奇幻的外衣。具体来说，小说讲述了一帮长着翅膀的被称为“翅鬼”的族群，在其头领带领下，反抗压迫，追求光明，奔向自由之地的故事。在这部小说里，我们不仅能聆听到一种久违了的而又为我们所熟悉的“革命话语”的声音——“哪里有压迫，哪里就有反抗”，而且，还再次深刻体验那个自有人类以来就拥有的梦想——人不是被奴役的动物，每个人都渴望像鸟那样自由飞翔。从艺术角度看，这部小说也充分吸收了纯文学艺术的修辞策略和表意方法。比如，小说对于场景、细节的描写，对于人物心理的细致刻画，对于人物精神状态的表现，艺术上对象征、寓言手法的运用，再加之流畅、平实而又微露诗意的语言，都超出了网络文学的常见范式。

《刺杀小说家》更是一个有意味的文本。这个中篇嵌入了不同的“二级文本”，彼此互文生发，形成了一种互文现象。我们知道，每一个文本都与前文本或同时代的其他文本发生关系，彼此发生千丝万缕的联系，从而促成意义在文本场域内的生成。具体到这个中篇小说，我们至少可以归纳出如下几个既独立又紧密发生关联的行动单位：（1）小说家创作一部小说，它对现实生活中的老伯的命运构成了不祥的预言。（2）老伯雇用第三方寻找刺杀小说家。（3）“我”（千兵卫）有一个梦想，想到北极去看北极熊，为此，我接受了刺杀小说家的任务。（4）“我”不断寻找刺杀小说的机会，并切身走进了小说家的生活。（5）赤发鬼除掉京城侠客久天，成为头人。（6）久天的儿子久藏要替父报仇，刺杀“赤发鬼”。（7）区与区之间不断上演着杀戮。（7）小橘子同样面临生命威胁。（8）久藏成功杀掉赤发鬼。接下来，我们对上述动作单位稍作分析:(1)—(4)可以单独构成富有因果链条的情节关系,(5)—(8)可以构成另一个独立的虚构故事。两者之间本来互不相干,只是因为文中“小说家”的虚构,不期然与现实生活中老伯的生活形成了同构,遂引发“刺杀”故事的发生,而(5)—(8)构成的虚构故事恰恰对(1)—(4)组成情节关系做了真实的预演。由此,“我”的梦想世界、“小说家”的虚构世界、老伯的现实世界、久藏复仇的虚构故事被融合在一起,形成一个“宏观互文”文本。而两大体系内的每一个“微观文本”,也都具有自我指涉的功能,它们或者指向心理,或者喻示现实,或者指向形而上喻义(比如,汪功伟就采用“政治阅读”的方法,阐释其符号和现实之间的隐喻关系),集中生成了一种全新的经验模式。这样,现实与虚构彼此融汇,边界与边界相互消弭,综合营构了一种似真似幻的小说世界。此外,小说充满了魔幻色彩,挂在树上的人头可以说话,穿越而来的灵魂可以对话,人物可以在魔幻的空间里自由出入,等等,都给读者带来了一个陌生而又新鲜、极富快感的阅读体验。

民间人物系列所呈现的叙事经验也是别具一格、自成一体的,代表作有《无赖》《大师》。这类小说大都以少年人为叙述视点,描写成人世界里的奇人异事,并以此作为看取世界人生百态、聚焦人物精神世界的切入点。无论《无赖》中的老马,还是《大师》中的父亲,在日常生活和内在精神方面,都有其固定的处事方式和生活法则,堪称民间社会中的自在、自足存在的传奇人物。老马吃喝玩乐,小偷小摸,虽作风不检点、爱占小便宜,但也有助人的一面。作家叙述的重心似乎不在此,而侧重呈现一个民间人物的奇异言行和心态。他以自残(用酒瓶拍自己的头)方式完成了对强权势力的反抗,不但显露了其颇为荒唐而滑稽的处事逻辑,也为当代小说的民间人物画廊增添了一个鲜活而又生动的人物形象。《大师》与阿城的《棋王》堪称小说创作中的“双子星座”。如果说后者侧重展现一种富含道家色彩的传统文化人格,从而为在“上山下乡”时期知青寻找生存之根、生活之托和精神之源的话,那么,前者就不再聚焦这种文化人格的建构,而是集中表现茫茫人海中极少数个体的生活世界,用作家的话说,就是“《大师》写了一种生活,也许是献祭,或者是别的,总归是一种人的生活,不是大多数人的生活”①。此外,作家写这篇小说的初衷也有其先在目的:“我的父亲

① 双雪涛:《让我们来做滑稽的人》,《芙蓉》2014 年第 1 期。

活得不算长，可是已经赢得了我的尊敬和思念，他极聪明，也极傻，一生匆匆而过，干了不少蠢事，也被少数几个人真正爱着。没有人知道他。《大师》不是为他作传，因为完全不是他的故事，但是《大师》某种程度上是我的决心，我希望能把在他那继承下的东西写在纸上”[①] 大概这篇小说就是要为那些“极聪明，也极傻，干了不少蠢事，也被少数几个人真正爱着”的人立传。当然，这样的写作自然是心血之作，寄托了作家本人深厚的情感。

神秘、玄幻，由实入虚，探察并表现某种可能，也成为双雪涛小说的另一种面向。比如，在《火星》中，魏铭磊去见初中同学高红，因昔日二人曾有过一段非同寻常的情感历程，此番重逢，彼此内心必然再起波澜。小说虽然也事无巨细地讲述魏铭磊在足球场上的表现、魏铭磊与高红初次相识、魏铭磊和高红后来的人生历程等诸如此类合乎一般逻辑和生活规律的事件或细节，但其引人瞩目之处并不在此，而在以虚幻笔法对二人通信事件及在此过程中彼此情绪、情感微妙变化的创造性描写。每一封信似都非常特殊，似都有其非同寻常的故事，也似都会呈现一段特殊的情感历程。从信封里跳出来一条绳子，从信封里飞出来一只八哥，这绳子与八哥不受魏、高二人约束，竟然与其针锋相对地对话或驳斥。正是在这种“对话或驳斥”中，与魏、高相关的往事遂纷至沓来。八哥、绳子的隐喻性和暗示功能，其意旨直接接通二人曾经的创伤历程。当时间与空间被重新打开、折叠，在此，真实与虚幻的界限被消弭，现实视域与想象世界融为一体，故事与情感也便有了全新的讲述方式。更耐人寻味的是，在小说结尾处，高写给魏的最后一封信，恰似一封告别人世的遗书，但信中诸如“我说不出原因”“我进入了宇宙的大循环之中”“如果你将来登上了火星，也许会看到我的鞋子”一类的话语，却又将二人的“秘密”几近封存。如此，有关魏、高二人以书信往来所建立起来的情感关系虽然最终结局趋于明朗，但过程、因由、意义依然处于被遮蔽中。实情究竟如何，答案或许只有一个，即那些被遮蔽的情绪、情感或往事，只能有待读者去做创造性体悟或解读了。

最后，我就其小说中的“闲笔”简单谈一下阅读体会。小说中的“闲笔”不是可有可无的，而是具有支撑文本场域是否更能合理、合法存在和人物

---

① 双雪涛:《让我们来做滑稽的人》,《芙蓉》2014 年第 1 期。

言行、心理是否可行的作用。具体来说，一方面，小说中的“闲笔”能够有效拓展小说的叙述空间，能够使空间架构更具开放性、立体化，另一方面，能够使小说中人物的心理言行、所述生活场景或叙述细节经得起生活规律和艺术规律的考验。此外，它还具有调节叙述节奏、延宕叙述流程、转换叙述内容等方面的叙述功能。双雪涛的中短篇小说善于运用这些“闲笔”，能够充分发挥这一手法的艺术功用。比如，《冷枪》中有这么一个细节：“我”正在球场上踢足球，一脚踢到了老背头上。这一看似可有可无的“闲笔”只有在后来老背用“爆头”“你这手够用”等射击游戏中的规则来指称这件事时，它才具有了在文本场域内的自我指涉和辅助的意义。诚如汪功伟所言：“如果不是老背在虚拟的、由枪炮和坦克等形象化的符号组成的空间中获得了一种指认现实的能力，那么球场边发生的事故也就丧失了推动故事延续下去的资格。”[①] 以此而论，《大路》中多次提到的玩具熊，《无赖》中对老马喝酒场景的描写，不但能够对人物的一些动作、言行、心灵构成合理性的说明，还和人物的性格和后来的命运发展、结局有着深深的关联。总之，如何运用“闲笔”，则是一门学问，但它需要恰到好处，该用则用，不能乱用。我们通常认为，一篇小说中的“闲笔”若不能够经受文本场域的考验，那就是有损小说艺术体系的“败笔”。

---

① 汪功伟：《指认现实的符号和发明现实的小说家》，《芙蓉》2014 年第 1 期。

第十六讲　为“西北藏边”作志：江洋才让论[①]

地理环境对文学的影响是显而易见的。中国文学的南北差异早有人专论[②]，但对东西差异的关注与研究则相对薄弱。单就西部文学而言，以西藏为中心，辐射四川、甘肃、青海、新疆等边缘地带而形成的大藏区文学，更是以其独异的题材、内容、风格为当代文学带来了新质、新貌、新风格。事实上，且不说扎西达娃、阿来这类已进入文学史的“经典作家”在汉语小说写作领域所取得的成就和影响是多么不同凡响，单就次仁罗布、尼玛潘多、江洋才让、达真、格绒追美、白玛娜珍、索南才让等一大批在藏地乃至全国产生很大影响的藏族中青年作家来说，他们以其独有的审美视角、个体经验、新颖文体所取得的实绩也让人刮目相看。这也是包括笔者在内的众多文学研究者越来越关注藏族作家的根本原因。

在现实生活与精神信仰之间，藏族新生代小说家分化成了截然不同的几种类型：以纯然写实方式（近似“非虚构”风格），原生态地描写藏区现实生活和人性样态，比如尼玛潘多；倾向于以既写实又先锋的方式，继承扎西达娃式的写作传统，续写西藏的今天和昨天，整体上显示出比较浓郁的形而上特征，比如次仁罗布；回归民间历史，在对历史人物、历史事件或历史传说的感知与重塑中，归于民族志式的书写，比如阿来；回归日常与朴素，以干净、纯粹之笔，提炼、描绘藏边区人、事、物及其关系的内在风

① 原刊于《南方文坛》2018 年第 3 期。标题有改动。

② 比如，刘师培的《南北文学不同论》《世说新语》等都有详细论述。最近，张晓琴在《南方的“新民族志”——论艾伟的〈南方〉》中又深入论及此话题。本讲拟题受此启发，不仅将“文学的东西差别”作为一个问题提出来，还对“藏边写作”作为一种“方法”加以论述，以此来考察当代西部文学的复杂与多元。

景，比如江洋才让。

在21世纪以来的藏族新生代小说家群体中，江洋才让的审美姿态与风格也是一道亮丽而独特的风景。这位先写小说，再写诗，最后又集中写小说的青海新生代作家，近些年来可谓笔耕不辍，成绩喜人。不仅其《康巴方式》《灰飞》备受关注，堪称21世纪以来涉藏题材文学创作中非常优秀的两部长篇小说，他还以《风事墟村》《卓根玛》《阿尼安哲的最后一只羊》《老灵魂》《雪豹，或最后的诗篇》《午夜的孩子》《普扎谈话》《一页村志》《一个和四个》《大树下面》等发表在《人民文学》《钟山》《上海文学》《小说月报》等国内名刊上的十几个短篇小说而在新生代小说作家群中脱颖而出。他的出道、出场，以及确证并获得文坛地位的途径、方式，都是立足于本民族历史、现实、审美习惯，而后依循个人灵感、天赋、情怀、责任而努力探索与实践的结果。

也许由于藏区及其作家较少受制于让人眼花缭乱的各类时髦的“现代性”思潮的冲击，藏族作家还是较多保留了传统而本分的写作惯性，即一种听从召唤、追寻根源、叩问灵魂的纯粹写作①。那种将灵魂融入表达、视文学为生命的朴野而真纯的创作实践，是内陆很多青年作家所不可比拟的。他们也不刻意追求什么市场效应，普遍不会在商业价值与艺术价值之间做出讨巧性的妥协，更不会像京沪、江浙一带的作家那样时刻想着去迎合大众的阅读趣味，而几乎将所有的才情、精力与时间付诸纯文学实践活动中。江洋才让就是这样一位对文学抱有朴素而真诚信仰的藏族作家。无论在现实生活中，还是在实际的创作实践中，他对文学（侧重小说）的爱好和追求都是气质性的，几乎是深入骨髓的、连通内感官的、化入生活细节的、

① 举一个我亲身经历的例子：艾尼玛次仁是来自西藏的以母语（藏语）写作的青年作家，2013年，他来鲁迅文学院高研班进修。有天晚上，他们邀请我去参加他们的座谈会，会上，他的几个同学向我介绍了艾尼玛次仁的情况。原来，他至今不用电脑写作，他用藏语一笔一画地写，他写得很慢，很虔诚，不在乎时间、名声、效果，只依循生命的感觉而真诚表达。他的同学将翻译过来的《石头与生命》（艾尼玛次仁著　康吉索旦译，后来发表于《西藏文学》2013年第5期）发给我。我才突然领悟，在这个嘈杂、烦嚣的时代，纯粹的文学之光之于这位藏族青年作家的巨大召唤力，是内陆一些作家所无法体会到的。其实，在藏区有很多这样的作家，他们含蓄内敛，不慕名利，不急于座次，扎扎实实写作，文学在他们世界里早已复归其“本位”。

直达生命本源诉求的日常精神事件。“小说带给我的不只是快乐，他让我痛楚，忧郁，更多时候会让我深深地沉浸在进入骨髓的沉静，获得巨大的满足感。也许是一种木讷，总之我不在乎别人说我什么。但很在乎自己在做什么。”[①] 从外部环境来看，相比于当下一些青年作家赶会场式的高频率的“出镜”（专家阐释、自我推销、媒介宣传），身居青海腹地的江洋才让的确没这个条件也没这个平台为自己的某部作品做出如此奢侈而华丽的推介，故所谓“木讷”“不在乎”也就有了不得不为之的原因。但此处所谓“木讷”更多是向内指涉的，即指向一种基于独特审美体验的、执着于理性追求的、入乎心显于神的创造意识。这不正是当下紧缺的那种不哗众取宠的、很内在也很深刻的文学气质与文学精神吗？

每一位作家都有自己的精神故乡，并从中获取源源不断的创作灵感、写作素材以及内生力量。江洋才让出生于青海玉树巴塘草原，并在此度过了童年时代，因此，以巴塘草原为中心的藏边区就是其精神故乡。行政地理意义上的“玉树”位于青海省的西南部、青藏高原东部，地形以山地高原为主，是一个以牧为主、农牧结合的地区。江洋才让之于这里的最大意义就是，他以文学复活、重建了一个精神意义上的藏边世界。这里的日常生活、民风民俗、人文地理，这里的宗教与历史、人性与人情，都被他以志的形式记载下来，并赋予其存在的鲜活与永恒；作为文学最为本源的代偿式表达，即作者直接的情感表达，在其创作实践中得到相当充分的体现，而文学呵护生命、涵养人性的价值定位又使其写作多了几分朴野与真诚；那些熟悉的人与事，比如一位老人的孤独，一段青春往事，一次出行，等等，经由叙述者言说，都有了格外动人的面影。在此，俗性与神性，亲情与爱情，人与人、人与自然的关系，都因其带有藏地（草原）风情的书写而深入人心。于是，我觉得，短篇这种短平快的文体不过是他速记这个世界的一种便捷、有力的媒介。

现实感的有无强弱是衡量作家（作品）艺术性优劣高低的重要标准。作为文学经验的现实感，或者说作为美学的、审美意义上的现实感：它首先必须是作家与现实生活——人、事、物及其关系——互融互聚、互审互视的审美产物；它也是作家以强大的思想整合碎片式经验，并在现实世界的幽微处和广阔处反复体验的艺术结晶；它还是作家以真挚的情感，串联起种种

① 郭建强、江洋才让：《人间正道是沧桑》，《青海湖》2015 年第 4 期。

细节、场景、人物，并使之生成独立意义的艺术成果；它最终还必须彰显为某种整体性的诉求，在此烛照下，历史、当下、经验、逻辑等一并敞开，从而呈现为一个既有“树木”又见“森林”的审美界。若参照这一标准来衡量江洋才让的短篇小说，应该说，他的创作都是极具现实感的。即，经由对藏边“现实”的体悟、把握，既而以某种情绪、情感或精神现象主导小说，从而形成一种独有的格调、气场，并以此打开藏边广阔的世界。无论《阿尼安哲的最后一只羊》从小巴桑视角写草原灭鼠、鹰的死去、艾依藏药片于山洞，还是《风事墟村》中以匪事写风事，都恰到好处地将生态问题植入小说。在此，作为现实世界的生态问题被融入审美主体营构的艺术世界中，从而获得了鲜活的当下感。《一页村志》以傻女“怀孕”（并非怀孕，而是得了罕见的病）以及寻找谁是事端的制造者为中心事件，交叉引出并细致描写了村长、森郎、多杰等小村各类人物在面对此事时的言行与心态。小说以“一页村志”为题，讲述一个小村里发生的故事，反映小村各类人的人性样态，显示了藏边区一个小村里的现实景观和人性样态。但他对现实问题的关注，以及对现实感的表达，常常打通历史与现实的界限，从而呈现一个动态的、互文的结构模式。在《大树下面》中，一棵老杨树，一个老人，历经百年，共守沧桑。他们在守护什么？这有两种不同的答案：地方主政者认定，老杨树是“格萨尔王拴马树”，老人是这棵拴马树的看护者；但在老人看来，所谓“格萨尔王拴马树”根本就是无稽之谈，自己和百年老杨的关系不过是彼此生命的最佳见证者。前者关涉实实在在的经济利益，后者关涉一个沧桑女人的生命。以主观臆断方式把一棵树、一位老人与格萨尔王连在一起，与以一个老人的模糊记忆把个人生命与老树连在一起，这两种关联究竟哪一个重要？这是一个看似容易其实难以回答并处理的问题。如果承认前者，那么，老人就不必离开老树，但这位老人的真实生命体验及其岁月就会被无情掩盖。如果秉承后者，老人就不能与老树共存，因为一旦与历史毫无关联，老人在此存在就有碍观瞻，有损此处旅游业的发展。事实上，身处这样一个视个体生命为草芥，视直接的经济利益为金科玉律的地方，随便漠视或更改一位老人在百年历史中的经历及记忆，原本压根就不算什么大不了的事。只是，这样的行为是主政者及庸众们的历史补缺行为，与生命抚慰、文化关怀、人文责任无任何实质性关系。然而，小说家不能这样，他必须反其道而行之，将那被遮蔽、被漠视、被擦除的历史真实，尤其是弱小个体的生命经历及精神处境，以艺术方式表现出来。这是一位真正的人文知识分子型作家所必须秉承和担当的使命。

宗教资源向来是藏族青年作家写作的重要依托。由此，我们也看到了一个民族文学的固有特征。江洋才让对此也多有涉及。玄虚的宗教教义从来不是他关注的对象，然而小说题旨、寓意趋于复杂与多义。《老灵魂》所涉及的历史背景是真实而又有据可考的。作者在《创作谈》中说："……吐蕃到了松赞干布时期灭除苏毗叛乱，兼并羊同，降服诸多部落，实力得到空前的提升。吐蕃的疆域，已由初期的雅隆悉补野部为中心的'三茹'，扩大为'五茹'，增加的'五茹'之一就是'孙波茹'。而值得关注的是，一场信仰变革的风暴也在吐蕃每个民众的头脑里刮起。从印度传来的佛教作为外来文化与吐蕃本土的既有文化苯教展开博弈。历史的基本演绎法从来都是扑朔迷离……"然而，在文学中，历史与现实从来就是水乳交融、不分彼此的，所谓历史不过是某种精神或命运的当代阐释。《老灵魂》以虚构方式复原了一段过去的时光，而其真正的意图是要在慈悲、信仰、忏悔等方面达成对那段历史的认知、体验和追问。因此，小说的主题是繁复多义的。有关杀戮与忏悔，有关阴谋与抗争，有关背叛与忠诚，有关灵魂的拷问与现世的诉求，都在死者对生者的对话中得到淋漓尽致的呈现。小说中的索男塔次作为千户们的家奴，身份卑微，没有自由，他被主人任意驱遣，追杀逃兵，除掉秋拉嘎，然而伴随而来的无奈感、负罪感从未消失。当卓波被杀，女信使被害，"我"也死于猎头刀下，在杀与被杀的背后，历史的面容宛然清晰映现，佛教、苯教两种文化的博弈却也多么地触目惊心。讨厌战争，讨厌杀戮，宣扬慈悲与宽容，这是包括"我"、逃兵、秋拉嘎在内的反抗者所共同渴望的，但历史的残忍就在于，这样的理想和行动与由"千户""猎头"们把持的律法秩序发生了巨大冲突。冲突中不能自主生命的人，陷入意识形态陷阱的人，生命悲剧就不可避免地发生了。小说采用魔幻笔法，以逝者眼光介入历史，从而赋予叙述以极大的自由，大大拓展了小说的精神空间。采用回溯方式，以具体场景、事件为重点，则赋予叙述以真实而鲜活的现实感。

一般而言，小说空间延展的向度有三个，即人与社会、人与人（包括"自我"）、人与自然。文学对前两者的书写已相对充分，而对人与自然维度上的表达反而大大弱化。21 世纪以来不仅很少见到探讨人与自然关系的小说出现，就连中国文学最传统的景物描写也似乎销声匿迹了。实际上，小说家们放弃对人、景及其关系的深度表达，这等于是人为关死了通向广阔世界的另一扇大门。文学不该也不能缺少这一向度！江洋才让短篇小说之于当下创作的一个最大启发就是，他将第三向度再次引进小说，并使得作为小说基本要素的环境超越人物与情节，而成为重点表现的对象和内容。《雪豹，或最后的诗篇》描写的是一只雪豹孤独、勇猛、倔强而又悲情的命运遭际，但这种描写是借助自然界一系列风景的描写与衬托来实现的。在此，雪豹与人的关系，雪豹与狼族的对峙，雪豹与环境的互倚，作为自然界风景的一部分被做了寓言式描写。《风事墟村》叙述一个村庄在百年进程中的巨变，涉及许多人与事，但无论塔毕洛哲的故事、哑女的故事、吉格勒兄弟俩的故事，还是屡屡涌起的匪事，都与风事有关。在这个短篇中，风是绝对的主角，或者说，风才是作者竭力塑造好的一个角色。由此，小说中一切人与事及其关系都是服务于对风的形象、内蕴及其与墟村历史关系的呈现，这样的立意与审美实践都是极少见到的。总之，对风景本体意义的表达，特别是对人与自然关系的思考，几乎贯穿于大部分短篇小说创作始终。江洋才让是 21 世纪以来少数几个能够复活风景在短篇小说中的正当地位并取得显著成绩的小说家。

从“以为他才开头，却已完了！”[①] 这种初读现代短篇小说时的无所适从感，到出现“用最经济的文学手段，描写事实中最精彩的一段或一方面，而能使人充分满意的文章”[②] 这类来自西方教科书里的定义，再到此后几十年间文体发展上的不拘一格、气象万千，都充分表明，短篇小说除篇幅（字数）上有个约定俗成的共识外，其他一切都处于发展中的未定型状态。这给小说家的文体探索与实践提供了无限可能。江洋才让在文体上的实验是异常突出的。

细节 / 情调美学。如何处理审美主体与自在经验的关系，如何将生活真实转变为艺术真实，这是每一位小说家都必然遇到且需殚精竭虑的事。最理想的状态是，以艺术方式感知与把握自在世界，以美学方式调整和建构经验世界，以求取文学创作在情理、事理或哲理上的突破或飞跃。江洋才让的审美实践的确与众不同，着眼于小处，发现小，表现小，呈现小，并

---

① 引自鲁迅《〈域外小说集〉序》：“《域外小说集》初出的时候，见过的人，往往摇头说：‘以为他才开头，却已完了！’那时短篇小说还很少，读书人看惯了一二百回的章回体，所以短篇便等于无物。”

② 胡适：《论短篇小说》，《中国新文学大系·理论建设卷》，上海文艺出版社 1980 年影印版，第 272 页。

以诗人气质审视现实或历史，侧重对情绪、情感、情调的充分捕捉与深入表达，从而在整体上表现为对某种氛围、气场或场景的把握与呈现。比如，《阿尼安哲的最后一只羊》全部基于对人物言行、生活场景的细致描写。小巴桑对阿尼安哲的怀想，艾依对过往岁月的回忆，小巴桑的独语、梦境以及与一只鹰的对话，读来，甚为感人。在此，孩童的纯真、人间的真情、岁月的沧桑感，一时境界全出。在小说结尾处，就连艾依的去世也写得如此哀婉、含蓄，情绪、情调恰到好处："艾依唱完歌，身子一歪慢慢倒下了。雪埋住艾依的半边脸。小巴桑跑过去跪在艾依面前，用手挖雪，让艾依的脸露出来。艾依平静地躺在雪地中，身上的皮袍沾染了雪花。她干瘪的嘴唇紧闭着，像是不愿再对人说话。小巴桑想把艾依扶起来，可是试了几下，便知道自己心有余而力不足。他想，艾依累了，就让她好好休息吧，不要打扰她。"在此，细节主导了小说的全部。这种着眼小处、聚焦细部的审美实践使得其小说从头至尾布满了绵密的细节，并以此折射某种情调、意义。

反情节/反故事。"情节"是小说的核心要素之一。情节由一系列故事连贯而成。然而，江洋才让的短篇小说恰恰是反故事、反情节的，即弱化对故事情节的经营和对人物形象的刻画，甚至只将小说基本要素的情节与人物作为叙述的背景。比如，《普扎谈话》主体部分是"瞎子普扎的自我讲述"（录音），带有日常谈话风格，虽也涉及故事和情节，但跳跃性极大，因而，从整体上看，不仅"情节"被基本忽略或淡化，而且人物要素所具有的角色自塑功能在此也基本失效了。《卓根玛》通篇都是"我"的言说，且不指向人物的外部联系，而是指向内部精神世界。故事讲述的正常程序被打乱，所谓情节也仅在被感受中才能存在，而心理与精神因素充盈其间，场景与细节反而构成了叙述的主体。当情节甚至人物要素的基本功能不再成为考量的重心，那么，这种文体实践的确是极富先锋色彩的了。

散文化/诗化。短篇小说的散文化、诗化传统自是源远流长。废名、汪曾祺、阿来、苏童、艾伟、叶弥……我们可以举出一串长长的以创作诗化小说而著称的作家名单。江洋才让也是其中一员。不过，他以纯粹诗人的语调、语感，统合细节与片段，所形成的抒情气场是无处不在的。所以，像《雪豹，或最后的诗篇》《午夜的孩子》《卓根玛》这类着重凸显某种情感或氛围的短篇小说完全可以当作散文来读。他的小说善于采用第一人称讲述语式，讲述趋于缓慢时，不仅叙述时间与文本时间达成同步，而且那些感受性体验性的句子瞬间转变为心理语言。比如："我耳听得那些积雪发出咯吱咯吱的笑声。它们在碎裂。在我脸上，它们化成水。水带走那些羊血滴在积雪里，像是巴卿冈本开出傲人的花朵。整个夏季：我，一只雪豹。孤独得无以复加。”（《雪豹，或最后的诗篇》）很显然，这些局部的句法、语段及其内蕴显现方式分明深深刻印着诗歌这种文体的表意特点。再比如：“慢悠悠地那股寒意又从脚底下升了上来。嘎玛蹬了蹬被子，蜷起双脚。那沉重的羊毛被子，压在他身上，使他感到屋子里的黑确实跟自己身上的重量有关。那黑比墨汁还重。墨汁是涂在黑板上了。如果是这样那抹布蘸水拭擦它肯定会有一层黑下来。”（《午夜的孩子》）这是第三人称叙述者的话语，带有强烈的主观色彩。特别是其中的联觉语言，语感、语义及句法都近于诗歌。很显然，这是作者声音越界后在叙述语系统中的一种话语显现。

实践新语式。语式在西语中原指：“程度不同地肯定有关事物和表现……人们观察存在或行动之不同角度的各种动词形式。”① 后来，热奈特进一步发展了这一术语的含义：“我们暂且这样命名并下定义的距离和投影是语式，即叙述信息调节的两种形态。”② 但是，汉语不同于西语，即汉语动词没有各种变化形态，没有词形变化，故这一叙述学概念就不应被照搬使用。在国内学者中，刘恪依凭自身作为小说家对汉语的敏感和作为学者的深厚的中西文艺理论素养，创造性地解决了语式在汉语小说文体实践中的应用问题。“西方定义讲的是叙事语言选择的一种表述方式，我讲的或许更侧重语言在表达过程中会出现一些什么方式的样态。前者讲的是叙述语言表达方式内部诸元素的相互关系，后者侧重从句子出发，表明特定的表达方式是由特定的句子构成的，句子方式的作用与功能对叙述语言的影响。”③ 他结合汉语特点，并从句子美学效果出发，将语式分为四种：讲述式、寄生式、呈示式、干预式。之所以引述上述中外学者们有关语式的论述，是想以此阐释江洋才让在现代汉语小说语式方面所做的可贵探索与实践。他的小说基本是讲述式，比如，《卓根玛》《男神班嘎》《雪豹，或最后的诗篇》《普扎谈话》等等。在这些小说中，人物、时间、地点、故事大都是“我”讲述出来的，具有极其强烈的现场感。但这种讲述又不是全知的，而总是

---

① ［法］利特雷语，见热奈特：《叙事话语　新叙事话语》，王文融译，中国社会科学出版社 1990 年版，第 107 页。

② ［法］利特雷语，见热奈特：《叙事话语　新叙事话语》，王文融译，中国社会科学出版社 1990 年版，第 108 页。

③ 刘恪：《现代小说语言美学》，商务印书馆 2013 年版，第 342 页。

受制于“我”的视角的限制。更值得注意的是，当讲述的节奏、速度趋于慢速时，语式便由讲述式转变为呈示式，其突出的表现就是，小说布满绵密的细节与场景，并借助散文化或诗化的回忆性句子加以呈现，这样，精神性、情感性审美因素始终盖过人物、情节（故事）要素，从而使得其短篇小说在文体上越出了一般规定性。但《雪豹，或最后的诗篇》的讲述是“你—我”式的彼此转换，《普扎谈话》中的录音模式相当于嵌入式的我—你对话，同时二者也是寄生式，即分别以雪豹、录音机来讲述文本中发生的一切，这也表明讲述式这种现代小说语式在江洋才让这里又演变为不同的变体。更有意味的是，《阿尼安哲的最后一只羊》《车祸》《风事墟村》《一页村志》等短篇都采用了第三人称讲述语式，但讲述形式上的客观性与叙述行为上的主观性形成了鲜明的二律背反，即由于作者、叙述者频繁地视角越界，从而使得人物、故事、场景等一切要素深深打上了前两者的精神烙印，其叙述效果与第一人称讲述式并无多大区别。即便像《一个和四个》这类带有早期先锋小说叙述圈套意味的短篇，由于第一人称讲述语式的强势介入，而且以“我”的视点观察、揣测其他四个人的言行、行踪，那种谜——即究竟谁是盗猎者？——便愈发难解，而难解似乎正是作者要达到的效果。这种效果的产生显然与小说语式的选择与实践密切相关。

第四编　原典重读

第十七讲　何谓“原典”，怎样“精读”①

——中国当代文学原典精读实践情况考察与思考

在博雅教育、通识教学成为近些年来国内各大高校竞相探讨与实践的大背景下，包括文学在内的各人文学科都非常重视原典精读课在学科建设与育人规划中的重要地位和作用。其中，打破学科壁垒和院系划分，要么使其成为院系专业必修课，要么作为通识教育中心的通选课，从而使得原典精读这门课一跃成为深受高校师生喜爱和受教颇丰的精品课程。目前，包括“中国现代文学”在内的各学科原典精读课基本不存在选题上的困难。而且，由于这些学科在知识体系、学术普及等方面的相对完备，故它们在师资储备和跨学科互动上也相对容易操作。但这一切在“中国当代文学”领域内则是另一番天地。

一

原典自然首选那些共识度极高且有极大重释空间的经典文本，但在中国当代文学领域，有关文学原典的理解与认定就变得异常困难和特殊。“困难”主要表现在以下两方面：第一，在部分同行看来，中国当代文学是一门有现象、有思潮、有作家，但经典贫乏的不入流的次级学科。一种流行的观点认为，由于其过多、过频、过重遭受政治意识形态或市场消费文化的深度影响，由此而导致在过去几十年间所产生的所谓“经典”大都名不

---

① 原刊于《广州大学学报》（社会科学版）2021 年第 3 期。

副实。中国当代文学作为一门学科的地位之所以屡屡遭受业界低估或非议，原因之一即在于它缺乏鲁迅及其《阿Q正传》、茅盾及其《子夜》、沈从文及其《边城》这类经典作家、作品的强有力支撑。在这种情况下，所谓当代文学原典精读首先就会面临认定与筛选的难题。既然经典难觅，那么，原典精读又从何谈起？第二，姑且不说有关中国当代文学有无经典的辩论持续不断、难有定论，单就那些已取得某些共识或被初步认定为经典的单部或单篇作品——它们大都没有像《狂人日记》《边城》那样处于保值或不断增值阶段——往往难以跨越代际这道门槛而充分彰显其作为经典的巨大感召力与无限增值性。所以，与其他学科相比，我们不得不承认，中国当代文学原典的含金量确实不足。“特殊”主要表现在，虽然经典有无之争难有定论或纯度不足，但都不妨碍当代文学原典精读课在很多高校中富有成效展开乃至成为学生追慕的王牌课程。搁置争议，各行其是，各方依据对原典或经典的理解，自由选定作家或文本，并自觉将之纳入通识教育课程体系中，反而取得了并不亚于其他一些学科原典精读课的实践效果。

任何一个学科都有各自公认的持续产生影响的经典之作。以此为基础，充分认识到确立原典的必要性、重要性，以及原典教学在通识教育中的特殊地位，从整体上来看也不存在多大争议。然而，有关何谓原典的回答，这一在其他学科内已无须再作本质探讨的问题，反而在中国当代文学领域首先成为必须予以处理的学科难题。一边是喋喋不休动辄针锋相对的争鸣，一边又是虔诚的一厢情愿的实践，这种态势在其他学科原典精读活动中是难以见到的。大概由于当代文学被阅读和被接受的历史太短之故，或源于今人内心中的贵远贱近、崇古非今思想作祟，当代学者一般都慎用原典或经典来评判某一文本。事实上，不仅有关经典认知的传统理念和评定标准很难适用于中国当代文学，而且更耐人寻味的是一部中国当代文学史似也不因经典贫乏而彰显其窘态。其原因似乎也不难理解：因为在很长一段时间内，所谓中国当代文学史不过是政治史、思想史或社会史的附庸，而独独不是“文学”之史。贺仲明将之称为“‘非文学’的文学史”：“从20世纪50年代初开始的半个多世纪的几乎所有中国现当代文学史，主导它们写作的核心都不是文学，而是现代性文化和政治思想。”[①] 因此，来自学科外部

① 贺仲明:《建构以文学为中心的文学史——对于中国当代文学史建构的思考》,《中国当代文学研究》2020年第2期。

的指斥或鄙视不重要，重要的是它能不依靠文学经典支撑而不断自续其命。在过去七十年间，在不断向“过去”告别中，思潮一个接一个发生，作家一拨接一拨出现，作品一批一批涌现，可以说，从学科外部来看，它就从来也没有“寂寞”过。新时期以后，在具体阐释实践中，诸如“文学史经典”“划时代意义”“史诗”“文体革命”“断裂”“回归本体”“向内转”“身体修辞”“现代性”“后现代性”“原生态”“零度情感”“文本游戏”“新媒体语言”之类的术语倒也成了文学经典的另一种注脚。然而，当以原典名义来认定和筛选时，我们才发现，其中可供选择的能经得起反复阐释的经典文本实在太少太少。这就出现了一个很有意思的现象：一方面，因缺乏纯度十足的经典文本，中国当代文学原典精读教学似陷入无“典”可选的窘境——“十七年”时期的“红色经典”几乎被弃之不用，因为当代大学生对其并无多少认同感；新时期只有汪曾祺、路遥、阿城、铁凝等少数几位作家的代表作被纳入精读范畴，但也不过多是《棋王》《哦，香雪》《受戒》这类“小经典”；大量并不具备原典特质的当下文本被纳入精读教学中——所用文本可谓“五花八门”——致使中国当代文学原典精读课大都蜕变为一般的文学课。从有“典”不用，到无“典”可用，再到处处有“典”，有关中国当代文学原典的理解以及其教学实践似都不合常规、常理。三种状态共生于同一时代语境中，它们如此拧巴，如此矛盾，但又如此“欣欣向荣”地存在着，发展着。另一方面，以原典精读名义开设的各类文学课又层出不穷且深受学生喜爱，无论作为选修课还是作为必修课来展开，其最终教学效果往往都大大超出预期。比如，吴义勤的“20 世纪中国经典作品重读”（和魏建合作，他主讲当代部分，为硕士研究生必修课），杨庆祥的“联合文学课堂”，金理的“中国当代小说选读”（复旦大学校级通识课，主要面向本科生），鲁太光的“新世纪文学批评”（中国艺术研究院中文系硕士研究生选修课），作为所在院系的精品课程，都备受中文系学生推崇。当年，吴义勤在山东师范大学开设的小说课时常堂堂爆满，师生互动频繁、热烈，继而带动在济高校学生来蹭课，更在山东成为一段佳话。这都表明，相比于其他学科，中国当代文学原典精读课尽管存在这样那样的问题，但它在事实上已经成为当前高校精读教学中最受学生欢迎的课程之一。

文学和文学史的混淆以及由此而造成的教学难题，作为两个看似容易辨析实则不易改变的问题一直在困扰着高校中文系教授们。这一早有前贤指明、似无须再作论定的专业命题直到 21 世纪第二个十年似才“尘埃落定”：

“文学史不过是学习古代文学的拐杖，借助文学史更好地学习中国古代文学，后来演变成学习中国古代文学就是学习‘中国文学史’——拐杖成了支柱，丫环变为小姐。”[①] 其实不独古代文学学科如此，当代文学学科亦然。但近些年来这一状况已有所改观。事实上，从以陈思和与李平的《中国当代文学》、陈思和的《中国当代文学史教程》、张志忠的《中国当代文学60年》、李怡和干天全的《中国现当代文学》为代表的一些文学史著作对“作品中心地位”的强调，从以前重“史”轻“品”、重“知”轻“本”到如今普遍采用的以“品”代“史”或“品”“史”互动的文学史授课模式的转变，也都可充分表明，在当代文学史写作和教学中，突出“原典”在其中的主体地位，一直就是文学史家和授课教师们努力的方向。在本科阶段，有些高校甚至把“作品选”作为一门与文学史并列的基础课程，比如华东师范大学中文系的“二十世纪中国文学作品精读”。对于这门基础课，该系负责人特别指出：“让全日制本科阶段的学生建立以文学作品所构架的文学史，正是华东师范大学中国现当代文学课课程的一个基本定位。”[②] 有些高校直接规定经典解读课是所有研究生的必修课。比如，山东师范大学文学院中国现当代文学专业既有统一的专业教材（《中国现当代经典解读十六讲》），又有专门教学计划、教学目标和主讲教师。这些改观显然也为当前文学原典教学“出场”并有所作为预设了强有力的学科支撑。如今，在通识教育背景下，中国当代文学原典教学更是迎来发展良机。尽管每一所院校、每一位教师的开课动机、时数、目的不尽相同——比如，面向研究生群体的专业课教学和针对本科生的通识教学当然有别，综合性院校中文系与师范大学中文系也肯定存在差异——但对当代文学史写作和教学现状的不满意，以及由此而生成的对专业建设和课程改革的强烈呼求，则是一以贯之的。在当代文学史课时被大大压缩因而不能很好完成教学任务的前提下，大家似乎都逐渐认识到，与其向学生灌输一大堆不能被充分理解与吸收的文学史知识，还不如带领他们多读一些文学经典，引导其“回到审美”——从原典与个体生命的交互感应中进入文学史——从而培养其如何“分辨美、欣赏美和分析美”这

---

① 戴建业：《大学中文系古代文学教学现状与反思》，《华中师范大学学报》（人文社会科学版）2013年第4期。

② 文贵良：《以“品”入“史”，以“写”出“史”》，《中国现代文学研究丛刊》2006年第4期。

一被陈思和称为“专业领域中最宝贵也是最有生命力的特别技能”[①]。从文学史写作到文学史教学，包括原典在内的代表性文本作为其中最核心的要素重新被予以强化对待，这种态势在当前中文系文学和文学史教学中堪称一景。在此背景中，原典教学从课程设置、活动模式到授课方法都不同以往。发生新变，生成新质，带来新貌，其未来或可期可待。

二

开放、互动、介入，作为当前中国当代文学原典精读课的三大趋向，已大大改变了中文系传统的课堂教学模式。在这种新式课程中，包括教师、学生在内的所有人都同时身兼对话者与倾听者两种角色。以杨庆祥的“联合文学课堂”为例，他每一堂课对参与者都经过一番精心考量，参与者不仅有师生，还有作家、编辑、记者、评论家、一般读者等来自校外的角色。由于参与者身份、学识、阅历各不相同，围绕某一文本所展开的对话与争鸣自然也就异常热烈。所用文本大都不是真正意义上的原典，而是类似付秀莹的《陌上》、周明全的《“80”后批评家的枪和玫瑰》、文珍的《我们夜里在美术馆谈恋爱》、蒋一谈的《透明》、房伟的《革命星空下的“坏孩子”》这类同代人的最新文本。同人趣味、小众情结、纯文学方向，是其精读课从选题到具体实践过程中所展现出的三大特征。鲁太光的课堂虽基本限定于师生之间，所用文本基本都是时下最为引人关注特别是争议颇大的最新作品（比如贾平凹的《山本》、李洱的《应物兄》），从而将课堂上师生之间的精读活动与当前文学批评直接关联起来。比如，其师生合作的《有山无本　一地鸡毛——关于贾平凹长篇小说〈山本〉的讨论》就很有代表性[②]。这堂主要以批判为主调、以病理分析为旨归的讨论课，不仅将贾平凹及其《山本》的缺陷与不足予以深究，彻底揭示其作伪和浮躁的一面，还将矛

① 陈思和:《“原典精读”课程的设置及其所要解决的矛盾》,《文汇报·学林》2005年2月6日。

② 鲁太光、杨少伟:《有山无本　一地鸡毛——关于贾平凹长篇小说〈山本〉的讨论》,《长江文艺评论》2018年第2期。

头对准当前文学批评生态，力陈利弊得失，从而显示了他们积极介入文学现场、匡正不良倾向的担当意识。吴义勤在山东师大开设小说精读课，所选文本大都是类似余华的《活着》、苏童的《米》、吕新的《草青》、刘恪的《城与市》、尤凤伟的《中国一九五七》、李洱的《花腔》、艾伟的《爱人同志》、红柯的《西去的骑手》这类带有新潮气质和形式实验倾向的先锋文本。这些文本之所以被以必修课形式选入研究生课堂，大都是其作为批评家从事小说评论和作为中文系教授从事文学教学合力生发的结果。他和山东师范大学现当代文学专业硕博生共同研读这些文本当具有双重意义。一是传授小说知识，夯实专业基础和人文素养，培养学生文本细读和从事文学批评的基本能力。二是在课堂精读教学与当代文学批评活动之间架设互动平台，从而为当代文学经典化贡献智慧和力量。不同于杨庆祥和鲁太光的文学精读课，他首先是以“90 年代文学”的见证者和建构者身份投入精读教学中来的，故将之与经典化诉求关联到一起自也是题中应有之义，即如其所言：“掌握对小说思潮、文本进行分析、评论、研究的方法，提高自身介入文学现场的能力，切实参与中国当代小说经典化和历史化过程。”[①] 在今天看来，他也是国内不多见的、依托精读课将文学教育、文学批评、文学经典化密切融为一体且做出卓越成就的学者之一。总之，杨庆祥、鲁太光、吴义勤的精读课在当前中文系原典教学实践中都极具代表性。他们追求最大程度的联合与开放，强化互动与建构，从而将精读这门课引向深广。

课程设置专题化（或以某一作家为精读对象）、文本选择自由化、作家进课堂、高校与科研院所大联合，作为当前中国当代文学原典教学中的新趋向，其对当代文学教育、文学批评、文学经典化的影响都是内在而深远的。

首先，专题化、自由化之所以作为一个现象得以凸显，原因当然是多方面的，但至少有：其一，与学科属性以及各位对“经典”内涵的理解不同有关，即如马兵所说：“现当代文学专业的原典课程建设目前不是以具体作品为中心，而是以作家为中心，似与‘原典’二字旨意有违，而如此设计与现当代文学的学科性质和经典化的学术理解，以及面向本科生教学的

① 吴义勤：《中国当代小说前沿问题研究十六讲·序言 2》，山东文艺出版社 2009 年版。

实际考量有关。”[①] 其二，与在中国当代文学领域内缺乏类似鲁迅、茅盾这类大家和《狂人日记》《子夜》这类“巨著”有关。当一个个“小经典”不足以支撑起一学期的课程时，以专题形式自由组合文本，自是顺理成章之事。其三，与各高校师资配备相关。目前承担当代文学教学任务的多以青年博士为主，精读课亦然。作为高校教师，他们的兴趣点多在当下，且多关注同代人的文学创作，故根据一己喜好自由选择文本，自也就势在必然。比如，金理主持的“中国当代小说选读”，作为“复旦通识教育核心课程”之一种的精读课，就主打“青春牌”。其中不仅有名家名作，比如铁凝的《哦，香雪》、王安忆的《妙妙》、路遥的《人生》、阿城的《棋王》、余华的《十八岁出门远行》、叶弥的《成长如蜕》，也有80后新锐作家的作品，比如，马小淘的《毛坯夫妻》、郑小驴的《可悲的第一人称》。房伟原为山东师大文学院教师，后调至苏州大学文学院从教，由于他本身就是当前活跃于一线的当红作家，所以他的精读课（选修）多以同代诗人、作家的作品为精读对象。其中，像《蒋一谈短篇小说讨论课》以及他在《当代小说》(“四季评”栏目）刊发的讨论稿，都是师生课堂或课下讨论的成果。金理和房伟的精读课共同体现了如下几个特征：讨论文本很契合当代大学生的阅读趣味；授课者本身就是作家或评论家，都深谙文学创作之理、之妙，且都有超强的口语表达能力；他们的课堂与同时代文学创作产生良好互动。

其次，作家以教授身份进驻高校并承担教学任务，为中文系精读教学注入新风、新质。目前，莫言、贾平凹、韩少功、张炜、方方、叶兆言、苏童、余华、周大新、赵德发、李洱、李修文、李浩、徐则臣等一大批著名作家都是各高校的兼职教授，王安忆、毕飞宇、阎连科、王小妮、于坚等作家则直接成为所在高校的正式在编人员。作家具有的先天悟性以及在文本细读上的功力，常常使得他们的原典精读课因其灵动之思和智慧之光的注入而呈现出为普通教授所没有的独特气象。比如毕飞宇的经典小说解读课（代表作:《倾“庙”之恋——读汪曾祺的〈受戒〉》[②]），其思路一般是：先从对字句和诸多细节的精当分析做起，既而对结构、人物、环境等小说

① 马兵:《现当代文学原典教学的思与行》,《广州大学学报》(社会科学版)2020年第3期。

② 毕飞宇:《倾“庙”之恋——读汪曾祺的〈受戒〉》,《北京文学·精彩阅读》2020年第2期。

要素做创造性解读，其在这一过程中所展现出的灵光慧思和对文本内部逻辑的发现、阐释，都给人以美的享受和智慧的启迪。再比如王安忆的小说课（后结集出版，即《心灵世界——王安忆小说讲稿》《小说家的十三堂课》《小说课堂》《小说家的第十四堂课——在台湾中山大学的文学讲座》等），其在课堂上无论对张承志的《心灵史》和张炜的《九月寓言》的创造性解读，还是以莫言、苏童小说创作为例所展开的对于“小说学”的独到阐发，都因其作为作家型教授而拥有的独特身份、经验、观点和不拘一格的授课风格而深受高校师生喜爱。毕飞宇和王安忆的小说课都不以纯粹知识传授和抽象的文学理论阐发为目标，而是侧重引领学生走进文本并从中发现“真理”，体悟和把握小说之质、之妙，既而获得心的愉悦和智的启迪。不同于以纯粹学术研究为志业的文学教授，也不同于以文学评论见长的学院派评论家（比如陈思和、陈晓明、吴义勤、孟繁华、郜元宝、谢有顺），以毕飞宇、王安忆、阎连科为代表的当代著名作家进驻高校并形成中文系教学的新样式、新风格，其对更新现代中文教学理念与方法，改善高校教师结构和生态，促进当代文学经典化进程，都带来了崭新可能。

另外，中国当代文学原典精读活动在实践方式与方法上多有探索。以中文系课堂为平台，广泛邀请非高校人员参与，实现跨校、跨代际的立体互动，或者以科研院所为平台，吸纳高校师生加入，从而使得精读课走向校外，成为当前原典精读活动中最为常见的两种路径。前者在杨庆祥的“联合文学课堂”中得到充分展现，后者在中国艺术研究院马克思主义文艺理论研究所举办的“青年文艺论坛”中得到明证。这两个论坛集中了时下最为活跃的青年学者。他们设置二到三名主讲人，不间断邀请高校师生加入，每期围绕一个经典文本或者文化现象予以深谈。另外，由中国现代文学馆和《文艺报》联合开设的“经典作家研究”栏目，每月一期，每期推出一位经典作家，每期四版（七万多字），从 2011 年起前后历时八年，对包括茹志鹃、王蒙、路遥、史铁生、陈忠实等当代文学大家在内的经典作家重作研究。2019 年 8 月，中国社会科学院文学研究所与《博览群书》杂志社开设“重读红色经典”栏目，邀请学术界专家撰稿，连出四期（二十多篇文章），对柳青、赵树理、路遥、陈忠实、蒋子龙、张洁、铁凝等经典作家的重要作品予以重释。这实际上也是一种由高校师生、期刊编辑、科研院所的学者共同参与的经典重读活动。这种由高校和科研所大联合所形成的原典精读活动在北京地区较为常见，其经验和前景尤值得关注。

三

原典精读作为一门基础课程如今已在高校各类实验班、基地班、中文系基础课以及科研院所的各类论坛中得到推广，其成效是有目共睹的，但是暴露出的问题也不少。现仅择其要者，略做陈述。

首先，精读课入选文本普遍名不副实且“圈子化”严重。从选题来看，由于被纳入课堂讨论的作家或文本并非货真价实，又由于太随意，即仅凭授课者的一己之好或狭隘的圈子趣味而大量选入同代人的最新文本，致使原典精读教学含金量不足；从课程设置来看，中国当代文学精读课大部分为选修课，由于时间太短（一般为一学期），本科教学中的所谓通识也不过是触及一点皮毛罢了。在一些学生心目中，中国当代文学原典精读课恰似旅游观光之旅，带着耳朵来听一听，最后随便写一篇论文即完事。这两种情况最终导致了如马兵所说的“通识通识，通通不识”局面的发生。这一不良倾向在当前高校中文系由青年教师主持的精读课中普遍存在。至于完全圈子化甚至把对若干新作家及其文本的精读等同于中国当代文学原典教学实践，则更是非常偏激、冒险，从长远看对学科建设与发展并无好处。中国当代文学在过去七十多年间所积淀的优良传统和优质成果在他们的精读课中几近绝缘，而随意拿来的同代人的文本又多是欠缺思想性或现实感表达的小众之本，这就使得很多精读课陷入自娱自乐和满足于小技小巧的无根状态。为何导致这种现象的发生？其原因当然也是多方面的，但有一点倒颇值一提，即，相比于“现代文学”，“当代文学”由于不同风格的优秀作家、作品繁多，因此，包括精读课教师在内的专业研究者也未必真正熟知其“家底”到底有多少“真货”。另外，特别是那种单纯以文学史知识与逻辑认定作品经典与否的做法，事实上把很多具有经典潜质的文本排除在外了。比如：杜鹏程的《在和平的日子里》、方之的《内奸》、刘玉堂的《最后一个生产队》和《乡村温柔》、韩东的《扎根》和《我和你》、刘恪的《城与市》、夏立君的《时间的压力》等等。实际上，高校精读课不仅仅是一门课程，它还承担着原典筛选与阐释的职责。

其次，精读课与其他专业课的冲突，以及定位不清问题。在中文系本科教学中，由于各类通识课的挤压，如今包括中国当代文学史在内的各类专业基础课教学学时被大大压减，其中，作为一门学科的“中国当代文学”的课时（全日制本科）已普遍被压缩至可怜的三五十学时之内，在此境况下，姑且不说各专业基础课教学任务难以充分、有效完成，单就被以通识课名义占去大量学时的各类精读课而言，如何处理好自身与专业基础课的关系（包括师资配备、评价机制、学时划分等等）就是一件很不容易操作的事情。虽然目前大部分当代文学史课实质上已演变为“文学史 + 作品解读”模式，但与作为一门独立存在的原典精读课相比，二者在理念、方法、目的等诸多方面还是有着很大差异性。如果不以通识课或者专业建设名义，在如此紧张的课时分配中再将之单列为一门课，其施行难度应该是非常大的。目前包括当代文学精读课在内的各类通识课质量堪忧，四年下来，一个本科生能学多少，达到何种效果，其实都是一个未知数。所以，更多时候，所谓通识教育也仅停留于实验阶段，部分高校学生有沦为“试验品”之嫌。其实，国内能像复旦大学较早在本科生中开设当代文学精读课并取得突出成就的高校并不多见。在此情况下，各高校中文系精读课的定位问题就变得异常重要：“我们应该有意识地区分文学作为学科、文学作为专业和文学作为素养这三个完全不同的概念，把握其背后完全不同的教育理念及其在当代中国遭遇的困境，由此才有可能明确中文系的未来发展方向。”[①] 其实，为学科、为专业、为素养都很重要，都不可或缺，关键是在哪个“方向”更合乎实际，更容易取得突破。而在研究生课程教学中，精读课无论作为通识课，还是作为专业课，反而取得了远超预想的理想效果。比如，山东师范大学现当代文学专业一直把精读课置于突出地位（必修），不仅以吴义勤、魏建为代表的学科骨干教师悉数参讲，而且还依托国家级重点学科优势，在精读课程和教材建设方面都做出了卓越成就。由于这一传统的持之以恒的贯彻，山东师范大学现当代文学专业及其培养的研究生也一直在业界享有盛誉。复旦大学和山东师范大学各自在中国当代文学原典教学中成为行业标兵（前者努力的方向是“为素养”，后者努力的方向是“为专业”“为学科”），这一事实本身也一再表明：根据自身条件决定各自努力的方向，这在当前原典教学中应是首先予以恪守的定律。

再次，精读课师资贫乏且普遍难担“使命”。能上或会上文学史者未必

① 曾军：《文学教育与中文系的未来》，《云梦学刊》2007 年第 4 期。

应付得了精读课，它对主讲教师的学术素养、语言表达、内外气质等诸项要求极其严格。且不说一堂精读课备课需要的反复精读文本、布置预习事项、精心设计环节、细细推敲效果等环节要付出远比其他课程要多的精力，单就上课过程中的临场发挥、掌控节奏与在听、讲之间的角色调换而言，也都不是一般人所能轻易操控得了的。当下绝大部分精读课都无甚特色：老师讲完，学生发言，你说，我说，没有共鸣，难以互动。最不堪的是，有些授课者由于素养和能力不够强，由其主持的精读课难有新观点或者难以激发学生读解兴趣，从而把精读课上成一般文学课或最容易拿学分的“旅游观光”课。陈思和、魏建、吴义勤等人的精读课之所以吸引人，概与其作为学者型老师所具有的上述远超常人的综合素养与能力息息相关。同样一堂课，由不由他们来上，效果会完全不同。我在山东师范大学读书近七年，给我留下最深刻印象、受教最充分的就是魏建与吴义勤合作主持的“二十世纪文学经典作品重读”课。上他们的课（每周一次，每次三个小时），除能从文本精读中获得独特知识、美感和意蕴外，还总会被其流畅、亲和、感染性的语言表达（个人魅力），以及在其主讲时和互动中掌控进程的节奏感（教学能力）所深深折服。最关键的是，我从这门精读课中初步掌握了文本细读的理念、方法（吴义勤在授课中特别注重这一能力的培养），这让我受益终身。可以说，在山东师范大学文学院研究生群体中，上过与没上过这门课者，当时过境迁，其文学素养和文本细读能力是有差别的。这从近年来活跃于文学评论界的房伟、张丽军、王金胜、刘永春、鲁太光、吴辰、宋嵩等一大批中青年学者的成长过程中亦可一目了然。

结语

由于中国现当代文学从创生至今不过一百多年，其间出现的大部分优秀作品还没有被经典化，或已初步经典化的文本尚需时间检验，所以，当把其他人文学科有关“经典”的认定标准移植于当代文学领域时，就必然给人以时空错位之感。然而，事实上，那种以若干固化标准来评判当代文学有无经典或者经典纯度高低的做法大都是经受不住事实验证的空论或伪论。因此，在笔者看来，与其唇枪舌剑、争论不休，还不如切切实实地为当代文学的经典化做点工作。其中，尽可能多地让更多优秀作品进入文学课堂，以及探讨如何将当代文学的精读课做大做强，显然是其中最有效和最有意义的举措之一。但在当代中国，任何一项改革似乎最终都将退守到“现实”二字上。中国当代文学原典精读教学亦然。若没有来自高校现有体制与机制的强力保障，一切都注定是徒劳而虚妄的。从现实层面上来看，机制保障，机构稳定，资金丰厚，师资优秀，定位切合实际，是所有学科原典精读课得以延续或发展的基本前提。然而，目前能具备这个前提者有几？原典教学只适合小班制或留在专业和学科内（因此最适合研究生层次），方能彰显其价值和意义，然而，一旦扩展至带有突出大众教育倾向的本科教学中，这岂不矛盾？在保留现有院系和原有专业基础上再分出一门精读课，那么，它由谁管理？如何考评？作为通识课的中国当代文学原典精读在现有格局中如何确保不被淘汰？重提这些问题并以此作结，以期待业界持续探讨。

第十八讲　乌兰巴干《草原烽火》的茅盾眉批本及面世价值①

乌兰巴干的《草原烽火》最早由中国青年出版社于 1958 年 9 月初版，因内有插图，常被简称为“中青社插图本”。此外，还有一个通行的版本，即由人民文学出版社于 1959 年 10 月出版的“人文社本”。该版本卷首有叶圣陶的评论文章《读〈草原烽火〉——代序》，卷末有作者撰写的《后记》。茅盾对这两个版本都给予及时关注，并以“人文社本”为底本，同时比照“中青社插图本”，对之展开精读和精评，从而生成了一个特殊版本：茅盾眉批本。茅盾以眉批方式在《草原烽火》中所留下八十四处评点，对于学界研究茅盾在“十七年”时期从事文学批评的思想和方式，以及重评乌兰巴干及其《草原烽火》，都预示了新的可能。

一　关涉若干重要命题的茅盾、叶圣陶之论

“中青社插图本”出版后，叶圣陶撰写长文予以充分肯定，认为“这是一部优秀的作品”。其主要观点可简述如下：第一，展露史诗式样态——“运用随处流露感情的重实笔触，画成这样史诗式的画幅”；第二，人物塑造真实可信——“作者写巴吐吉拉嘎热的觉醒过程，切合生活的真实”；第三，别具一格的景物描写——“小说里写草原上的景物，给了我极大的满足，仿佛亲身到了草原似的，亲切感到那些景物是怎么样的。写景物的地方，

① 原刊于《海峡人文学刊》2022 年第 2 期。

极大部分跟人物的感情相配合。情景相生，原是文艺作品有效的手法”。同时，也指出了不足，同样有三点：第一，对李大年及党组织的描写不到位；第二，第十九章（“山林风险”）与“整部小说的主题和节奏不协调”；第三，描写太多，“有些地方不太自然”。叶圣陶的这篇评论后被作为代序收录“人文社本”中，其对读者认知乌兰巴干及其《草原烽火》的重要性无须赘言。

茅盾对叶圣陶文共作了二十四处勾画和四处评点，其中有四处勾画及相关评点如下：

> 1. 小说里的巴吐吉拉嘎热……受苦而不敢叫苦，精神上所受的迫害多严酷啊！……他一心只想向王爷还清那莫名其妙的罪过……他甚至要与心爱的姑娘乌云琪琪格彼此永远相忘……宿命论的观念，忏悔赎罪的思想，把希望寄托在佛菩萨身上的渺茫的意愿，全都是黑暗统治套在巴吐吉拉嘎热精神上的绞索。我们从小说里还可以看到，这种绞索也套在其他的人的精神上……

茅盾评：“巴吐吉拉嘎热之所以为典型人物即在于此。”（第2页左中）

> 2.……从这几句话，可见他还是一半儿明白一半儿糊涂。直到李大年把所闻的关于他父母的事实告诉他，他知道父亲是反抗日本鬼子和王爷的英雄，被王爷杀死的，母亲是因此气死的，才对早已感佩而总不想去亲近的李大年开诚布公地说：“你也是我的干哥哥！”——因为李大年是乌云琪琪格的干哥哥。这时候，他彻底知道谁是他的敌人了，是鬼子，是王爷，是旺亲。这时候，他彻底知道凡是共产党员……

茅盾评：其实这一说是多余的，不谈也罢。（第4页左中）

> 3.……仅存的一个党员刘大爷，从小说里看不出他进行了什么活动……待李大年走了，这个地下组织又怎样了呢？再说，这十几个人的结合，小说里是用虚叙笔法交代的，这也使读者觉得不满足，读者希望有具体的生动的描述，从而更多地见到李大年的卓越的组织才能。

茅盾评:“这是小缺点，补写几笔也就可以（即虚写亦可），多交代则不必。”（第5页左上）

> 4.……整部小说一共二十章，写这一段时期生活的，就占了标题作“山林风险”的一整章。这是出乎读者的意料的，读者并不预期有这样的一章。为什么说并不预期呢？因为它跟整部小说的主题和节奏不协调。

茅盾评:“此章不算缺点。”（第6页左下）

首先，茅盾、叶圣陶之论再次触及如何认知、塑造和评价事关长篇小说本体艺术特质之一的“典型人物”。我们知道，综合各种经验，调用各种艺术手段，致力于各种“典型人物”的塑造——即“真实地再现典型环境中的典型人物”（恩格斯《致玛·哈克奈斯的信》）——不仅被看作是长篇小说这种现代文类最重要的本体属性之一，也是衡量一部长篇小说艺术性高低的重要标尺。在现代中国文学史上，围绕何谓“典型人物”，以及如何塑造“典型人物”的认知与实践，就一直趋向多元演进中。在此过程中，作为现代长篇小说这种文类在创生时期的两位重量级的奠基者，茅盾、叶圣陶对其本体属性特别是“典型人物”的美学认知和创造性实践，就尤其值得予以关注。上述茅盾的点评和叶圣陶的专论为我们探讨这一命题提供了机遇。从1可以看出，茅盾高度认可叶圣陶有关小说主人公巴吐吉拉嘎热的解读，并进一步指出，这也是巴作为“典型人物”得以成立的根由所在。也可以说，在茅盾、叶圣陶看来，对典型人物巴的成功塑造，是《草原烽火》取得成功的首要的，也是最重要的艺术标志。我们知道，他俩都对长篇小说这种文体情有独钟，并分别以《倪焕之》《子夜》而彪炳新文学史册。倪焕之、吴荪甫、赵伯韬……经由二位塑造的典型人物早已深入人心。他们对何谓“典型”以及如何塑造“典型人物”方面的探讨与实践更是为中国现代长篇小说在20世纪二三十年代的创生与发展作出了重大贡献。因此，茅盾、叶圣陶对长篇小说的阅读或写作，毫无例外地都会对“典型人物”这一核心命题格外关注，也就事出有因了。具体到《草原烽火》，它虽塑造了二十多个人物形象，但只有巴是“独特的这一个”的艺术典型。小说对其觉醒过程的讲述，特别是对内置于其中的宿命、忏悔、赎罪等深层命题的表达，即使在今天看来也都足够深刻、前卫。就此而论，这部长篇已具备超越“十七年”工农兵文学主题和规范的某些特质。但令人遗憾的是，对这些特质的关注和阐释至今也几乎是一片空白。由此可见，茅盾、叶圣陶对“典型人物”的解读，既依循“十七年”文学批评理念，也充分观照到文本自身的艺术自为性。也就是说，他们的评价尽管也深受特定时代意识形态的拘囿，但一旦面对具体文本，他们的聚焦点或兴奋点依然定位于对其本体属性的观照、维护，并一再重申“典型人物”创生和呈现效果如何，是决定一部长篇小说的优劣成败的重要标志之一。

其次，茅盾、叶圣陶之论为再次认知文学与政治之间的辩证关系提供了典范案例。从“现代”到“当代”，政治与文学的纠缠一刻也没停息过，是在政治范畴内处理文学，还是在文学视域下书写政治，也一直在困扰着中国作家，并由此而持续引发一系列论争。如果承认文学彻底脱离政治的理念与实践，不过是一个一厢情愿的“伪命题”，那么，文学如何书写政治，就始终是任何时代或任何语境中作家们所必须认真对待和思考的永恒命题。在20世纪小说史上，能在“文学性”范畴内较好处理“政治”这一宏大命题的小说家，以及能在此范式下产生被不同时代读者所广为认同的经典文本，其实并不多见。事实上，是以概念化的政治理念彻底主导文学，还是以文学视角、方法、思维去审视政治，由此而生成的文学景观是完全不一样的。在这种情况下，从叶圣陶的《倪焕之》、茅盾的《子夜》到“十七年”时期以杜鹏程的《在和平的日子里》、茹志鹃的《百合花》、吴强的《红日》为代表的若干经典文本，就为我们进一步评估在彼时语境中此类文本的优劣得失提供了参照物。在此，茅盾、叶圣陶之论中涉及如何表现政治方针、政党理念、革命思想的文学观点，就颇值得细加研究了。

在上述第二处勾画和评点中，针对叶圣陶分析巴吐吉拉嘎热个人觉醒过程的一段文字，茅盾认为叶圣陶的阐述“是多余的，不谈也罢”。叶圣陶重在强调主人翁在一系列“行动”中——掘开黑龙坝北岸，保护阿都沁村子；从洪水中解救小兰，并为自己的过失而深感内疚；和李大年相遇，并听其讲述他父母英勇斗争的故事——革命意识快速觉醒的发展过程。茅盾觉得叶圣陶的阐释实属多余，在他看来，巴吐吉拉嘎热的这一系列“行动”首先并非为了“党所领导的革命斗争”，而是为保全恋人乌云琪琪格一家的安全或为释怀一己之“罪”（认为小兰的遭际和自己有关）罢了。巴吐吉拉嘎热所为不过是在不期然间与革命斗争主题相契合而已，故茅盾不同意叶圣陶将其一系列“行动”与党的革命斗争直接关联在一起的拔高解读。再者，叶圣陶用了很长的一段文字来阐述这一问题，茅盾觉得这压根就不是一个问题，没必要在此用长文予以论析。从整体上来看，茅盾对巴吐吉拉嘎热的评价与叶圣陶有很大不同。且看茅盾的评点：

1. 第 13 页右中：先写这个带“罪”字的奴隶，他虽然唱着革命历史的歌，可是他的思想是被封建思想活活蒙住了。

2. 第 145 页右中：迷信。

3. 第 291 页右下：还是把魔鬼“宣判”的所谓“罪”看得那么重要。

4. 第 275 页右：在这本书里，巴吐吉拉嘎热是写得最好的，到此为止，巴——犯了许多错误，自己也吃了许多苦，这才下决心去革命，这才丢掉了旧社会给他的包袱，这样写，虽然富于戏剧性，然而，“代价”太大了。

巴吐吉拉嘎热遭受王爷（奴隶主）肉体和精神的双重压迫，茅盾说“他的思想是被封建思想活活蒙住了”，把“‘魔鬼’宣判的‘罪’看得那么重要”；巴吐吉拉嘎热经常到埋葬双亲的墓地中和他们“说话”，茅盾说这是“迷信”；巴吐吉拉嘎热一生都是苦难缠身，且犯过许多错，茅盾认为这是他“下决心去革命”的重要原因。这都表明，茅盾、叶圣陶对巴吐吉拉嘎热所作的评价：一个侧重关注其被精神奴役的创伤，一个重点解读其自觉的革命（斗争）精神。其实，茅盾对包括巴吐吉拉嘎热在内的各类落伍者、被压迫者，以及包括王爷在内的各类剥削者、压迫者都投入了解读的热情。比如：

1. 第 74 页左中：狗腿子们的习恶。

2. 第 75 页右下：煮肉粥、乞讨的人群。

3. 第 77 页右中：旺亲凶恶。

4. 第 86 页左中：朱门酒肉臭。

5. 第 267 页右中：老头儿顽固。

6. 第 308 页左下：对此老人，我们也是哀其不幸，怒其不争！

茅盾的评点始终紧贴人物性格发展脉络，以新文学的启蒙理念切入对具体人物言谈举止或身心状态的分析，这显然稍稍有别于当时主流文学批评所倡导的理念或规范。同为中国现代长篇小说的重要奠基者，二者在阐释角度和观点上的不同，若放置于“十七年”语境中，其背后所折射出的文学批评立场与心态都耐人寻味。

另外，在3中，叶圣陶认为小说对李大年及其党组织的活动不应更多采用“虚叙笔法”，因为“这也使得读者不满足，读者希望有具体的生动的描述，从而更多地见到李大年的卓越的组织才能”。茅盾则认为“这是小缺点”，补写或虚写几笔即可，而无须多交代。叶圣陶、茅盾在这两个问题上所展现出的近于针锋相对的观点也颇值得注意。叶圣陶站在读者立场上，强调“时效性”和教育意义，但这“读者”显然是工农兵群体，故其解读显然代表了彼时主流文学批评的观点，即不管怎样写，党的形象与作用都是不能弱化或缺席的，而须予以全面而充分凸显。而茅盾似乎始终以文本为中心，侧重从艺术格调方面评点其优劣得失。其实，在茅盾看来，有关李大年、刘大爷等共产党员以及党组织在草原的革命活动不是被写得充分不充分的问题，而是这种“写”是否可以有效融入文本的艺术问题。茅盾主张对之进行虚写或补写，但不能过多交代，其主因大概即在此，即如果不顾及文本实际，一味地突出这一主题，反而陷入概念先行的泥淖。

总之，从以上茅盾、叶圣陶两位大家的评价可以看出，虽然两位针对该文本对“政治”书写的评价也有很大的一致性，但着眼点和认知观点也有很大的差异性。这些“差异性”对于我们认知两位的艺术观和这部长篇小说提供了某种可能。无论茅盾从“文学性”角度出发认为这部长篇小说中人物塑造在局部上有概念化、拔高性的毛病，叶圣陶从当时语境中的“读者接受”角度出发对其书写薄弱环节的判定，还是茅盾针对叶圣陶的观点所表达出的截然相反的观点，都正好为我们还原文学语境，重评文学与政治关系在小说中的呈现方式和效果，提供了绝佳案例。当然，之所以出现上述差异性，一个很重要的原因在于，茅盾处于暗处，不用考虑外在“政治”对评论本身的直接干预，即只要忠实于自身阅读体验，与文本展开直接对话即可；而叶圣陶则不然，因为是一篇随书公开出版的序言，他必须充分顾虑到时代语境和大众读者们的接受预期，所以更多做出切近主流意识形态的、一定程度上脱离文本实际的解读，也就实属必然。

再次，茅盾、叶圣陶之论还涉及长篇小说主题、结构、时长等带有统一性的艺术命题。在上述第 4 处勾画和评点中，叶圣陶认为第十九章显得突兀，与主题不协调，其理由是:“写这一段时期生活的，就占了标题作‘山林风险’的一整章。”言外之意：这一章处理得不够好；这样写，也会削弱对革命斗争主题的表达。茅盾则认为“此章不算缺点”，从具体的评点对象来看，他认为这种写法或构思是可以的，至于与主题是否协调，其衡定标准不当以此而定。二位在此问题上的论争涉及一个有关长篇小说的深层艺术命题，即如何看待“时间”或“时长”在长篇小说中的呈现问题。一般而言，文本之外的物理时间长度以及由此所承载的历史风景，都不能简单地等同于文本内部的时间长度以及由此而生成的关系图式。这是因为，前者是作者创作一部作品所依凭的实然存在的背景、模型、经验域，后者是经由作者挪移、整合、加工、转化后而形成的虚拟存在的艺术结晶体。很显然，叶圣陶仅凭物理意义上的时间长短来衡定其与主题是否协调，至少是不完全符合小说艺术规律的，事实上，有关这一命题，应更多以精神意义上的时间长短来衡定。其实，从根本上来看，茅盾也认为这一章是多余的——茅盾在批阅第十九章（即“山林风险”）时，又在一侧留有“此章多余[①]”字迹。这说明，茅盾与叶圣陶的观点又部分重合，即若从小说整体布局来看，都认为这一章是存在一定问题的。叶圣陶、茅盾这一问题上所展开的既同又异的观点争鸣，不仅展现了叶圣陶、茅盾在小说观念上的不同看法和艺术追求，也显示了《草原烽火》在艺术处理上的某些缺陷。

二　异文考梳：一个被普遍忽视的版本问题

在现存四十多种茅盾眉批本中，《草原烽火》是唯一一种被茅盾进行过版本比照和异文考究过的眉批本。在“十七年”时期，时任文化部部长的茅盾对发现和培养少数民族青年作家的重视程度由此可见一斑。以下是茅盾所作的异文梳理：

① 乌兰巴干:《草原烽火》，人民文学出版社 1959 年版，第 450 页。

1. 第 1 页右下："平静的小树丛……" 五九年插图本作"平静的小树丛的枝叶摆动起来了"。

2. 第 1 页左下："白杨" 二句，五九年插图本无。（五九年插图本为青年出版社版本）

3. 第 14 页左中："差点儿"，五九年插图本改为"几乎"。

4. 第 14 页右下："落泪"，五九年插图本作"落下泪来"。

5. 第 15 页左中："迟疑……" 句，五九年青年版无。

6. 第 20 页上：此处青年版有"突然"二字。

7. 第 21 页右下："马胸朝天"四字，青年（版）本无。

8. 第 26 页左下：青年本此处有"忽然"二字。

9. 第 26 页左中：此句青年本作"突然一顿脚"。

对一个初入文坛的青年作者的作品，茅盾对之所展开的阅读与评点是如此认真、细致，乃至关注到不同版本间的异文变迁情况，这实在是一件非同寻常之事。一方面，且不说茅盾忙于国务，属于自己的业余时间本来就极其有限，他能如此花费时间和精力，足见其对《草原烽火》的喜爱与重视程度。另一方面，须知，在当时普遍不具有新文学版本学自觉意识的前提下，茅盾无意间触及上述不同文本间的文本演变情况，实则指向了一个带有普遍性的实践问题，即在"十七年"时期，由于文本修改原因，同一部作品拥有诸多版本，故版本比对和异文梳理就变得十分重要。只可惜，茅盾并没有就此展开全面梳理和深入考究，原因除没有版本自觉意识外，也确实与《草原烽火》的异文类型及修改向度尚不足以将茅盾的思考引向深层有关。乌兰巴干在《后记》中说："这次交人民文学出版社付印前，原打算作一次较大的修改，但是由于出版时间紧迫，又要忙着按期完成他的续集，就未能抽出空来，只作了些必要的补充，还是按原样付印了。"① 这就是说，从"中青社插图本"到"人文社本"，两者除在局部或细部修辞上发生微变外，彼此在整体语义和主题方面基本保持一致。茅盾对两个版本只做简单的异文梳理而没有就其文本修改动因予以深究，其因大概就在于此，即这些异文基本不对新文本的主题与思想构成实质性变动，故也就没有阐释必要了。同时，作者又说："等将来四部出齐后，我绝不辜负读者热情的帮助

① 乌兰巴干：《草原烽火》，人民文学出版社 1959 年版，第 499 页。

和希望，付出全力，再作一次较大的修改吧。”至于“四部出齐后”[1]，所谓“较大的修改”究竟改到何种程度，文本修辞系统和语义体系发生了哪些变化，则已超出本论题范畴，暂且搁置不议。

不过，乌兰巴干所做的这次修改依然值得关注。之所以出现这种在具体词句上的屡屡修改现象，也事出有因：“乌兰巴干当时是用蒙语构思，汉文写作，语汇贫乏，常常词不达意。比如‘凝视’，他不知这个词语，竟用了好几句、一百多字来表达，别人不琢磨还看不明白，可见加工量之大，难度之大。唐微风从早到晚，和作者面对面对话交流，一段一段，一句一句，甚至逐个词语地耐心领悟其意，然后用简洁精练、生动形象的语言重写。经过近八个月的奋战，终于把四十多万字的原稿，修改成文笔明快流畅的三十多万字的长篇小说，这样的编辑加工，恐怕在出版史上是一奇迹！[2]“人文社本”是在“中青社插图本”基础上修改而成的，由于“用蒙语构思，汉文写作”以及由此所造成的“常常词不达意”问题，即使在责编唐微风帮助下已达到“文笔明快流畅”结果，但在局部肯定依然有不一致或表达不协调处。这可能也就是作者反复润色和微改的原因所在。这似也从茅盾对两个版本所作的比对式阅读中得到明证。无论“差点儿→几乎”“落泪→落下泪来”“突然一顿脚→好似猜测着什么，一顿脚”，还是将“平静的小树丛的枝叶摆动起来了”改为“白杨树迎风招展，柳丝随风飘荡”，无论将“屯子里忽然跑出一群孩子”中的“忽然”删掉，还是增加“白杨”二句、“迟疑……”句以及“马胸朝天”四字，都可以明显看出作者在细部修辞上字斟句酌，在微观语义上仔细推敲所留下的文本印迹。因此，不妨说，作者在“人文社本”中所做的修改依然可以看作是“中青社插图本”的一个自然延续。也就是说，他在由蒙语思维向汉语写作转变过程中，在经过责编帮助和文字加工后，还依然存在词不达意的地方。而克服“词不达意”也成了包括乌兰巴干在内的大部分少数民族青年作家所首先遇到的修辞问题。乌兰巴干是幸运的，因为他遇到了一个极其负责任、具有无私奉献精神的责编。也可以说，《草原烽火》是作者和责编通力合作的艺术结晶。而编辑普遍参与文本修改甚至直接创作，则是“十七年”时期一个特

---

① 最后并没有出齐四部，而是三部，又称“草原三部曲”，即《草原烽火》《科尔沁战火》《燎原烈火》。《草原烽火》是“草原三部曲”第一部。

② 石湾：《〈草原烽火〉的诞生》，《中华读书报》2010年7月10日，第783期。

有的文学现象[①]。

三　肯定或赞赏：多聚焦小说写法

茅盾是研究古典小说的大家。对古典小说的人物塑造方法、小说结构、语言艺术都有独到研究和继承。而《草原烽火》恰好又是一部较多借鉴古典小说艺术经验而写成的长篇小说。故茅盾对这部长篇的评点多聚焦“小说写法”并因此而引发阅读共鸣，似也不难理解。

其一，对语言描写效果、小说结构多有称赞。

第 5 页右上：有气势。右下：写黑林子有声有色。

第 8 页左中：这一段写得很有气魄，写自然环境，点出李大年任务，繁简合度。

第 16 页左上：这是所谓抒情的插话。

第 19 页右：写得绚烂、矫健，如奇峰突起。

第 22 页左上：以上一段写得有声有色，没有生活经验的写不出来。右中：金鼓之后，笛音悠扬。

第 25 页下：这是警句。形象鲜明，涵意深湛。

第 26 页右中：（王爷怕淹……）伏笔。

第 31 页右：这一段非常有意思，作家的笔放得开，由于想象力丰富。下：这些都有中国古典小说的表现手法的痕迹。

第 77 页右上：深笔。

第 87 页右下：以上写得热闹，而且夹写饥饿的奴隶，非常好。

第 85 页右中：好气派。右上：未写赛马，先写马。

第 98 页左下：此处写出巴吐吉拉嘎热和乌云琪琪格的关系，

---

① 比如曲波的《林海雪原》、高玉宝的《半夜鸡叫》、浩然的《金光大道》、郭澄清的《大刀记》等等，其文字修改、细节推敲或写作建议，都有编辑的全程参与。在那个年代，作者根据编辑建议对细节甚至情节进行修正或补写，也实乃常态。

但又不从头细说，文章有波澜。

第 91 页右下：写骑马的赛马手，为后文衬托。

从整体上看，以上评点多侧重小说语言风格或描写效果上的品鉴：一方面，从评点对象和效果而言，小到具体场景或某一细节，大到人、事、物及其关系，他都能予以精当评点。比如：对王府“祭灵”场面的描写，茅盾用“好气派”“写得热闹”“夹写饥饿的奴隶”来评述，寥寥数语即可涵盖到位。这里既有整体上评价，又有对细部或细节上的评点，作者写得如何，在此，借助茅盾之评点即可了然于胸。另一方面，单就评点用词而言，无论“有气势”“有声有色”“很有气魄”“写得绚烂、矫健”“写得热闹”“有意思”，还是“笔放得开”“文章有波澜”“奇峰突起”，大都带有明显的古典文论风格。至于“伏笔”“未写……先写……”“为后文衬托”“形象鲜明”等用语，则更能见出茅盾与古典文学批评传统有直接而深厚的继承关系。比如“未写赛马，先写马”之类的评点，很容易让人想到类似脂砚斋对《红楼梦》中王熙凤出场方式的评点：“未见其人，先闻其声”。而“深笔”“夹写”“繁简合度”等用语又展现出茅盾在批评用语上的自创性，以及由此而呈现出的化抽象为形象、融古典与现代于一体的独特气象。在此，从批评术语的丰富运用，到批评话语的多维展开，都将茅盾作为文学批评家的特质集中展现了出来。

其二，对人物描写方法多有赞词。

茅盾对人物描写方法的关注与评点，既有立足于全书的总评——“本书的人物描写：不是集中在一处写一个人物的性格，而是分散在重要的情节上点这么几笔。例如刘大爷，在 73 页就点了这么几笔，但是也有用一章的篇幅来介绍人物的，例如第二章。”（第 1 页正上），也有对局部某一章节的评点——“此章写得很好，一面叙事，一面写景，一面把几个出场人的性格先描个轮廓。（叙事——交代了过去的仇恨，指出今后的斗争）”（第 33 页下）“‘祭灵’一章，先写穷奴隶筹措礼物，（这以桑吉玛家为例）次写穷人牵羊到祭场，写了个插曲，（老人失羊），第一次表刘大爷，次写纳礼；然后写（从李大年眼中）烧肉粥，饿慌了的老人和孩子讨肉粥，然后写王爷事。”（第 63 页右）而对某一人物出场方式、次序的则更是随处可见：

第 3 页右上：先出扎木苏荣的名字。

第 21 页右中：先写扎木苏荣的相貌和本领。

第 27 页右中：先点刘大爷家。

第 28 页左上：先写女儿。右中：次写桑吉玛。

第 31 页左下：先写老人的面貌，然后点明其为何人。

第 33 页右上：这时读时已知此老人为谁。

第 73 页右中：写刘大爷。

第 76 页左下：王爷出场。

第 77 页右下：点明此老人即为失羊的老人——道布钦。

第 78 页左中：乌云琪琪格给穷孩子们饼干。

第 83 页左上：此处才写杜的面相。

第 186 页左中：醉鬼的历史如此叙出。

第 282 页左下：回叙小兰的身世。

以上前五处点评中的“先出……”“先点……”“先写……”以及后八处中的“这时读时……”“点明……”“此处才……”“……如此叙出”“回叙……”都在表明茅盾非常关注小说中人物出场方式、次序以及由此生成的艺术效果。这些一向为中国传统文人作文章的方法——特别是文中人物怎么出场，如何行动，怎么关联——都被茅盾所继承并运用于创作和评论实践中。实际上，《草原烽火》有二十多个人物，涉及不同年代、年龄、阶层、族群，是对形形色色草原人物特别是底层群体的一次集中书写。为此，作者广泛采用前后勾连、以景写人、回叙、插叙（夹写）、虚叙、伏笔、衬托等中国古典小说笔法，对人物或深笔细描，或简笔勾勒，或虚实互描，从而形成了极具本土特色的艺术风格。从实际效果来看，他们如何出场，如何“行动”，与“他者”生成何种关系，拥有何种性格，以及命运如何，等等，在小说中的生成与展开都有不俗表现。而茅盾对《三国演义》《红楼梦》《儒林外史》等古典小说塑造人物的方法素有研究，在如何塑造典型人物方面更具有独到见解。如此一来，他对《草原烽火》在人物描写方面所展现出的非凡表现自然也就赞赏不已。茅盾如此钟情于小说中的人物描写，且不吝赞词，实是评者与文本中人物相遇、对话并产生强烈共鸣的结果。也可以说，这部长篇小说之所以被茅盾所关注并产生共鸣，其小说中的人物形象和作者塑造或刻画人物的方法、方式在其中起了重要助推作用。

四　批评与质疑：多从生活真实或艺术真实出发

茅盾研究中外文学艺术，研究20世纪30年代的社会性质，一部《子夜》便将其学者型作家的身份和切近社会科学家的精神气质充分展现出来。这种身份和气质使其对长篇小说这种文类特征、功能的把握更多引向科学性认知一途。他善于发现和总结艺术规律，一个突出表现即是，常从本体角度评判小说中的人物、结构、主题、格调及其关系。因此，其小说品读自然也就不乏针砭之笔。具体到《草原烽火》亦然。茅盾对这部长篇小说的批评与质疑主要体现在以下三方面：

其一，人物对话失真。由于小说中的人物对话太多，且太长（长达二三百字的对话屡见不鲜），以及在表达上多用议论手法，从而使得对话不像对话，要么带有浓重的书面语风格，要么成为人物的自白或冗长絮叨。茅盾对这种写法很抵触，也不喜欢，说它们带有“知识分子气”或“知识分子的语调”。比如：

1. 第61页右下：对话太多，知识分子气。
2. 第62页左中：知识分子的语调。
3. 第143页：这一段写得不是很好。
4. 第293页右中：不要那么多的议论，还紧凑些。

在1中，巴向好友小兰诉说自己内心的痛苦，一口一个“姐姐”的，一次说话竟然长达近300字，更违逆常规的是，他说得很深刻，比如：“这‘罪’字像魔鬼一样缠住我，折磨我，摧残我”；“灵魂都要飞离我的肉体”；“我的身体很快就会烂掉”……一个奴隶怎么可能说出这么深刻的话呢？这是典型的篡改身份、拔高思想的知识分子话语，或者说，作者完全代替小说人物在自说自话。在2中，像“生命是极宝贵的”“就陷进了‘罪过’的泥潭”（注：茅盾在此句下做了勾画）这类话语亦带有十足的知识分子语调。在3中，扎木苏荣与李大年之间的对话大都是被作者高度提炼过的“党派话语”（比如：“党要我们不同民族、不同地区的人集合在一起”；“我感到了只有我们党内同志之间的感情最温暖！”），由于这种对话脱离生活实际，甚至完全概念化，故很难让人信服。因为很难展现出他们作为“人”的一面，故茅盾认为“这一段写得不是很好”。在4中，巴面对敌人金川时，遂从内心引发对自己往日所为的自责和对李大年的感佩之情。作者的讲述意图原本是好的，即想以此展现巴在精神上的逐渐觉醒过程，但由于“议论太多，且不紧凑”，致使意图落空。这也是典型的知识分子语调。

至于为什么会产生“知识分子语调”，在笔者看来，除了考虑作者本身原因外，也应把文本的创生过程考虑在内。如前述，由于这部长篇小说的手稿本存在语句、语法和语义表达上的诸多问题，而如何将之修改成合乎汉语普通话规范和读者阅读习惯的文本，则是其首先遇到的实操难题。由于作者无法也无力完成这一任务，出版社委派编辑予以协助解决。从已公布的史料来看，编辑在其中起到的作用绝不可小觑，也可以说，没有编辑直接参与修改，这部长篇小说是很难面世的。然而，无论编辑参与的文本修改，还是作者根据编辑们的意见所做出的文本修改，其中都必然是一个偏于技术性的、归化式的、单纯偏于修辞润饰式的改造过程。其中，编辑脱离蒙语思维和语法的文字修改，以及作者在出版社领导和编辑们建议下所做出的改动，都很难保有其原生的自然性，所谓“知识分子语调”的生成，大概也与此息息相关。到目前为止，虽然无法知悉编辑们具体参与了哪些章节和细节的修改，但可以肯定，如该书编辑所言“把四十多万字的原稿，修改成文笔明快流畅的三十多万字的长篇小说”，其对于原文本语法和语义体系的改动不可谓不大。这其中究竟有多少改动为作者所认同，也是一个非常重要但目前尚无法探知的问题。在此过程中，《草原烽火》作为（内蒙古）少数民族文学代表作本身所具有的内在属性，也不可避免地随着这种修改而被不同程度地予以消解或遮蔽。实际上，包括《半夜鸡叫》《红岩》《林海雪原》《草原烽火》《大刀记》在内的很多“红色经典”，其中主管领导或编辑们所参与的修改都是全方位的（近似于集体创作）。这种现象应该引起足够重视。

其二，细节失真或经不住推敲。作者先入为主或概念化理念表达太强或太盛，致使在细节处理上出现违逆基本事理或艺术逻辑的现象。以下是茅盾所指出的不合理处——

1. 第122页左：这里会发生一个疑问，前文已说旺亲叫炮手独眼龙监视巴——为什么这里巴——的来去都没有被监视的痕迹？

2. 第 126 页左中：此章还是写巴——的心理变化，淋漓尽致；但是旺亲为何不派人监视（尾随巴）？这是有点不可解的；因此，也就损害了故事的说服力。

3. 第 146 页左中：巴——为何不将心事告诉扎木苏荣？如果他确为旺亲所骗，为何不告诉旺亲？而且，旺亲为什么不追问巴——？

4. 第 152 页左中：此章还是写巴——写他的幼稚、天真、善良，没有经验。可是，旺亲没有监视他，那就显得敌人太无能了。而且，日本特务也不再追问，很怪？

5. 第 257 页右下：相信自己？

6. 第 280 页上：在第十章以前，写巴——简直是个精神失常的人，作者意在描写他内心的苦闷和思想的混乱，可是渲染过分了。尤其不可解的，扎木苏荣既然是潜伏党员，而且五十来岁了，有经验，可是天天和巴——在一处，都没有对巴教育过。第 280 页左：到此为止，书中人物（除李大年）都是勇敢有余而智谋不足，年青的一代尤其如此。

7. 第 281 页右下：粗心，照理说，兰子在王府低声下气忍辱吞声已那么久了，不应那样粗心！

8. 第 313 页右下：打了一个“×”。

9. 第 322 页左下：旺亲为何那样大意？不派人监视，防她自尽呢？这一章的故事（喜筵、洞房等等）不大合情合理，旺亲要奸污一个女奴，不用费这样大的手脚。

10. 第 326 页左下：何以如此不济？

11. 第 327 页右上：钢刀何处去？

12. 第 327 页右下：以上都不完全入情入理；乌云既有决心，却又完全不动脑筋，她和旺亲的格斗，像是做梦；旺亲那样狠毒，对乌云又那样无能。他为什么只是单打单，不会叫人把乌云剥光用强吗？

茅盾对古典章回小说结构艺术素有研究，并将之运用到具体创作实践中。反过来，他在品读同代人长篇小说时，对其结构艺术的格外观照，以及对内在于其中各要素表现效果的品鉴，也就是顺理成章之事。事实上，小说结构是一个完整的、自洽性的有机系统；在这个系统中，任何一个人物或人物关系都有其承担的一定叙事功能，或者说都不是可有可无的；它们前后勾连，相互纠缠，共同生成一张立体、复杂而又丰富的关系网。就此而论，巴与旺亲、乌云和旺亲、巴与扎木苏荣、巴与日本特务等几对关系都是内在于其中并受此制约的“行动元”。当它们被作者从关系网中抽离出来，本来与之相生相克的关系或行动也就被作了简化处理，由此而造成的情节或细节失真现象（经不住推敲）也就是必然的了。上述 1、2、3、4、9 中的不合理现象之所以会发生，根因就在此。此外，小说中的人、事、物及其关系也都“存在”于具体环境中，其“能动性”并不以外力为据，因此，小说中人物的行动须遵循文本内部诸要素的强力规约。如果对这些“要素”弃之不顾或不做充分的艺术考量，相关情节或细节在事理、情理或艺术逻辑方面就会经受不住检验。比如，在 6 中，巴吐吉拉嘎热与共产党员扎木苏荣朝夕相处，后者对前者的“教育”竟然近于无，诚如茅盾所言，这实在不合情理。而对“年青一代”的描写也都太单一，缺乏独到的体悟和个性化的笔法。之所以出现这种情况，原因就在于，作者没有将人物与环境彼此相互制约、相互促进的关系置于具体的文本语境中予以艺术化考量，而直接作了平面化处理。在 7 中，一向谨慎小心、忍气吞声的小兰面对旺亲，竟然脱口说出“鬼子……”一类的话语，这在茅盾看来，是作者太“粗心”了。言外之意，按照正常人性逻辑，小兰是不会说这种话的。小兰在阶层森严的王府中之所以能够生存下来，靠的就是这种隐忍与谨慎，她怎么可能突然义无反顾地犯这种错呢？在 8 中，小说讲述巴拉顿道尔吉的苦难岁月：“巴拉顿道尔吉是达尔罕王爷的八辈子奴隶。他一下生，还不到四月，王爷就在他赤背上印下了‘奴隶’的字迹。十五岁开始给王爷抬轿车……坐在他背上下过蒙古象棋……还将烟灰敲落在他的脸上……[①]”茅盾在此处直接打了一个“×”，显然他觉得这种讲述太夸张了，是对生活事理和艺术逻辑的双重违背。在 9 中，细节描写之所以不真实，原因就在于，作为强力一方的旺亲在王府中的角色定位及其对“他者”强大的施与力，并非作者一厢情愿的想象与介入所能直接扭转的。环境对人物的规约，以及人物本身的能动性，都不是因作者的主观意志而转移的。一句话，人物

① 乌兰巴干：《草原烽火》，人民文学出版社 1959 年版，第 313 页。

关系的生成与发展，必须以文本内部的艺术逻辑为据，而非其他。在12中，旺亲与乌云琪琪格彼此间的斗争关系也不真实，在茅盾看来，作者没有充分考虑到双方在身份、性格以及特定环境（王府）方面的内在规定性。总之，茅盾的质疑也更多是从小说本体切入，故能做到有的放矢，评点让人信服。

在“十七年”时期，如果说在一部长篇小说中情节和故事总倾向于力保某种整一性图景的清晰呈现，即要表达一种建立在确信基础上的总体性执念，那么，人物和细节则往往在局部或细部对这种图景、确信或执念构成挑战。愈是优秀的小说，其文本内部的这种挑战愈发紧张。《草原烽火》亦以其众多人物和繁复细节的出现而为此做了典型注脚。其中，当作者把由“共产党”“革命”等关键词所预指的意志统摄一切时，却在局部和细部遭到来自人物自身的反驳，即很多时候人物不能总是为这一意志提供来自文本内部的合乎逻辑的强力支撑。如何解决这种矛盾？常见的做法是，为求取整一性，更多时候需要借助文本外部的“作者声音”的直接而频繁的介入。“作者”大摇大摆、不加限制地随意出入于文本内外，这也是极为常见而又不得不为之的修辞行为，然而由此所造成的突兀、不合理也一并产生，因为这些硬性插入、游离文本之外的话语是反艺术规律的。之所以产生上述茅盾的质疑与批评，其根因就在此。这也说明，在20世纪五六十年代，除了动辄动用“作者”强势介入外，包括乌兰巴干在内的很多作家和编辑们面对这一命题时所动用的艺术经验或手段尚不多。其实，从根本上来说，如何在长篇小说中处理作者声音、人物行动和主题呈现，对作者而言始终是一个永在探索和实践中的艺术命题。

其三，词句的推敲。耐人寻味的是，茅盾在阅读过程中，尤其关注其微观表达向度上的缺陷或不足，甚至经常提出修改建议或方案。比如：第107页上，“几天”不如“第二天”，或者简直说“巴——从旺亲手里接了黑皮鞭，出来……”；第111页上，不如改为“第二天”；第302页左中，“以上刑讯场面可以紧缩些，可以不正面写，而从秋三等候讯逼这方面写”；等等。通过这些修改意见，可以明显看出，茅盾既有宏观层面上的把握，即把小说看作是一个系统的、前后关联的有机体，更有微观上对细节或细部的查究，甚至具体到某词某句并从其句法关系或表达效果中发现小说本身才有的逻辑或意义。以上建议改为“第二天”，或者建议“不正面写”，都是出于这方面的考量。这也再次说明，茅盾的点评始终把自洽性看作是文本的第一属性，并以此为准则评判其优劣得失。

五　茅盾眉批本面世的价值及意义

茅盾自青年时期就有做眉批读书的习惯——从他眉批过的二十册《史记》中，我们大可“充分领略茅盾阅读、学习的专心、钻研、刻苦精神和某些方法”[①]。——这一习惯一直伴随其终生。20世纪50年代，官居要职的茅忙于国家政务，工作之余从事文学批评，发现并扶植了茹志鹃、杜鹏程、乌兰巴干、郭小川、艾芜、邵华等一大批青年作家。这种以老带小、以名家引领非名家，并取得卓著成绩的做法被奉为文学史上的一段佳话。事实上，对茅盾而言，国务活动何其繁杂，“评点”这种古典文学批评范式在文体上的不拘一格、实践中的自由和随意，反而成了他从事文学批评活动的最为便捷、实际、有效的手段。这批眉批本就是在这种状态下被“生产”出来的。茅盾的眉批从实践情况来看，首先，他以对小说家的创作经验和理论家的独到眼光，对《青春之歌》《在和平的日子里》《浪涛滚滚》等作品的点评自是切中肯綮。无论是对《青春之歌》小说细节描写、结构布局、历史真实等方面的或褒或贬的评判[②]，对《浪涛滚滚》人物性格刻画、故事情节经营、环境风景描写等方面存在问题的指陈，对《在和平的日子里》围绕小说人物形象和情节所做出的一系列精彩点评[③]，还是对《高高的白杨树》（小说集）作者在构思和风格上别具一格的艺术实践的由衷赞赏，都充分显示了茅盾作为小说批评家（专业读者）的非同寻常处。其次，他以扎实的古典文学素养和几十年以来的新诗阅读经验，对《漳河水》《迎春橘颂》《田间诗抄》《河西走廊行》等诗集所做出的点评也恰到好处，特别是当论及创作得失时常多有令人深省之处。比如他对郭小川诗歌的点评——“长诗不能不换韵，而换韵服从于内容之发展”（评《代行检讨的故事》），“有

① 万树玉：《茅盾的〈史记〉眉批》，《人民日报》2013年12月16日第24版。

② 详细分析参阅笔者：《〈青春之歌〉茅盾眉批杂议》，《文艺报》2014年6月23日。

③ 详细分析参阅笔者：《〈在和平的日子里〉茅盾眉批本刍议》，《文艺报》2017年6月23日。

意学习古典诗与民歌而未能‘化’，时露生硬之迹，又追求形式上的独创而未能得心应手，时露矫揉造作之态”（评《月下》）。——可谓深入诗歌肌理，或批或否，毫不掩饰。更难能可贵的是，茅盾的点评并未受到主流意识形态的直接干扰，而是始终忠实于自己的阅读体验，或肯定或否定，或批评或欣赏，皆率性而为。无论对《漳河水》悲凉遒劲诗风和多样艺术手法的肯定、对《望星空》瑰丽想象和情感表达的欣赏，还是对《迎春橘颂》《致大海》《阳关遗址》《古城晚眺》等诗歌“音韵不协”“想象贫乏”“内容贫乏”或“没有新的意境”的指责或批评，都可看出茅盾对诗歌艺术的虔诚心态和不乏真知灼见的大家风范。据笔者观察，在“十七年”时期，以眉批方式从事阅读和批评活动，并自成一体的，似只有茅盾一人。他自足于具体文本，并从一己阅读体验出发，不仅对其创作得失作出客观评介，还以此为出发点，对20世纪五六十年代文学创作弊端予以指正，故与同时代那些单纯高调歌功颂德的文学创作或评论相比，茅盾的眉批真可谓高标独异。更重要的是，在“十七年”时期，茅盾的点评展现了另一种全新的文学批评范式，因此，其眉批实践在中国当代文学批评史上的价值、地位是不容低估的。

杨义先生说：“文学史实际上就是作家作品经典创造的历史。但是经典是怎么创造出来的，我们就要既把握经典，又凿破经典。”[①]《草原烽火》是“十七年”时期一部带有标志意义的“红色经典”之一。它是“怎么创造出来的”？《草原烽火》茅盾眉批本面世的价值和意义皆非同寻常。

其一，它对于我们再次认知乌兰巴干及其《草原烽火》都提供了难得的契机。在“十七年”时期，作为少数民族青年作家的一部作品，《草原烽火》一方面紧跟主流意识形态所倡导的阶级革命叙事，故对阶级矛盾、民族矛盾以及由此而引发的革命斗争历史的书写，自是最突出的主题表达向度，另一方面又在阶级革命叙事中融入对蒙古族历史，特别是对遭受压迫的奴隶阶层和草原底层民众精神面貌的描写，对草原风景、风俗的描画，以及对忏悔、宿命、精神痛苦等深层命题的表达，则又呈现了与同时期主流小说不一样的文本景观。单就此而言，《草原烽火》是一部值得深读和有待阐释的长篇小说。事实上，其价值和意义是毋庸置疑的：作为“红色经典”之一种，《草原烽火》承载了一代人的阅读记忆，这表现在，它较早以长篇

① 杨义：《文学史发生学》，《中国当代文学研究》2020年第2期。

小说方式成功地将蒙古族的历史、革命形象、精神气质，特别是在中国共产党领导下的蒙古族人民革命斗争史，融入现代民族国家宏大叙事进程中，并以其独有的文学特质为“新中国”这一崭新形象又一次提供了强有力的话语支撑；更表现在，它以其对典型人物的成功塑造，对深厚而独异的边疆风景和人在历史境遇中精神处境以及质变过程的深描，以及对历史进程和时代精神的创造性书写，而为创生时期的“中国当代文学”注入了新内容、新形象、新主题。自“中青社插图本”诞生以来，它又生成了众多版本，并被改编成京剧剧本，从而在“十七年”时期产生重大影响。然而，与这种“重大影响”不一致的是，相关评论与研究并不多见①，其阐释空间远没有被全面打开，深入研究更无从谈起。在此背景下，茅盾眉批本的面世就变得相当重要，虽是不成体系的评点，但到目前为止，其贴近小说本体的评价，特别是其中对人物塑造、结构艺术、主题呈示方面的阐释，都给后续研究以莫大启发。

其二，它完整地记录下了茅盾的阅读记录和评点，这对于学界重新认识和评价茅盾在“十七年”时期的文学批评心态、思想与审美趣味，提供了难得一见的珍贵史料。通过这些“史料”，我们至少可得出以下两点新结论：从动机来看，茅盾把批注当作一种重新建构自我与文学关系的对话方式，是表达自我艺术观与审美趣味的隐秘通道，然而，茅盾在眉批活动中所展现出的艺术趣味和独立思想，至少表明“十七年”时期的文学批评并非铁板一块，特别是像茅盾这样的身兼国家要职和评论家于一身的文学界要人，其文学评论的思想与风格也并未完全失去个体的独立性。

---

① 查中国知网，截至 2020 年 5 月 16 日，直接以此为研究对象的论文总量不足十篇。主要是：尤干的《乌兰巴干和他的“草原烽火”》（《读书月刊》1957 年 4 月 23 日）、张凤翔的《奴隶的觉醒——评〈草原烽火〉》（《读书》1959 年 1 月 16 日）、红玉的《乌兰巴干及其作品研究》（内蒙古大学 2012 年硕士论文）。

第十九讲　经典重读:《红日》与《青春之歌》（茅盾眉批本）

一　《红日》：当代军事文学的奠基之作[①]

孟良崮战役发生在我的故乡山东沂南县西南山区，所以在诸多红色经典作品中，我对以这次战役为背景的长篇小说《红日》情有独钟。

我自小就在老人们的各种讲述中知道了孟良崮战役的情况。最早听老人们讲，我们村后的三角山当年就是一个阻击阵地，一个连打到最后，仅剩两个人成功突围。主攻和阻击战的残酷性，老百姓的支前热情和对子弟兵的热爱，国民党整编七十四师抵抗的激烈和最后失败，击毙张灵甫的经过等，无论是正史记载还是坊间流传，我早已非常熟悉。

1988 年夏天，我在村部大院看过电影《红日》。这一年我十二岁，并不知道这部影片改编自吴强的同名长篇小说。记忆最深刻的不是人物，而是敌我双方紧张刺激的战争场面和一波三折的战事经过。直到 1998 年，我才在大学校图书馆细读了原著，这次给我印象最深刻的反而不是战争进程，而是作者对各种细节、场景，特别是对各类人物性格、言行、心理的刻画。其中，小说中的刘胜和张灵甫给我留下了极其深刻的印象。那时我就明白，《红日》是一部小说，是艺术品，不是历史本身，但它在纪实与虚构之间的那种张力、对宏大战争场面的把控、对英雄人物的塑造，始终在我心中闪烁着耀眼的光芒。

1957 年，吴强的长篇小说《红日》由中国青年出版社出版（分精装和平装两种）。此后，作为红色经典或“十七年文学”经典中的代表作之一，

---

① 原刊于《人民日报》（海外版）2021 年 9 月 2 日第 12 版。

一直备受不同时代读者喜爱和文学史家的特别关注。在过去六十多年接受与传播史上，它也因对宏大战争场面的展现和对英雄主义精神的充分表达以及若干开创性的艺术实践，成为革命历史教育中的重要文本和中国当代文学史书写绕不开的“重镇”。

《红日》是基于作者亲历和实际调查、采访基础上，经由艺术想象、虚构而最终生成的一部艺术品。它介于虚构与非虚构之间：作为书写对象的涟水战役、莱芜战役、孟良崮战役，陈毅、粟裕、张灵甫、李仙洲等双方高级将领，都乃实有；但从军长、师长、团长、营长、连长、班长到一般战士的人物形象，所讲述或描述的大量故事及细节，虽不乏原型或实事，但从根本上来说都是艺术虚构与加工的产物。事实上，吴强作为华东野战军某部负责文教与宣传的部队领导和文艺工作者，当他全程亲历亲见三大战役的整个过程，后又以胜利者身份并以小说方式记录这段伟大历史进程时，其写作及其相关活动也就不再是个人之事，而是关乎一位作家在重大历史面前如何承担自己的使命。在此过程中，重述峥嵘岁月，塑造英雄群像，弘扬英雄主义精神，以记录和讴歌在中国共产党领导下的人民军队所取得的伟大成就和历史贡献，就必然成为贯穿《红日》创作始终的主调和主线，也是小说的价值所在。从实际效果来看，对宏大战争场景的描写，对各类军人形象的塑造，对英雄主义精神的表达以及对史诗品格的营构，不仅使得这部长篇小说成为“十七年文学”特别是军事题材文学创作的又一高峰，也因对一段军事史的文学书写而为“新中国”这一崭新国家形象提供了话语支撑。

《红日》与杜鹏程的《保卫延安》时常被学者相提并论，一则因为两者都诞生于20世纪50年代且都以大规模军事行动为背景，描写宏大战役、战事，在题材选择和主题上有很大相似性。二则因为二者都追求“史诗”品格。但它们也存在明显的差异，两相对照，不难发现《红日》的独到之处。相比于《保卫延安》对工农兵文学理念和规范的高度契合，《红日》显得更有个性：它在战争场面外，注意挖掘人物的内心情感，写了四对军人的爱情活动，比如对杨军与野战医院护士俞茜细腻情感的描写；它对张灵甫、张小甫等国民党将领并未一味贬低、丑化，而是力求艺术形象的真实性，写活了其在战争中思想和心态的变化过程；它并未回避沈振新、刘胜、石东根、杨军、秦守本等我军将领、基层单位指挥员或战士的思想或性格中的缺陷、弱点，让人物形象更加立体、真实；在描写部队遭遇挫折或干部战士遭遇伤亡时，作品的气氛低沉，忠于书中人物的真实情感，与彼时作品中无处不在的光明格调有别；在处理“大我”与“小我”的关系上，它屡屡避开正面描写战争，而以大量笔墨描写战前战后从军长到士兵的思想、言行和心理，形成了丰富多变的小说层次。这些在今天看来，已是文学创作中无须多言的常识，但在20世纪五六十年代，敢于突破固有的写作规范进行艺术创新，体现出作者的胆识和眼光，也是这部作品在今天依然焕发出艺术魅力的原因。

《红日》常因在艺术上卓有成效的探索与实践而备受好评。在人物塑造上，它侧重关注战争及在战争环境中的各色人，集中塑造了一批有血有肉、个性鲜明的人物形象。其中，对国民党将领张灵甫的形象塑造，给人留下深刻印象。在讲述方式上，小说依次以某人物为视点依托，多侧面、多角度地展开立体化叙述，从而使得小说结构成为“有意味的形式”。在呈现方式上，作者的笔墨落在对大量场景、细节的描摹上，追求以小见大、以少映多、以局部映现全局的实践，凸显了作品的独特性。在艺术格局上，作品全景式再现了战争的宏阔场面，叙述有气势，对战争和历史精神的宏观把握、表达有力度，初具史诗品格。

作为现代军事题材小说，战争中的爱情话题、军人的英雄性和日常性、对战争的反思等，在《红日》中都有所涉及。它们作为军事文学在日后即将全面、深入展开的几个实践向度，已在《红日》中被作者关注到，并进行了有益的尝试。从茹志鹃的《百合花》，到徐怀中的《西线轶事》、李存葆的《高山下的花环》，再到石钟山的《激情燃烧的岁月》、都梁的《亮剑》，我们可以清晰地看到中国当代军事题材小说将《红日》中艺术创新进一步续写或放大后结出的文学硕果。从这个意义上说，《红日》因在小说题材、格局、气度、主题、艺术方法等方面的开创性探索，堪称一部中国当代战争小说特别是宏大战争叙事的奠基之作。

当然，《红日》也存在主题先行等局限，但它在今天依然备受关注并不断被阐发出新意，这再次表明，对一位优秀作家而言，对独立创作精神的坚守，对艺术性的大胆探索与实践，在任何时候都是不可或缺、弥足珍贵的品质。

战争是文学书写永恒的母题。然而，与世界范围内出现的战争文学经典相比，我国军事题材创作尚有不小的空间需要开拓，在理念与方法上亦需深入探索与实践。从这个角度看，六十四年前出版的《红日》已超越时代，为中国当代军事文学发展做出了示范和重要贡献。

二 《青春之歌》茅盾眉批本刍议[①]

《青春之歌》标志性版本主要有：作家出版社 1958 年初版本、人民文学出版社 1960 年再版本、人民文学出版社 1978 年版本。这三个版本主要体现为对正文本的修改，在章节结构、人物形象及语言风格方面，都依次对“前文本”进行了不同程度的修改，从而形成了三个各具不同表意体系的独立版本。初版本、再版本及 1978 年版本书末都附有“后记”，详细记载了作家的创作及修改情况。事实上，学界有关《青春之歌》版本体系的研究都对之有参照，结论也大都趋同，无非是说：“后文本”对“前文本”的修改由于过于服从政治意识形态规训，许多修改不符合艺术规范，因而，绝大部分修改是失败的。十月文艺出版社和北京出版社分别于 1998 年 1 月、2004 年 9 月又推出了新版本，主要体现为对“副文本”的修改，就是侧重对封面、版式、内画、人物肖像等方面的修改。从严格意义上说，这几个文本也可分别归为独立的版本。因对上述版本修改情况的研究，已经有相当多的研究成果出现，笔者在此不再赘述。

除上述版本之外，还有一个特殊的版本：眉批本。它是由茅盾阅读并做评点，后保存于中国现代文学馆而留存于世的珍稀版本。中国国际广播出版社曾于 1996 年 1 月出版过这本由中国现代文学馆集体编纂的书。除茅盾眉批随“正文本”刊行外，“副文本”中还有“纪念茅盾先生百年诞辰（1896—1996）”“中国现当代文学茅盾眉批文库”字样，卷首有舒乙作的总序，卷末有“茅盾眉批索引”及于润琦写的编后记。由于植入了茅盾评点语及他所做的多达上百处的标记，因此，眉批本又是一个全新的版本。本讲结合初版本内容及茅盾的评语，采用时兴的“版本批评”方法，对该版本的表意体系、茅盾点评做简要评述。

评点是富有中国传统特色的文学批评方法，其表现方式多种多样，既可眉批、题头批、夹批，也可旁批、文末批。毛宗岗、金圣叹、脂砚斋堪

---

① 原刊于《文艺报》2014 年 6 月 23 日。

称这方面的大家。评点对批评家的学识修养、审美能力及鉴赏水平要求极高，非一般人所能胜任。茅盾既是著名的小说家，也是小说理论家。他早年积极投身社会政治活动，撰写了大量的文学理论方面的论文，1927 年下半年后，逐渐实现了由政治活动家向文学创作者、文学活动家的根本性转换。创作于 1933 年的《子夜》堪称左翼文学的巅峰之作，茅盾由此而一举奠定了其经典作家的地位。此后他一直活跃在中国文化战线最前沿，成为中国文化界的一面旗帜。因此，他对杨沫《青春之歌》的点评自然能够高屋建瓴，既展现了其随意挥洒、率性而为的文人风范，也体现了其深入文本内部、直击要害的评点功力。最为关键的是，茅盾的点评既不歌功颂德，也不掩饰问题，侧重讨论小说艺术及细部修辞上的缺陷，展现了一种完全不同于 20 世纪 50 年代主导性批评话语的风范。也就是说，由于茅盾点评所指向的对象仅为杨沫一人，这就最大限度地驱除了政治意识形态的直接干预，而体现为一个有关小说艺术问题的争鸣。在当时"政治第一，艺术第二"的时代语境下，无论从何种角度说，类似茅盾这种文本评点都具有无可取代的价值。它不但再次证明一个基本的事实，即 20 世纪五六十年代的文学批评并非铁板一块，审美批评依然以多种方式存在着，也再次表征了以茅盾为代表的新文学奠基者、开拓者们与中国文学批评传统血脉相连、不可分割的历史事实。

法国作家法朗士说："一切文学作品都是作家的自述传。"那么，《青春之歌》（第一部）初版本堪称杨沫的"自述传"。这部长篇小说既打着个体向集体、自我向社会位移时的时代印记，也飞扬着成长过程中带有创伤性的青春色彩。在 20 世纪 50 年代后半期，以一个女子为主人公，且能够充分地表现个体的小资产阶级性，并能够最终出版、发行，这也的确算是一个不小的奇迹。初版本每当展现这方面内容时，人物形象因为作家身份和经验的在场而被表现得恰到好处，既能够生动展现其曲折的人生际遇，也能够表现其复杂的心灵世界。其中，第七章描写的是大学生组团赴南京请愿，请愿不成反而被当局抓捕及其在狱中活动的过程，侧重展现卢嘉川、许宁、罗大方等不同青年知识分子形象。第八章描写了林道静对余永泽既爱又怨——心理对之萌生抵触，理想开始与之产生隔阂——的发展过程。茅盾对这两章情有独钟，评点道："七至八章写得不坏。"虽短短一句话，但评价很高。即使对该章节局部段落的评价，茅盾也不吝赞词，比如："这里一段写得很好，因为，如果从示威者方面，很难写得好；现在改为从被捕的二人写，就别有异彩，而且也紧张。”

那么，茅盾为什么做此评价呢？我觉得除了因这两章带有杨沫自述传倾向，因而确实表现得真实、真诚而格外感人之外，还与茅盾的创作经历及审美经验有关。我们知道，茅盾在《蚀》三部曲中，倾其心力塑造了静女士、慧女士、孙舞阳、章秋柳、史循等各类受到高等教育，而后踏入社会、自由恋爱、从事革命活动的知识分子形象。她们无不具有美丽、善良、热情、优美的人性因子，但又无不表现出了苦闷、感伤、颓废的个体情绪。很显然，《青春之歌》第七、八章中的知识分子形象、所述内容及所流露的情绪基调可能既激发了茅盾有关早年青春经历的记忆，又激活了其在《蚀》三部曲中的艺术经验。茅盾对之做出如此高的评价，当是事出有因的。可以说，这是《青春之歌》与茅盾阅读视野发生碰撞，继而产生共鸣后的直接结果。除了上述“写得不赖”的评价之外，其他评点主要有：

（1）“这一段的描写，平铺直叙，且不简练。”（2）“这段也不够简练。”（3）“那时徐凤英没有女佣使唤吗？”（4）“这一段回忆，段落不清。”（5）“这以后的回叙也没写好。”（6）“此章及后半，是写失败的。”（7）“这里所提问题，是不了了之的；区委会议既没有决定，也没有向上级提出报告，请求指示，只是说市委决定非执行不可而已。”（8）“到底谁是右倾，谁是经验主义或教条主义，书中没有明确指出。”（9）“这几句，很庸俗。”（10）“这一章是过场戏，是浪费笔墨。因为，这一章所谈到是几个人的行动，犯不着用一章来描写。”（11）“此节有些细节描写是多余的。”（12）“这些是小资产阶级的感情么？”（13）“此章都像电影中的分立的镜头。”

从整体来看，茅盾对《青春之歌》的点评以对小说细节描写、结构布局为主要评点对象。既有褒，也有贬。既有建议，也有反对。总体上又以贬为主，言辞较为激烈，批评较为尖锐。

首先，（1）（2）（9）从语言角度，直陈其弊端，言其累赘与庸俗之处。但对茅盾的评点，我们也应细做分析。在（1）中，小说开头采用平铺直叙方式，描写火车行车途中车厢内情景、林道静的神态及车到北戴河站时的一位洋学生、一位胖商人对她的评价。在茅盾看来，这是“不简练”的，于是他建议：“这一章的第一至第五段可以删去，而把车到北戴河站作为本章的开端，可以这样写：车到北戴河，下来一个女学生，浑身缟素打扮，拿着一包乐器。车上的乘客从车窗伸头来看着她，啧啧地议论着（这是大概的轮廓，文字还得琢磨）。”茅盾从语言的简洁与否入手，指出缺陷并给出修改方法，自有其道理。这样可使得叙述简练，要言不烦，以一种直陈其事之笔法取得开门见山的叙述效果。但若保留之，也具有合理性。因为，叙述人对刚出场的林道静做一介绍，也是很有必要的，尤其通过“一位洋学生”“一位胖商人”的视角来反衬林道静形象，还是很具现场感的。文本场域能够为这一场景描写提供艺术上的支撑。因此，开头几段未必非得按照茅盾的意见对之进行删除。在（2）中，这一段描写林道静因找不到表哥而产生的心理焦灼状态。这样，通过心理描写、动作描写、景物描写手法多角度表现其精神风貌，也很有其必要。茅盾说“这段也不简练”，其审美逻辑和（1）处差不多。其意指：此段描写繁冗，缺少点睛之笔。在（9）中，茅盾的评点很具说服力。“小冯，不必难过。党了解你，我们了解你……‘五一’要提高警惕啊，而且还要尽量多发动群众。”“大姐，亲爱的好同志，谢谢你！”“只有这样的一握才表明了他内心的激动。”这些书面的、宏大的、带有政治色彩的话语，不符合人物身份特征和说话风格，因此，不但听起来很别扭，而且也根本不符合实际情况。茅盾说“这几句，很庸俗”，可谓一针见血，不留情面。看来，他对政治话语直接而生硬介入文本的做法还是持有一种很谨慎的态度的。这至少表明，茅盾在此处的点评所依据的评价标准是：感性的审美认知为第一位，机械的政治理念为第二位；文本场域成为界定人物言行是否合情合理的主要依据。

其次，（4）（5）（6）（10）是从篇章结构角度作出的评点。在（4）中，本段共五句话，每句句意可简化为：a 回到小屋。b 睡不着觉。c 鞭炮和这一夜的经历干扰着她。d 回忆诸位好友。e 对窗微笑。很明显，c 和 ab 既为顺承关系，也为因果关系，应该将之置于 a、b 前，方可理顺句意逻辑。d 和 e 是因果关系，但是，e 句中交代了对卢嘉川的回忆、对这一夜情景回忆，是导致其“对窗微笑”的根本原因，那么，d 句就显得重复或多余了。所以，茅盾对这一段句与句逻辑关系的评定是很到位的。在（5）中，叙述者讲述卢嘉川送书给林道静，并对其产生深远影响的过程。其中，特别强调了“反杜林论”“哲学之贫困”“辩证法三原则”等理论术语之于林道静的影响，并由此表现她对卢嘉川的期盼与惦念之情。阅读马列著作仅仅五天，其精神就有了质的变化；不明白上述术语意思，但又“如饥似渴”阅读；等等。这样的概略叙述显得很生硬，也不符合人性发展的正常逻辑。所以，茅盾说“这以后的回叙也没写好”，真是一语中的。而且，“也”字还隐含着此前叙述也有缺陷。在（6）中，本章主要是描写卢嘉川摆脱特务抓捕过程，展现戴愉的飞扬跋扈和教条主义思想。但是，这一章被作家做了过于概念化的处理，人物形象是典型理念推演的产物。此外，茅盾还从实际经验出发，指出了小说中还存在一些不真实的历史细节问题［比如（7）中所提及的会议程序问题］以及叙述不清晰的问题［比如（8）中对人物身份的指认］。其实，这都是杨沫不熟悉这些生活而造成的。因此，茅盾从第十六章开始，质问就突然多了许多，言词也相对比前几章激烈多了。无论是（9）中的“很庸俗”、（10）中的“这一章是过场戏，是浪费笔墨”，还是（11）中的“此节有些细节描写是多余的”，我们都能明显地感觉到茅盾措辞的尖锐性。总之，茅盾首先从小说艺术角度（审美），而非现实理念的角度看待文本叙述的缺陷或不足，因而，上述分析是切中要害的，所提建议是非常具有建设性的。

再次，（3）（7）（11）（12）是茅盾从所描述内容是否合乎生活规律角度提出的质疑。这一类写作依赖的是作家对实际生活经验的积累和复杂生命历程的体验，否则，单纯靠虚构、想象营造出来的历史细节，往往经不起亲历者的细细推敲。茅盾在阅读中所产生的质问就是最好的例证。比如，在（3）中，作家对徐凤英的描写，就没有严格遵照叙述贴着人物走的艺术原则，对其没有展开深入而周全的思考，结果就导致叙述上的裂隙。由此看，茅盾对作家描写历史人物、历史场景的要求还是非常严格的，不但要经得起生活规律的检验，还要经得起艺术规律的确证。而联系 21 世纪以来的所谓“新历史主义小说”，以想象和虚构建立起来的历史人物、历史场景，其许多细节都经不住考证。以“后现代”式艺术思维解构、颠覆以往历史，固然是人类认识自我和历史的一种方法，更是一种颇具艺术创新性的文化思潮，其成就当然是不可被轻易否定的，但是，其对历史的建构完全建立在率性想象基础之上，也不免陷入一种虚假的、虚无的认知怪圈。此外，如果以消费文化为遮羞布，以快感消费为支撑，将历史也纳入消费的渠道，又难免流于庸常。因此，作家对历史的书写可以通俗，但不能低俗，更不能恶俗，所写务必经得起艺术与生活规律的双重检验。茅盾所做的上述评点，其经验在今天依然值得借鉴。

茅盾在《青春之歌》中还做了大量的标记（画了很多横线）如：在第一部中，第三章 1 处，第七章 50 处，等等。仔细辨析这些标记，我们至少可以发现以下规律：在第一部中，第四至第九章中的标记较为频繁，多是展露茅盾对细节描写及篇章结构的赞赏之意。第十一章之后的标记也较为频繁，但多是指向文本叙述中的缺陷或不足。此外，茅盾在有疑问的地方也做标记，比如第三章中的画线，就表示了他对人物行动的质疑。在第二部中，画线多集中于人物的对话描写、心理描写及一些场景描写，这也可能反映出了茅盾对人物形象在小说中地位的重视程度。不过，从整体上看，第二部所做标记明显少于第一部，这也可能说明，第二部写得很平常，优点及缺陷都不突出。事实上，杨沫在写第二部时，多依托间接经验，故总体上写得有点“隔”，语言有点枯索，叙述也不如第一部那么鲜活。总之，这些画线也展现出了茅盾阅读、批阅文本的习惯和情趣，其中细节值得深入研究。

于润琦经过考据得出茅盾批阅《青春之歌》的大体时间：“茅公做眉批的时间应该在 1960 年前后。”由此，我们也可以体会到已经作为文化界领导人的茅盾于繁忙的政务活动之外，对新中国文学和作家的成长所付出的心血和努力。

第二十讲　毕汝谐手抄本《九级浪》发掘与研究①

一　版本问题与经典化的可能

中篇小说《九级浪》完稿于1970年秋，后便在民间被读者秘密传抄、阅读。但由于原稿未见且彼时有关手抄本的阅读记忆只存在于少数人的口述中，故其原稿形态和艺术价值一直未被充分关注和阐释。在20世纪90年代，杨健在其专著《文化大革命中的地下文学》中单列一节，毕汝谐撰写《关于〈九级浪〉的一段回忆》一文，先后对《九级浪》的内容、主题和版本予以介绍。但因为杨、毕二人均未见手稿，故所论也仅限于作背景性的、资料性的述说。《九级浪》全文直到2017年才伴随由鄂复明对中国现代文学馆馆藏"残稿"和赵一凡所藏一套手抄本比对、修补后所形成的"仅缺34字"的全本在《史料与阐释》（总第五期）发表而最终为业界所知。在此前后虽然也有王尧《覆舟之后的"玩主"》、刘自立《教我如何在想他！——毕汝谐和他的〈九级浪〉》、胡文品《手抄本小说〈九级浪〉研究》等若干篇文章发表，但在论及艺术价值和文学史意义时都没有深入展开。本讲以最新整理出来的全本为依据，对其版本问题、文本品格和文学史意义再作探讨。

《九级浪》目前尚未公开出版，能进入研究者视野的只有手稿本、两套手抄本、缺失34字的全本。手稿是最原始的、最可靠的源本，目前收藏于中国现代文学馆，也即作者所说的"埋在颐和园玉带桥后一个环湖的孤岛

① 原刊于《中国现代文学研究丛刊》2023年第1期。与谭杰合作。原发八千多字，此次恢复原貌。

上”，后被捐赠和收藏于该馆的“残稿”。手稿本共 120 页，页码标至 132 页，中间缺第 9 页、第 10 页、第 15—24 页。手稿本经专业人员修复并完成数字化，当前已可查可阅。但直到今天，手稿本也并未为业界所熟知，更遑论研究了。在国外，毕汝谐曾经将一份手稿复件寄给在美国波士顿大学任教的叶凯蒂教授，这个版本应该就是根据中国现代文学馆所藏原件复制而来。后来，这份手稿复印件又被叶凯蒂教授制成电子文档转给了国内学者王尧。王尧写了一篇文章《覆舟之后的“玩主”》，所依据的版本就是这个手稿复印本。

除手稿外，它还有不少质量参差不齐的手抄本。手抄本是其主要的传播媒介，在“文革”时期究竟有多少人、哪些人传抄和阅读过，达到了何种效果，目前也都无法确知。在手稿和缩微胶片版被发现之前，有关《九级浪》的零星讯息只存在于北岛、多多、杨健、刘自立等少数几位学者的回忆录或普通读者的非正式口述中。民间能保存至今的手抄本究竟还有没有，有多少，这也将是一个永远的谜。在 2010 年以前，包括作者、王尧等国内外学者并没有找到任何一份手抄本。不过，现今已面世的是香港城市大学图书馆收藏的一套，即“由赵一凡先生 1970 年代初翻拍微缩胶片。原件为 135 胶片负片，页码标注为 1—85，原缺第 53 页，共计 84 张，现存于香港城市大学邵逸夫图书馆‘《今天》文学资料特藏’”。根据鄂复明复述，这是 1988 年赵一凡逝世后由其保存至今的一份完整的手抄本。手稿和手抄本先后面世，意义重大。鄂复明对这两处馆藏加以比对与补充，遂形成了于 2017 年面世的仅缺 34 字的全本。

《九级浪》也存在版本问题。姑且不论不同形态的手抄本由于传抄而不同程度地存在文字差异，单就手稿、赵一凡所藏手抄本、鄂复明整理的全本而言，从文字、段落到结构都有变化。手稿本中间缺 12 页和结尾缺 18 个段落，手抄本由于文字错讹和缺失第 53 页，故都不可作为研究所最终依据的“善本”；缺失 34 字的全本面世后，手稿本除具有独一无二的文献价值外，其文本阐释价值已几被封存，但相比于手稿本，手抄本和全本的结构、修辞和文本语义系统均发生不小变化。其中最大的不同在于，手稿本在传抄过程中至少形成了两个不同结尾的版本：一个是以“我”和勇人相聚并在餐桌上闲聊司马丽而结束；另一个是讲述“我”纵情声色、欺凌伍行浩等生活中的诸多不堪，并以下乡插队落户而结束。在此，手稿本面世价值和意义在于为考察各种手抄本中的异文情况提供权威依据，而经由手抄本和手稿比对、补充后所形成的全本为学界全面、客观、深入研究这部中篇小说的文本形态、语义体系和主题向度提供了根本支撑。

“文革”手抄本质量参差不齐，真正能经得起阅读和阐释的力作并不多。《九级浪》是近些年来发现的难得一见的力作。但若探讨其文本品格和文学史意义，廓清其版本和创作时间问题是基本前提。按照作者说法，这部中篇构思于1969年，创作于1970年。目前，关于这篇文章创作时间和背景的介绍也全部据此而来。但在笔者看来，这是孤证，仍需要他证来辅助证明。不过，根据作者自述和刘自立、鄂复明等几位学者的回忆，可以肯定的是，这部中篇一定创作于“文革”初期。因此，即使作者所说的“1970年”这一说法不成立，也不妨碍对其文本品格和文学史意义的阐释、定位。关于版本问题，因为目前既有手抄本，又有根据手稿和手抄本整理而成的全本，故版本问题也基本解决。当然，也还有两点小疑问需要做必要说明或探讨，即：赵一凡所藏手抄本会不会存在匿名作者的自创可能？全本正式发表于2017年，还算不算“文革”手抄本？关于前者，因为手稿本在第一部分、第二部分已交代过“我”和司马丽下乡当知青经历，故即使手抄本结尾处由匿名读者续写过，但其内容和意向基本同于手稿本，因而并不妨碍相关结论的界定。关于后者，全本是由手稿和手抄本合并而来，且仅对原手稿笔误或疑似笔误处予以订正，或个别缺失处予以填充（都用下画线一一标注），故也没有对原文本修辞和语义体系构成实质影响。

《九级浪》呈现了与“文革”主流叙事完全不一样的风景，就在于它以“我”为视点，讲述了出生于高干家庭的司马丽如何由高雅冷傲、冰清玉洁蜕变为放浪形骸的风尘女子的演变过程，并在对她与勇人、冯明、陆子、张三等若干男性玩主们情爱游戏的书写中，表达那一代城市青年人感性、盲动、躁动、癫狂的成长主题。在此过程中，不论公开描写青春期内的爱欲体验，还是揭示逃学、偷窃、打砸、欺凌、乱性等混乱的社会风景，以及传达低沉、颓废、阴暗、感伤的情绪基调，在“文革”期间都是极其少见，异常尖锐、冒险的文学实践。小说中的几个人物形象及其结成的关系图式都极具典型性，对“文革”前期被历史抛弃的城市“玩主”们的生活、心态和精神风貌的展现也足够真实、深刻。这种负审美、反主流的写作典型地反映了“文革”时期“潜在写作”（陈思和语）所呈现的异质景观。

《九级浪》从人物塑造、主题表达、语式实践到话语风格都与新时期文学存在割舍不断的内在关联，其在中国当代文学史上的开创或典型示范意义是无须赘言的。但是，我们必须强调，毕汝谐及其《九级浪》并没有彻底摆脱或消弭时代所施与的强力规约性。或者说，“文革”主流意识形态无时无刻不在对作者构成强大压力，继而内化为自我审视与改造的无形力量。表现在小说中，出狱后的勇人和下乡当知青的司马丽从身体到思想都已脱胎换骨，不仅自我反省并深刻认识到此前那个“旧我”形象的不可理喻，而且还以过来人或改造者身份向尚在迷途中的陆子宣讲阶级情感和革命理想。无论司马丽在信中说“我要好好地改造世界观，要像雷锋同志那样‘把有限的生命投入无限的为人民服务中去’……”还是勇人大谈思想改造心得——“我们是瞎子，看不到文化大革命的伟大胜利，看不到生活的本质和主流，整天接触社会渣子，这样下去危险极了。”“我们受封、资、修思想的影响太深了。如果不长期到工农中去，就会变成新生的资产阶级分子。”——都在昭示出另一种话语指向，即作者在《九级浪》基本限于个体的成长叙事范畴，而非直接指向对“文革”内乱本质的深刻认知与批判。司马丽、勇人、陆子等人虽无一不存在严重成长问题，但最终又都在接受再教育或下乡当知青等活动中得到彻底解决。在此，审视和告别“旧我”后所生成的“新我”，却在客观上确证了“文革”主流意识形态话语合法性与指导性。这种彼时作者所主动为之的修辞愿景与文本所展现的主体意向存在巨大悖论。因此，这部中篇小说除在题材、人物样态、写作风格上具有文学史意义外，在对“文革”和中国社会发展趋向认知上并无实质突破。

自21世纪以来，《九级浪》从版本发掘、整理与研究都断断续续展开，并越来越引发从读者到文学史家的关注、阐释。其间，关于这部中篇小说的阅读与评判虽褒贬不一，特别是以当下语境和识见所展开的对其艺术品质的评定更是颇有微词，但在笔者看来，这是一部反映和镜鉴时代的历史文本，也是一部注定被纳入文学史范畴予以深入阐释的典型文本。当然，至于在人物形象、主题表达、艺术实践上的褒贬，在未来依然会呈现为声音的多元性。这是好事，因为任何一部作品的经典化都必须接受这样一种筛选机制的考验。从目前接受情况来看，这部中篇小说作为文学史意义上的经典文本的可能性比较大。因为从被学界广为认同和阐释的“地下文学”到陈思和的“潜在写作”等文学史概念，都迫切需要《九级浪》这种典型文本的支撑。而从其形态、内涵来说，它已完全具备了这种被经典化的机遇、潜能。

二　典型人物与小说艺术

（一）司马丽和陆子：中国当代小说人物画廊中的两个“迟到者”

司马丽是这部中篇最引人瞩目的人物形象。她是一个略显高冷、不乏高雅、特立独行的女子。同时，她也是一个很自我、很有个性的风尘女子。或者说，这部小说首先因对这一典型人物形象之丰富内涵的探察和表现——如何“高雅”，怎样“风尘”，以及从“高雅”到“风尘”的质变过程——而给人以深刻印象。事实上，这个出生于民主党派高级干部家庭，在别人眼中“不太容易接近”“谁也说不出她的优点和缺点”，以读书、绘画、治病为其人生主要内容的女子，一边痴迷艺术并因之而自闭于一己构建的精神空间中，一边又接连沉浸于与几个男性“玩主”所缔结的情爱游戏中，其处事、言行、心态足够个性、开放、典型。无论她和陆子因都喜欢画家伦勃朗而有了共同语言，进而因更为频繁的艺术交流而彼此互生好感，后又因陆子讲出那次电车上的真相而出现裂痕，并最终因在一次挟持和强暴事件中陆子的懦弱、逃离而彻底破裂的情感经历，还是她自强暴事件后与勇人、冯明、张三等几个男主们的情爱游戏，都使得这一人物形象承载了丰富而复杂的人性内涵。司马丽初尝爱情，继而怀疑，最后放浪形骸，从根本上是由其自身病弱体质、自闭生活、肉身解放等个体质素综合造成的，而与“文革”时期的社会环境并不构成直接的因果关系。然而即便如此，这种形象——从爱情的萌生，到身体欲望的觉醒，再到主动周旋于众男人之间（被男人所伤、所游戏，她也伤害、游戏别人）——也绝对对彼时主流意识形态和文学规范构成巨大冒犯。作者在这一人物身上寄予了非常复杂的个人情感和社会关切，即一方面对司马丽的身心遭际和人生历程表达出一种省察意识，另一方面又借由司马丽与“玩主”们交往经历竭力揭示“文革”前期被压制的变异的社会景观。因此，司马丽是中国当代小说人物画廊中一个富有多重意蕴但有待深入阐释的典型人物。

“我”，即陆子，也是小说中另一给人以深刻印象的人物形象。“我”可能是中国当代小说所塑造的第一个主动质疑“文革”主流价值观，但又自感孤独、迷惘、幻灭，且不乏自嘲、玩世倾向的叛逆者形象。“我”熟读中外文学名著，也有写作上的天赋和才华；“我”一边沉浸于形而上世界中，一边又与勇人、“马路天使”们鬼混；“我”和司马丽的短暂交往彼此有爱，有痛，有厌倦，也有遗弃；“我”被老畜生及其随从所欺负，同时也动辄欺凌伍行浩这种弱者……“我”的文学艺术才华、无处释放的理想、对人生的迷茫和无路可走的痛苦，以及纵于情色、玩世不恭、生性懦弱，也都显示出其在“十七年”和“文革”文学人物画廊中独特“这一个”的精神气质。毕汝谐说：“我深深感到痛苦，那是一种与身处时代格格不入的、众醉我醒的痛苦。尤其本人生性敏感而更甚……我只得以饮食男女为庇护之所——美食落肚，情人入怀，如同吸用海洛因一般暂时缓解了满腹忧思，无边愁绪。其实，我白天刻苦攻读马列（《德意志意识形态》《哲学笔记》……甚至还有艾地著《论马克思主义》），而入夜后则伙同狐朋狗友大干非非之道。我闯下的祸事共计 9999 件。”“毕汝谐是文化大革命造就的恶之花”，由此，我们可以看到，作者本人通过塑造“陆子”这一形象，在实录、忏悔和代偿中，完成了对自我与历史原罪的尖锐书写。

（二）结构、意象、讲述：有意味的形式

小说的结构是一个有机体，不仅各部分互为关联，彼此映衬，而且各自亦可独立存在。《九级浪》在结构上共分四部分。第一部分（共 6 段）：苟老太太向“我”讲述司马丽的出生经过及其家庭情况——为某民主党派高官与其仆人所生；生父跋扈、专制，生母温厚、顺从；母女俩因“北京和平解放了。世道变了，妇女和儿童的利益，得到法律的保障”而留在这个大家族里。第二部分（共 10 段）：苟老太太和“我”聊天，聊她在司马公馆里的见闻、她和司马丽生父的风流事以及司马丽母女情况；“我”在阅读司马丽写给我的一封信——她在信中畅谈下乡插队后思想改造情况。第三部分（共 10 章）：由阅读司马丽的来信激起对三年前十七岁的“我”和司马丽一段非同寻常的青春往事的回忆。这是小说的主体部分。第四部分（共 6 段）：回忆被苟老太太和众人的笑声打断，于是“我”放下司马丽的来信，一同进屋陪大家喝水、聊天。其中，第一、二、四部分属于“现在时”，第三部分属于“过去时”，“现在时”是故事展开的背景，“过去时”是小说讲述的主体；第一部分包含于第二部分中，主要以苟老太太——曾与司马丽生

母同为司马公馆的用人——为视角，对司马丽的出生、家庭背景和成长环境予以简述，以为“我”回忆中的人、事及其关系出场搭建舞台。

在第三部分，小说就是这样以“我”为视点，以“我”与司马丽的交往史为中心和主线，以勇人、勇珍、冯明、伍行浩、张三等人的故事为参照和辅线，逐渐将主人翁司马丽的神秘面纱一一揭开，从而将一个女人的情感和人生娓娓道来：

（1）“我”被常从楼下经过的一位“脸色苍白、身材单薄”“衣着很朴素，却仍然显得不同凡俗”“总是独自一人，而且总是步行”的女同学所深深吸引。

（2）“我”与勇人是朝夕相处的朋友。勇人、伍行浩等都是街头阿飞式“问题少年”。在一次预谋的车上扒窃行动中，司马丽装有病例的钱包被伍行浩盗取。“我”见证了这一过程。

（3）假期里的某一天，勇人约“我”一同到他姐姐家探亲。司马丽跟随勇人的姐姐勇珍学习绘画。“我”第一次见到司马丽。

（4）“我”和司马丽因艺术上的相通而彼此吸引，交流日深日频，直至产生爱情。

（5）“我”和司马丽说了那次车上偷包事件。她对“我”略有失望。

（6）司马丽遭遇老畜生的劫持和身体施暴。“我”迫于威胁而选择逃离。“我”和司马丽的关系断绝。

（7）穿插讲述勇珍与冯明、冯明与司马丽的情感或婚姻故事。

（8）后来再次相遇，司马丽向我讲述那次施暴未遂的经历，对我很失望，但“我”和司马丽依然发生了一次性关系。她的放浪和腐化让“我”心痛。

（9）穿插讲述勇人与老畜生、伍行浩父子的恩怨故事。

（10）“我”与勇人相聚。勇人向我坦白他与司马丽的情爱关系。

（11）“我”从他人处获知司马丽同冯明、张三等许多男人的“鬼混”，得知司马丽被诬为“九级浪”。

（12）“我”与“马路天使”们厮混，放浪形骸。

（13）“我”和司马丽下乡插队。

在主述部分，局部层层铺垫（尤善用倒叙、插叙），章节前后呼应，故事主次相映，人物左右关联，从而使得“讲述”本身成为“有意味的形式”。在（1）（2）中，“我”迷于其人，但不识其人；在（3）—（6）中，“我”

识其人，但不解其人；在（8）（10）（11）中，“我”知其人，但惑于其人；在（13）中，“我”和她冰释前嫌，各自浴火重生。在此过程中，“我”的所见与未见、所知与未知，都借助一隐一显、由此及彼、略带戏谑风格的讲述而赋予浓厚的文学意味。人物及其故事各安其位，且尽量依靠人物本身的言行、形貌、心态予以呈现，特别是在主述“我”和司马丽的交往史时，也顺带旁述勇珍和冯明（夫妻，知识分子家庭）、老畜生和女儿（父女，底层之家）、伍老头和伍行浩（父子，败落之家）、勇人和伍行浩（同伙，圈子社会）、老畜生和勇人（死敌，圈子社会）、“我”和“马路天使”（玩伴，圈子社会）等若干对次要人物的“关系图式”，从而以点带面、以少映多、由此及彼地将对“文革”时期的人际关系、社会图景、人性样态作了书写。

“九级浪”作为小说营构的核心意象，也别具丰富而深厚的文学意蕴。这一意象出自伊凡·康斯坦丁诺维奇·艾伊瓦佐夫斯基的著名油画作品《九级浪》。风暴、巨浪、海浪中的船与人，以及视觉感极强的色彩、扑面而来的光影、层次分明的布局，构成了这幅油画最震撼人心的表意符号。一般认为，展现大自然自身蕴储着的不可抗拒的巨大力量，表现人在与大自然勇敢抗争中所迸发出的大无畏精神，是其最主要的两个主题表达向度。虽然这幅画取材于海难也突出了灾难，但总体格调并不低沉、悲戚，而旨归在于传递信心，昭示希望。然而，在小说中，这种偏于正面和褒义的表达完全被置于相反向度予以指涉：

（1）“你知道《九级浪》吗？”有一天司马丽说。她遥望着晴朗的星空，问我，也像是问那弯弯的上弦月。

“在冯明家看过……”

“我特别喜欢这幅画。”司马丽仿佛对自己说话一样，“《九级浪》是伟大的海景画家艾伊瓦佐夫斯基的代表作。我每次看到它，就想到‘学海无涯苦作舟’这句话。刻苦，刻苦，我还不够刻苦……”

（2）我猛然想起艾伊瓦佐夫斯基的海景名画《九级浪》，好像没顶的大浪从四面八方涌来，前面是浪，后面也是浪。我们在下沉……

（3）“压根儿就不是什么画儿。”老伍很知内情似的说，“这是一个‘圈子’的外号。她被好多男的砸得像漏斗一样。听说不向男的要钱，还倒贴一些画。真是狗肉包子——独一份。叫司马丽……”

“‘九级浪’是特浪的姐们……”

（4）“《九级浪》……”我想起这幅海景名画。我的迄今为止的坎坷遭遇似乎都被画在其中了。

勇人接着说：“你改邪归正。《九级浪》这幅画正好描绘出咱们这几个落水者。你改邪归正吧。”

（5）我微微一笑。这时，一个酝酿已久的想法在心里明朗了：认真地写一部小说，回答那些□□的道学君子。这将是一个中篇，但是它不会比长篇小说小……题目不必商榷——《九级浪》。

（6）我蹒跚地往前走。在我内心世界一个巨大的浪涛呼啸着卷起，这当然是——九级浪。它仿佛要冲刷掉我总在沉思的那些问题。但这是不可能的。

《九级浪》或“九级浪”在小说中共出现6次：在（1）中，司马丽喜欢这幅名画，她从中感受到了“刻苦”二字在其学习绘画过程中的分量，而且因为这幅画，“我”与司马丽的交流渐入佳境；在（2）中，“我”在遭遇老畜生的暴力威胁时，突然将彼时处境与《九级浪》中的海难关联在一起，是一次对自己危险境遇的顾虑和即时反应；在（3）中，老伍及其圈子里的“玩主”们直接将之转为对“特浪的姐们”（司马丽是典型代表）的代称；在（4）中，出狱后的勇人回顾自己的坎坷遭遇，与《九级浪》中拼命挣扎的“落水者”产生共鸣；在（5）中，“我”有感于往事且为了“和目前的生活方式告别”，决定创作一篇题为《九级浪》的中篇小说；在（6）中，“我”则是实实在在感受到了来自社会环境和自身存在的迷惘之思（“我茫然地站住，不知道前面哪一条是我应当循进的道路”）。由上可以看出，司马丽、老伍、勇人、“我”与《九级浪》的关联，其意蕴指涉都不一样：之于司马丽是精神励志型的；之于老伍是原始本能型的；之于勇人是人生共鸣型的；之于“我”则是存在之思型的。因此，也可以断定，它并非单纯指向小说中玩主们和彼时部分读者所口口声传的指向司马丽混乱男女关系，而是赋予其以某种更深层的象征义，即小说中的各类人物被“文革”冲击得七零八乱，其痛苦而迷惘的生命遭际以及为摆脱这种处境而奋力挣扎的状态，像极了《九级浪》中的海难及在其中拼命挣扎的溺水者们。在此，尤须强调的是，考虑到小说中的“我”与毕汝谐在身份、经历和思想上的高度相通性，“我”与《九级浪》的关联以及由此所昭示出的深层内涵，完全可以看成是对彼时作者自身处境、形象、意识的外显或转叙。

三　断裂与关联：不能漠视的文学史意义

如果考虑到“反思”“伤痕”等新时期文学思潮，特别是后来逐渐占据主流的“人学”主题，以及王朔在20世纪90年代的爆红，这部中篇因对人性主题和欲望风景的书写而的确与新时期文学构成了某种渊源关系。然而，问题也由此而生，即倘若这一论定成立，另一种声音便不请自来——新时期文学的源头有这么不堪吗？这很容易导向外在于或脱离具体文本与历史语境的道德申诉。那么，该如何恰当评价其文学史意义？

其一，毕汝谐作为彼时潜在写作者之一，以小说方式对1970年前后城市一隅纷乱的社会风景和高干子女在“文革”初期的言行、心态、情态予以实写，在题材和主题表达方面具有填补空白的意义。在小说中，玩世、打架、恋爱、烟酒经构成了“我”、司马丽等干部子弟日常生活的主要内容。自命不凡、纵于情色、放浪狂欢、打打杀杀、胡作非为，同时又感到压抑、心痛、迷惘、悔恨，从常理来说，他们的这种作为肯定为广大老百姓所不齿，但在“文革”这种极不正常的高压环境下，这种“玩世”自然也渊源有自并被赋予一种反抗力量，即表面上看，这部小说以司马丽为中心，描写了几位“玩主”们的叛逆青春和颓废人生，但归根结底还在于“文革”严重干扰或摧毁了这些干部子女们的正常生活和成长，从而将其拖入沉沦之渊和迷惘之途。毕汝谐作为前中宣部大院中的一员，依据亲历、亲为或亲见所创作的这部中篇小说，其最独一无二的价值就在于对这个阶层的“玩世”生活予以实录，并由此演变为对“文革”极端主义价值观的质疑、颠覆，因此，在客观上还是达到了解构彼时主流意识形态的效果。

其二，这部中篇所侧重表达的人性主题及其社会关系不依附于任何一种宏大背景，而以一种不带褒贬的客观写实方式，在中国当代文学领域内较早开启了聚焦躁动青春叙事、塑造城市玩主形象的先河。而其中直接触及男女间的性关系、性主题，特别是在第九节中对“我”与司马丽的一次性行为、性心理所作的细致描写，更是凸显其在中国当代小说史上的拓荒意义。在个人主义、性、爱情被视为书写禁区的年代，毕汝谐在《九级浪》中对之所作的归于本位或本体的大胆书写，或如有学者所言，“以正面接触小人物的方法，以消解‘文革’‘高、大、全’的庸俗英雄主义之精神为自觉或不自觉之主题，甚至以反道德的激烈诉求（每个时代有每个时代的道德——福柯语），以张扬性的自由和美，来反映和塑造‘文革’中特定阶层的准浪漫主义生活”，也就具有了重要的文学史意义。须知，这些放浪形骸的玩主形象以及作者塑造这种形象所主动采用的避雅就俗式理念、笔法，直到 20 世纪 90 年代才在王朔的文学实践中得到全面、充分展现。从这个角度来说，它为梳理和研究新时期文学的创生与演变过程，或者说考察研究“文革”文学与新时期文学的内在关联，提供了最具代表性的典型文本。

其三，作者彻底抛弃“革命现实主义和革命浪漫主义”两结合的创作理念，转而以批判现实主义为主，积极吸收萨特的存在主义哲学观，从而赋予这个中篇小说以独特的精神气质。它迥然不同于官方文学理念、样式，也有别于彼时大量手抄本中那种纯粹刺激感官体验的“黄色小说”或直接对“文革”作赤裸裸批判的涉政小说，而是一部现实感、思想性、艺术性俱佳且与世界文学主潮有所接轨的精品力作。“现实感”集中表现为对玩主们青春期内的原欲、创伤、迷惘及诱发其发生的“文革”社会背景作了独到思考和艺术表现。作者自己在严酷环境中所遭遇到的身心压抑和为求得暂时释怀这种压抑而放纵于情色之乡的经历（暂且栖身、消解苦闷），借助小说中“陆子”这一人物形象及其故事而得到充分展现。陆子们的放浪、苦闷不独是上流社会高干子弟躁动青春期的产物，更是特殊年代极不正常的社会高压氛围、严重扭曲的社会制度折射于这批高干子弟生活和精神世界后所必然导致生成的“恶之花”。作为文本品格的“思想性”是如何生成的呢？这是作者自幼喜读卢梭、狄德罗、萨特、加缪、爱伦堡等众多欧美名家带有哲学气息的经典著作的缘故。当然，在“文革”时代，能像毕汝谐这样有条件、有机会接触并通读大量中外名家名著者并不多见。广泛阅读所累积生成的思想卓识，移植于《九级浪》写作中，就主要表现为对陆子与司马丽人生“活法”及生命样式的深度思考与充分形塑。虽然“思想性”在这个中篇小说中的呈现与那种“羚羊挂角，无迹可寻”的圆融超脱境地尚有较大距离，但其探索与实践的自觉性以及在 1970 年这个节点上创生并流传下来的事实，已为尚处于创生期内的“中国当代文学”提供了新经验和新方法。

其四，《九级浪》在语式选择与实践、话语风格上作出了诸多皈依“本体”的探索，其价值与意义不容忽视。语式即小说的讲述方式。凸显叙述者“声音”存在的讲述语式（包括第一人称限定叙述、第三人称全知叙述）、尽力隐匿叙述者“声音”的展示语式（包括第一人称限定叙述、第三人称全知叙述）、兼容前两者的综合语式，是最为常见的三种语式类型。在“文革”时期，第三人称全知讲述语式可谓“一统江山”，而采用第一人称“我”兼重要人物的讲述语式相比就几乎忽略不计。后两种语式直到新时期才在“先锋小说”“新写实小说”“新生代小说”中得到广为实践。如作者所言，“《九级浪》是一场长达百日的青春热病”，唯“真实”是瞻。为此，作者采用第一人称内聚焦讲述语式，对焦点、距离、节奏、结构、语感等与“文学性”生成密切关联的关键要素作了极具创造性的艺术整合。如果考虑到这种语式在新时期小说中被广为采用，以及在20世纪90年代以来的“小长篇”中成就诸多“小经典”，那么，1970年生成的《九级浪》在中国当代小说语式发展史上所昭示的“启下”意义当予以肯定。另外，出现诸如“我家老头子不是东西。他从小胡嫖乱色，不干好事”“你这穷光蛋”“这老杂种”这类弑父型或解构型话语，特别是再考虑到这种类型的话语被莫言、余华等先锋小说家们所广为运用并大放异彩——比如：“一九三九年古历八月初九，我父亲这个土匪种十四岁多一点。”（莫言《红高粱家族》）“没有老王八蛋哪来小王八蛋……当年有名的徐大混蛋不是我……”“爹，你他娘的就算了吧。”（余华《活着》）——《九级浪》在中国当代小说语言发展史上首次所昭示出的实践意义也应予以肯定。

第二十一讲　六长篇合论

一　艾玛《四季录》的当下品格和文体实践[①]

同样书写当下生活，有的写成了新闻，有的搞成了八卦，有的弄成了琐碎的生活流，有的肤浅，有的平庸，有的震撼人心，其区别无非是，小说家是否以小说的审美范式（不是新闻、通讯、报告文学等等）处理现实和建构生活。因此，以小说方式思考和处理当下生活，并以虚构方式再造一个全新的现实世界，从而以四两拨千斤之力对接或击中现实生活的中心，继而引发广泛共鸣，这是小说家的特有能力。而如何让虚构世界里的生活、人物、事件及其关系合乎艺术规律地存在着，发展着，则对其审美力和创造力构成了巨大的挑战。在70后作家群体中，艾玛处理和把握现实生活的艺术能力，以及反映和再造新现实的独特经验，都是值得详加研究的。

文学对现实经验——当下人、事、物及相互关系的总和——的艺术表达，是文学最为重要的表现维度之一。《四季录》首先以其珍贵的当下品格，即完全以最为当下的人物、事件及其关系为描写对象，并以艺术方式重新整合这些要素，在再造的现实世界中，呈现了现在社会中人与人之间宽广、复杂、立体的人性图景。

当下人物。人物是小说的要素之一。在小说中，人物具有“行动元”和“角色”两重特性，即具有推动情节发展和自我形塑的双重功能。一般而言，人物的这两种功能或兼而有之，或有所侧重，但如今，人物的自我形塑功能早就被大大弱化了，我们已经很难见到鲁迅、茅盾、老舍等经典

① 原刊于《长篇小说选刊》2016年第4期。

大家笔下的那种血肉丰满的“角色”了。当人物被当代小说家们统一设定为一个个“行动元”，我们看到的是一个个类似木偶一样的没有鲜活生命气息的道具。他们不会写人物，尤其不会描写有血有肉的人物。当代小说似乎只有故事的层层堆积，缺乏活灵活现的人物。《四季录》给我们的惊喜在于，在人物的这两种特性的处理中，作者较好地兼顾两者，并让几个人物“活”起来，从而确立了“人”“人学”作为小说自立的重要维度和价值。杀人犯王小金的成长史，主要以其性格和言行自我推演；木莲从自由走向自闭，再由自闭走出家门的过程，主要以其心理和精神的自动呈现为推力；罗浩从结婚到离婚，再到出国的过程，始终与其精神状态、个人心理以及生活认知方式的逐步变迁互为动因；即使像袁宝、小星，以及日记中提到的采访对象，小说也时时不忘在人物性格、言行细节方面给予精彩一笔。在当下长篇小说创作中，对典型人物的发掘与塑造，是最为薄弱的环节，《四季录》在这方面的实践值得关注和深入研究。

当下事件 / 故事。事件即人物言行及结果的总称。两个或两个以上的事件被作者或叙述者按照一定的逻辑加以整合和艺术连接，就形成了小说的另一要素：故事。21 世纪以来，小说家擅长讲各种稀奇古怪的、剑走偏锋的故事，擅长讲和小资有关的带有浓重情色意味的欲望故事，擅长讲鸡毛蒜皮、不痛不痒的故事……为故事而故事，从故事到故事，小说只剩下了故事。骨感的故事在裸奔！设若如此，读者就不必读小说了，如今的新闻报道、影视作品、网络纪实都比小说中的“故事”更具可读性。说白了，小说中的“故事”只能在“如何讲”这一环节上方能彰显其独有魅力。《四季录》中的故事全由当下最前沿、最热门、最吸引眼球的事件构成。无论一案两凶事件、贪污腐败事件、师生网恋事件，还是学生告密事件、上访事件、人体器官贩卖事件，甚至作为作家的莫言写作事件，都是最为当前的新闻事件。很显然，作者艺术构思的灵感和资源就是直接来自它们。这种近距离感赋予读者以似曾相识的在场感，但这些事件都不是小说所要正面、直接展现的对象，它们更多以背景方式存在着，成为故事发展和人物命运演进的参照物。比如，袁宝被杀事件仅是故事展开的诱因，它为一系列故事的展开、人性博弈和人物命运发展做铺垫。正是因为袁宝的一颗肾脏被植入木莲体内，才由此导致了木莲日常生活上的不安和精神、心理上的恍惚。可以说，小说中每一个事件，都有其不可或缺的作用。小说经由这一入口，打开了更为广阔的世界。这似乎也验证了那句流行语——新闻结束的地方，恰是文学开始的时候！

当下情感/婚姻。男女之间的情感与婚姻是这部小说侧重表现的内容。比如：章云先被卡车司机所骗，后被王小金遗弃，其情感与婚姻的不幸，揭开了底层小人物辛酸而无助的生活面影；罗浩与范小鲤的网上相遇、线下游戏，映照了现代都市知识分子情感世界的空虚；木莲与罗浩由最初的恩爱、和谐，到最终走向破裂的过程，充分展现了现代社会中情感、婚姻和家庭时常产生的难以调和的现实悖论；林树林与范小鲤结合，与真爱毫无关联，这种依循世俗功利构建起来的关系为当今时代的姻缘做了非人化发展的注脚；木菡与老钟貌合神离的婚姻，让人感觉就似一场游戏……由此看，对当下情感的体验与表达，特别是对两性关系的审视，都极具现实针对性，虽然不动声色的叙述并没有将之引向直接的价值判断，但人物的遭遇实在让我们揪心！

当下人性。在小说中，有几对人物关系，其立意耐人寻味。一是王小金与桔梗。后者对前者有恩，反被前者杀害。脆弱的人性，变异的灵魂，是社会病了，还是人病了？二是木莲与罗浩的夫妻关系。彼此都想走进对方，但最终分道扬镳。走出婚姻的围城，却又陷入更大的隔膜，精神家园何在？三是木莲与自己的互视关系。她总觉得自己与捐肾者有某种生命的关联，并因此而惴惴不安。她一刻也没有放弃寻找他的愿望，这一切注定是徒劳的，虽劳而无果，但她依然在寻找。这是存在的悖论吗？四是罗大为与丽兹的关系。罗身处异国，与丽兹相识，表面上关系密切，实则隔膜很深。肉身的漂泊，精神的寂寞，始终如影随形。他似乎永远走不出自造的围城。这也是宿命吗？五是木菡与老钟。他们互相遮蔽，彼此不了解，谁也别想走进对方。婚姻形同虚设，情感虚无缥缈。他们是熟悉的陌生人？六是袁宝与众人的关系。他的成长总受制于他者，他身不由己地任人摆布，乃至含冤丢了自己的命。这一切似乎是先天预定的，但又无处诉说，无路可走。他的一颗肾被取走，却引来另一人的焦虑与不安。这是何种性质的悖论呢？总之，似乎总有一种无形的力量主导着个体的生活或命运，人与人之间沟通的不可能，对自我身份的寻找与迷失，内心与现实生活的不可调和，生活的困顿与生命的苏醒之间的矛盾……这些人物关系及其内涵，都具有十足的人生哲理意味，充分展示了作者把握和探讨人性关系的深广度。

《四季录》是一部小长篇，但容量并不单薄。它涉及众多人物，关涉众多事件，富含众多主题。这是典型的以小写大、以少映多的写法。如何在虚构的艺术世界里将这些“众多”各安其位，而又经得起艺术逻辑的考验，实在是一件不易做到的事。其实，从“写什么”到“怎么写”的审美转换，也是文体自我觉醒的过程，因为一旦涉及后者，它就必然与“叙述”“修辞”“风格”“语式”“语调”“语象”“引语”等小说语言美学要素发生深度关联。当一个小说家孜孜以求于这方面的探索，其文体意识的萌发与实践就会是自然而然的事了。

分层讲述 / 交叉讲述。小说分别叙述了众多人物的成长史、生活史，但这种讲述并非平行的，它具有非常明显的层次性、交叉性。整体上采用全知叙述，每部分为限定叙述。全知叙述统摄全篇，限定叙述彼此交叉。这是 21 世纪以来小说文体发展趋向本土化、非形式化的最好见证。更有意味的是，小说中人物也参与了讲述。比如，在“楔子”中，罗大为向丽兹讲述袁宝的命运遭际、王小金凶杀案等“中国故事”，而在“尾声”中，丽兹向罗大为讲述史蒂夫、本杰明、艾丽卡等人的异国故事。这可看作是小说的外层讲述。接下来，小说分别讲述了 1996 年夏、2002 年春、2003 年夏、2014 年秋天发生的故事，可视为内层讲述。外层讲述以梗概方式展开，内层讲述以并列方式依次推进。外层讲述以事件为中心，继而谈及人物，推进方式是从故事到故事；内层讲述以人物为中心，串联起故事，推进方式是从人物到人物。对于后者而言，人物与人物之间的关系，故事与故事之间的连接，常借某一次要人物的“出场”加以弥合。比如小星，借助他的出场，小说就将木莲、木菡、罗浩的故事整合在了一起，假如没有这一人物，他们的存在就宛若散沙，“讲述”的合力也就难以形成。正是从这个意义来看，这部小说中的次要人物（比如章云、袁宝的姐夫、老钟、周秀美，以及木莲日记中的那些采访对象等）并不是可有可无的，他们的“出场”都有这种“连接”或“整合”作用。可以说，这种内外结合的讲述方式，使得故事彼此关联，讲述相互交叉，显示了小说处理现实生活的独特视角和内在力量。

空间并置 / 文体结构。空间并置——它是众多文体结构方式中的一种——即把不同的故事、人物、场景、言行、叙述人等，让其在同一空间同一个时间内集中呈现。单纯就《四季录》某一章而言，它在结构上表现出突出的空间并置现象。这的确有效处理了小说与现实的关系。具体来说，它以袁宝、王小金、木莲、罗浩、木菡、范小鲤各自的故事为轴心，呈网状分别向外拓展，勾连起袁宝亲人的故事，王小金的成长经历，章云的情感与婚姻，桔梗的被杀害，老钟的神秘生活，以及林树林、内藤贤、罗浩父亲、小星、周秀美、日记中被采访者等众多次要人物的故事。很明显，通过这种空间并置，小说内部的现实与外部世界的生活实现了直接对接或互融。如果“现实经验”有效融入虚构的艺术世界，并反过来以其艺术本体的力量反映并超越现实生活的秩序或法则，那么，这种结构方式就是有效的。

叙述语言 / 描写语言。叙述就是按照一定的规则，遵循一定的序列，重新叙述事物原本状态或事件演进过程的行为。故事是小说的基本要素，故事与故事连贯成情节，情节就是对一系列动作的模仿，表面上看，当代小说把叙述提高到很高的位置，也是合乎现代小说文体发展规律的。《四季录》的语言就很好地处理了叙述和描写的关系。小说主要以传统的对话描写、心理描写为主，特别突出细节描写在展现人物精神状态时的能动作用。小说中的木莲、罗浩、王小金等人物形象之所以能够“活”起来，靠的不是叙述者的单纯述说，而是描写语言的细部观照与静态反映。因为描写观照静态事物，深入细部，呈现一种状态，这是单靠叙述难以达到的逼真效果。而《四季录》中的叙述语言主要付诸背景交代和故事进程的述说，更多是一种粗线条的勾勒，它没有取代或压抑语言的描写功能。因此，作为动态的叙述，与作为静态的描写，在这里被很好地融合在了一起。其实，这种语言体验与实践并不新鲜，那些被称为“大师”（比如鲁迅、老舍、汪曾祺）的小说家哪一个不是描写高手？只是对于当下小说家来说，描写能力太差，天赋更无从谈起——相比于叙述，描写太难了，故干脆不去触碰。因为叙述和描写不单纯是语言层面上的问题，他们几乎涵盖了与“小说”有关的所有命题，所以，我始终觉得，小说家如果仍然延续“自慰的叙述”一统江山的局面，那可真是自欺欺人了。

《四季录》还是具有很大示范价值的。

首先，《四季录》的当下品格是一种及时的、珍贵的现实关怀品质。最近，方方在谈及现实主义文学时说：“新写实的本质是批判现实主义，这条路在中国根本没走完。”“现实主义小说至今没有得到充分发展。”（见《江南 · 长篇小说月刊》2016 年第 3 期）。我觉得她的这种观点是合乎实际的。现实主义在中国，仍然任重而道远！《四季录》显示了中国当代青年作家用小说思考和处置当代生活的愿望和能力。这是中国新文学的“根”，我们真的不能丢!

其次，它再一次激活了我们关于“小说与现实”“文学与生活”“虚构与纪实”等相关理论问题的认知与探讨。无论传统认识论中的“高于生活说”——认为文学反映并超越现实生活，还是20世纪80年代诞生于先锋文学思潮中的“与现实生活无关说”——由于高度痴迷文体形式的探求而认为“反映生活说”压根就是一个伪问题，还有“低于生活说”——认为生活的精彩远大于小说，小说是生活的附属物，故对虚构文学质疑（“非虚构”大兴，就是很好的例证），这都说明，关于小说和现实的关系在今天依然是一个悬而未决的有待进一步探索和实践的文学命题。《四季录》是完全面向当下生活的，它再一次向我们呈现了作为虚构艺术的小说，在反映时代和建构新现实（虚构的审美世界）时，其无可取代的地位和价值。

二　刘继明《人境》: 现实感、思想性及其修辞选择[①]

假若说某人的某部作品缺乏厚重的现实感，他八成不赞同你的观点，他会反驳: 我生活在当下，我对这个时代的生活耳熟能详; 我作品的内容与主题无不与现实生活息息相关，你怎么能说我的作品缺乏现实感呢? 应该说，你不能完全否定他的这种反驳，只能说，由于小说家们对现实感的理解与实践的不同而最终导致了上述认知观点上的分歧。其实，作为文学经验的现实感，或者说作为美学的、审美意义上的现实感: 它首先必须是作家与现实生活——人、事、物及其关系——互融互聚、互审互视的审美产物; 它也是作家以强大的思想整合碎片式经验，并在现实世界的幽微处和广阔处反复体验的艺术结晶; 它还是作家以真挚的情感，串联起种种细节、场景、人物，并使之生成独立意义的艺术成果; 它最终还必须彰显为某种整体性的诉求，在此烛照下，历史、当下、经验、逻辑等一并敞开，从而呈现为一个既有树木又见森林的审美界。

以审美性、思想性、整体性作为界定和衡量一部作品现实感有无或强弱的必要条件，实在不新鲜，也不苛刻。《子夜》《山雨》《创业史》《平凡

① 原刊于《当代作家评论》2017年第3期。

的世界》等让我们耳熟能详的现实主义经典作品，哪一部不体现了这方面的特征？新时期以来，这一传统日渐式微，而21世纪以来，能够彰显厚重现实感的作品更是身影难觅。但式微或难觅并不等于说这种传统过时了，而恰恰相反，与当代中国的宏大进程相比，其道路和使命远未完成。如果说20世纪30年代的《子夜》和《山雨》、20世纪50年代的《创业史》、20世纪80年代的《平凡的世界》所达到的艺术高度相匹配于各自时代的话，那么，有着厚重现实感的《人境》在2016年的出现，不仅是对这一文学传统的回望和文学遗产的继承，也是一次试图创作出与大时代进程相匹配的文学作品的最新探索与实践。

现实感离不开思想性的支撑。它赋予小说以灵魂，以质感，以启迪。没有深刻思想的小说宛若清汤寡水。《人境》最突出的特征就是对当下经验的深入开掘和充分表达，并试图对时代提出的诸多宏大命题做出呼应或回答。比如，城乡巨变中的中国到底何去何从？资本与权力裹挟下的个体命运该如何摆渡？知识与理想在多大程度上自立为主体并成为推动历史进程的积极力量？以深刻的思想进入小说，并以一种统摄性的力量或规约着人物言行，或主导着情节演进，或辅助于社会历史画卷的整体呈现，这样的气度与格局在21世纪以来的长篇小说创作中并不多见。从这个角度看，这部长篇的出现不但是对中断已久的《子夜》式的具有社会科学气质的宏大叙述传统的对接，而且也是21世纪以来不多见的以小说方式将对当代中国现状与发展道路的探索引向深处的一次及时而深入的实践。

这种实践是对当下弥漫于文坛的小资式的自闭型小说创作的有力反拨。我们的一些小说家拒绝思想的介入，认为那是理念先行，过多考虑思想的深浅有无是累赘，或者干脆一厢情愿地认为，对于思想的表达不是小说家的任务。于是，当代文坛就涌现了一大批不痛不痒的浮于生活表面的哗众取宠之作。这些作品虽写了现实，也不失为真实，但多是一些鸡零狗碎式的未经艺术加工和转化的纯粹物理性质的表象式经验，因而，它们反而成了最没有现实感的作品。又由于对现实的描写不是艺术上的真实，因而也就无法在心理和精神维度上进入文学接受的有效通道。

《人境》也继承了新文学“问题小说”的传统。它以整体性视野全方位地呈现了当代中国发展过程中所出现的一些问题，比如，生态问题（楚风集团污染事件）、经济问题（长江机电厂改制）、土地问题（神皇洲的土地变迁）等等。这些问题涉及工人、农民、知识分子、官员、资本新贵等广泛的阶层。作家不仅发现并提出了这些问题，还试图以小说方式处理这些问题。那么，如何将对中国问题的探索引向深处，并在文学维度上彰显出小说所独有的呈现方式呢？《人境》更多是借助逯永嘉、马垃、慕容秋这三个典型人物的塑造得以实现的。他们都是理想主义者，主观上都有改变自我与社会的强大的精神动力，客观上，他们也都是不等不靠的积极探索者。改革开放之初，作为先知先觉者的逯永嘉下海经商，他办企业，在个人生活作风上自由不羁，事业上虽因投机而败落，并因疾患而英年早逝，但他的理想——等赚到足够的钱后，买下一座岛，创建自己的理想国——并不着眼于一己之力。他的“理想国”也是我们人人渴望实现的“国”。如果说逯永嘉的“理想国”还停留于乌托邦式的想象阶段，那么，马垃到农村创业，创建同心农业合作社，走集体奋斗之路，这样的实践就是切进实际的行动。同心合作社虽因资本与强权的强势干预而不得不面临自行解散的命运，但它的成立与运作是被实践检验过的合乎当下农村发展实际的道路。落地生根的“马垃之路”大有可为！慕容秋是知识分子的代表，因不满于庸俗的官僚化的脱离实际的学术圈子而最终自愿到农村开展田野调查式研究，她曾经的迷茫与遭际比较充分地揭示了当下中国一部分知识分子真实的精神动态。她的突围之路至少告诉我们：知识不死，理想不灭，中国才有希望！

他们的道路也注定充满着诸多不确定性。集自由主义与重商主义于一身的逯永嘉在错综复杂的市场较量中败下阵来，这不是他一个人的错。走错了路，回头就是，但历史没有给他这个机会。马垃继承了他老师的精神衣钵，从他哥哥那儿继承了对于集体主义的笃信，以个体强大的理想主义激情投入同心社的创办与运营，但也都不是一帆风顺。他与种棉户赵广福之间的竞争，他与各种资本势力的周旋，同心社与神皇洲居民不断发生着的紧张关系，等等，都预示着马垃要弥合理想与现实之间的鸿沟着实不易。当最后好不容易建立起来并走向正轨的同心社被一场暴雨和不可阻拒的强权与资本的合力所吞噬时，它在宣告这一实践最终破产的同时，也给我们留下了足够的沉思：乡村发展，路在何方？马垃及同心社还会东山再起吗？洁身自好的慕容秋一直疏离于主流学术圈，努力维护着自己在心灵和精神上的自足性，然而，当她目睹马垃、何为、旷西北、鹿鹿等人的行动后，毅然要离开大城市，到农村去开展田野调查，她要走的路会一帆风顺吗？探索者注定是孤独的。他们总是一个人在战斗，既要与整个社会中看得见的势力抗衡，也要在漫无边际的“无物之阵”中搏击。然而，孤独的精神之子、地之子们在短暂的迷茫、痛苦后还会重来吗？小说对他们在现实中主观能动性和精神处境的详细观照和描写，实际上，就将讲述的重心引向以下两个向度：有关人与现实以及人在特定现实中的可能境遇；人与自我以及人在与自我的对视中可能生成的生命意识。这寄托了作家对理想主义及其实践者们深深的人文关怀意识。

现实感的产生是以整体性的历史认知为前提的，或者说，若离开整体性的视角和背景，作家们对现实的认知就会趋于空泛化、碎片化，从而使得对现实的描写变得无意义或者大打折扣。深受 19 世纪的批判现实主义和 20 世纪的社会主义现实主义影响的作家对这一规定大概不会感到陌生。《人境》之所以表现出了强烈、深刻的现实感，除了对当下生活作整体性观照外，还与对早年知青历史的交代和知青生活的描写密不可分。首先，小说要全景再现三十多年来的城乡生活史，作为城与乡连接点的知青及其历史是不能被忽略或一笔带过的。其次，由于小说主人公马垃、慕容秋的生活、思想及事业追求，其精神动力莫不与这段历史息息有关，因此，对马坷、慕容秋以及相关人物在知青年代里的故事和命运遭际作详细交代，就是不可或缺的组成部分。甚至，在结构上，两个时代里的人、事及其关系也展现了同样的逻辑。比如，马坷的日记之于马垃的写作，马坷与贫协主席郭大碗伯伯的关系之于马垃和谷雨的关系。由此可见，不但知青生活作为一种精神资源被重新加以言说和叙述，并与马垃们的时代勾连起来形成了某种渊源关系，而且这段历史作为小说现实感的重要内容被纳入整个叙述体系中，并成为支撑其价值体系的重要依托点。所不同点在于，马垃在新世纪的理想与人生受制于现实世界的强力约束，他在神皇洲的事业最终以失败告终，显得悲痛而无奈。这是现实逻辑对于个体逻辑的胜利。而且，当原住民全部搬离，消亡的就不仅仅是同心社，还有神皇洲。这也是一种寓言。土地的被掠夺，乡村的衰败或消亡，是乡土中国奏响的最后一曲挽歌或悲歌。马垃们的道路注定是不会平坦的，但他们所开创的事业和所昭示的方向都是切合农村实际发展需要的。总之，《人境》将历史感与现实感交融一体（或者认为“现实感即历史感”），并以经典现实主义原则和理想主义追求为目标，试图重塑历史和介入现实的文学实践，这在 21 世纪以来的创作中也是不多见的。“小说修辞是小说家为了控制读者的反映，‘说服’读者接受小说中的人物和主要的价值观念，并最终形成与读者间的心照神交的切合性交流关系而选择和运用相应的方法、技巧和策略的活动。”①《人境》的修辞选择与对现实感、思想性的经营互为表里。小说采用的叙述方式是现代小说最为常见的模式——讲述。作为展现强大主观性和自由度的讲述赋予小说作者以极大的权力，但作者因素在叙述中的随便出现，不但会压抑或破坏小说其他要素的能动性，还可能会阻断与读者的正常接受。故小说家们在采用这种方式时都会特别谨慎，或者经过了一番艺术上的苦心经营。这部五十多万字的长篇小说依赖这种讲述所取得的通透效果是如何实现的呢?

讲述的重心在人物。人物是小说的基本要素，其基本功能有：作为小说的“行动元”，推动小说情节的发展；作为小说的角色，展开性格的自我形塑；既是“行动元”，又是角色，情节发展和自我形塑同步展开。《人境》主要采用核心人物的自我形塑功能，展现了人在现实境遇中的能动性和生命张力，而采用次要人物的行动元功能，推动故事情节的转换或发展。具体来说，马垃和慕容秋是这部长篇集中表现的两个主人翁，而以他俩为中心，分别向外交叉辐射，纷纷带出众多人物和故事。这就在横向和纵向上形成了一种网状结构。其中，作为“典型环境中的典型人物”，马垃可谓新世纪以来长篇小说人物画廊中的最新人物形象。也可以说，《人境》的首要贡献就是塑造了这一人物。

讲述的焦点在隐含作者。《人境》是主观性、思想性很强的长篇小说。作者明确的倾向性表达（即“作者涉及了要素”）是如何以艺术方式得以显现的呢？这部长篇采用了全知叙述，作为讲话者的叙述者交代时代背景，转换叙述内容，勾连人物谱系，代理作者传达某种思想，但单靠叙述者的专断言说，是不足以生成穿透性的文学意义的。这就是小说的隐含作者。作为作者的替身，它在文本中就有了存在的合法性。很明显，马垃是作者的化身，也即隐含作者之一。既然马垃的理想是整部作品的灵魂，那么，小说通过对马垃形象及其人生历程的细致描写，也就完成了作者因素在小说中的有效代理。在这一过程中，是隐含作者而非作者本人的感情和判断支撑和建构起了作品的艺术世界。

讲述的节奏趋于舒缓。讲述与显示作为两种相对的叙述模式到底孰优孰劣，曾经发生过激烈的争论，并在实践中形成了两类不同的风格。一类

---

① 李建军:《小说修辞研究》，中国人民大学出版社 2003 年版，第 13 页。

强调作者介入，高扬作者要素在叙述中的主导性；一类强调作者自动退出，强调不动声色的客观呈现。其实，既然承认小说是模仿与表现的艺术，任何极端的认定与实践就都是不切实际的。《人境》采用讲述式，除了如前所述采用多种方式力避作者要素在文本中的直接显现外，还将讲述这一动作放慢，使其趋缓，以达成动态世界与静态世界的有效融合。因为，世界永远在运动，单靠主观的叙述是不可能无限接近其真的，而讲述一旦慢下来，这就形成了讲述与呈现的结合体——既有讲述的动作特征，又有显示的艺术效果。《人境》以其绵密舒缓的叙述节奏，特别是在聚焦内心独白，描述个体的精神活动，展现人性状态和生活细部，描摹自然风景时，所呈现的内外经验都是无比真实可靠的。

《人境》既有现实感，又有思想性，是近年来出现的难得一见的现实主义力作。它对历史的处理方式，对现实的勇敢认知，对文学传统的有效继承，对讲述形式的有益探索，对新文学人物的塑造，都将给当下日渐式微的现实主义写作以有力启迪。它也告诉我们，中国当代作家在面对现实生活时是有能力处理当下重大题材的。因此，在21世纪以来出现的非虚构式、新闻体、剧本式、下半身式、流水账式、碎片式等一大批“伪现实主义”小说中，《人境》以其厚重的现实感而在同类创作中显得卓尔不群。

三　王方晨《花局》:“局”与当代人的寓言①

《花局》是王方晨继《背后》后出版的又一部长篇小说。从《王树的大叫》到《花局夫人》，再到2020年的《花局》，当然可以清晰呈现出后者与前两者渊源相继、互文创生的文本关系，不过，这部在文体上与《老实街》一脉相承的新长篇因其在主题表达向度上的深度开掘以及在艺术探索与实践方面的突出表现而尤其引人瞩目。

一般而言，优秀小说家对“背后”故事和内面“风景”探察的兴趣、动力，要远大于对正面或外面可视、可感世界的直接描摹，而从司空见惯的人、事、物及其关系中揭示出令人耳目一新或为之折服的真实或真理，

① 原刊于《长江文艺评论》2020年第6期。

则更是其优长所在。这种把握与表现能力本是小说家的看家本领，但自新时期以来，这种彰显智性品格、更切近小说本体的创作——在笔者视域中，似只有韩东一人自成一体并取得卓越成就——并不多见。这么说并不是要把王方晨及其小说创作归入韩东一脉，而是说以《花局夫人》《花局》为代表的小说明显有别于"新乡土小说"和"老实街"系列而初步彰显出审智品质，故可单独归为一类而予以深研。

正如王方晨在长篇小说《背后》中专注讲述"背后"故事，呈现"背后"情态，揭示"背后"主旨一样，《花局》在内容呈现和主题表达向度方面也大体延续这一方式。表面上看，《花局》集中展现了一个局的日常——从鸡毛蒜皮的琐事到人与人之间的猜疑、倾轧，以及伴随其中的权力之争，也就是说，小说首先以写实笔法对一个局的日常状态特别是各类人的非常态言行、心理作了细致描写，但小说所要侧重表达的显然不仅在此，而力在揭示内置于人与"他者"关系中的存在图景，而且尤其注重表现人在"局"中的困厄、压抑和荒诞处境。

在小说中，从普通员工到局长都不同程度地深陷困境或迷局中，但又都不能从中抽身而出；非但不能获得属于人的自由，而且还动辄走向愿景反面——素来讨厌植树的陈志生被委任为"植树造林办公室"主任，渴望升职的王树又不得不回到那个驻村点，看似大权在握、我行我素的古泊生局长实则在情感、心理和精神上深陷牢笼，被委以送信使命的上帝无论多么努力都无法将之送达，电视台记者施小婕采访陈志生"先进事迹"的企图从一开始就注定落空，古泊生、陈志生和上帝的情感归宿最后被证明不过是一个苍白而虚妄的人生游戏……在此，无论个体的言行、心态，还是人之关系，一切都不合常规，显得离奇而荒诞。与其说这是花局中人的境遇，毋宁说这也是现代人的生存境遇。难道不是吗？对个体而言，身与心的分离，想与做的背离，爱与恨的纠缠，生与死的迷惘，不都时常发生且无法调和吗？对人与"他者"关系而言，"局"无处不在，并且作为大环境的"局"对人构成强大制约，而以个性、自由与爱为目标的主体诉求，最终能如其所愿者有几？被困、退守、徒劳、颓废、沉沦甚至深陷绝境，在当代人日常境遇中不也是一种常态吗？

从这方面来看，《花局》揭示了当代人普遍遭遇的一种处境以及被裹挟其中的无力感。因此，复归本真、本源，察究人与人、人与环境的本质关系，并在此基础上对现代人的境遇作寓言式书写，是这部长篇所展现出的一个极具现代意味的主题表达向度。

如何理解“花局”的指涉意义和象征内涵，首先成为读解这部长篇小说的第一要义。表面上看，花局是一个实实在在的机关单位。花局里的人从局长、主任到一般科员各司其职，按部就班上下班，花局里的“日常”表面上看风平浪静，其机制和人际关系和任何一个实体单位相比并无实质不同。也可以说，花局也就是随处可见的某个局。小说描写了这个局内部上下级以及普通员工间的常态或非常态故事，自然也就表现出了非常明显的写实倾向（现实指涉意义），然而，在作者笔下，花局又是一个超越实在的带有象征性的虚拟空间。这从花局人一系列非常态言行、心理及关系中即可得到明证。

如前述所言，从局长、主任到普通员工都深陷“局”中，一切似被一种看不见、摸不着的大网笼罩着，不但彼此隔膜，互不理解，而且自缚其身，无处可逃。花局宛若一座迷宫，让里面的人晕头转向、身心俱疲，但又无法释怀。因此，在笔者看来，与其说《花局》写了一个局，展现了一种生态，还不如说建构了一个人人心中都有的“局”。这种带有隐喻性或象征义的“局”无处不在、无限延展。它总会时不时让人想起某些熟悉的小说意象，比如卡夫卡笔下的“城堡”、钱锺书笔下的“围城”。从“城堡”到“围城”，再到“花局”，小说史的意象谱系在此拓展，这是否可以看作是一部向经典致敬之作呢？作者建构了花局，花局即永在，但作者未必知悉花局人的所有秘密。然而，无论实在的花局、虚无的花局，还是作为符号的花局，它都已然对“读者”构成一种潜在诱惑：局内故事绵延不绝，局内“风景”也远未敞开，一切都有待他们来叩访或勘察。

以人物为审美触点，以人物与人物的关系为基本线索，以各种关系交叉而形成的网络为基本骨架，从而最终呈现一个崭新的艺术世界，也是《花局》又一个尤值深究的艺术特质。小说前后共出场二十九个人物，但作者的兴趣显然不在塑造人物形象，而是把人物作为建构关系的一个个支点来予以调配。

小说四个部分分别以陈志生、王树、上帝、古泊生局长为中心支点建构多元关系，并以此作为各部分所要营构或表现的主体对象。第一部以陈志生为中心，外联古泊生、施小婕、柴会卡、曹佩奇等角色并立体生成多元关系，不仅意在折射花局内部人际生态，也旨在揭示人与“他者”关系的本真状态。第二部讲述王树前后两次赴胡兰村蹲点锻炼的经历，以及在此过程中遭受来自古局长及众同事们的或明或暗的内斗或纷争。在此，王树与古局长、王树与胡兰村作为并行交叉存在的两大关系，分别指向不同的表意向度：前者重在素描小公务员形象及其人生境遇，后者旨在探讨人与环境、人与自我的本质关系。另述花局职工上帝受古局长差遣给另一局长送信而最终无法送达的故事，并旁及他与小饭店老板祁秀红的情感瓜葛。如果说上帝与古局长、上帝与祁秀红这两对关系所反映的图景尚主要指向“现实界”，那么，上帝与信件的关系以及由此而生成的诸多次生关系则更多指向形而上层面。不管上帝多么努力，想尽各种方法，通过各种途径，结果都是一样的：信没法被送达。而至于信的接收者是谁、什么内容、送达路上随时发生的一系列难以克服的困难等等，一切都是不确知的、含混的，所有努力也都是徒劳的。这种荒诞性多么像卡夫卡《城堡》中那个始终无法进入城堡的测量员K的遭遇！第三部里的花局职工，直接变成了一条狗，并以狗的口吻自述。第四部围绕古泊生、鲁林娜、夭婆三者彼此间的关系，不仅揭示人在生活、情感中的困境，还对生成这种困境的环境因素、性格因素予以深度探察。

总之，关系作为一种表现对象并自立为主体，或作为一种修辞成为主导性的艺术手段，并借此来揭示某种真实，表达某种超越现实层面的哲思，这种艺术实践为其素有的先锋气质作了最好的注脚。

《花局》共分四部，每部既各自独立，又彼此关联。这种在《老实街》中大放异彩的小说结构方式在《花局》中再次得以沿用，也正表明作者在理解或把握“长篇小说”这种文类及其与世界关系的独特方式。每部分各有各的结构方式，各部联合起来又聚合为一个整体，这种既闭合又开放的文本空间又赋予小说艺术生成以无限可能。从长篇小说中常见的“三部曲”形式到王方晨这种由多文本组合而成的多文本互文体式，作为小说艺术形式之一种，其实践效果与经验都值得在现代小说文体发展史的维度上予以梳理、总结。

正如长篇小说《老实街》中的每一章皆可独立且为小说精品一样，《花局》中的四部亦如是。这种内部各章在主题、内容、视点、语式、语调甚至创作时间都不同的文本一经聚合为一个新文本，包括时间、空间、人物、环境在内的长篇小说要素功能及其重组效果必然生变。如何经营这种“变”，并使之实现文本增值，则实在是一个不小的艺术难题。不过从实践情况来看，继《老实街》后，王方晨又在《花局》中继续实践这种既独立又彼此关联、既开放又闭合的长篇样式，其卓有成绩的文体探索与实践当给予充分肯定。至少他在革新长篇小说文体样式和培育新式读写方式（即，读者可以自由出入文本，阅读顺序可以自由选择）方面所做的贡献不应被漠视。

谈及其文本的“开放性”，一个值得注意的现象是，作者善于把已发表过的“前文本”也纳入新长篇构架内——比如《老实街》中的《大马士革剃刀》《花事了》诸篇，以及《花局》中的第二部（《王树的大叫》）和第四部（《花局夫人》）——并将之作为一个意义生成点而予以重审、重置或重写。

如何理解长篇小说创作中的这种“自身互文”现象？当然不能简单地将之理解为一种浅层次的自我重复，实际上，“自身互文”现象普遍存在于现代作家的创作中。比如，鲁迅常将自己创作的旧体诗词引入杂文创作中；冯至的散文集《山水》与其《十四行》集存在明显的呼应；红柯在《西去的骑手》《乌尔禾》等小说中经常引入自创的诗歌；杜拉斯的《中国的北方情人》和《情人》在场景、人物、故事方面多有雷同；韩东不仅经常在诗歌与小说两类文体中屡屡使用同一素材，从而形成有意思的文体互文现象，也时常在小说中对同一素材多次运用，比如长篇小说《扎根》就屡屡用到已发表过的中短篇小说中的素材等等。作家通过这种修辞策略将自我与历史以及自己的“前史”联系起来，以此开启了新的审美通道，再次打开了新的创作可能性。其实，对于作家而言，包括自己曾经创作出的作品在内的所有文本皆可为我所用，都是第一手的素材，它们经由审美加工和转化后，便会生成新的意义。那些已经存在的自有文本同样可以被多次纳入审美观照与互聚生发的备用材料。

在此意义上来理解《花局》与《王树的大叫》《花局夫人》的自有文本互文，以及与奥西普·曼德尔施塔姆诗歌的他者文本互文（诗中的“非这样不可”与小说中各类关系的“非这样不可”，彼此间构成一种有意味的互文或指涉），也就有了可供参照的理论基础。它至少表明：《花局》从构思到最终生成的过程深植于其近二十年的创作历程中，而在此过程中，作者与前文本的持续对话为新文本的生成，起到了不可忽视的助推作用；一旦被纳入新文本中，它们也就被重新赋予新功能，不仅独立显义，还作为一部分服务于小说总体性意旨的建构。

《花局》在讲述语式和细节上的处理也颇值一提。其一，采用全知与限定两种讲述语式。前两部、第四部以第三人称全知视点展开讲述，第三部采用第一人称（“俺”）限定视点讲述，从而形成彼此呼应或补充的文本间性关系。在此框架中，虽然“间性关系”取代人物成为小说所要表现的主体对象，但担当各“支点”的二十九个人物的“声音”并未被遮蔽。相反，在文本内部，不同“声音”或并列或交叉存在，由此而生成的“多音齐鸣”始终在场。其二，人物命名耐人寻味。“上帝”、露露（一只鸟，古局长的宠物）、“老婆”（一个花局职工的外号）等名称似都隐含丰富含义。在人们印象中，上帝掌控一切，可以克服任何困难，做成任何事，但是，小说中的“上帝”竟然连一封信也无法送达。这其中的荒诞与反讽意味是不难体味出的。“露露”一般为女名，古局长和一只鸟建立起了亲密关系，其喜怒哀乐最初都是从这种关系中得以呈现的。显然，这只名为“露露”的鸟儿所承担的角色功能和“支点”意义都非同寻常。其三，对“花局”人物某一言行举动的描写也别具深意。比如，花局办公室副主任曹佩奇在深夜里独自偷偷骂人的举动（“我操你妈——！我操你妈‘主见’！”），宁小虎、柴会卡们的夫妻生活被以“交媾”称之，鲁林娜上班第一件事就是把办公室门打开，古局长下班第一件事就是把鲁林娜办公室门关上的举动，以及露露的学舌（“娘希皮！”），等等。此类细节描写在小说中比比皆是，它们意蕴丰盈，并助力于各种关系的审美建构，亦堪称《花局》一大艺术特色。

综上，在继创作出一批以《老大》《公敌》为代表的带有突出先锋气质的“新乡土小说”，以及融注中国传统小说神髓和浓厚民间文化气质的“老实街”系列小说之后，王方晨又一次以其长篇小说《花局》显示了其在当代文坛中的非凡创造力。同时，以《花局夫人》《背后》到《花局》为代表的一类小说的出现，也标志着一种展现当代人生存困境，探察人与“他者”关系，揭示隐秘“风景”，从而彰显小说智性品格的新实践向度的最终生成并取得突出成就。而在此过程中，《花局》在其小说创作历程中显然更具有里程碑意义。

四　刘庆邦《女工绘》：爱之书、青春志与反思录[①]

刘庆邦在《我写她们，因为爱她们》（《女工绘》后记）一文中说：“《女

---

① 原刊于《长篇小说选刊》2020 年第 6 期。

工绘》是一部爱之书”，“小说写的是后知青时代一群矿山女工的故事”，“我保存的是民族的记忆、历史的记忆”。在此，“爱之书”“后知青时代”“女工”“保存”“记忆”等关键词已将作者创作这部长篇的修辞愿景和主题向度予以清晰传达。而从近期发表的评论文章和读者阅读反馈——“矿山女工的群芳图”“后知青时代群芳谱”“书写中国煤矿女工的命运”“为一代矿场女工的青春‘塑像’”等等——来看，读者接受视点、观点与作者主观意图高度吻合，恰似达成一种彼此心照不宣的“读写契约”。事实上，对20世纪70年代矿山女工日常生活、工作状态、心灵样态的细致描写，对其情感际遇、人际关系的细致讲述，以及在此过程中对人与政治、人与环境“间性关系”的审视、反思，恰恰构成了这部长篇最突出的文本特质。

《女工绘》既是作者的“爱之书”，也是那一代人的青春志。其中，作者塑造的煤矿女工华春堂形象尤其让人难忘。首先，她是一位凡事善于观察、遇事主动出击、富有生存智慧的女子；她集实用主义与理想主义于一身，是生活中的智者和强者。她面对生活与生存时的心态及作为会给俗世生活中的你我以诸多启迪。其次，作者深挖这一民间“强人”在短暂人生历程中的生命内涵，从而将有关人与环境、人与自我关系的思考引向深处。华春堂虽然短暂在世，但她将“我的生命我做主”这一信条做到了极致。可是生活并没有赠予与她这种身份、姿态和能力相匹配的幸福，她的遭际终究是悲剧性的——初恋男友死亡，未婚夫死亡，最终在即将迎接美好生活时她也突遭横祸。华春堂生命中的“必然”终究被屡屡到来的不可控的“偶然”所吞噬。由此看，人物和作品带有隐而不宣但鲜明浓烈的悲剧色彩。然而，在艺术实践中，悲剧某种意义上说是把美好的东西摧毁了给人看，因而也就更具有震撼人心的力量。总之，在中长篇小说中典型人物普遍缺席的当下，华春堂这一角色在《女工绘》中的生成当具有特殊而重要的意义。

除了典型人物华春堂外，其他女工形象和故事所传达的意蕴也异常丰富。无论被流言蜚语包围着的杨海平、被阶级出身所毁的张丽之、被政治标签压得抬不起头的周子敏，还是同性相悦、深陷于肉体之欢（禁断之欲）的褚桂英和唐慧芳，都被作者单列一章或交叉讲述，并从中开掘出超越历史与时代的人性内涵。但作者并非聚焦苦难叙事，而旨在描绘矿山女工们的青春之美，用作者的话说就是“每个青年女工都有可爱之处，都值得爱一爱。她们可爱，当然在于她们的美。粗糙的工作服遮不住她们的青春气息，繁重的体力劳动使她们的生命力更加旺盛，她们各美其美，每个人都是一棵春花初绽的花树”。然而，这“春花初绽的花树”却无一不因遭遇来自各个方向的寒流侵袭而枯萎，那些“值得爱一爱”的女工们也一一被耽搁或摧残。青春被漠视，自由被阻隔，爱被剥夺，美被遮蔽，谁之祸？这也是《女工绘》所要侧重揭示的深层命题。

在中国现当代小说史上，对青春与爱情的书写一直就是常见常新的表达向度。或者说，对爱与青春的书写将会是任何一位作家都无法回避的永恒命题。这不难理解：因为每个人的青春只有一次，更因为发生于青春内的爱情稍纵即逝，无可把握，因此，包括作家在内的每个人都注定会以不同形式、不同途径随时随地重温自己的芳华时代。但对作家而言，“重温”即意味着对历史的重审和形象的再造，即作为主体的“自我”对作为客体的昔日“故我”及其历史关系展开重构。这一过程不是一次性的，而是无限次发生的。然而，对刘庆邦这一代与共和国共同成长起来的作家来说，青春期正好发生在那个极其不正常的 20 世纪 70 年代。政治比任何时期都更加肆无忌惮地干涉私人领域。当压抑、禁忌无处不在，戕害与摧残屡屡发生，人与非人的界限几被抹平，那么，所谓青春与爱也就被迫退场或走向变异。《女工绘》对这种非常态情感及其所承载的历史内涵的表现虽更多采取避重就轻、旁敲侧击策略，但其主题向度和表达力度则是清晰而有精准指向性的。那么，如何理解《女工绘》中有关爱情与青春的指涉意义呢？我觉得，这意义不仅指向题材本身，即它是近年来少见的聚焦 20 世纪 70 年代前半期历史风云和厂矿风景的最新长篇，故其填补空白之意义不应漠视；指向作者本人，即它是对作者本人一段青春往事的记录和献祭式表达——小说中对魏正方形象的刻画，以及对魏正方与华春堂情感纠葛的细致描写，实际上就是对这种主体诉求和修辞愿景的直接呈示；指向历史本身，即它是不多见的以小说方式成功将“20 世纪 70 年代前半期历史”予以艺术化呈现的又一典型文本，保存民族记忆和警示后人的人文功能在此得以延续；同时，也指向小说形式，即它将书写爱与青春主题的“成长小说”和介入现实与历史的“现实主义小说”这两种最常见的小说类型杂糅一起，从而使其在“小说形式”上有所突进。总之，从小说题材、思想内容到艺术形式，《女工绘》在 2020 年长篇小说创作中都值得重点关注和深研。《女工绘》在小说艺术上的实践也可圈可点。值得关注的有五点：一、设置主、辅两条线索，形成两个互文互补的叙述层面。小说以女主人翁华春堂与三个男青年矿工（李玉清、魏正方、卞永韶）的情感交集为主述层、主线索，以唐慧芳、杨海平、陈秀明、张丽之等形形色色矿山女工们或喜或悲的青春故事为辅助层、辅述线，从而将20世纪70年代矿山青年人的日常生活和情感样态予以整体呈现。二、以短篇方式架构长篇形制。全篇二十一章，除华春堂故事贯穿小说始终外，其他人物被分开讲述。每一章既可独立（可以单独成篇），又是整部长篇架构中不可分割的一部分。它们被统一于主线、主述层中，在互联互通中生成意义。三、专注细节或细部营构，并以此呈现“大历史”风貌。落笔于“小”，即从对人物的音容笑貌、言行举动、心理状态的细致描写做起，既而写活人物；着眼于“大”，即所有描写都被置于历史背景中，从而使得历史风云与小人物的悲欢离合互为注脚。四、叙述节奏和笔力控制恰到好处。有的地方务尽其详，以确保其人、其事、其味、其情的充分“在场性”。比如对华春堂与李玉清初识场景的描写。两人如何相遇、如何行动、如何对话、人物心理和动作怎样展开等等，都被做了详尽描写。在此，两个陌生人从相遇到初识的过程被作者描写得有声有色：一个主动出击，一个被动作答，一个努力旁敲侧击，一个被蒙在鼓里，一连串细节、言行所传达的“味外之旨”，其笔法颇有中国传统小说神韵。有的地方点到为止，追求画龙点睛之效。比如：第十五章突然借唐慧芳的一句话作结（“我就是图个舒服”），第二十一章突然插入一段华春堂意外遭遇车祸的情节，这对读者而言，其所含蕴着的接受张力就很具冲击力。在这章结尾处，叙述人突然退场，叙述戛然而止，但意蕴才刚刚生成、弥散。其实，这就是小说本体自生之味、之蕴、之意。上述两类例证在小说中比比皆是，在此不赘述。五、在小说中，男工被彻底背景化、客体化，以凸显女工的主体性。这一修辞实践也很耐人寻味。这或许是作为男作家的刘庆邦对爱、美、自由所作的一次转喻言说或间接表达。是否也可以说，在其审美视野中，青春期的女孩、月亮、水，与人性中的纯真、温柔、善意，就是同一种东西呢？其实，在具体文本实践中，作为小说家的刘庆邦有其刚性、凌厉的一面（比如他在中篇小说《神木》中的表达），更有其温婉、柔性的一面。而就后者而言，《女工绘》将其柔婉气质展现得淋漓尽致。

《女工绘》是刘庆邦继《断层》《红煤》《黑白男女》之后所创作的第四部长篇小说。作者的自我代偿与责任担当借助这一文本很好实现了统一。同时，因为小说中的人物、故事大都有生活原型，作家又对他们极其熟悉，故情真意切、纯粹而又极富张力、带有突出代偿意味的自我表达，从而使得这部长篇在作家创作历程中有了特殊的里程碑意义。它不仅引领读者分享青春、爱与美的本质及其呈现方式，也再次将一段并不遥远的历史拉近，让今天的你我有所思，有所记。由此也充分表明，人文情怀与历史理性依然在刘庆邦这一代作家文本中顽强生长。这也就是中国新文学之所以生生不息的根由所在。我觉得，这就是刘庆邦及其《女工绘》存在于世的最大价值。

五 厚圃《拖神》:“新南方”的宏大叙事

2022 年是中国长篇小说出版的“大年”[①]。其中，厚圃的《拖神》由作家出版社初版于 2022 年 1 月，也是本年度引人关注、广受好评的长篇小说之一，并于年底入选由中国小说学会主办的中国好小说榜单。厚圃是有抱负、有野心的，《拖神》以其鲜明的地方性、深刻的思想性、不俗的艺术创造力而成为“独特的这一个”。

首先，《拖神》是厚圃献给故乡、致敬经典的一部长篇力作，是粤港澳大湾区文学和“新南方写作”的重要收获。小说讲述疍民、畲族、潮州人之间既冲突又融合的族群故事，书写潮汕商埠的生成史、商人的创业史及其文化的兴衰史，是一部彰显大气度、大格局的宏大叙事小说。这部六十多万字的长篇小说以其在内容、主题、风格上的非凡营构以及由此所昭示出的宏阔气象而备受瞩目。这主要表现在：其一，在小说中，从人、鬼、神的驳诘，到官、民、匪的纠缠，以及由此所承载的关于历史、文化与生命形态的形塑、追问，都呈现出难得一见的大气象。族群秘史、商帮兴衰、潮汕文化、岭南风景、外侮入侵、民间械斗、农民起义、海贼掳掠、帮会纷争，以及民间崇神、拖神与造神习俗，侨民别妻离乡、闯荡南洋的血泪史，海潮、干旱、瘟疫、大饥饿等天灾人祸的发生史，禁鸦片、限娼、防

① 比如，孙甘露的《千里江山图》、贾平凹的《秦岭记》、叶弥的《不老》、付秀莹的《野望》、刘亮程的《本巴》、王跃文的《家山》、魏微的《烟霞里》、乔叶的《宝水》、叶舟的《凉州十八拍》、徐坤的《神圣婚姻》、邵丽的《金枝》（全本）等众多优秀长篇小说都在 2022 年集中出版。争相参评 2023 年茅盾文学奖，是出现这种现象的重要原因。

匪等民间治乱史，等等，都被一一整合进小说中并成为其不可分割的有机组成部分。其二，作者不但以集大成方式将历史风云、历史人物、潮汕文化、岭南地域风俗、地方方言纳于笔下，还从人与大自然（大海、高山、江湾、海岛）、人与大历史（两次鸦片战争、太平天国运动）、人与宗教（天主教）、人与鬼神（天妃娘娘、三山国王、水流神、营火帝等等）、人与人、人与自我等诸多关系维度上深入探讨地方之魅、族群秘史、家国之情、宗教信仰、生命本质等诸多深邃命题。其三，借鉴文学经典资源、品格，并以中外文学经典标高自我写作，转而有效融入并创造新时代文学的精品力作，厚圃作了极为成功、典范的实践。这也是新时代十数年来并不多见的继承经典、对标经典，继而投入智慧、激情创作出的一部彰显潮汕平原宏阔历史、凸显岭南文化神韵、初显超拔艺术气质的宏大叙事之作。这部长篇在人物塑造、风格建构、主题呈示方面对加西亚·马尔克斯的《百年孤独》、陈忠实的《白鹿原》等中外经典有明显继承关系，受到拉美魔幻现实主义文学、中国新时期“寻根小说”等中外思潮的深度影响，但又完全没有被其所囿、牵累，更无所谓“影响的焦虑”。作为一部“在文学经典延长线上的作品”[①]，以及作为“粤港澳大湾区文学”“新南方写作”的代表作，《拖神》都具有非同寻常的价值和意义。在《拖神》中所展现出的胆识、智慧、经验和艺术创造力，都值得新时代中国作家予以充分借鉴。

其次，《拖神》是一部有爱有情、有道有义、深触人心的抒情小说。对人间至情至性的表达，对神格、鬼情的表现，以及人、神、鬼之间的情义之辨，是这部长篇小说最感人肺腑、发人深省、颇费思量的主题实践向度。在小说中，从单恋、多角恋到中西之恋，从痴恋、绝恋到颠覆人伦之恋，从人之恋、鬼之恋到人、鬼、神彼此间的跨界之恋，各种爱情形态、情爱关系以及置身其中的人之命运遭际，都被予以全面建构、充分表达、深刻呈示。由此，我们可以看到，以爱情为中心编织起了丰富而复杂的人物关系网，并以此建构起了小说的主体架构。陈鹤寿与暖玉（或麦青、柳三娘）、雅茹与传教士黎德新（或水手黄志扬）、麦青与林昂、赛英与陈鹤寿长子桑田、马县令与花娘魏阿星等人物关系及其形象建构都因爱情而生，并上

① 吴义勤：《在文学经典的延长线上——从文学经典接受史角度论〈拖神〉的意义》，《粤港澳大湾区文学评论》2022 年第 6 期。《拖神》和中外经典的关系，吴义勤先生在此文中有详论，可作重点参阅，此不赘述。

升为对时间、生命、存在等形而上命题的表达或追问。其中，陈鹤寿对麦青的一诺千金，暖玉对陈鹤寿的不离不弃，雅茹对黎德新赴汤蹈火式的精神苦恋，桑田因舍身求义而弃绝了赛英始终如一的火热追求，作为鬼魂的“我”对十郎（即陈鹤寿）既爱又恨的锥心刺骨的呼告，更是将“爱情”的内涵及其指涉关系做了极致表达与展现。除了爱情主题外，小说对亲情、友情和家国情的表达也分外感人。濮婆婆以独家草药救治樟树埠人的善举，陈鹤寿对昔日死对头蔡厚道的安置，石槌对雅茹母子的忍辱负重、无私相助，陈鹤寿为民请愿、以大船撞击外敌、团结商帮闯南洋的一系列英雄壮举，以及陈家老大桑田秘密加入太平军并为之献身的反清活动，陈家老二浩云以重金资助孙中山及其革命者的革命运动，也都让人过目难忘、备受感染。从作为“小我”的个人之爱、恨、怨、愁，到作为“大我”的国家或民族之感、思、诚、行，这部长篇都有形象而生动的表达和有力呈现。

再次，《拖神》也是一部带有鲜明潮汕风情、海洋风韵，彰显野性风格的粤地小说。自然风景、地方风物风俗，以及人与自然的共生关系，在小说中都被做了浓墨重彩的描写。江湾的海潮、潮汕的吃食、南洋的风波、山间的鬼火、开花的樟树、以“樟树”命名的村庄与埠口，以及民间的崇神传统、敬神仪式、游神活动……作为一种背景、内容或表现对象直接赋予小说以浓厚的地方风采；围绕拓荒、造大船、下南洋、建商埠、创商行、上花艇、斗海贼等活动上演的种种故事、所次第出场的形形色色的人物及其关系，其原型都为潮汕平原所独有；围绕清代“海上丝绸之路”的生成过程，小说以陈鹤寿、林昂、温鹏程为中心，讲述了他们经略南洋的传奇故事，不仅涉及对南洋环境、空间、商贸、海贼活动等清代海洋状况及其文明史的深描，更对在此境遇中人的生活、命运、精神做了充分表现。虽然陈继明的长篇小说《平安批》（北京十月文艺出版社 2021 年 10 月初版）也主述潮汕侨商下南洋的创业史，但在内容的深广度、人物的典型性、风格的鲜明性上都不如《拖神》展现得那样深刻而突出。总之，厚圃以小说方式重新打量两次鸦片战争之间的岭南历史，讲述发生于江湾、高山、海洋上的种种故事，以其鲜明的“潮风海味”“充满野性和神性”（张燕玲语）的风格而在“新南方写作”中脱颖而出。

最后，《拖神》在艺术上的探索与实践为当代小说提供了新经验、新启示。

其一，贴着人物写并把塑造典型人物作为长篇小说写作的重中之重。

如何塑造典型人物，并使其“活”下来，一直是当代长篇小说创作中最薄弱的环节。厚圃在《拖神》中的实践经验值得小说家们参考。它所塑造的陈鹤寿、暖玉、雅茹、麦青、林昂等人物形象都是“独特的这一个”。每一个人物都自立为主体，并在关系网中有效完成从“行动元”到“角色”功能的双重定位。几十个人物各各不同，虽有明显的轻重之别，但绝无概念化、脸谱化之嫌；若干人物形象鲜明，个性十足，内涵丰富，初显经典人物之相。其中，作为樟树村和樟树埠的拓荒牛，早年以“造大船，寻乐土”为理想，后来通过下南洋、建商队、开商行立下不朽功业的英雄人物陈鹤寿，其不羁的性格、丰满的形象、开放的思想、跌宕起伏的命运、多角的情史，以及由此所折射出的关涉历史与文化的多元而丰厚的形象内涵，都给人留下了极为深刻的印象。陈鹤寿是近年来中国当代小说人物画廊中难得一见的典型形象。

其二，继承并革新经典小说艺术传统。继承并弘扬现实主义宏大叙事传统，同时充分吸纳类似《百年孤独》那种“魔幻现实主义”写法，在此基础上建构适合自己的一套叙述法则、审美范式、小说样式，从而成就了《拖神》在艺术实践上的创造性、独特性。

在语式上，采用多视点交叉讲述模式，侧重营构一种亦真亦幻、神秘莫测的审美世界。在这部小说中，万物有灵，世间事、人鬼情，彼此交融，不仅彻底打破了鬼界、神界、人界之间的区隔，还将历史、现实、神话、梦境融为一体，从而生成了一种五彩斑斓、意味无穷的艺术效果。由人、鬼、神联袂演绎，他们互为视角、彼此审视、交叉言说，共同制造了“多音齐鸣”“众生喧哗”的文本景观。虽然这种魔幻视角、综合语式的运用在中外经典小说中也较为常见，但是在“新南方写作”视域中，其运用的广度、深度以及经由这种模式所生成的极富张力的艺术效果，则为近年来所少见。

在结构上，建构奇偶交叉、共生共营的小说形式。奇数章（共 7 章）以鬼神（第一人称）为视角，由其述说神界或鬼界动态，并以互文方式关涉或审视人间万象；偶数章（共 6 章）以第三人称全知视角主述人间世态、世事、世情，不仅书写种种人物波澜壮阔的传奇与生命景观，也间接展现大历史起起伏伏的演进史。这就在奇数章之间、偶数章之间、奇偶章之间形成了一种彼此既可独立存在，又能互文互构的意义生成模式，从而使得小说讲述本身成为“有意味的形式”。

在语言上，有限度地使用粤方言、方腔，让“幼妹”“阿公”“衰仔”“姿娘仔”“孥仔”“吹水”（聊天）、“揾工”（找工作）、“花脚蚊”（花心）、“惜命命”（极度疼爱）等一大批潮汕方言语汇以括号内注解方式进入小说，以弥补普通话写作所带来的语言上的单调性。然而，令人遗憾的是，厚圃在《拖神》中的方言实践过于保守、谨慎，潮汕方言及其“声音世界”尚未被充分彰显；在微观修辞上，绵密的细节描写，细致的风景描写，以及有意味的意象建构（比如巨舟、鬼火灯笼），都极具韵味，耐人咀嚼。

在虚构和想象上，这部长篇小说也甚为独特。从常规的以实写虚、变真为幻的艺术实践，到反常的从虚中生实、无中生有的艺术建构，《拖神》都显得特立独行、意蕴丰满。比如，就前者而言，陈鹤寿率众造巨舟和后来驾巨舟在江湾入海处迎战外侮入侵的经历，以及陈鹤寿的创神故事和发动“拖神”的运动，其隐喻与象征耐人寻味；就后者而言，小说中人物可在他人梦中自由出入，特别是以入梦、托梦方式书写陈鹤寿、暖玉等人物在现实中的活动，以及对“捉鬼火”“思乡症”（陈鹤寿从南洋带来的一种传染病）所作的真幻难辨的描写，都以魔幻、荒诞、夸张、变形手法直呈某种真实。这些构思都让人耳目一新。

六　吴君《同乐街》:“新南方”的新启蒙叙事

在中国当代小说史上，及时而灵敏感知时代脉动，介入并探求社会发展之路的文学实践，贯穿于每一次社会重大转型中且都有重要作品生成。“社区股份合作公司”是深圳在新时代继续探索和推进社会经济体制改革的新产物，也即“新形势下的合作化是国家为深圳农民留住的一道防线，为用土地换了货币的农民保留的退路，这是深圳先行先试精神指引下的宝贵实践”[①]。其根本目的就在于，试图以股份折算、抱团发展、多元经营方式引领社区居民走共同富裕道路。面对这一新生组织及其所绘就的美好蓝图，因为直接涉及个人利益和生活方式的改变，有人欢迎，有人观望，有人拒绝，也就实属正常。吴君的《同乐街》通过书写“同乐街”（原为“同乐村”）

① 吴君:《万物向阳》,《同乐街》，花城出版社 2022 年版，第 405 页。

中陈有光一家在社区挂职干部钟欣欣劝解与引导下对是否加入“社区股份合作公司”逐渐由抗拒、质疑到认同的演变过程，从而描写并真实呈现了这一类人在面对这一“新产物”时的心态、举动，也揭示和宣扬了这一改革进程的必然性、影响力及其在未来的光明道路。这部长篇小说又一次聚焦集体经济，探究共同富裕之道，不仅对新时代中国在深圳基层社区所展开的合作公司改革进程做了充分书写，也对柳青的《创业史》、陈残云的《香飘四季》等“十七年”时期合作社题材小说传统做了隔代呼应。

表面上看，《同乐街》具有“新写实”和“问题小说”的双重叙事特征：一方面，小说对陈水、陈阿婆、陈有光等市井小民（原为农民）在日常生活中的吃喝拉撒、家庭纠纷、狭隘的生活观、自私的心理、不思进取的投机行为做了细致展现，其对市民生活的原生态呈示，对人物言行心态的原生态描摹，以及在讲述上所采取的客观冷静姿态，极类常见的“新写实”的写作特点。另一方面，它又以此为基础，对造成这种现象的社会背景、原因作了全面而深入的考究，从而以层层剥笋、追根溯源方式将叙事引向深广。问题不断在小说内部生成——比如，陈有光为什么不同意拆迁并加入同乐合作公司？陈小桥为什么会成为“问题少年”？欧影与公婆关系为什么如此糟糕？陈德福为什么再次申请入党？郭正安对钟欣欣的工作为什么总是不多言？——不仅主导着种种人物关系的建构，还使得故事与主题表达变得丰富而复杂。由此，叙述逻辑也就顺理成章地生成，即对不愿加入合作公司的人来说，他们都有其不便言说的私心或者被他人操控而不愿融入新集体，这就需要蹲点干部钟欣欣的调查、帮扶、引领，最终使他们认同并加入合作公司。经由对这两个层面的叠加叙事及其问题呈示，继而达成对于问题的解决，也即逐步完成了作者在这部长篇小说中所要达成的修辞愿景。然而，这也是一个有关说服、劝喻且不乏启蒙性质的崭新叙事。在钟欣欣（代表集体形象和力量）与陈有光一家（有待唤醒和引导的个体）之间所发生的涉及生活、生命及其精神转变的启蒙与被启蒙实践，也正是新时代在文学表达中所展现出的一种新气象。由吴君及其《同乐街》，可引出关于新时代、启蒙及其文学表达的深层命题，正如叶立文所言：“新时代文学与启蒙文学之关系，远非进化论意义上的革故鼎新，而是前者对后者的涵容与转化。对意图破除线性发展观、广纳古今中外思想和艺术资源的新时代文学来说，启蒙文学固然因其对人类主体性的无限张扬，从而制造了思想神话和话语霸权，但其中的价值理性和现代性忧思，却依然有助于弥合个人话语与集体话语的分歧。因此涵容与转化启蒙文学，就成了推动新时代文学发展的重要资源。而当代文学的再生，也由此获得了不竭动力。”[①] 由此，《同乐街》作为一种文学样本不仅可以辅助于深入探讨若干重要的文学史问题——比如，“十七年”文学传统、启蒙文学、新时代文学等等[②]，也为聚焦新时代、“涵容与转化启蒙文学”、助力“新南方写作”作出示范并提供了典型样本。

“同乐街”不只是一个社区街道的名称，小说以此为题，也是对集体、“大同”、共同富裕的集中隐喻。事实上，这也是这部长篇小说的总主题。从同乐村到同乐社区，再到同乐合作公司，同乐人在持续现代化进程中一步步发生由农民到市民，再到自立为主人的身份变迁。然而，在这一过程中，若确保陈有光、陈小桥们不掉队、不躺平，努力跟上新时代前进的步伐，最有效、最有力的途径还是要依靠集体，走合作、共赢、共富之路。这部长篇最有意味、最吸引读者之处就在于，不仅极为真实、深入、细致地描写了他们在面对合作公司时所表现出的种种不合时宜的言行心态以及一系列背时背运的举动，还由此上升为对时代、道路、救赎等新时代宏大主题的表达。围绕陈有光一家的内外纠纷、挂职干部钟欣欣持之以恒地蹲点调查，发生于他们之间的故事也就次第展开，继而从他们种种反常的现象中呈现问题本质。更有意味的是，这原本是一个先有预定主题——肯定和宣扬“社区合作公司”的“伟光正”——后落实为带有突出主旋律特色的新时代文学叙事，但在具体实践中由于写实笔法，特别是大量绵密生活细节、弥漫着浓厚烟火气息的市井人物及其直触生活内面和人性本质的故事充溢着文本，从而使其转化为一个以小人物生活和生命为本位，以唤醒、帮扶、引领为旨归的新时代新启蒙叙事模式。这种启蒙集中表现为新时代的落伍者或边缘人——比如，“躺平者”陈有光、“问题少年”陈小桥、长期遭受家暴的不幸女人欧影、迷茫而颓废的陈德福、拒绝与社会接触的自

---

① 叶立文:《新时代文学视野中的鲁迅文学奖》,《长江文艺》2022 年第 1 期。

② 比如，陈培浩的“两种资源”说:“如果把《同乐街》放在当代文学谱系中，源头或可追溯柳青的《创业史》。钟欣欣对位的是梁生宝，陈有光对位的则是郭振山。在二十世纪八九十年代文学哺育下成长的吴君，自觉地回到‘十七年文学’中寻找写作资源，这是非常值得关注的事情。在我看来，这部作品可能还隐藏着一个社会主义文学传统再出发、文学人民性再体认的议题。”《文艺报》2022 年 11 月 25 日第 3 版。

闭者陈水等等——指明方向，使其明晓事理，迷途知返，重归集体，走共同富裕之路。在此，新文学传统启蒙叙事中那种彼此之间的不相通或割裂，被有力、有效地整合、转换为一种包孕着“人的文学”叙事传统的新时代的“人民文学”。不必讳言，在此过程中，主流政治意识在其中所起到的巨大推动作用，但这并不是说这种叙事要重回传统或者说要走配合并直接图解政治的文学实践，而是在新时代中国所注定生变而形成的一种兼具“人的文学”与“人民文学”特质、内嵌新文学启蒙传统的崭新叙事。不同于二三十年代或80年代的启蒙叙事——其意图与实践往往指向个体觉醒，继而大都导向对“中心”“整体”的消解、告别，新时代文学的新启蒙叙事注重在总体性视野下重思个体与集体的内在关系，重构人与时代的发展之路，介入并反映新时代发展历程以及内在于其中的人的生命图景。从这个意义上来说，《同乐街》继续“十七年”时期的文学叙事传统、整合新时期文学的启蒙资源，在“新南方”率先开启了新时代“人民文学”和新启蒙叙事的实践之路，其价值与意义自不待言。

不同于《拖神》对方言的谨慎运用，《同乐街》在人物语言系统中大量原生态使用粤语、粤腔。因为小说中的陈有光、陈阿婆、陈水、阿见等人物都是当地社区的小市民，要传神表现小人物的市井气，特别是要栩栩如生呈现其无赖、泼辣、爱占便宜、耍滑头的一面，就必须使用最切合其生活环境、身份、性格的话语。因为原生态引入粤方言，特别是在人物对话系统中，尽最大可能地让其依据各自习性和当地人的腔调开口说话，且在整体上并不对北方读者造成理解障碍，所以，《同乐街》就因将粤方言、方腔自立为小说语言另一“主体”并以此表现人物性格、建构人物形象而在近期“新南方写作”中成为一大风景。在尝试将粤语书面化、本体化之路上，吴君在这部长篇小说中的实践已向前迈出了一大步。

第二十二讲　滕贞甫的《战国红》的小说格调及其示范意义[①]

滕贞甫的《战国红》自2019年3月出版以来就好评不断——从近期举办的各类研讨会、发表于《文艺报》《辽宁日报》等各大纸媒上的即时评论[②]，以及刊发于《当代作家评论》《艺术广角》等期刊上的学术论文大略可知一二。这部聚焦新时代精准扶贫、脱贫攻坚主题并获第十五届“五个一工程”奖的长篇小说究竟在哪些层面呈现出了新风貌？从目前已刊发的几篇学术论文来看，这部长篇从小说理念、小说范式、小说主题以及在当前主旋律创作中的典范意义被集中观照和阐发。这至少表明一个事实，即，围绕“新时代现实主义文学”的主题表达向度、效果及其表现形式，且与同类弘扬主旋律的现实主义小说创作相比，这部长篇无论在主题表达还是小说形式方面的实践都引人瞩目。从柳青的《创业史》、周立波的《山乡巨变》到浩然的《艳阳天》，从路遥的《平凡的世界》到20世纪90年代的“现实主义冲击波”，再到当前扶贫题材文学创作大潮流，都在清晰表明，以“长篇小说”这种文体来书写人、时代、环境彼此间多元而复杂的关系，并在此过程中表达宏大的时代命题，自是中国当代文学自1949年以来就有的功能之一。这些与国家、时代密切关联且同向而进的主旋律创作，其占据主导地位的修辞向度、审美诉求大体不离“人民”本位，而旨归不外乎“应该用现实主义精神和浪漫主义情怀观照现实生活，用光明驱散黑暗，用美善战胜丑恶，让人们看到美好、看到希望、看到梦想就在前方”[③]。毫无

---

① 原刊于《中国当代文学研究》2020年第5期。

② 分别见《人民日报》2019年5月7日、《辽宁日报》2019年5月6日、《文艺报》2019年6月10日。

③ 习近平：《在文艺工作座谈会上的讲话》，人民出版社2014年版，第17页。

疑问，滕贞甫创作《战国红》，从根本上来说也是为了“让人们看到美好、看到希望、看到梦想就在前方”。

小说以辽宁西部一个叫“柳城”的贫困村为聚焦对象，不仅展现其在前后两批扶贫干部帮扶下——修建“天一广场”、整治村内赌博恶习、种植新杏、创建糖蒜合作社、建立红色旅游风景区、引进外资、引自来水入村等等——从外在到内在所生成的新变、新貌、新质，更重要的在于讲述扶贫干部们在此过程中所生成的各种耐人寻味的故事以及表达内在于其中的各种美的意境和人性品质，从而激发出人内心深处求真、向善、慕美的崇高意念。在脱贫攻坚，全面建成小康社会成为“国家文学”的主体语境下，与赵德发的《经山海》、章泥的《迎风山上的告别》、忽培元的《乡村第一书记》、关仁山的《金谷银山》等一批弘扬主旋律的优秀现实主义小说一样，对扶贫干部典型形象的塑造以及对其为公为民精神品质的表达，以及以此回应那个带有感召性和统摄性的宏大命题，显然也是滕贞甫在《战国红》中所要侧重凸显的主题表达向度。我觉得在小说理念和形式上趋向美学意义上的艺术营构，以及最终生成的纯粹而优美的小说格调[①]，是《战国红》最值得关注和深入阐释的艺术特质。

小说对人物设置及其内生关系的营构，有两种典型路径：一种是“做加法”，趋向立体与复杂；一种是“做减法”，趋向单纯与明晰。评判一部小说艺术性高低的标准不在“做加法”或“做减法”，而是在整体上生成何种具有穿透力的审美力量。具体到滕贞甫及其《战国红》，很显然，“做减法”的意图以及由此而生成的纯粹而优美的小说格调是显而易见的。小说集中刻画了三类人物群像，即，作为驻村干部的海奇、陈放；作为新农村青年人先进形象的杏儿、李青；作为老一代农村人物的柳奎、汪六叔。这三类人物分别承载了作者所要表达的主题向度：首先，扶贫不是纸上谈兵，而是立足于实际的、排除万难的“攻坚战”。前任驻村干部海奇在主观上为“柳城”设计的美好图景，虽因不可控外力的干扰而最终流产，但他的失败是

① 所谓“小说格调”即由作家所秉承的特有的小说理念所主导，在对人物、环境、情节、语言等基本要素及其内部关系的综合营构中，充分采用意象、隐喻、象征、互文、复调等多元手法，最终在文本内部生成的一种弥漫性的艺术气息以及由此而定格成的统摄性的艺术风格。一般情况下，一种独一无二的小说格调的生成，也即意味着一位小说家或一部作品在艺术层面上有了独创性。

注定的，因为他的愿望脱离实际；继任者陈放则事事考虑周全，尤重调查研究，在处理干群关系方面也多有策略，他的胜出也是注定的。但小说关键不在揭示这种“注定”，而是对海奇遭遇挫折后的言行和精神状态，以及对陈放在具体活动中的精神风貌，都作了极其细致的描写。小说就是在这种“描写”中凸显了前后两批扶贫干部的感人形象。其次，农村先进青年为“新农村”注入活力，带来希望。杏儿写诗、放鹅，就像“柳城”的精灵，为人处世有分寸，有智慧；李青从县城回村，积极参与村内外各项重要活动，而又不时给“柳城”带来新气象。杏儿的传统品性与李青的现代气质在小说中交相辉映，共同寄托了作者对于农村和农村人在当前或未来进程中的美好想象。再次，对农村老一代人的描写尤其注重表现其美的品德和顾大局、识大体的自觉意识。作为柳城村当家人的老村支书汪六叔自不必说，从其资历、品德到威望似都完美无缺，而作为老队长的柳奎除对迁祖坟一时想不开外，其他都能率先垂范。即便是像“四大立棍”这类乡村人物，小说也注重开掘其由落后向先进、由边缘向中心发展的可能。由上可知，作者对新农村寄予了极其浓厚的乌托邦情怀，为此，在歌颂与暴露、积极与消极、正面与反面之间一概作了偏于前者的描写。因此，也不必讳言，纯粹而崇高、向真向善的修辞愿景使得作者在处理人与人关系时对之作了一定的提纯和美化。但这种类似汪曾祺在《受戒》和铁凝在《哦，香雪》中所采用的纯化实践，不仅将内置于新农村人、事、物及其互联关系中的纯粹情态和事态做了诗化处理，也将对相关农村问题的思考和未来的美好想象做了寓言式书写。而最为关键的是，这种纯化实践在整体上形成了一种精准、简约、以少映多的叙述风格，而“做减法”的修辞实践又赋予文本以朴素而纯粹的艺术质地。

纯粹而优美的小说格调的生成，与作者对诸类“关系”的诗意营构息息相关。它们作为一个个“关系”，不仅建构起了小说的骨架，也成为显义的重要根源。其中，一个最值得关注的现象是，几对重要关系被做了“诗情画意”的描写或讲述。无论人与人（比如：杏儿与海奇之间若即若离、引而不发的男女情感；李青与李东之间看似明朗实则相距甚远的交往关系；被誉为“柳城双璧”的杏儿与李青之间带有青春气息的闺蜜关系），还是人与动物（比如：杏儿与小白朝夕相处所定格成的“少女牧鹅图”；海奇与大黄的彼此陪伴、不离不弃），以及人与环境（比如：陈放与柳城的血肉相连；战国红与柳城的共生关系；杏儿与鹅冠山互为映衬，乃至结尾处描写杏儿的幻觉——“星星点点的杏花开始绽放”——更极具深意），彼此间的关系都被做了诗意描摹。作者在聚焦上述“关系”时又时常对“新农村”特别是农村新人的描写作纯化处理，继而以艺术笔触对之予以深描，并从中集中揭示出足以感染人的情感或乡村话题。然而在此实践中，作者所有的修辞努力都集中于对诸如情节是否合理、细节是否丰盈、“关系”是否可信、人物性格是否饱满等偏于小说形式上的艺术经营。比如，乡村少女杏儿的诗人身份何以成立，与海奇不相称的情感何以展开，以及被选为村主任的事实是否可信；李青与李东的几次相遇以及李青与刘秀的情感关系是否合乎一般事理或情理；海奇在柳城的失败、事后的愧疚、在山中的摔伤及此后的隐匿是以何种线索与逻辑在推演；柳奎从誓不迁坟到最终同意迁坟，陈放来“海城”的理由、扶贫贡献以及因车祸而亡的经历，以及“四大立棍”由消极到积极的转化，支撑这种“讲述”的艺术逻辑何在；等等。而从整体上来看，小说中这些“关系”得以成立的理由并不以外力为准，而大都是文本内部逻辑自动推演的结果。也就是说，小说中的人、事、物及其关系有其自身规律，更多时候不是作者在支配他们，而是文本内部逻辑和力量在规约他们。这种不向“外部”借力、转而在文本“内部”寻求艺术合理性的做法，从根本上确保了这部长篇是“艺术精品”而非宣传物。

纯粹而优美的小说格调的生成，也与复式讲述语式的运用密切相关。以海奇与陈放为代表的前后两批干部在柳城的扶贫故事，作为两条线索和两个层面被予以交叉推进，其中各有侧重，隐显互衬。这种实践显然不是在单纯讲一个扶贫故事，其不仅融入对爱情、现实问题、生命价值的表现、揭示或思考，还以此为背景展现“人”在这场伟大社会实践运动中的命运可能。而一涉及人的命运，包括爱情在内的男女之事常在作家笔下被不断写出新意来。《战国红》对此也未缺席，其中，杏儿和海奇的情感故事是《战国红》中极具可读性和感染力的部分，也是以艺术方式将扶贫中“人”的主体性予以激活并有所升华的重要组成部分。不过，陈晓明先生不这么认为，他说：“作者美其名曰这是在表达一个大时代、大主题，但仍然写了不少男女之事，小说因此具有很强的阅读趣味，可是主题也不可避免地被冲淡了。海奇这个人物在小说中逐渐淡化，后来和文本的主体失去了联系，最后作者揭示出他是去法国学油画了。但学油画这个情节几乎是一个空白，小说对这一点的交代略微有些不足。”① 如何看待这种分歧？在我看来，小说写了爱情，但作者的笔触是有节制的，可写与不可写，多写与少写，明写与暗写，都非常讲究。海奇败走柳城后的经历被作者一笔带过，而通过杏儿这一视角对两人的爱情不断予以强化（主要通过杏儿的诗词、信物、往来中的生活细节予以凸显），从而将一段美而不乏忧伤的爱情故事写得透彻人心。由于海奇加入青年志愿者协会、赴法学油画等经历与小说中的这段“故事”并无实质关联，故小说也就没必要详述之。正是从这个意义上来说，我觉得陈晓明先生所谓“主题也不可避免地被冲淡了”“略微有些不足”之论也站不住脚。反而，如果将此“空白”补上（事实上，实在没必要，且也无须求全，留一点“空白”反而更有意味，就像《边城》结尾处那句话：“这个人也许永远不回来了，也许明天回来！”），或不写男女之爱（小说中的爱情故事绝不能剔除或淡化），那么，《战国红》朴实而优美的小说基调就会大为折损。

纯粹而优美的小说格调的生成，还与对小说核心意象的运用互为关联。“战国红”本是辽西一带的珍贵特产。作为核心意象的“战国红”贯穿于小说始终，具有多方面的隐喻与象征功能。它不仅直接指向文本内部，即对诸如陈放与海奇等扶贫干部的奉献精神、杏儿和李青等新人朝气蓬勃的生命力、杏儿和海奇纯真爱情的直接隐喻，还具有明显的外部指涉性，即对共产党人初心与使命、辽西人精神品格的整体喻指。即便像陈放爷爷传下来的“面包扣”（革命信仰）、刘秀赠给李青的“战国红”手镯（爱情信物）、在陈放墓地上挖出的“战国红”（矿产资源），虽仅在小说细部或细节中出现过一次或两次，但也都具有明显的象征意义。这就从整体到局部再到细节构建起了完整而严密的象征体系。用这种在古代曾被称为“赤玉”的玛瑙石作为小说标题，并将之作为小说统摄性的意象符号指称或隐喻深层意蕴，这不妨看作是作者对精神溯源或文化寻根的一次实践。

除上述几方面外，朴实洁净的语言、有意味的互文、富含深意的物象也值得关注。为了辅助于诗情画意的呈现，小说在语言上的实践很有特色：以朴实、流畅的转述语和在场性的对话描写刻画人物，推动情节发展；那些粗鄙的方言被尽可能排除在外，而尿性、炸了庙、嘚瑟、响马、猫冬、走

---

① 陈晓明：《新农村的在地性——读滕贞甫的〈战国红〉》，《当代作家评论》2019 年第 4 期。

道儿、爹刺等若干方言词在小说中又很具表现力；在小说中融入诗歌因素，直接以诗性语言表情达意。其中，小说中的“诗歌因素”可谓无处不在——不仅把杏儿设定为诗人身份，还在卷首、第二章、第八章、第十四章、第十五章、第二十一章、第二十七章、第三十一章等章节频繁引入诗歌文本（《杏儿心语》），这种诗歌与小说的文本互文现象很值得揣摩。此外，鹅冠山、蛤蝲河、喇嘛庙、喇嘛眼、喇嘛咒等带有民间色彩的地貌、遗址、遗迹等“物象”也被作者以背景方式置入小说，并将其作为刻画人物、讲述故事、表达主题的“支点”而予以重构或深描。

在当前扶贫题材小说创作大潮中，《战国红》以其偏于文学性的实践而具有典范价值和示范意义。

其一，“小说性”永远都是包括扶贫题材在内的所有小说的第一性要求。精准扶贫、脱贫攻坚的国家战略和伟大实践，又一起为中国作家提供了确证自身价值和意义、彰显使命意识的机遇和诸多可能。几年来，各地作家围绕这一主题和使命创作了大量作品，成绩是显而易见的，但缺陷也非常突出。其中，概念先行，人物形象不真实，艺术想象力差，不能以“小说性”统摄时代命题，并生成新形式、新格调、新效果，则是一个普遍存在的症候。《战国红》最根本的属性只有一个，即它是“长篇小说”，而且还是精品。除“小说性”以外，其他的都是附属。作者所有努力都在人物、情节、环境、视点、语式、语调、意象、语言等审美形式层面，并以此生成意义，继而在文本与时代之间呼应某种宏大理念。他的实践至少生成如下启发：一、当下聚焦“精准扶贫”战略，弘扬主旋律的小说创作更多时候理应在怎么写层面上凸显其在“新时代”中的不可或缺性。一位小说家哪怕对国家大政方针“吃”得再透，再充分，一部长篇小说哪怕对时政主题阐释得再全面，再具体，如果不能在“小说性”方面有所开拓并做出偏于文学性的实践，或者说如果不能通过审美转化、重组，并生成与之相切合的小说形式，继而建构一个全新的艺术世界，那么，所谓“写作”也就是可疑的、无意义的。二、小说创作并非对“精准扶贫”理念和政策的直接图解，扶贫题材小说之所以能彰显其自身在时代演进中不可或缺的重要地位，其前提必须是以文学名义——它是小说家参与这项伟大运动，在对新时代、新农村、新人物的全面认知基础上，以文学方式对这个时代的生活与精神做出独一无二的记录、反映，从而在宣传新时代新农村建设方面起到了建设性作用。《战国红》之所以自出版以来，即在评论界持续引发关注和阐释的热潮，其原因大概与在当下精品欠缺而大部分作品难当大任的有数量无质量的窘境有关。

其二，在“精准扶贫”题材文学创作中，如何认知和处理好“人”在其中的主体性，尤其要写出他们在“关系网”中的命运感，应是一位小说家所优先考量的实践向度。这不难理解，无论“扶贫”还是“脱贫”，其出发点和目的都在“人”，一旦“人”被湮灭在机械的或概念化的非文学范畴中，所谓写作也就是无效的。正如有学者所说：“在文学创作和日常生活中，关于脱贫也存在着两个视角，即‘扶贫’和‘脱贫’，前者是帮扶人的视角，后者则是帮扶对象的视角，但无论哪种视角，‘贫’都不是主体，只有‘人’才是主体。在文学创作中，确认并尊重帮扶对象和帮扶人的主体地位，写出他们在脱贫攻坚中的主体意识，是文学工作者的责任和义务，也是创作出好作品的基本前提和条件。”[①] 当前此类创作不尽如人意之处突出表现在，人成了某种理念的直接注脚，甚至被直接降低为某种工具或符号。滕贞甫从书写向度——“落笔扶贫、超越扶贫，把笔力用在对乡村命运的刻画上”，到具体实践——把作为时代主旋律的扶贫予以背景化，并把人作为超越扶贫运动的主体，力图写出他们在新农村的新面貌、新作为，既而从中揭示出内在其中的生命景观和崇高力量，都竭力避开非文学的直接图解，而须臾不离对于人的关注和思考，从而塑造了杏儿、李青等饱满而丰富的农村新人形象。在此，滕贞甫不过是把“文学是人学”的理念又做了一次创造性实践罢了。然而，他这种看似遵循文学常识、实则在当前主旋律写作中并没有被贯彻好的实践依然具有重要的示范意义。

其三，思想性、问题意识、歌颂与暴露等依然是主旋律叙事中予以探究的重要文学命题。这包括表达什么和如何表达两个层面，前者是基础，后者是关键，二者不可偏废。一、关于思想和思想性。培养并生成新思想，鼓励并创作有思想性的小说，依然是当前及今后一个永恒的重大命题。理由很简单：凡优秀小说都离不开思想支撑，没有深刻思想支撑的小说宛若清汤寡水；思想赋予小说以灵魂，以质感，以启迪。然而，作家的原生思想并不能等同于文本所最终表现出来的思想性，那些不经审美思考、转化并被以小说方式物化为文本的部分，实际上就因徒有其核而无其形而被无情忽略掉了。这么说的意思是：有思想，并不一定能生成创作，把“思想”转

① 桫椤:《文学要写出饱满而深刻的人》,《文艺报》2020 年 7 月 10 日。

换为“思想性”，中间还有相当长的一段路要走；若不能生成“有意味的形式”，那么思想也就被无限期搁浅，直至永远。滕贞甫创作《战国红》之所以成功，原因无非是：首先，他有关于“精准扶贫”和“新农村”的深刻而独到的认识。关于乡村和扶贫的认识，滕贞甫有两个核心思想，一是认为国家的未来在乡村：“一个传统农业大国，无论怎样转型，乡村的未来必然还是国家的未来。如果把国家比喻成一条大河，广袤的乡村便是它的蓄洪区，因为蓄洪区的涵养与调节，才有了所谓的河清海晏。而城市，则是河中或河边的一块块洲渚，许多时候命运不由自己，今日熙熙攘攘，明天可能人去楼空，徒留一片钢筋水泥的森林，美国的底特律便是如此，中国有些资源枯竭型城市也面临衰退的宿命。”[①] 其次，是有关“精准扶贫”中“人”的角色、身份、功能的科学分析，提出“主角”与“过客”之说：“《战国红》中驻村干部肯定是前台主角，他们的工作是职责所系、使命使然，但他们毕竟不是柳城的村民，对于乡村来说，他们是善举义行的过客，而真正的主角是生于斯长于斯的村民——会写诗的杏儿、网红李青、‘四大立棍’和其他年轻人，他们才是柳城的未来和希望。”正是在这种核心思想的支配下，滕贞甫在《战国红》中表达了他对“扶贫”和“新农村”的深刻认识，塑造出了承载深刻意识的饱满形象。最关键的是，上述“认识”与“有意味的形式”融为一体，或者说，他找到了用以表达这种思想的小说形式——比如前述对“关系”的诗意营构、纯化实践、意象运用、复线讲述、文本互文等等——从而很好地实现了内容与形式、思想与修辞的统一，既而生成一种纯粹而优美的小说格调。二、关于问题和“问题小说”。介入现实，发现问题，并以小说方式予以揭示或表现，本是中国新文学的素有传统。即便“十七年”时期的歌颂模式也莫不如此（比如杜鹏程《在和平的日子里》对和平建设时期干部思想问题的揭示、刘白羽的《火光在前》对行军过程中军队纪律问题的反映）。《战国红》继承了新文学“问题小说”传统。它也揭示了扶贫中出现的一些问题，比如主观蛮干、脱离实际问题（比如：海奇没有实际调查和广泛听取村民意见就修建“天一广场”，上马养猪项目，最后虽是因不可控因素而失败，但在他工作中所暴露出来不善调查、缺乏沟通、工作脱离实际等问题则是非常明显的）；形式主义和干部思想问题（上级督导、验收扶贫成果奉行“材料主义”；当被上级鉴定为差

---

① 老滕：《聚焦与超越》，https：//www.sohu.com/a/331022784_202823。

评时，彭非情绪低落，一度有撂挑子不干的苗头）；生存本相（赌博风习；二芬投井悲剧；深受水中缺氟之害；“河水断，井水枯，壮丁鬼打墙，女眷行不远”；杏儿的另一面——“我不是牡丹花，充其量算是苦菜花”；海奇与海城人的冲突；大黄之死；等等）。这都充分表明，作者并非一味在美化，高唱颂歌，而是融入了对农村现实和扶贫问题的深度思考。总之，对生活的介入与思考，并以文学方式予以表现，是任何一位优秀小说家义不容辞的责任和义务；历史理性和人文关怀交融，并在这种交融中达成对于历史必然性、思想深刻性、生活真实性、关怀人文性、形式创新性的有机统一，亦是任何一位有抱负的小说家孜孜以求的终极愿景。

第二十三讲　参与经典化：1990年以来短篇小说精选精读

1995年（3篇）

1. 毕飞宇《因与果在风中》，《作家》第5期

读过汪曾祺的《受戒》的读者都知道，过去在江南一带，佛门圣地那种肃穆庄严，佛家弟子那种痴心虔诚，在一些寺院及僧侣信众中，并不存在。出家当和尚也可成为一种习俗、一种职业，甚至一种维持生计的手艺。如果说《受戒》通过对明海与英子交往过程的展示，表现一种两小无猜、青春萌生的优美人性的话，那么，毕飞宇的这个短篇通过对棉桃、水印、货郎三者之间情感关系的描写，着重探索人之欲望与其赖以生长的环境之间的关系。汪曾祺讲述的是现实的、形而下的情感故事，毕飞宇讲述的则是抽象的、形而上的寓言故事。

"你带我走"是静妙还俗及还俗后的唯一期盼，"我带你还俗"是水印和货郎与她建立某种关系的唯一诱因。无论静妙与水印发生关系后的联袂出走，还是她与乡间货郎的隐秘往来，都不在单纯展示一个女人和两个男人的欲望故事，还表现为一个有关个体生命的自由与自缚、生活的未知与可知等带有人生哲理意味的话题。小说将抽象主题感性化为日常性的情感故事和具体可感的形象，使之有了可触可感的生命表情和生活温度。

在结尾处，棉桃的出走及其死亡过程都被描写得很神秘，当然能够激起读者的遐想和阅读兴趣。既然"棉桃怎么也没料到吓坏自己的是世俗生活中最基础与最日常的部分"，她又怎么能适应还俗后的社会呢？她只能以"消亡"告别现世。但是，我觉得，这一细节也可归为上述抽象命题的范畴，即已经还俗的棉桃不但走不出自我设定的精神牢笼，而且永远在重复自己。

这个短篇的语言富有诗意，表达含蓄，对话简洁，长句短句错落有致，特别是大量通感手法的运用，更增加了小说语言的美感度。

2. 尤凤伟《远去的二姑》,《文学世界》第4期

战争就是战争，历史就是历史，不仅其残酷性出乎我们想象，而且其真实性也超出一般的常理认定。绵延十四年的全民抗战留下了很多耳熟能详的可歌可泣的英雄故事和英雄人物，但也还有数以万计的、尚被埋没于历史深处的、虽然平凡但其事迹同样伟大的英雄故事与人物等待作家们去挖掘和表现。抗战不仅有正面战场上的你死我活的冲杀，也有敌后战场上的悄无声息的斗争。《远去的二姑》中的“二姑”就是这样一位抗战英雄。抗战的最终胜利正是包括“二姑”这样的识大体的万千抗日军民浴血奋战的结果。

小说是一种艺术，不仅以写实方式真实再现战争的本来面貌，也以艺术方式表现战争环境下人性的复杂性，表达对战争本身的思考和反省。在这个文本中，二姑的锄奸行为及其内心的痛苦，被置于集体正义和个体道德的双重审视之下，就具有悲剧感和历史反省意味。“二姑”在困境或绝境中陷入两难选择但又不得不做出取舍的行为给人以巨大的震撼力。所有道德评价在这个场景中都失去了效力，它对个体的行为和心灵已经不具有强制性的约束力。小说塑造的这个善良而悲壮的女性形象颠覆了抗战文学中常见的角色。

尤凤伟的小说继承了中国文学擅长讲故事、巧妙编织情节的艺术传统，因而，他的小说都具有非常强的可读性，再加之所述之事和所讲之人都来自民间，不但新颖、陌生，且不重复，而且故事或人物命运往往急转直下，给读者的阅读和接受造成心理的冲击。人物命运要么从悲剧转向喜剧，要么从喜剧转向悲剧，要么悲喜剧交替出现，于平淡中见出伟大，于日常中映出奇崛。“二姑失踪了”，她到哪里去了呢？我们会永远怀念她。

3. 张继《杀羊》,《鸭绿江》第8期

计划生育教育活动是一件很正规的带有政治色彩的大事，杀羊事件是一件带有滑稽性的普普通通的小事。前者是后者的背景，后者是前者的结果。从上到下都很重视的教育活动对乡村的广大群众来说并不重要，他们在意的只是能顺当喝上一碗羊汤，而且愿望也最终实现了。两类不搭边的事件之所以会发生，而且构成了直接的因果关联，都是中国乡村工作的特点使然。四平和王才的遭遇是当前和此前一个时期农村工作的真实写照。当“假杀羊”发展到“真杀羊”，故事的滑稽性和深刻性就凸显出来了。村长（现在叫“村主任”）作为乡土中国最为基层的管理者，在传达、执行上级政策时，要综合考虑上边和下边的因素，但做到让上下都满意，实在很难。但是，一直以来，村长就是在这样的一个矛盾的处境中以既要让上边满意也要让群众接受的折中方式开展工作的，而一旦脱离开民众的意愿，只对上负责而无视民众疾苦，乡村悲剧性事件就会时常发生。20 世纪 90 年代以来，部分农村干部退化为犬儒，不仅和权势阶层沆瀣一气，中饱私囊，还蜕变为“地头蛇”，大肆出卖集体土地，致使恶性事件时有发生。村长这一职务已经失去了上传下达、维护一方百姓的社会功能。如何艺术地表现这样一个递变过程和人性风景，当是一个优秀的作家所义不容辞的责任。

小说洋溢着浓郁的乡土气息，特别是方言和口语的运用，更增其乡土真意。围绕“三次杀羊”结构故事，情节一波三折，读之，引人入胜。但是，小说也仅限于故事层面，虽揭示了矛盾，但也只是蜻蜓点水，无关痛痒。须知，故事、人物、环境仅仅是小说的三个基本要素，除此，它还有更多的内容需要表现，还有更深的经验需要探索。

1996 年（6 篇）

1. 史铁生《老屋小记》，《东海》1996 年第 8 期

《老屋小记》曾获首届“鲁迅文学奖”，而且是唯一一篇全票通过的作品，授奖词说：“这是史铁生的《追忆逝水年华》，几间老屋，岁月以及人和事，如生活之水涌起的几个浪头，浪起浪伏，线条却是简约、单纯的。”的确，作者如同一位饱经沧桑、阅历丰富的老人，以平和的口吻在和读者话家常，谈人生。然而，其言谈举止和说话语调又分明显示出一种感伤乃至颇富痛感的有关生活和生命体验的哲理深度。数十年的病痛生涯，使史铁生对残疾、患病有了一种独到的认识，因此，超越现实，参悟生死，向内深度指涉，不妨看作是史铁生的自我抒怀，也即，他借几个场景、片段的描写与情绪的点染，深入人物内心，追问人之精神脉象，叩问生命哲理。

这篇小说所描写的几个人物都来自底层，平凡且处于人生困境之中，

但他们没有怨天尤人，而是以自己的方式追求人生的价值。无论用歌声寄托理想的D、渴望通过长跑改变命运的K、当过兵打过仗依然耿直正派的B大爷，还是出身高贵又是名牌大学毕业的U师傅、智商很低性格火暴的傻子三子……他们都有自己的生存方式和理想追求。他们的生活姿态及面向未来的信心，当对深陷物欲生活，精神极度贫乏的读者诸君以深刻的启发。

这篇小说不以情节胜，讲求意境和情调，风格素朴简约，文体形似散文，堪称“跨文体”写作的典范。语言融形象性、思辨性于一体，在其精当的阐释与分析中，意旨直达生命深处。其中，许多语句都值得细加品味，比如：“他相信他不应该爱上她，但是却爱上了，不可抗拒，也无法逃避，就像头顶的天空和脚下的土地。因而就只有这一个词属于他：折磨。”“梦想如果终于还是梦想，那也是好的，正如爱情只要还是爱情，便是你的福。”“河上正是浪涌浪落。但水是不死的。水知道每一个死去的浪的愿望——因为那是水要它们去做的表达。可惜浪并不知道水的意图，浪不知道水的无穷无尽的梦想与安排。”这些语句寄托着作者对疾病、困苦的深度体验和执着生活、对抗命运的达观情怀。

2. 迟子建《雾月牛栏》，《收获》第5期

伤害、蒙昧、忏悔、死亡之不可逆转，首先构成了《雾月牛栏》的几个关键词。无论宝坠与继父，还是母亲与雪儿，无不纠缠于存在之茧，深陷苦难之境中，而继父的心灵之痛和宝坠的失忆之痛更是将一种不可挽回的生命之痛渲染到了极致。继父对继子的意外伤害，连同他对一己过失的忏悔，不仅触及了个体心灵的最痛处，也把生活的苦难与命运的残酷展现得淋漓尽致；宝坠母亲连失两夫，携家带口组建新家庭的人生际遇，以及其隐秘的欲望诉求，尽显粗粝的生活世相与本色的人性风景；继父的命运遭际、宝坠的失忆之痛和母亲的人生困厄又似乎受制于一种无形力量的主导，有种宿命般的、泛灵色彩的超验意味；他们无法沟通，交流受阻，他们受困不能排解，孤独无处说，都体现了现代性的生命境况和存在主义的色彩。从这个意义上说，迟子建对人性的体察，对现实的体验，对生命的观照，在这个短篇中都得到了浓缩的表达，达到了应有的高度。

这个短篇除了对生命伤痛、苦难命运的观照，还有对温情的张扬。人情、人性从来就是善恶、美丑的聚合体，俗话“人无完人”说的就是这个道理。继父一生都在为自己的过失而忏悔，悉心关照宝坠；雪儿对宝坠满怀敌意但最终和解，主动和哥哥和好，两人成为情同手足的兄妹；母性的情怀及母爱的力量也在宝坠母亲这里复苏和升华。《雾月牛栏》如一首流动着空灵意境、蕴储着质朴人性与彰显着生命尊严的温暖诗篇，为世界之夜的多变残酷注入了美好与生机。

3. 王小波《2015》,《花城》第1期

《2015》让我们想起他的杂文名作《一只特立独行的猪》，我小舅如同那头“特立独行的猪”一样，不愿将自己的生活和命运受制于他者，而力图自己把握自己的命运。但是，理想遭遇到了现实的强力反拨，无形的权力和现实的困境往往让原先的预定走向反面。我小舅因为画谁也看不懂的画，又执拗地坚持自己的理想，所以被吊销了画家的执照，曾因偷偷作画多次被派出所抓捕、拘押，后被关押进习艺所，但依然我行我素。我小舅被裁定为“叵测”之罪，更是闻所未闻。他的遭遇及反抗既隐喻了对压制人性、自由的权力秩序的反抗意识，也揭示了个体追求自由的天性及充分实现这种诉求的不可能性。单从小说的主题思想而言，这样的写作是具有反思性的，是对人之自由与政治现实的双重反思。然而，这样的反思主题并不如同《一九八四》(奥威尔)那样地严肃，而是采用一种反讽语调，在幽默的话语氛围中，直达历史本真。也就是说，这个短篇所表现的内容和主题是压抑的，甚至苦难的，但在表现手法上却是轻松的、愉快的，给读者以阅读快感的。这也合乎王小波小说写作一向追求的“有趣”标准。是的，阅读这个短篇，读者是快乐的、享受的，然而，那主题又是沉重的，给人以无限思考的。

小说采用第一人称内视角，以“我”讲述小舅的故事，力求讲述的客观与真实。在人物关系设置上，“我”虽然只能叙述一己所见所感，但将之设置为“我”与小舅的舅甥关系，就多了更多熟悉主人公的可能，这样就可弥补叙述视角受限带来的缺陷；“我”追忆过去的视角，与被追忆的“我”过去正在发生的或正在经历事件的眼光交相辉映；而且，叙述人经常将读者拉入叙述流程，以谈话、交流方式，彰显其客观性。比如“如你所知，我的职业是写小说”“如你所知，我现在是个小说家也属于艺术家之列”这类句子的穿插较好地达到了叙述的真实效果。

小说在结构处理上也颇富功力。“派出所”“习艺所”“碱场”作为空间地理坐标，见证了我小舅充满喜剧而又特立独行的人生历程。这种空间的顺时延承符合读者的接受习惯。而在时间上，作者做了模糊处理，虽然标志“2015”，但小说并没有清晰呈现。时空结构的错杂交融就将纷繁的时代内容，过去、当下和未来的各种事件或讯息，以及大量的悬念融为一个整体，从而显示出小说内容的丰富和思想的驳杂。叙述常用预叙策略，既而回归过去，重新讲述，使得小说的叙述错落有致，富有节奏感。

此外，这个短篇在词汇选择、谐音运用、绕口令句式等微观修辞方面都颇有讲究。王小波以幽默的语言和荒诞的情节，不但解构了过去那些冠冕堂皇的宏大历史，揭示了它的虚伪和无知，也预言了十年后（2015年）一个时代的整体氛围。

4. 汪曾祺《小孃孃》,《收获》第4期

小说讲述了江南来蜨园里一对青年男女悲欢离合的故事。谢家虽为书香门第、诗礼名家，但人丁不旺，几代单传，又都短寿。姊妹三个，都是疯子，姐妹二人都和兄弟通奸。这本身预示着一种宿命般的悲剧结局。谢普天本可以继承谢家香火，但因其与姑妈谢淑媛的不伦不类的情感经历而断裂。两人的出走（私奔）及谢淑媛死于难产最终宣告了这段情感的灰飞烟灭。谢淑媛的骨灰被埋在谢家园子里，谢普天飘然而去，不知所终。应该说，一个为才子型的富家嫡孙，一个为知书达理的美貌女子，清幽深闭的来蜨园里的这一对青年人的爱恋本是合乎人之本性的，可谓郎才女貌，但作为姑妈的谢淑媛与作为嫡孙的谢普天的结合就大大地触逆了道德伦理的底线。这样的触逆之举是不被他人所容忍的，忍痛分离或私奔是唯一的出路。巴金笔下青年们为爱而出走的悲剧在此重演，离家而无路可走，如鲁迅所言，他像蝇子一样飞了一圈，又回到了原点。这样的聚散离合，如同黛玉葬花，令人备觉感伤和凄凉。他们的结局是令人同情的，但也是无可奈何的，大家族的衰落在其子孙这里打下了深深的烙印。

阅读汪曾祺的小说，当特别关注其语言特色。《小孃孃》的语言纯净而简洁，善用短句，对话极简，加之个别方言词汇（比如“格应”）的运用，尽显汉语节奏之美。对园子鸟虫花木、假山池沼的描写，对民间风俗风物的介绍（比如“童花头”“登样”“慕本缎”），都深深打上了江南地方特色。

5. 毕飞宇《哺乳期的女人》,《作家》第8期

现代工业文明的快速发展不但根本性地改变了中国乡村社会的自然地

理，也大大地改变了传统的伦理道德体系及乡村人文风貌。断桥镇的变化就是这种现代性发展的缩影，乡下人大量进入城市，老人和儿童则留守乡村，造成了所谓“空巢”现象。这必然引发了一系列的社会问题，造成了乡村留守者心灵的孤单和无可依附的失落感。旺旺的父母入城打工，旺旺的爷爷照看旺旺，这必然给尚处于哺乳时期的孩童带来一些负面的成长问题。旺旺咬伤了惠嫂的乳头，看似一件极其偶然的事件，但实则是其长期得不到母爱关怀而必然产生的结果。小说毕竟是一种虚构艺术，有关这一细节的虚构及围绕这一细节所延展开的故事，恰恰反映了20世纪90年代中国社会转型时期工业文明给乡村带来的巨大变化。这些内聚于心灵的变化是对一个时代发展的整体寓言。

旺旺的孤独、缺爱是令人同情的；他被笼罩于乡村世界里的世俗力量左右，继而伤害，也是无可奈何的；他对惠嫂母乳从窥视、接近到恐惧的变化过程，更是给人以无尽的伤痛和沉思。然而，惠嫂是令人尊敬的，其心灵的美与善，其对旺旺的关心与爱护，给这一封闭的世界融进了一丝温暖和诗意。当众人以世俗的眼光看待旺旺咬奶事件之时，她力排众议，不但劝导旺旺爷爷，还尽可能地给旺旺以母性的抚慰。母爱的伟大在惠嫂这里熠熠生辉。

小说语言很有特色。其对自然环境、人物心理都精到入微，在细部刻画上展现了不凡的语言功力，通感手法及个别方言词汇的运用也都恰到好处。所以，我们在阅读毕飞宇小说时，也不妨对其语言风格多加关注。

6. 阿成《小酒馆》，《人民文学》第8期

这是一部十足“东北味”的小说，字里行间散发着唯有东北才有的气味。猪肉炖粉条、杀猪菜、酸菜炖肉、炝土豆丝都是别具东北特色的地方佳肴，对“点菜”过程的描写可谓味道十足，令人垂涎三尺；东北的大雪、火炕，东北人的猫冬、特色饮食、打猎等一系列极富东北特色的自然风俗、风物在小说中都得到集中的展现。

更令人流连忘返的是，在“我”、老板娘、大眼珠子等人的闲聊中，那些有关打猎的往事宛然就在眼前。小酒馆是旅人驻足的驿站，三教九流的人在这里驻足，旋又离开，它是民间世界最为原生态的话语场域。听他们的闲聊，看他们的眼神，不仅是一种享受，也是一种参与。过去的东北，原初的东北，人与兽共舞的东北，多重形象，层层叠加，让人神往。与之相比，当下的滥伐滥砍，生态恶化，更让人多了一些遗憾和不快。人与自然的相处让人多了一些忧虑。

《小酒馆》不以故事胜，而以一个个的对话和一幕幕的生活场景引人入胜，这得益于阿成对纯粹东北方言、口语的加工与运用。这篇小说的语言让我们再次见证了中国现代汉语、汉字的无穷魅力。阅读这样的文字，让我们再次回到了语言的家园。汉语思维与汉字的珠联璧合，在“整点啥”“爷们儿”“妈了个巴子”“脆生生”“革命的小酒儿天天有”“这个老不死的”等原汁原味的东北方言、口语中得到淋漓尽致的展现。语言是有界限的，在语言不能通达的地方，阿成借助二人转、鲁地小曲等唱腔、唱词来表达他们的思想。这些唱词既传达了东北汉子的幽默、豪爽，也展示了其忧伤和忧患。那些人生苦短、天道人道的意识或理念也一并随着他们粗犷而幽默的唱腔表达了出来。

2002 年（5 篇）

1. 毕飞宇《地球上的王家庄》

“王家庄”是毕飞宇营构的一个极具象征意蕴的地理坐标。它既是具体的、确指的——它是鸭子的天堂，也是“我”的天堂，也是虚拟的、代指的——它是封闭、愚昧、落后之地的统称。在这样一个封闭的环境中，王家庄人认为王家庄是世界的中心，认为“父亲”和丢了八十六只鸭子的“我”都是不可理喻的神经病，因为这两人认知“自我”与“世界”的逻辑不同寻常，不仅大异于绝大部分王家庄人的思维逻辑，还做出了如此疯狂的举动。但是，在那个失去了科学理性（“知识越多越反动”）与精神家园的荒唐年代，父子两代人努力地探寻着，挣扎着，即使双双被诬为“神经病”，也乐此不疲地遥想着另一个宽广世界的风景，继而做出了向地球边缘前进的天真举动——带着那些鸭子一起驶向充满诱惑而危险的世界。他们的言行不仅揭示了特定年代由于知识贫乏而导致个体认知上的荒唐境遇，也隐喻了文明与愚昧、开放与封闭、探索与自困等“二元对立”景观中前项存在的永恒价值及其魅力。然而，不论“父亲”对星星、宇宙的肆意想象，还是“我”对世界边沿的狂热探索，一方面，无不指向对自身未知世界的关注与探求，另一方面，也反映了“人的向往以及为向往而挣扎的过程往往就是一个时代的悲剧”这样一个沉重主题，特别是小说结尾处，“我”因能和父亲相比而成为“神经病”，并感到“非常高兴”，都充分显示了小说在意蕴与主题上的深厚、多元与繁丰。

2. 苏童《白雪猪头》

因一只猪头而引发的激烈争执，在今天看来是多么地不可思议，但这就是那个物资匮乏的年代里必然要发生的事，而且，有关商店或肉店“走后门”现象更是屡见不鲜。因为“猪头”是肉店张云兰所掌握的珍贵而稀有的资源，人们讨好、巴结她，也就合乎一般的事理逻辑。“我”母亲也不例外。为了能得到一只猪头，她为张云兰一家做了五条裤子，但不巧的是，张云兰突然调动了工作，这样，得到一只猪头的愿望也就落了空，其遭际多少有点滑稽，但背后揭示出了物资匮乏年代家庭生活的艰难与做母亲的辛酸。也许作者不愿让这样的低沉与压抑成为小说的基调，并以此引发人们有关那段历史的悲痛记忆，于是，在小说结尾处，作者为这个低沉、压抑的事件补写了一个温暖、诗意的尾巴——在除夕的雪中，张云兰送来了两个大大的猪头和无比珍贵的尼龙袜。这堪称小说的亮点，如同拨云见日，瞬间照亮了历史的阴暗角落，呈现了人性的善意与美好。

3. 张学东《跪乳时期的羊》

风景描写的缺席或退场成为21世纪以来小说创作中的一个突出现象。这是一种巨大的误区。文学不应该也不能抛弃风景描写，因为风景原本就是“世界”的重要组成部分。它是经验表达的本体，而不是附属。很显然，对自然风景展开细致描写，并在其中表达深层的生命体验，是这个短篇给我的最为深刻的印象。湛蓝的天上飘着白云，茂盛的野草里虫子在鸣叫，在草丛中此起彼伏不断移动的白色羊群，点缀在草原上的牧羊人、羊与孩童……小说中的草原风景是令人神往的。这体现了作者对大自然及其生灵世界的无比敬畏，并由此而将文学表达引向广阔和深层。因此，阅读这个短篇，风景以及与之相关的生命体验，是首先应予以重点关注的内容。

对生命之痛的体验与表达是这个短篇最为核心的主题。小说详细描写了一只被称为“白耳朵”的羊从生到死的过程。从跪乳时期的艰难成长，到后来的被阉割，再到成年后被宰杀，每一步都被描写得惊心动魄。它曾经的自由与欢乐、不幸与孤独，以及不可逃避的注定会被宰杀的命运，真让人感同身受、肝肠寸断。“我”的生命借助羊奶度过了那段贫穷而严峻的岁月，然而，“我”与“臼耳朵”在生存上的同场竞争，却显示了生命存在的不公与残酷。万物有灵，人也好，羊也好，还是自然界的草木也罢，尽管有着诸多不平等，但作者在这里都对之一视同仁，充分展现了文学之于“生灵”的超凡意义。

小说是语言的艺术。由于小说采用孩童视角，因而，借助这样的限定性视点所呈现出来的审美世界必然是新鲜而陌生的。而且，对细部的观照与描摹富有诗意，特别是语言对声、光、色、人、事、物，以及彼此关系的通感式描写，是小说“文学性”生成的重要来源。

4. 汤吉夫《漩涡》

世风日下，人心不古，教育界亦不免俗。《漩涡》以靳教授的所见所闻及其遭遇为主线，揭示了当下高校蜕变为官场、商场的种种怪现状。小说内容和主题虽司空见惯，但足够触目惊心。教育界的乱象实乃当代中国的一个缩影：急功近利，钱权当道，浮躁不堪。小说中以县长、县委书记、教育局局长为代表的学员则沆瀣一气、肆意抄袭，真是荒唐而滑稽，而那个院领导关心的是八十多万元硕士培训班的钱何时到账，而不是培训班的教学质量；为了副省长的女儿能够以统招方式进入研招范畴，学院便降分面试，让众多学子白白跑一趟，以达成他们不可告人的目的。权力该是多么地专横傲慢，高校该是多么地腐败不堪。在权力面前，作为一个群体的高校知识分子，道德沦丧，底线全无，尊严尽失。

靳教授是有道德、有底线、有良心、有学问、有风骨的高校知识分子。他不畏权谋，不为利诱，敢于把县长、县委书记、教育局局长的试卷判为零分，敢于违抗院领导“办班就是赚钱”的指示，然而，他是不受绝大部分教师欢迎的，因为他阻碍了大家获利的渠道。靳教授也有难言之隐，副省长的女儿是他介绍过来的，并堂而皇之地进入统招系列，他也参与了为其所不齿的勾当，他知道，这一切不过是为了更大的利益交换，他内疚、自责，于是，他自愿退休了。他的退休，是一个令人悲伤而无奈的选择，然而，这就是当代中国的现实，如此世俗而霸道！

5. 石舒清《农事诗》

在农村，散粪，原本是一项极其平常的活计，是每一个成年劳动力都必须学会的一项基本技能，毫无疑问，现实中的散粪活动，是很脏且很累的。但是，在作者笔下，它非但不脏不臭了，反而展现出了诗意的质地。它的存在是优美的，它的过程是振奋人心的，它的效果是令人向往的，它“让鼻子觉得舒服、惬意，让脸觉得丰富和富态的味道”，它“散发出一种浓浓的味道，这味道和着阳光，就几乎成了某种芬芳，将人的鼻腔虚虚地满了，使人在惬意的恍惚中觉到一些醉意”……作者对“散粪”这项古老而传统的农事活动展开了细致、生动、传神的描写，并在此过程中表达了对乡土与乡亲的一份深情，因此，《农事诗》是一曲有关农业文明、农事活动的赞歌。

《农事诗》是百年乡土小说的优秀代表作。它和郭文斌的长篇小说《农历》一样，无论语言风格，还是思想内容，都显得干净、纯粹、唯美而富诗意。在《农事诗》中，不论对“散粪”一词的介绍、对某个具体场景的细致描写，还是对“散粪”过程中队长、社员、儿童等各类人的言行与精神风貌的展现，都透露着优美、诗意的语调与情调。它如同一枚水晶，里外都是晶莹剔透的；它如同春天的细雨，始终都是润肤润心的。向农业致敬，向乡土致敬，向那些乡土大地上的朴实的劳动者致敬，这是作者写给百年乡土大地的一首诗！

2012 年（3 篇）

1. 晓苏《回忆一双绣花鞋》

二十年前，一双绣花鞋搅乱了温九和金菊的家庭生活；二十年后，关于这双绣花鞋的故事又成为他俩老年生活的一个“心事”。温九和秋红二十年前的一段风流韵事在二十年后也不再是见不得人的秘密，某种程度上，反而成为他俩晚年生活中一件增进夫妻感情的趣事。

二十年前，金菊心理上受到的伤害及由此产生的敌意，随着时间的流逝，已经渐渐被消解。她的最大兴趣只不过是想知道那只绣花鞋的秘密。于是，她与丈夫一起游历老垭镇，出入村委会，微醉小餐馆，重入防空洞。秘密一经揭开，那些“陈年烂谷子”的风流韵事已无足轻重了，重要的是他们在结伴出行中享受到了生活的快乐。这次“浪漫之旅”让这对老年人的“黄昏恋”彰显得如此浪漫！最后，金菊主动提出与丈夫一起探望秋红，真让人赞叹她的宽容之心、博爱之情。

小说的构思颇为巧妙，反映的意旨值得细细品味。对绣花鞋秘密的揭示，是情节发展的暗线；对温九、金菊晚年生活的描写，是情节发展的明线。两条线索，一明一暗，虚实相生，彼此映衬。小说以一段风流韵事为叙述的中心，上下勾连二十多年的生活记忆，而旨归却在关注、书写一对老年人的晚年生活，个中趣味尽显构思之妙。

温暖是这篇小说的格调，幸福是表达的重心，诗意是文字的内质。

2. 阿乙《阁楼》

小说讲述了一个女人爱恨情仇的故事。朱丹的日常生活、爱情、婚姻都是不能自主的，一生都陷于他人的控制。母亲的控制让她胆战心惊，刘国华的控制让她深感恐惧。自由被剥夺，爱情被限制，精神被控制，于是，陷于绝望与恐惧之中的朱丹杀死了她的最大劲敌刘国华。毁灭者与被毁灭者先后走向毁灭的世界，让人感到冰冷、残忍、荒诞、无奈。

小说侧重表现了人性的阴暗、丑陋。刘国华对朱丹的“虐恋”，朱丹对晓鹏的性冷淡，母亲对朱丹的监视，构成了一幅“他人即地狱”的生存图景。朱卫的醉生梦死，刘国华的断指与言恨，母亲的好强与专横，组成了一幅阴暗、压抑、扭曲的人性景观。这使得这个短篇在人性探索的深度、力度上达到了一个较高层次。

小说的题目很容易让人想到西方女权主义者写的《阁楼上的疯女人》。“阁楼”之于女性，是一个表达女性话语、负载女性经验的象征体。“阁楼”之于朱丹，是一个消除恐惧、消解仇恨的空间，也是一个陷于深渊、走向毁灭的地方。“阁楼”之于母亲，是一个神秘的对视物，是一个令她感到不安、不祥的对象。“阁楼”之于读者，是一个富含多层意义的意象，有着多层阐释、解读的可能性。

小说吸收侦探、公案小说讲述故事的方法，预设机关，埋下伏笔，卒章显意，前后照应，具有极强的故事性、可读性。

3. 徐则臣《如果大雪封门》

这又是一篇描写“京漂”中形形色色小人物们生存状态及精神追求的小说。“我”“米箩”“行健”都是底层的“京漂者”，生活拮据，常常昼伏夜出，走街串巷打小广告，理想不断经受着艰难生活的蚕食。“我”不但要面对艰难的生活，还要抵抗顽固性头疼。林慧聪从南方来到北京，在广场放鸽子，经常饥寒交迫。宝来和那个无名的女人要么重病，要么重伤，逃离京城也生死未卜。他们是北京繁华光影背后另一副灰色面孔，上面写有“疼痛”二字。

但是，小说表现的重心不在他们生活的艰难与生存的挣扎，而在心灵与精神的困境。“如果大雪封门”所喻指的行动结果及深刻含义都是借助林慧聪的言行、心理、思想表达出来的。他在北京是无法生存的，盼望大雪封门，即盼望着一场大雪掩盖一切不平等。哪怕那仅仅是一种有关“大同世界”的幻想。大雪来临，他和“我”向往中的白雪世界——“均贫富等贵贱、高楼不再高平房不再低”——并没有显现。理想与现实的错位彰显了他们精神上的困境，表征了他们理想的失意，由此，小说具有一种悲剧性的内蕴。

鸽子和大雪是重要的小说意象，不仅辅助了小说情节的发展，成为人物心理活动、精神世界的对应物，也蕴含了纯洁、理想、超越、飞翔等深刻含义。

2013年（2篇）

1. 曹征路《虎皮鹦鹉》

小说表面上写虎皮鹦鹉，实写其主人老赵。这个厅级退休干部自感不同凡俗，品味高雅，给人的感觉是有派头，有气场。他善打麻将，然而，一句“国事管他娘，打麻将”，将他那庸俗不堪的一面暴露无遗；他擅长养鸟，然而，他养的虎皮鹦鹉如此“势利”，其实不过是老赵的生活趣味和行事原则使然。可以说，鹦鹉的势利就是老赵的势利，鹦鹉的庸俗就是老赵的庸俗，这真是鸟如人，人如鸟。作家以幽默、诙谐的笔调，通过对老赵庸俗不堪灵魂的揭示，对那些不学无术、粗陋卑俗、猥琐不堪、道貌岸然的所谓高干们进行了揶揄嘲讽。

小说的叙述颇有特点。“我”最初也惊奇于这只虎皮鹦鹉，它价格不菲，能准确识别各种钞票，会说“我爱美元”。但是，经过一段时间的相处，“我”慢慢发现其中的奥妙，所谓“神奇”不过是对之进行长期训练的结果。由鸟及人，“我”发现了鹦鹉和老赵之间的关联，也看透了老赵这类人的本质，所以，“我把鸟笼子踩得稀巴烂，头也不回下山去”。叙述人恰似说书人，娓娓道来，语调轻松诙谐，把一个打牌养鸟的故事讲得井然有序。从设置悬念到解开悬念，故事具有完整性，而完整的故事里蕴含着作家对不良社会风气的讥讽与批判。

最为关键的是，作家并没有以议论或直白方式，直接表达这种讥讽和批判的理念，而是通过“我”对老赵行踪及生活情趣的逐渐感知间接表现出来的。这是小说的艺术方法，是表现生活，而不是再现生活。

2. 艾伟《蝙蝠倒挂着睡觉》

小说通过“我”的所见所闻，叙述了西门街上几个少年人的成长经历。李小强用生石灰砸瞎了小伙伴喻军的眼睛，他的父亲一气之下将他吊在了树上，惩罚了他。这次无意中伤害喻军的行为不仅改变了李小强父母的人生轨迹，也让他本人深陷痛苦之中。因为李小强打瞎了领导儿子，父亲被迫主动离家支边，李小强从此也背负了沉重的精神负担。他先后和“白头翁”、王麻子、王光芒等地痞或街道混混在一起，而出发点都是为了治好喻军的眼睛。为此，他拥有了多个身份，既是忏悔者，也是活雷锋，既是施舍者，也是小偷。在这个少年人看来，无论采取什么手段，只要能将喻军眼睛治好，他都甘愿赴汤蹈火，在所不辞。因此，这是一篇记述少年创伤经历和修复创伤印记的成长小说。

李小强父母的忍辱负重，王麻子的被屡屡批斗，都深深地打上了特定时代的历史印记。西门街人的日常生活和人伦秩序也深受“文革”的影响，李小强在这样的社会环境中度过了童年和少年。当“小偷”这一身份被告发后，他遭受了“文革”式的群众批斗和母亲的严厉惩罚，因此，他也是历史的受害者。他吊打王麻子和李宏，以个体复仇的方式，再一次修复了自己的创伤经历。尽管这种修复多么微弱不堪，但是，它至少表明了一个懵懂的少年人对欺骗自己的历史或个人做了一次力所能及的回击。

“倒立”是一种隐喻，不仅隐喻着西门街少年人的另类生活，也隐喻着不按常规发展的“文革”年代。文末“人们以为自己是行走在大地上，其实他们只是倒挂在地球上”一句，似乎蕴含着更为深刻的含义，值得细细揣摩。

此外，这个短篇小说以“我”为视点，以少年人的生活经历为对象，以对青春成长和“文革”历史风云的反映为主题，从而使得这个短篇具有多层内涵和艺术韵味，因而，构思立意与视角选择都颇为巧妙。

2014 年（4 篇）

1. 秦岭《女人和狐狸的一个上午》,《人民文学》第 9 期

这是一篇寓言小说。故事构成了文本的基本形态。不同的故事连贯成情节，使得小说产生了极强的可读性。男人不断猎杀狐狸，狐狸在担惊受怕中也忌恨着男人，母狐在痛苦中目睹丈夫的被杀，男人妻子与母狐在干旱年景中因生存而狭路相逢……这些大大小小的事件都有特定的寓意。人类对皮草的需求导致了男主人对狐的大肆猎杀，其与狐的紧张对立及矛盾的不可消解将人类的欲望和对自然的无节制掠夺本性揭示得淋漓尽致；女人与母狐的相互猜忌及心灵的不可通约性隐喻了人性的复杂，其最后双双溺亡于水缸中也将个体人性中的善意和命运的无常揭示得触目惊心；两个怀孕的生命个体发出的彼此不能理解的信息将本能的母性之爱和女人们的善意诉求也彰显得格外感人。

这也是一则悲剧故事。母狐带来杜鹃花，女主人百思不解；女主人发出救助信息，母狐同样不能理解。母狐因惊吓而掉进缸里，女主人因救助它而挂在缸沿上。本来，彼此之间因无法沟通而丧命就是一个很大的悲剧了，而“诚意”的不被理解并因此而命丧黄泉，这又是怎样一个巨大悲剧啊！死亡是人类最为触目惊心的事件。它给读者带来诉说不尽的、无以言表的生命体验和形而上思考。

“杜鹃花”作为意象在小说中的几次出现，开头和结尾出现的男人和女人的简洁对话，也都是有意味的形式，也是小说艺术性生发的重要来源。

2. 王方晨《大马士革剃刀》,《天涯》第 4 期

小说讲述了一段老济南老实街上发生的故事。老实街上的人们以“老实”为荣，并以此作为行动指南。作为不成文的礼法，“老实”精神一旦内化到精神深处，便成为老实街人日常行事、交际往来和人格塑造的不二法门。如果说开百货店的左门鼻是这种精神意识的代表者和护卫者，那么，外来租房开理发店的陈玉伋则是此种精神的最完美的被塑造者。他俩由此而产生的高古情谊以及在老实街的扬名更是将“老实”的个人品行和民间规约诠释得淋漓尽致。然而，小说所呈现的经验又不仅限于此，而是在“老实”精神和规约背后又衍生了深层的命意。关于谁是虐猫事件的元凶，其实，这样的笔法对于读过先锋小说的读者来说并无新意，但它被置入文本场域中，并有意成为比衬左门鼻和陈玉伋之间的隐秘心理和人际关系时，却成了文本艺术性生发的主要来源。无论叙述者的有意提示还是读者的积极参悟，即使都能标示一个八九不离十的结论，但陈玉伋最后离开老实街的结局也足以引领读者对其高古情谊背后的心理动态和精神内面保有莫大的求知兴趣。这也是小说作为修辞的叙事所展现出的巨大魅力。因此，作为这个短篇最具核心的叙述行动的虐猫事件最终成为推动小说情节发展和呈现人性真实风景的主导事件。陈玉伋女儿重返老实街，老实街已今非昔比，即使剃刀重现真容，也不过为一段故事和情感徒增一份物是人非的怅惘罢了。不过，这是一种作为叙述艺术的小说所独有的意味，有了这种意味，小说才不干巴，才是上等的小说！

3. 蒋一谈《在酒楼上》,《人民文学》第2期

鲁迅的《在酒楼上》反映了五四一代青年知识分子精神的苦闷和彷徨，蒋一谈的《在酒楼上》继续书写知识者的感伤主题，当然其时代背景及主题意向已不可同日而语了。“我”不仅事业困顿，情感陷于困境，而且未来也不甚明了。自我救赎的方法和力量到底在哪里？这不仅是这位拥有博士学位的历史老师所面临的生活和精神危机，也是所有漂泊于大都市中的当代青年知识者的一个缩影。如同鲁迅笔下的吕纬甫所遭遇的深重的人生迷茫一样，“我”也处于人生的另一个十字路口上，不仅与相处五年的女友有了情感上的割裂，也萌生了逃避生活的意念。摆在“我”面前的路有两条：一是接受姑姑的五百万财产，前提是以照顾残疾者阿明从而失去自由、丢掉理想为代价；二是继续为理想、事业而奋斗，以实现自我人生价值。两者较量的结果是，后者战胜了前者，“我”重新回到了人生的正道。因此，“我”的初时迷茫终则重燃希望之火的人生抉择，与吕纬甫的彻底的颓废消沉相比，就有了完全不同的生命意义。小说中的姑姑对儿子的生存现状和未来生活不忍弃之又无可奈何的心态又一次诠释了母爱的隐忍和伟大，但其身患绝症后对生活和生命的态度也足以让深处世俗生活的你我深思。总之，这是一篇能够带给你我心灵的感应和人生的启迪的优秀作品，值得细加品读。

4. 王威廉《佩索阿的爱情》,《作家》第 7 期

佩索阿是葡萄牙诗人。他一直爱着那个打字小姐，与其分手后终生未娶。有关他的情感经历一直是个谜。小说以“佩索阿的爱情”为题目，并以此作为凸显主题意蕴的线索，显然有其深刻的含义。他和阿丽都喜欢佩索阿，并因此一度成为恋人，但当两人曾经的甜蜜相处最终因阿丽的突然消失而轰然倒塌之时，有关爱情的真谛又一次进入我们探讨的视野。我们不禁要问，爱情之于他和阿丽的意义，仅是发生而不拥有的关系吗？他俩的爱情经历就如同佩索阿与打字小姐的爱情一样，都最终走向了存在过但不能拥有的悖论。这到底是喜剧还是悲剧呢？按照常识，我们可能会说，爱情本无对错，双方共同分享幸福，也要一同承担责任，但正所谓“一个人的死亡，不仅仅是肉身的衰败，还是一个特定世界的消亡。而我们的生活的这个世界之所以存在，正是依赖于无数个特定世界的重叠”一样，他和阿丽的爱情的发生与消亡也就多少蕴含了一点生命哲理意味。这种“哲理意味”应该是这个短篇最吸引人的地方。文末他的梦境很有意味。他在梦中与阿丽的相见以及对爱情破裂原因的呈现，其实都是一种无意识在其精神深处长久沉淀的结果。这正好呼应了开头的一幕，他俩的爱情因为佩索阿而结缘，也因为他而走向分裂。现实中的阿丽到底在哪儿？他们会不会破镜重圆？这些都不重要了。他已经先入为主地主导了这场爱情的发生和消亡。

2017 年（1 篇）

莫言《天下太平》,《人民文学》第 11 期

《人民文学》第 11 期编者感言中有这样的文字:“莫言的短篇小说新作《天下太平》，以少年心肠体察社会世相，乡村的生活和观念变化、人在新时代有所建立有所卫护有所顾忌有所敬畏的心性和行止，被童真的镜子照出了形形色色的模样。既质朴又轻灵、有含量也有向度，这时代乡村文明的新生态和新风俗，活润于其中。”的确如此，小说涉及了当下众多前沿而敏感的社会问题，比如：人类的贪欲无度，对自然界的肆意掠夺；基层治理的混乱无序以及权力的蛮横霸道；生态破坏，水体污染，物种变异；等等。它们指向当下，切进当下，警醒当下，但我觉得，这一切都似乎又都不是这个短篇所要侧重表现的向度，或者说，上述编者所言也仅是小说所要表达的第一层意蕴。事实上，它们都被做了背景化处理，并以此来反映更为深层的意蕴。

如果说上述“背景”是对“人界”表象经验的简单描摹，那么，对村西大湾及其水族世界的描写则是基于展现“灵界”世相的一种企图。在小说中，村西大湾是一个独立的世界，长久以来，湾里的“居民”似也习惯了这里的生存环境。两个打鱼人的到来打破了这里的平静，不仅湾里的水族被捕获，而且因此而引发来自“人界”的众多纷争。老鳖咬住小奥死死不放，众人想了很多方法予以施救，但终归失败。虽然两者最终握手言和，小奥得救，老鳖回归湾里，但这完全可看成是“人界”与“灵界”之间的一次不分胜负的交锋。在民间传说中，老鳖是神灵之物，承载了人们有关禁忌、祈福、夙愿、生死轮回等众多想象。所谓“万物有灵”，寄托了我们对天、地、人和谐相处、同归大同的美好愿望，而敬畏众生、呵护生灵则是其中最起码的意识。但随着当代中国功利实用主义甚嚣尘上，我们对之已经漠视、疏远太久了。这个短篇中的老鳖形象及其与众人的对立正是对这一趋向的有力反拨。

在文末，二昆喊出的“天下太平”，与众人喊出的“天下太平”、局外人理解中的“天下太平”，以及读者理解的“天下太平”，显然不是同一个意思，但不论哪种意思，都足够意味深长。我们果真“天下太平”了吗？

2018 年（2 篇）

1. 朱山坡《深山来客》，《芙蓉》第 5 期

《深山来客》是朱山坡“蛋镇电影系列”中的一篇，讲述了一个中年男人和身患重病的女人的爱情故事。男人撑船来蛋镇看电影，一月一次，风雨无阻。“鹿山人的妻子来到蛋镇只为看一场电影”，但不要小看这样一场电影，电影是治疗女人疾病的一剂良药。因为每看一次电影，“她就觉得病好了一半”，因此，看电影成了女人生命中不可或缺的要事。围绕这一事件，作者将之写得情切切，意绵绵，足够感人。

陪伴即是男女间最长情的告白。小说中的女人是幸运的，因为男人对她不离不弃。不过一场台风后，再也未见这对男女的影子。这不禁让人担心：他俩是不是未躲过这场台风而死于非命？当然这只是叙述者与读者的猜

测，小说并未直言。如此，便会让我们想起《边城》那个经典的结尾："这个人也许永远不回来了，也许明天回来！"鹿山人和他妻子命运结局到底如何，只好留待读者去想象了。这或许是作者和叙述者有意为之的叙述策略，因为他也不想这对男女遭遇什么不测，干脆一股脑儿将难题推给了读者！

小说以事显，以情胜，特别是字里行间蕴满人间温情，男女间的相濡以沫的情怀尤让人动容。小说也以细节描写和对话描写见长，话语朴实，富有韵味，亦颇显描写之功力。

2. 莫言《等待摩西》，《十月》第1期

接续2017年在《人民文学》发表《锦衣》和《七星曜我》，在《收获》发表《故乡人事》（由三个短篇组成）后，莫言今年又发表了《等待摩西》这篇在结构、立意和风格方面都值得反复说道和深入探讨的短篇小说。

小说在结构上采用"离乡—回乡"模式。这是以鲁迅为代表的新文学作家在创作乡土小说时所最常用的、成绩卓著的、对后世影响深远的结构方式。《等待摩西》以"我"的三次回乡为线索，以"我"为视点，并以截取生活横断面方式，讲述了曾经的故乡同伴柳卫东在不同历史时期的人生遭际和精神风貌。两相比较，可以清晰地看出，莫言对鲁迅式小说叙事传统的继承与再造。所不同在于："我"的离乡（1975年当兵离开家乡）是以奔着也必然能够获得光明的目的出走的，与鲁迅笔下那些离乡者无路可走的绝望境地有着天壤之别；"我"的回乡（当兵第二年、1983年春天回乡探亲、2017年"我"回到家乡，在威海某宾馆）虽最终也以无乡可回作结，但"我"不再是鲁迅笔下那个熟悉的启蒙者，而几乎成为被启蒙者。改革开放以来乡村的变化早已超出"我"的认知视野，不仅乡村世界发生翻天覆地的变化（彩色电视机、四喇叭收录机、邓丽君、费翔）让"我"备感不适，而且身份与认识上也来个大换位（比如："我"称柳卫东为"柳总"，而不是鲁迅笔下闰土一声"老爷"那样，让我感到悲哀；"我"无法解答柳卫东媳妇的疑问，而只能用"也许，他在外边做上了大买卖……也许，他很快就回来……"做模棱两可的回应）。这些巨变让"我"怅然若失、无所适从。

文学中的"故乡"只有在"离去"后才能生成意义，莫言长时期的"离乡"显然已赋予"高密东北乡"以无穷无尽的意义。他在这里安放了记忆与魂灵，抒发爱恨与情仇，他在这里介入现实，审视历史，思考生死，寄托理想。在这个短篇中，有关"我"小时候扔砖头误打摩西他娘这一场景的描写，虽在文本中显得有些突兀并游离于主题之外，但无可置疑的是，这又确实是作者对早年记忆与潜意识情感做了一次代偿式投射与表达；有关“我”对摩西失踪之谜颇感好奇（特意回乡与之相见）情节的描述，以及发出“一切都很正常，只有我不正常”的感慨，虽未充分展开或寥寥数语，但都足以表征此时莫言对“故乡”既熟悉又陌生、既亲近又隔膜的复杂情感。故乡并非文学想象中的那种样貌，它的存在是自足的，对莫言或小说中的“我”来说，身与故乡挨得愈近，心反而与故乡离得愈远，身之近与心之远形成了一种明显的反比关系。这是一种悖论，一种现代性的大悖论！它让莫言困惑，也让现实中的你我困惑，且永远无解。

这个短篇涉及基督教话题：柳卫东的爷爷柳彼得是一个虔诚的基督教徒，在“文革”中，他为此而遭到包括柳卫东在内的“红卫兵”们的残酷批斗；柳卫东和马秀美在经历一系列事业兴衰和人生浮沉后也皈依基督教，成为忠实的信徒。莫言在文本中植入基督教主题，显示是有意为之的，其深意何在？这也颇值得读者予以关注和深入解读。

2019 年（1 篇）

汤成难《奔跑的稻田》,《雨花》第 1 期

小说表层故事不难理解——父亲在五十岁那年离家出走，奔赴远方开荒、种稻，自得其乐，并从此一去未还——但表层故事背后的深层意蕴却十足立体、丰盈、多义，给读者留下足够宽广的接受空间。一方面，与常见的“离乡”写作模式不同，有关父亲远走他乡、外出种稻的现实动因、生活逻辑和社会意义的追问被搁置而不表，而从人与自然彼此互应、互衬、互生等“间性关系”出发，侧重表现父亲在垦荒与种稻过程中非关现实层面的内在精神景观。毫无疑问，作为故事背景而存在的“父亲出走”，与作为故事内核而存在的“父亲回信”，彼此构成一个极富意味的呼应、阐释或互证关系。另一方面，“父亲回信”完整呈现了一个独立自足的精神世界。事实上，父亲及其回信作为一种镜像，那里的自由、生机似乎正映照了在此之前我的孤独或人心的荒芜。是否也可以这么理解，即父亲成为架构我与外界自由关系的便捷桥梁，小说中“我”说过的一句话对此揭示得很清楚：“只有我，小心翼翼珍藏并期待我与这个世界最美好的联系。那个在村庄里生活的父亲，我是陌生的，相反，走出村庄的父亲却是我最熟悉和喜欢的。”于此，对“父亲回信”的期待，以及对走出村庄的父亲的熟悉与喜爱，其实，也正隐喻了这样一个基本事实，即“我”始终存有一个超脱现实与自我、追寻并建构全新精神世界的梦想，并有着与这个“世界”发生对话的强烈冲动。小说以灵动、飘逸的语言风格，富含深意的小说意象（比如：红色的稻田、红色的狐狸、发光的稻谷），以及魔幻色彩的笔法，将这一主题或内容表达得摇曳生姿、意蕴丰满。

2020 年（1 篇）

蔡东《她》

《她》是蔡东在 2020 年发表的一篇颇受读者和业界关注的短篇小说。无论以类指性的第三人称“她”作为标题，以第一人称“我”（男性）作为讲述视点，还是以隐匿叙事和虚实手法为主体修辞，都使得这个短篇在审美形式上别有一番意味。但更为引人瞩目之处，还在于这个短篇对于超越个体的、关涉现代人情感与精神处境的深层探察。因此，从小说艺术形式到主题表达，《她》都可圈可点，经得起反复咀嚼。

书写记忆之境，揭示记忆之谜，显然是这个短篇所着力开掘的第一主题。在小说中，“我”与“她”的爱情被背景化，辅助于记忆主题的次第展开，即侧重呈现“记忆”与幻境、“记忆”与精神之间的互源互构关系。从主题表达向度来看，“我”对于“她”（即“文汝静”）的绵延不绝的思念，以及因这“思念”而深陷记忆时空的无奈，所呈现的不单是对个体至性至情图景的描绘，更有对“记忆”对于人之存在关系及意义的形而上追问。回溯成了“我”不得不操纵的宿命，因为“我”被逝者形象和往昔生活所俘获并深陷其中，但迈入记忆之门，也即意味着寻找与释怀。在小说中，由“女儿家”、归林酒肆（温泉小镇）、青林泽湖畔、“我”家中所串联起的空间架构，以及由“分离元年”所不断生成并延展成的时间谱系，重新将“我”与“她”相遇、相知、相伴的生命之旅予以编织。“我”和“她”所生成的“世界”成为“独特的这一个”，在其面前，无论“我”“她”，还是文本之外的你，谁又能参透这人生的无限内涵和外延？再进一步追问，人类历史演进的苍茫，个体精神记忆的苍茫，哪个更宏阔，哪个更无解，谁又能说得清呢？因此，在笔者看来，记忆之境如此漫长且纠缠不清，小说家无论处理自己的“记忆”，还是建构他者的“记忆”，其实都是将“镜像”

予以重置并自立为主体。毫无疑问，《她》以此表达了超脱于个体境遇的存在之思。

两性关系，即女人如何在自我与他者之间寻求自生之路以及精神家园，也是《她》所着重探讨的话题。“她”是舞者，从青春岁月到后来步入世俗生活，“舞”无疑构成了其生活的重要内容和精神依托。但当作为理想与身心所寄的“舞”遭遇来自世俗婚姻和男权理念挤压时，“她”选择了妥协——收拢、舍弃或掩饰不被广为认同或接受的个体执念，转而在精神与世俗之间求同存异、共建“生活”。“我”与“她”因舞而相识，而相伴，其情切，其意绵，直至“生死两茫茫”。小说对生者与逝者情感、意绪的表达可谓至深至诚。表面上看，“她”放弃了“舞蹈”，实则不然，从日常到精神，她一直在“舞”，只不过方式不同往常而已。而对“我”而言，曾经因无意识中默许“她”之弃舞意图，竟成为一生挥之不去的歉疚。正是因为“我”与“她”彼此“后撤一步”，爱情与婚姻才拥有了无限自由的延展空间，“两性和谐”的爱情神话在此上演。因此，《她》可引发一系列有关现代中国女性情感与命运之路的全面反思：从“娜拉出走”的个性解放，到后来“无路可走”的悲哀，再到彻底封闭自我、试图与男权社会彻底绝缘的极端实践，“女人”始终没有走出那个被建构、被代言的牢笼；女人与男人同为主体，超越性别差异，在两性和谐基础上，重构主体形象和生活之路，似是切合实际的正途。

作为知识女性，蔡东对“女人”的观察和体悟已远远超出“饮食男女”层面，她以小说方式所揭示或探讨的这些问题显然与中国新文学传统有着渊源相继的关系。或者说，“女人”作为一个话题——重构女性主体和全新可能性——在蔡东及《她》中又一次得到集中探察。由此，我们可以看到，相比于同代同龄小说家，蔡东的写作多了一些典雅和理性思考，且又常不乏哲思。在小说创作普遍欠缺思想性的当下，她这种文学姿态和实践就愈发显得珍贵和不可或缺了。

2021 年（1 篇）

三三《晚春》,《人民文学》2021 年第 7 期

《晚春》是 90 后作家三三创作的一篇短篇小说，初刊于《人民文学》2021 年第 7 期。该作发表后广受好评，先后入选中国小说学会 2021 年度好小说、2021年《收获》文学排行榜短篇小说榜。在笔者看来，以轻灵笔触和宽容之思，书写父辈一代人在历史境遇中的情感、婚姻和身心遭际，并以此融入对孤独、隔膜、猜忌、离散、背叛、必然与偶然等带有普遍性人生命题的思考、表达，显然构成了这个短篇最引人关注的实践向度。它也因这种艺术格调的慧心营构和若干丰富主题的文学表达而在同代人的同类题材书写中脱颖而出。

在小说中，作为背景的大历史运动，与作为被历史裹挟的小人物们阴差阳错的命运选择及其遭际，被作者恰到好处地容纳为一体，并借助“我”（即润安）、父亲清河、继母雅红、母亲（始终没有出场）彼此间你来我往的话语关系而予以充分呈现。小说虽为短篇，但内部时空足够宏阔，其把清河和雅红形象及其关系变迁放置于宏大历史背景和时间之流中予以审视和书写的实践，尤显其非凡格调与气度。因此，这是一篇回溯并记录历史变迁的简缩版的时光书，也是一篇讲述人在历史境遇中生活、心态、精神如何演进的变形记。

“知青下乡”作为一个不可抗拒的历史运动，在1971年这个节点上，施与父亲清河的影响，就不单导致他从此必须远离上海、被家人抛弃、与初恋雅红分离的残酷现实，更使其在后来的若干年中不得不接受在下放地与母亲的结合并从此陷入生活与情感困境中。在此，我们可以充分感受到小人物被大历史所无情裹挟下所展现出的一幕幕力不从心、生若浮萍、深陷迷惘的无奈、无力感。但他在后来岁月中与母亲离婚，为生计而又与雅红结合，继而又因无端猜忌而使婚姻形同虚设、终致关系彻底破裂的人生经历，则又充分表明，回城后的父亲清河有着自私、虚伪的天性并逐步步入被迫害妄想症患者的深渊。这是一个很现实、精于算计、逃避责任的、被不可抗拒的历史运动所戏弄的男人。

雅红的一生是足够悲怆的——先是初恋时期遭受清河的背叛，后又经受前夫病亡，最后又因与初恋男友清河的结合而再次深陷牢笼。这位“长得很美，瓜子脸，载了一套柔媚的五官”的女人虽在物质生活上相对自足，但在屡屡遭受来自男人世界的背叛、伤害后而变得离群索居，孤独自闭且不乏阴鸷。正如“我”之揣度：“雅红就是一个过于孤独的人——那些对外表的悉心维护，那些怀藏目的的取悦，还有看不见的盘算，对于尚未发生的遭遇的种种预防，或许她也在担心衰弱、失控、再次被抛弃。这点恐惧，足以让她变得凶狠不可测。”或如父亲清河的无端猜忌：“雅红究竟如何下药，外遇到底是什么人。”雅红因屡遭情感和婚姻长期伤害或折磨而在言行、心态上亦非常态之人。但她在危机中在自身外貌、家庭生活、夫妻关系方面依然顽强维持着固有状态，而竭力避免与父亲清河及“我”发生直接冲突。即便她察觉这次“我”之回家意图，特别是在“我”偷翻其抽屉而被其直接发现时亦保持自然平和之态，足可显示其内心隐忍之强大。然而，“我”自以为运筹帷幄引所谓“女友”小榛归家相聚的愿景最终落空，并且“我”之虚伪与欺骗亦被雅红赤裸裸地揭穿，则可充分昭示出这样一种事实，即，雅红终究无法忍受男人的欺骗，其内心所遭受的创伤何其重啊——若非，她也不会如此警告我：“男人永远不能骗女人，否则要遭报应的。”这是一个被伤害、被冷落、被抛出正常生活轨道的女人，小说将其孤独、隐忍、戒备表现得淋漓尽致。

小说以丰富的细节、行动和心理描写对上述两个人物形象予以细致刻画，从而给人留下极为深刻的阅读印象。其中，对雅红心理、言行的刻画尤见功力，在隐显之间，在说与不说之间，都拿捏得甚好。而以“我”为视点，以对二人关系的讲述为中心，对那一代人历史和生命际遇再次予以打量、书写，则更突显这个短篇在主题表达和意蕴呈现上的丰富而深刻。另外，小说语调、叙述节奏也把控较好，在整体上所生成的格调、气韵和意旨也耐人咀嚼。

第二十四讲　参与经典化：1990 年以来中篇小说精选精读

1. 林希《小的儿》,《小说》1995 年第 1 期

林希是一位在创作态度、题材选取和审美理念方面都极为真诚、朴素的小说家。由于其特殊的生命遭际和丰富的人生经验，他的小说向来以对存在于社会主流之外的卑微者的关注和生动的说书人的风格而著称。而对旧时代的怀恋和对往事的追忆性书写，又使得他的小说以一种“古风之气”和“人无我有”的别样风范而成为一道独异的文学风景。评论家张莉称其为“旧时代里的拾荒人”，其概括可谓精准而形象。《小的儿》为其代表作，集中体现了上述几个方面的特点。

“小的儿”为“我”父亲的二姨太，原为伶人，怀了父亲的孩子后，被领进家门。她在侯家依然活得卑微，没有地位，生了女儿四儿后，女儿也比她尊贵。但是，这个女人聪明、知礼，行事谨慎，遇事百折不挠，这使得其能够在侯家生存下来。她渴望登堂入室，光明正大地成为侯家的少奶奶，可是，她总不能如愿以偿。她对待另一位伶人王丝丝的做法和态度，与张爱玲笔下的曹七巧如出一辙，但她赶走王丝丝，也因此卷入一场官司而不得不离开侯家。然而，女人的那种执拗和安于侯家的心态，局外人很难理解其原委。她抓住“父亲”不放松，不但打败了母亲，夺走了女儿的心，也成为父亲依赖的对象。她最终成了胜利者。这样的写作自然修正了我们对此类文学作品的惯性认知，即它不同于《妻妾成群》(苏童)将女人与女人之间的战争作想象性的、夸张化的放大处理的文艺腔调，而更接近于历史的真实风貌，更符合妻妾相处的本真动态。

这个中篇的叙述者“我”是一位少年人，也是最有意味的地方。“我”以世俗的眼光打量文本中的人和事，不但经常欺负姨娘生的四儿，还不断对大人的言行、处事做出品评，宛然一个油滑小生以插科打诨之态在和读者做着极不正式然而又煞有介事的交流。叙述者的口吻又常夹有天津方言、俚语，宛若一说书人，在喋喋不休地讲述一个戏子在高家大院里的人生浮沉故事。而故事本身又让人丝毫觉不出有编造之嫌。然而，讲述语调的幽默感与故事的悲剧性，恰恰构成了一个不小的反讽，个中缘由值得读者细加揣摩。其实，这种笑嘻嘻的而又百无禁忌的叙述方式与作家本人看待历史挫折和现世生活的态度密切相关。尽管作家本人经历了那么多迫害、磨难，但在生活面前，他都将之做了举重若轻的处理，反映在文学写作中，就体现为这种幽默或油滑、自嘲或百无禁忌的语调。

2. 徐小斌《双鱼星座》,《大家》1995 年第 2 期

徐小斌是一位时常带给我们奇异风景的女作家。而阅读她的作品，比如《羽蛇》和《双鱼星座》，我们就无法回避文本所折射出的女性立场、女性视角和女性话语。因此，我们还是倾向于认为她的小说是关于女性生存、现代女性和文化困境的寓言。很多时候，我们常常会迷失于一种孤寂潮湿、冷艳奇异、诡谲混沌、令人头晕目眩的小说空间里，体会沉潜于历史背后生命的惨痛，倾听心灵叫嚣的声音，目睹形形色色的女性角色华丽的外衣下所掩盖着的怪异、孤独、自闭、自恋的情态，于此，我们也进入一部女性心灵发展的历史之中，得以领略到了被“正史”和“现实”所深深遮蔽了的女性真实的心灵史。

与同为私人化写作的代表作家林白、陈染相比，徐小斌的审美视野似乎更为开阔一些，其小说创作一直在实践着这种个人化与外部世界的直接对接。在这个“一个女人和三个男人的古老故事”中，卜零，这个曾经在父权意识下成长起来的知识女性，以其极端的敏感，触摸自我，感知世界，试图建构一种别处生活。于是，她开始逃离、反叛和颠覆现有秩序，然而，她在自身、丈夫和情人之间摇摆周转的结果，却是屡屡遭受外力和精神痛感的双重打击，而男人的背叛、谎言与懦弱更令其痛不欲生。出走的代价原来如此之大，寻找家园的过程如此之漫长，于过去和未来，她都看不到一线光明。

丈夫、司机、老板这三个男人形象都有其特定的内涵指向，分别代表着权力、欲望、金钱。利欲熏心、俗不可耐的丈夫，外形高大英俊、内心卑微懦弱的司机，阴险狡诈、残忍伪善的老板，从不同方面给卜零的生活和精神带来致命性的打击。由此看，男人之于她不过是一个个人造的地狱。她在生活中受挤压与绝望，她与三个男人间的隔膜与对立，无不表明了现代女性企图建构他处生活的艰难和不可能性。作为一种不合作，卜零回到了自我的肉身和心灵，在精神自恋中寻找安住身心的意义；而作为一种反抗，卜零以一种虚无感知性的力量，实现着对男权社会的决绝拆解。最精彩的莫过于她在梦幻中完成的那次复仇。她打扮成美丽的阿拉伯公主，用冰冻的里脊直击丈夫的后脑勺，在老板咖喱中滴入带毒的墨水，用水果刀直接刺向石。这当然具有反抗男性意识和男权社会的意味，不过，作品的深层意义还不仅仅在此，而有关女性生命的形而上思考确也是其所要展现的主题。比如，女人和肉体到底是何种关系？这种关系是前生具有的呢，还是后天被造就的？女人以什么方式对抗孤独？作品屡屡写到女性的身体，写到女性对肉体的体验，其实，这体现为一种深度寓言的意味。读者也不妨深加体味。

3. 尤凤伟《五月乡战》,《当代》1995 年第 1 期

山东作家尤凤伟的“抗战小说”自成一格，不但故事耐读，人物鲜活，主题新颖，而且将个体的欲望、人性道德、民间伦理、社会风俗等错综复杂的内容植入文本中，从而使得他的小说雅俗共赏，既有有关战争本身的深入认知与强烈反思，也有有关战争背后复杂人性的深刻揭示，而无论宽度还是深度都达到了较高程度。《五月乡战》堪称这方面的代表。小说中的抗战英雄无不来自民间，且都是边缘人物，其抗战的动机也与宏大的民族大义和政治意识没多大关联。他们凭着对本能的认知和对时局的徘徊、观望，被动性地卷入了这场战争。他们在战争中的爱与恨、聚与分、懦弱与勇敢、高尚与卑鄙，全都被水乳般纠缠在一起，难以用一种标准加以衡定。可以说，作品不仅反映出了人之于战争进程的不可预期性，也揭示了战争之于人性存在的复杂性。

高金豹与家族的仇恨以及由此而产生的乡战，无论其发生动因还是发展过程，都给人以极强的阅读冲击力。高金豹与父亲不共戴天的矛盾根源于个体的欲望，也可以说，是欲望一步步操纵着高金豹离开家族，引发怨恨，最终走向复仇。然而，颇为滑稽的是，父子俩你死我活的冲突最后竟然借助一场宗族仪式得以消解。从父亲捧着的子辈的灵牌落定那一刻起，一个新的“弑父”仪式最终尘埃落定。完成“精神弑父”的高金豹走向战争，慷慨赴死，英勇就义，以一个抗战英雄的影像和那场宏大的民族战争发生了关联。从这一人物身上，我们至少明白了这样一个基本的事实：人性伦理、儿女情长、宗族观念、民间意识都有可能成为个体或某种势力强势介入战争的主导力量；反过来，战争的发生与发展也并不一定改变它们的存在形态和影响力量，人本身的复杂性与民族大义也以某种偶然性的机缘错综复杂地纠缠在一起。“人们只有随着时间的步伐才能渐渐加深对战争的理解”，尤凤伟的这句话可当作这个中篇的题记。

这个小说中的人物都是悲剧性的。人物由生到死的过程基本在一个“突变”性的模式中完成。人性的突然升华、结局的突然降临以及悲剧英雄的突然定位，不仅给读者的阅读造成巨大的冲击力，也创造了一种新的叙述方式。高氏父子的冲突由高潮到低潮，高金豹性望与爱欲的瞬间转换，抗战英雄赴死过程的迅速完成，都是此种叙述方式的集中展现。它以艺术的方式不断诠释着这样一个道理：战争不仅改变着他们的人生轨迹，也在塑造着其人生意义，不仅不断揭示着战争环境下人性的复杂性，也不断重塑着人性存在的可能性。尤凤伟通过这样的个人化叙述，将宏大的抗战史演变为个体的生命史，将依附于意识形态的“大叙事”降格为附着于个体生存和偶然性变迁的“小叙事”，不仅颠覆了过去历史叙事的流行模式，加深了我们对战争本身的认知宽度和深度，也大大拓展了表现战争的审美空间，为“抗战题材”的文学写作打开了另一扇大门。

4. 阿来《月光里的银匠》，《人民文学》1995 年第 7 期

土司统治下的王国是一个超级稳定的结构，从上到下，从内到外，从主到仆，一切都秩序井然。在这个蒙昧、野蛮、毫无自由可言的地域内，包括个体的肉体在内的所有东西都是土司王朝的财产，就连奴隶的名字都由各自的主子亲命。那么，在这样一种边际文明秩序中，作为个体的人（奴隶）还有没有追求自我的可能性？银匠达泽的人生历程及信仰追求对之做了肯定性的回答。这个“好几百年才出一个”的银匠，技艺超群，性格孤傲，为追寻自己的梦想，他义无反顾，不屈服于王权，不惧怕任何威胁和死亡。老土司默许了他的高傲，准许他远走他乡。少土司宽容了他，准许他随时回到他的领地。达泽有自己的生活方式和法则，然而，他所生存的年代及环境毕竟没有也不允许为人之自由意识的萌发与成长铺设一块适宜的土壤，无论外界如何变迁，无论政权如何更替，超级稳定的治理结构决定了达泽的选择是悲剧性的。达泽的悲剧命运是宿命的、不可抗拒的，自从其成为土司家奴隶的那一刻起，一切都已注定。而明知如此，他却非要抗拒，失去生命也要突围。这种明知不可为而为之的行动力量昭示了东方式的悲剧故事所蕴储的精神内力的崇高与伟大。

老银匠安于土司王朝的稳定秩序，从身到心完全依附于自己的主人，小银匠达泽要冲破这种樊篱，他选择了出走，他在这个超级稳定的结构的内部和边缘获得了一点点属于自己的自由，然而，那不过是一种精神放逐，一种安于内心的无边流浪，是一种自欺欺人的心理幻影。他的自由和高傲凌驾于土司王权之上，注定一败涂地。萨特说，人是绝对自由的，人有选择的权利且不受任何东西限制和约束，人要为自己的选择负责。虽然达泽存在的年代与萨特所处的环境不可同日而语，但是，他们的行动指向却有着惊人的一致性。他在老土司威严的目光中且随时都要失去生命的境遇中毅然远去的背影，他为“浑身散发着青草和牛奶芬芳的纯美的姑娘”制作了精美绝伦的银器，他参加全土司王国的技艺大赛并以命为赌注维护的自有尊严和“舍我其谁”的在行业中的王者之气，都将关于爱，关于自由，关于命运，关于理想等宏大的形而上主题演绎为一种民间传奇，彰显为一种高贵的悲剧力量。这力量弥漫播撒，力透纸背，深入骨髓，让人怦然心动。因此，《月光里的银匠》的主题意蕴是繁丰而多意的，充满着对历史、命运、孤独的深刻沉思，蕴储着对追寻与抗争、存在与梦想等形而上主题的探索。

繁丰的主题意蕴都被作家作了诗意化处理。命运是一种压倒性的气息，裹挟着历史烟尘中的烦嚣和沉寂，而历史与命运的两难处境被作家的诗意化叙述加以修补、还原。将土司族群之间的战争、杀戮、抢掠推远，将王权内部的倾轧、阴谋、争斗消弭，单纯勾勒一个超凡脱俗的奴隶的命运图景，这种拨繁就简、去冗存真、弃丑留美的艺术笔法，所描摹的必然是一种单纯而富有诗意的图景。历史的背景也许模糊了，人物的脸谱也许不再那么明晰，那轮遍洒土司领地的月亮也许不再那么朗照，可是，他们的故事和精神却依然留存于当下人们的心中，当作一种高贵的品质，一种超越世俗的魅力，世世代代传下去。

生命短促且姗姗来迟，人生有涯，而知无涯，生命终有竟时，那些超脱世俗，指向崇高，建构他处生活的文学经典，大大缩短了我们在世时与人类浩瀚文明和历史进程的距离。这就是我们为什么需要文学经典的根本原因。《月光里的银匠》堪称文学中的经典之作，值得反复阅读、揣摩。

5. 阎连科《年月日》,《收获》1997 年第 1 期

这是一则传奇性寓言。没有具体的时间指称，没有确定的时代背景，在一个恒定的时空里，一位老人、一只盲狗和一株玉蜀黍组成上演了一则震撼人心的人类传奇故事。这样的写作不仅需要作家有着丰富的生活经验和对人类情感的深刻认知，更需要极具丰富性的想象力和超越性的创造力。小说综合运用了象征、寓言和神话等艺术建构方式，在吸收传统艺术和现代性手法方面，都做出了极为成功的实践。这使我们看到了古今中外故事原型惊人的相似性。海明威的《老人与海》、夸父逐日、精卫填海以及舍身饲虎等文化（精神）原型在《年月日》中都有所体现。

这是一则生命意志力的赞歌。人类生命本身的能量到底有多大？在一个日子被烧成灰炭、岁月被烤成灰烬的千古未有之干旱之年，在生存与死亡、希望与绝望、已知与未知都不甚明朗之时，留守村里的先爷以卓绝、坚韧的生存方式与大自然斗争，奇迹般地将不可能之事活生生地变成可能。玉蜀黍活下来了，开花、结子，为生存在这里的人们留下了宝贵的种子。可是，历尽艰辛磨难的老人最终倒下了，化为玉蜀黍的养料，成就了一村人的希望。先爷与群狼的对峙和斗智斗勇，更是将生命本身的意志彰显得淋漓尽致。

这是一个极具想象力的文本。作家的想象力刷新了我们的阅读经验。这不仅是文本新颖而独特的语言风格使然，更是想落天外、亘古未有的细节、场景展示铸就。“日子便火炭一样粘在手上烧心”，“时间的响声青翠欲滴”，“对着太阳连抽了十余鞭子，使日光如梨花一样零零碎碎在他眼前落下一大片”，“用秤称了日渐增多的日光的重量”………像这类运用通感、比喻、拟人等修辞手法形成的语言表达都给人以陌生化的阅读效果。文末对先爷死亡场景的描写实在是一个作家的艺术独创。老人身上生满了玉蜀黍的根须，这样的场景实在让人震撼。而这种“震撼”就是文本内部艺术力量自发生长、扩散的结果。

6. 王小波《红拂夜奔》,《小说界》1997 年第 2 期

这是一个历史狂想主义的互文文本。小说由两个部分构成，一是王二的故事。主要讲述王二毕其心力求证 17 世纪法国数学家费马提出的“费马定理”，然而最后依然觉得生活没有指望的故事。二是红拂、李靖、虬髯公逃离洛阳城的故事。作者将古代传奇与现代人的爱情相拼贴，将唐人故事现代化，以表达现代人的现代情绪、现代情感和对时代的认知。在这个文本中，历史与现实互证，想象与写实相融，综合营构了一个意蕴繁丰、思想深刻的互文文本。作者的构思可谓巧妙，以“戏中戏”结构模式，说明红拂的故事是王二的创作，这样显得较为真实，使作者可以以“我”的身份，以王二的口吻发表自己的感想，并且将这两个故事很好地串起来。

在历史语境与现实语境的交相呼应中，王二的故事和李靖的故事产生对话，他们各自都有着对爱情、自由、理想和死亡的看法，但又都有不同的实践方式和命运结果。无论李靖科学家梦想遭遇破灭，学术著作不能出版，还是王二挖空心思却根本不知有什么意义地求证“费马定理”，和单位女同事合住一套公寓遭遇不便和尴尬，都充分反映了中国知识分子与极权、昏庸和世俗长久对立的情绪，以及在这种境遇中所显示出的独特的爱情、智慧和创造能力。

小说的语言敏锐机警，内含诙谐，看似粗俗，实则富含理趣，于自由表达中见出理性思考的内力。语言的表层内容往往是荒谬的、不合规范的，然而，内里却含蕴着丰富而深刻的“正理”。这要诉诸读者的领会和接受。而戏谑的比喻、幽默的思辨、奇思异想的议论、远距离连缀在一体的意象组合等微观修辞的大量运用，都不但使得小说语言本身就构成了一个表现的对象，也颠覆了中国当代文学的汉语写作惯有规范，从而大大创新了当代小说语言的表现范式。

7. 叶弥《成长如蜕》，《钟山》1997 年第 9 期

《成长如蜕》以姐姐为叙述视点讲述弟弟的成长过程。弟弟心灵美好，向往纯洁，固守着对珍贵友情和崇高理想的渴望。他同情弱者，看不惯商场中的尔虞我诈、见利忘义，因而始终不愿接受父亲的事业，甚至为了保持精神的纯美而与父亲闹僵，毅然离家去了西藏。而当弟弟回来时，他才发现昔日所谓的友情、爱情都已变异，他周围人变得市侩、庸俗、实际、贪婪，而当青梅竹马的恋人也离他而去，当他骑着破自行车去参加朋友聚会见到众人的尖刻、冷漠、嘲讽，他的信仰开始崩溃，甚至割腕自杀，直至最后一次被主动送上门的朋友欺骗、出卖后，弟弟终于理解了父亲的从商经历和自己成长的真谛。

弟弟的成长是被迫的，是各种外力压迫的结果，然而这个过程是富有深意的。其所内蕴着的含义至少可以阐释如下几点：种种受辱事件和被欺骗的经历使得他一步步接近生活世界的本来面貌；他的由坚守到退守、由希望到绝望的成长过程也显示了社会环境的残酷和人生命运的无可把握；弟弟的成长与父亲的成长有着惊人的相似性，那种成长过程中所遭遇的屈辱、隐忍与残酷似乎也都是预示了生命的某种同质性。尽管如此，弟弟的成长也带给我们无尽疑问，那就是，当钟千媚追随台湾商人而离开他，当他沉迷轻佻女子的肉欲之欢，当他被一个个唯利是图的奸商所包围，他在这场没有硝烟的战争里成了俘虏，然而，我们不禁自问，那些美好的友谊难道只存在于对阿福照片的精神寄托里边吗？继承父业，从事经商，称霸江湖，就是最好的成长结果吗？

文末一段富含人生哲理，值得细细体味。比如："人生是从山巅上朝下滑落的过程……""人生有些事是不得不做的，于不得不做中勉强去做，是毁灭；于不得不做中做得很好，是勇敢。"

8. 叶广芩《风也萧萧》,《小说》1997年第3期

叶广芩善写晚清大家族的历史故事。她的家族叙事和意识形态无关，和追溯历史本质也无涉，她所呈现的是一种历史记忆。《风也萧萧》自然也是如此。它将金家四兄弟的恩怨故事从历史的长河中提出来，以一种类似挽歌的调子，对他们的人生命运展开了细致书写。

一幅晚清贵族家庭衰败图随着"我"的叙述被徐徐打开，那些生活细节历历在目，那些喜怒哀乐的情怀宛然如昨。由顺福一句谎言所引发的人生悲剧，由老三和老四争斗所生成的兄弟之间的情感芥蒂，由老二上吊所带来的凄凉境遇，由黄四咪所导致的三个男人的荒唐命运，都在偶然的话语与必然的历史际遇中，演绎成了一则徒留叹息而无实质生命意义的虚妄故事。他们在历史的长河里摇摆浮沉，既认真付出过，又无聊争斗过；既寸步不让过，又彼此妥协过；既怒目相视过，又幡然反悔过。然而，即使经过了荣辱贵贱，尝尽了人生百味，他们也似乎没有活出个道理来，所记住的唯有那些稀里糊涂地在悲剧与喜剧之间拼命挣扎的历史影像。

在文末，几个经历了风风雨雨的男人皓首相聚，似乎在明晰与模糊之间悟出了人生的真谛，然而，当他们"眼中的泪水决堤般地淌下来"，当轻轻地说一声"都按自己的活法在世上走了一遭，好着呢"，一种由历史深处萌生的戏剧感和命运悲剧织成的苍凉感形成一种深厚的莫可名状的欲罢而不能的精神氛围，弥漫了整个文本空间。这样的写作是直达精神内核的灵魂叙事，是驱除了任何功利诉求的心灵诉说，是聚焦某种气质的个体言说，因而，《风也萧萧》是独一无二的，是打动人心的。读者朋友，容我冒昧地问一句，多少年后，你也会说“都按自己的活法在世上走了一遭，好着呢”这样的话吗？

9. 毕飞宇《玉秧》，2002 年

“文革”虽然早就过去好多年了，但“文革”余毒以及受其影响的人依然存在。魏向东就是这样的人。他的工作就是监视全校师生，想方设法寻找“敌人”，但无论他以及在其领导下的“校卫队”对全校师生所采取的监视与惩罚方式，还是深受其影响而“中毒”颇深的玉秧们的告密行为，都表明，他的思想和行事方式就是典型“文革”式的。魏向东以“文革”中曾经用过的手段随意抓捕、审问和惩罚师生中的冒犯者，无论对高红海的调查与惩罚，还是对庞凤华的抓捕与处置，都显得荒唐而不可思议。玉秧，一个入校时如此朴实单纯，视清白、自尊如生命的新生，对爱情和理想抱有纯洁的愿望，在其“培养”下，逐渐成为一个不但窥视、告密、陷害行为样样在行，而且对此毫无自省与内疚，即使自己遭受身体侵害也默不作声的人。因此，如果魏向东是那场“运动”的直接产物，那么，玉秧们就是其在新时期的“次生品”。这种负面思想进入身体和精神，再造了言听计从、受害而不自知的青年一代。更值得反思的是，钱主任、老书记等从“运动”中走入新时期的受迫害者竟然也认同他的这种方式，并“私下里承认魏向东在教育管理上的确有一套”。这种延续细思极恐！须知，这是师范学校，学生毕业后，会走上教师岗位，我们不禁要问：领受此种教育的玉秧们会以怎样的方式对待他们的学生呢？启蒙是百年新文学史留下的珍贵遗产，阅读《玉秧》，我们似乎更觉沉重：这里是否也发出了一种类似《狂人日记》中那种“救救孩子”的声音呢？

10. 李冯《信使》，2002 年

小说展现了军阀战乱、内战、抗日等历史上曾经发生过的各类战争，但这不是重点，而是以此为故事演进背景，侧重讲述了战争环境下二男二女之间的爱情经历及其影响。小说展现了两种完全不同的爱情观及其实践：一种是欲望型的，即建立在占有基础上的极端私我爱恋。这种爱恋的极致就是破坏或毁灭。作为军中信使的“我”对中尉情人的畸形爱恋过程及变态心理真让人瞠目结舌。当“我”对“藿”的爱欲没法实现时，就将之转移到“樱”身上，从而演变为极度私我的魔鬼般的占有与破坏。另一种是精神型的，即建立在彼此信仰上的灵魂之恋。这种爱恋近于柏拉图式。其表现就是相互克制、鼓舞和进步。中尉与藿因革命信仰而逐渐发展起来的纯洁爱情让“我”“妒忌”，但这种“革命+恋爱”模式是让人心生敬意的。由此，我们可以清晰地看到，将真实的历史事件（比如“长征”、军阀混战、剿匪等等）和历史人物（比如蒋介石、鲁迅、陈济棠等等）作为人物出场与故事发生的背景，从而虚构一段有关爱情的种种传奇故事，并在这种讲述中，表达对历史或人性的种种看法。显然，这种写作是极富难度的。如何确保“背景”意义上的历史事件、历史人物及其关系，合乎“虚构”意义上的角色及其关系发展的合情合理性，并且生成全新的主题和意义，这对作家的叙述能力构成了直接的挑战。《信使》在这方面的实践是可圈可点的。

11. 孙惠芬《歇马山庄的两个女人》，2002年

小说讲述了歇马山庄里两个女人蟠桃和李平由亲密相处到归于平常的故事。年轻时怀抱进城理想的李平在城市里历经被欺、被骗后嫁给了乡下男人成子，本村土生土长处事相对传统的蟠桃嫁给了本村的柱子，乡村日子原本庸常而世俗，设若各自男人们不外出打工，那些所谓生活的波澜也就不会产生。正是因为各自老公外出打工而成了农村留守妇女，寂寞与孤独就使得这两个女人由当初的彼此隔膜、心存芥蒂、相互嫉妒，逐渐演变为亲密无间、无话不说的好闺蜜。姐妹情谊在慢慢相处中逐渐升华，同时，也在各自丈夫回乡的脚步声里慢慢减弱，直到恢复如初。作者以平和、舒缓的语调，通过对这两个女人相隔、相交、相处，再到相离过程的讲述，展现了当前农村留守女人们真实的生活世相和心灵样态。

这是有关农村日常生活的诗意发掘与美学表达。这种表达足够充分，足够感染人，足够让人五味杂陈，仿佛小说里的人物与故事就是曾经的遭际。表面上看，小说内容都是锅碗瓢盆、鸡零狗碎的日常琐事，无非就是婆媳之间的矛盾、夫妻之间的嘴炮，以及女人之间的张家长李家短，但作者就是从对这些琐事的捕捉与描写中，呈现出有“味”的戏剧场面和不同寻常的情感经历。因此，小说的情感表现极富穿透力——孤寂里流露着温馨，幸福里微溢着伤感，坚硬中隐藏着温暖。这是作者对生活敏锐发现与开掘的结果，也是艺术创造与精神升华的结晶。

叙述语感、语调都是日常化的。其实，于琐碎的生活中发现诗意，于朴素的讲述中展现波澜，于口语化的表达中给人以共鸣，这对作者的叙述能力是要求颇高的。话语即生活，话语即事理，话语即呈现。“没结婚的时候，你是一株苞米，你一节一节拔高，你往空中去，往上边去，因为你知道你的世界在上边；结了婚，你就变成一棵瓜秧，你一程一程吐须、爬行，怎么也爬不出地面，却是因为你知道你的世界在下边。”像这类富含生活事理或哲理的话语在文中还有很多，值得读者细读细嚼。

12. 界愚《邮递员》,《人民文学》2010年第8期

即使最复杂的人生也不能妨碍单纯情感的滋生,《邮递员》中的仲良就是这样。小说中，仲良从一个普通的邮递员成长为一个果敢的地下情报人员，而这一切都肇始于一个叫苏丽娜的女人，尤其是她慵懒而淡漠的表情。从第一眼开始，他对这个女人的爱恋就延续了他的一生，并不断改变着他命运的轨迹。仲良并非传统意义上的革命者，却是个爱国者，即使身边的线人一一牺牲，自己也被组织抛弃时，依旧与苏丽娜携手冒着生命危险将情报发送出去。历经岁月的洗礼，这对在刀光剑影的抗日战争和颠沛流离的解放战争中幸存下来的爱人，却在解放后，因为没有证据“证明”自己的身份，仲良依旧只是个邮递员，苏丽娜甚至被诬为特务嫌疑，并在“文革”中被迫自杀身亡。这样的结局充满了吊诡和反讽。

小说还在广阔的场景中展现了抗战时期以各种身份隐藏在各个阶层的地下情报员传奇般的人生与经历，徐德林、周三、秀芬、潘先生等人，在波澜壮阔的历史和惊涛骇浪的革命战争中，他们仅仅是一些小人物，却经历了惊心动魄的一生，爱恨情仇、生离死别、出生入死，有人成了革命的烈士功臣，有人却因此一生背负污名。

《邮递员》中刻画最具神采的人物便是苏丽娜，这个因着组织的安排，以战士的名义把自己的身体一次次让渡于他人的女子，没有人在意她本真的原欲，甚至她自己都忘却了原初的爱或恨，在这些似爱非爱的纠缠中，她耗尽了自己的青春与心血，换来的却只是“舞女”和“情妇”的骂名。在渐行渐远的历史背影中，我们看到的不只是一种激昂壮烈的人生，也看到了一种悲情苦涩的命运……

第二十五讲　鲁味小说、传奇体与民间志

——关于尚启元长篇小说的文体实践

作为中国大陆90后作家群体中的优秀代表，尚启元的文学历程、出道方式以及在新锐作家群体中的崭新形象都备受瞩目。近年来，他在小说、诗歌、散文和影视剧等诸多领域全面发力，且成就不凡，更是引发业界新一轮的关注与阐释。而在诸体中，影响之大，成绩之突出，尤以长篇小说为最。在网络小说创作方面，无论十七岁时创作、长达86万字、阅读量已超过1000万次的奇幻小说《微风吹拂过的时光》，还是于近期完稿、几个月内阅读量即达55万次的历史文化小说《刺绣》，都可显示出其在网络文学领域内的受欢迎程度；在传统小说创作方面，无论于2015年、2016年先后初版和再版的《大门户》，还是于2018年出版的《芙蓉街》，他都致力于对齐鲁民间文化的深度开掘和对深置于其中的人性样态的独特表现，亦足可显示其在"纯文学"创作方面的不俗表现。作为文坛"新生力量"，尚启元从网络小说到与传统小说创作齐头并进，已有成果以及未来创作潜能都非同寻常。然而，学界对其小说创作的关注与研究远远不够，目前虽有几篇论文出现，但所论并没有真正触及其核心议题。

"鲁味小说"是尚启元最显赫的文学名片。所谓"鲁味"，要义有四:一、文化味。齐鲁文化传统与其小说创作之间所形成的互为表里、互为生发、互为塑造的"间性关系"，使其小说创作从一开始就形成了自身独有的文化气质。鲁商、鲁菜、老济南、芙蓉街、孝妇河……不管作为一种地域文化符号，还是作为一种文化资源或文化表征，都给予尚启元无尽的文化滋养和写作动力。这种围绕"文化味"的集中书写在《大门户》《芙蓉街》中更是得到淋漓尽致的展现。无论前者书写鲁商，还是后者聚焦鲁菜，那种渗透于文字间的带有浓郁齐鲁人文传统的"文化味"，就如同血与肉、一张纸

的两面，已很难将之剥离。或者说，若离开对这种文化的体悟和表达，其小说价值也就大打折扣了。二、生活味，即小说注重表现齐鲁大地上的民间烟火色。《芙蓉街》是一部描写老济南城市变迁、文化兴衰和人性风景的长篇小说，是继王方晨的《老实街》之后又一部描写济南市井生活和历史风貌的长篇力作。小说借助对贩夫、走卒、厨子、戏子、窑姐、乞丐、奇人、义士等形形色色民间小人物群像的描摹，以及对店主、传教士、政界官宦、商界要人等社会上层人士言行风貌的描绘，对沉潜于各“时间单元”中的生活图景以及由此而生成的人情、世态作了立体、生动的书写。与《老实街》的微观化、内在化、精神化表达向度不同，《芙蓉街》以其对城与人、历史与人、文化与人等内在关系的多侧面、多角度、开放式书写而赋予“老济南”以全新生命。其中，老济南人的言行、性格、交际、邻里关系，老济南店铺商号的位置、分布、发展变迁，在小说中都有细致描写。三、人情味，即小说注重描绘人与人之间美好感人、相濡以沫或患难与共的风情画。从整体上来看，其主体向度总倾向于对真善美、家国情怀、民间道义的集中表达。这种趋向在对民间亲情、友情或爱情的书写中更具有感染人心的艺术魅力。比如，《芙蓉街》对陆明诚与李玉儿一波三折情感历程的讲述，《大门户》对王树臻、李嫚、蛐蛐彼此间真挚情感和虔诚信义的集中表达，其“人情味”的书写都足够感人。再比如，小说中那些落难者、流浪者或深陷生活困境的人，总会于某个偶然的际遇中得到救赎。这也许是作家本人的真纯心性使然。说白了，从世俗生活中的“人情味”，到文学中的“人情味”，作者在此又做了审美维度上的提纯。四、风情味，即对地域自然风景、地方风物或习俗的描摹、交代。在其小说中，风景作为一种话语或修辞，总是与对内在于其中的人性、人情的深描，或对命运或家国主题的深度表达关联为一体。比如，在《芙蓉街》中，有关“老济南城”街巷、泉水、店铺、饮食、茶艺的描写或介绍，特别是有关鲁菜名称、制作工艺、变迁史的描述，除作为小说内容中的一部分而独立显义外，还更多被用以辅助对人物、故事、情节的艺术营构。设若没有此类话语参与，所谓“人间烟火”“世俗百态”“家国情怀”“民族史诗”也就无从谈起。如何理解作者对上述“四味”的书写？以小说方式书写并回馈滋养自己的文化故乡，自是天性敏感、有才、多思、尚情、崇义的尚启元生命中必然要发生的灵魂对话。然而，对话的结果却带来新收获，即这种带有文化寻根和代偿意味的综合表达，不论在题材上还是在写法上，都为齐鲁文学提供了新经验和新样式。

“传奇体”网络小说是尚启元第二张文学名片。尚启元的网络小说融传统与现代、典雅与通俗于一体，既追求大众文学那种传奇性和可读性，也不乏精英文学的雅致和深层文化诉求。《微风吹拂过的时光》带有青春色彩的奇幻叙事，不仅是对自我意识、成长体验与不羁想象力的诗性描摹，也是对超越现实的“彼岸世界”的一次凌空建构。从中不难看出作者对诸如爱情、宿命、孤独、流浪等青春期内“成长”主题予以深度开掘与表现的企图。这类作品普遍追求修辞上的华美，虚构与想象似脱缰的野马，虽形式上获得了彻底的自由，但总觉得在表达上“不及物”，相关内容或主题也相对单薄一些。如果说早期写作因生活经验不足而明显存在华丽修辞淹没主题、形式盖过内容的弊端，那么待《刺绣》问世（完稿于 2020 年 6 月），一种立足民间文化，聚焦大历史进程，书写传奇故事，展现大格局、大气度的“传奇体”范式的生成，则真正标志着已在网络文学领域内弄笔多年的尚启元从此拥有了自己独一无二的“招牌”。这部以苏州刺绣行业生态和绣娘传奇为素材写成的大型长篇网络小说，既兼容商战、谍战、情战等通俗小说一波三折的情节发展模式，又有对历史、人性、文化传统，以及对人、时代、环境彼此间本质关系等宏大命题或深层主题的探讨。由此也不难看出：尚启元的“传奇体”在模式上与中国通俗小说存在渊源相继的关系；他在“网络小说”创作中引入“纯文学”笔法，并试图在小说结构方式、情节营构、人物关系或主题表达向度方面有所探索与创新。他强调可读性（好看、有味），追求深刻性（有温度、有情怀、有内涵），从而使其网络小说在商业价值与艺术价值的有效融合方面有了更多可能。尚启元的网络小说一开始就立于很高的起点上，在如今对网络文学精品力作和经典化呼声日隆的大背景下，其未来更可期、可待。

“民间”和“民间志”是理解其小说核心内涵的两个关键词。讲述厨子、绣娘、民商的传奇故事，展现厨界、商界和小市民阶层的民间秘史，并从中发现微言大义，开掘出新命题，这是作者从事小说创作的一个基本愿景。如此，晚清以来的历史进程及其历史事件、历史人物（比如慈禧太后、韩复榘），都被置于小说背景位置上，成为映衬“民间”或“民间人物”的背景墙，而与之紧密相关的世态人情、文化人格、老城形象，甚至某一院落、某一条街、某一店铺、某一绣房等“虚拟角色”倒成了作者真正想予以刻画或深描的对象。从这个意义上，与其说《芙蓉街》讲述鲁菜厨艺斗争中的传奇故事，毋宁说是对一种“老济南”形象及其文化内涵的凭吊式书写；与其说《刺绣》在讲述江南绣娘们的传奇故事，毋宁说是在为一个已逝群体作志；与其说《大门户》在讲述一个商人的传奇人生，还不如说是为鲁商塑魂（找寻那遗留于民间历史深处的精神之根）。这种修辞愿景一旦落实于笔端，即是对一个个生命样态、一种种人物关系或一幕幕生活场景的细致描述。然而，“民间”在此不仅成为框定或承载此种意旨的“装置”与“取景器”，而且还在此自立为主体，最终成为小说所要侧重凸显的“主体形象”。以此而论，是否可以说《芙蓉街》《刺绣》《大门户》就是一种“民间志”呢？或者说，作者以小说方式在从事一种新式文学志的书写？如果这种“认定”成立，那么，有关尚启元及其长篇小说的释读将会拥有更宽广的展开空间。

建构“大时空体”，彰显驳杂而宏阔气象，亦是其长篇小说一大艺术特色。无论“鲁味小说”还是网络小说，对“大时空体”的营构，以及对人物命运际遇的大跨度讲述，都是其统一性的艺术格调。《大门户》《芙蓉街》《刺绣》中的“时间”都介于晚清到1945年之间，都设置众多人物角色（出场人物动辄二十多个），都侧重对某一主人翁形象的塑造（《大门户》中的王树臻、《芙蓉街》中的陆明诚、《刺绣》中的沈雪馨），都聚焦某一文化空间的艺术建构（绣房、“芙蓉街”、店铺商号等等），都设置某一神秘角色（《大门户》中的传教士仲钧安、《芙蓉街》中的仇仙人、《刺绣》中的陈兰芳），都力在讲述大时代里小人物的传奇故事，都旨在表达多重主题（生死、爱恨、家国、民族、人性内涵、生命价值，以及人、历史、环境彼此间的关系，等等），人物关系都预设一个由“不可能”向“可能”发展的演进模式（比如，《芙蓉街》中陆明诚与高珊珊的相怨、相离和相逢，《刺绣》中陶清珂、张铭辉、沈雪馨彼此间裹挟或被裹挟的命运际遇，《大门户》中王树臻在大时代中颠沛流离、起伏不定的奋斗史）……这都使其长篇小说在外在形制上展现出了为同代小说家所少有的驳杂、宏阔气象。事实上，将如此多的“宏大构想”置于一个文本中，以及将如此多的“小说要素”关联为一个整体，并最终经由创作主体审美转化与整合后而凝聚为一种艺术格调，或升华为一种气质，这对任何一位作家的艺术素养和能力都会构成巨大的挑战。尚启元的处理是成功的，作为一种小说艺术实践方式，其姿态和经验在新锐作家群体中亦足够突出、典型。

总之，作为新锐作家，尚启元是值得珍视的。“90后最有人情味的作家”，“传统文学的最后一道防线”，这两句来自评论界的评语常被他引入“作家简介”中。姑且不论“最有”与“最后”之论精当与否，但由此所展现的作家形象及其审美追求则大体上是合乎实际的。作为稀缺资源的“人情味”被融入对文学的理解与实践中，作为“新文学”精神源头之一的“传统文学”成为其守正创新的出发点，这种追求与文学实践在90后作家群体中并不多见。最重要的是，他在“新媒体写作”和“纯文学”之间自由调换，且能自成一体，成就不凡，这本身就是一个值得关注的现象。目前，除上述“鲁味小说”“传奇体”网络小说外，他还在游记散文、文化随笔、影视剧本写作、诗歌等方面留下了大量的文字，也都有待评论界予以关注和阐释。

第五编　现象论

第二十六讲　中共党员在小说名著中的创生、形塑与流变①

中国共产党的百年历史，与中国新文学的发生和演进，彼此是一个携手并进、相向而行、互源互构的过程。在此过程中，从早期马克思主义文艺理论的引进、传播，到1928年前后“革命文学”“无产阶级革命文学”以及稍后“左翼”文学思潮的兴起，再到1942年后毛泽东延安文艺座谈会讲话精神在各根据地、解放区的全面实践，特别是1949年新中国成立后工农兵文学理念和规范在全国层面铺开，都在昭示出一个这样的基本事实，即由中国共产党所主导的革命文化和“红色基因”作为主线和主背景之一而贯穿于中国新文学从创生到发展过程中。在文学创作领域，中国共产党领导全国各族人民从事革命、建设和改革的历史，一直以来就以其作为素材的丰富性和典型性、主题的深刻性和厚重性，以及属性或气象的中国化、民族化，而为新文学作家所倚重并常写常新。百年党史与百年文学的结缘和相伴而行，以及由此而创生出众多经典形象，是现代中国历史与审美两种“现代性”并行推进、互源互构的必然结果。其中，共产党员形象在文学名著中的创生、形塑与流变，作为一个内生命题和待研课题更显其独立、丰富和复杂。

中国共产党正式成立于1921年7月，此前有关马克思主义理论或共产党人形象的宣传零零散散地见于李大钊、陈独秀等人的政论文中，此后几年间由邓中夏、瞿秋白、沈泽民等早期共产党员有意将之与新文学关联，特别是通过郭沫若、茅盾、蒋光慈等对“无产阶级阶级革命”“无产阶级革命文化”的理论探讨和具体实践，一种被认定为新风潮的“无产阶级革命

① 原刊于《百家评论》2021年第6期。

文学”思潮登上历史舞台。它是现实中政治革命或阶级斗争失败的产物，但作为对这种失败的强力反拨、抗争，或者说作为一个承载强力意识形态愿景、消弭个体创伤和身心苦闷后的心理代偿，它则为“革命+恋爱”小说在新文学史上的出场以及为共产党员形象首次在文学中集中涌现，提供了发生机制、理念和方法上的强有力支撑。一个突出表现即是，不仅出现了茅盾、郭沫若、蒋光慈、华汉（阳翰生）、洪灵菲、丁玲、柔石、胡也频、刘一梦等一大批党员身份从事“革命文学”或“无产阶级革命文学”创作的作家，还以此一度引领1928年前后几年间创作、出版与阅读的主流。在这些小说中，以知识分子身份从事革命活动的共产党员或向其靠近的时代青年时常成为小说主人公[①]，比如蒋光慈《短裤党》中的杨直夫和史兆炎、蒋光慈《咆哮了的土地》中的李杰、胡也频《到莫斯科去》中的施洵白、胡也频《光明在我们前面》中的刘希坚、洪灵菲“流亡三部曲”中的沈之菲、丁玲《韦护》中的韦护、华汉《转换》中的林怀秋、茅盾《虹》中的梅行素、茅盾《幻灭》中的静女士等等。他们一边革命，一边恋爱，但始终在革命和恋爱之间摇摆不定；他们有抱负、激情，也有苦闷、颓废，但始终逃脱不出在希望与毁灭之间轮回的怪圈。他们把革命活动“罗曼蒂克化”，并将革命（政治）与爱情（性）简单混杂一起，从而完成了有关革命的想象和自我身份、爱欲的代偿表达。当然，其中也不乏写实与超脱“革命+恋爱”模式者。比如，作品曾深受鲁迅赞赏、被王万森教授称为“现代沂蒙文学第一人”的太阳社成员刘一梦就是如此。他的写作大都取材于自己早年在故乡的见闻，以及后来参加农运和工运的切身经历。他的小说带有突出的自传性、写实性、批判性。在《失业以后》（短篇小说集，内收八个短篇）诸篇中屡屡出现的“我”大都是现实中作者本人身份和处境的写照。这里没有爱情表达，有的只是对于鲁南匪患、农村破败风景和“我”在都市中漂泊不定的精神处境的深描。小说中的“我”虽然没有被明确标志为党员

---

① 该时期此类小说中主人公明确为党员身份的较为少见，常笼统称之为“革命者”，但事实上他们大都是作者根据自己身份和遭际虚构出来的“拟想党员”。从历史背景看，1927—1928年正好是大革命低潮时期，因国民党反动派针对共产党进行残酷镇压、屠杀，加之对图书、期刊出版方面进行监控，除蒋光慈、柔石、胡也频等少数作家外，他们中的绝大部分也不大可能明目张胆地将小说主人公身份明确定为“共产党员”。将人物身份模糊化，也是一种生存策略。

身份，但其与文本外部那个作为共产党员的作者几乎等同。可以说，作为党员作家的刘一梦及其写作为发生于20世纪20年代后期的“无产阶级革命文学”提供了另一种样态：“写实+自传”型。质言之，该时期文学建构中的党员形象具有类属性，即彼此因个性缺乏而不具有明显的区分性。

事实上，围绕革命者身份和如何创作“革命文学”“无产阶级革命文学”所发生的上述理论论争、创作实践，后来都因极端的宗派情绪和奉行关门主义而失去应有价值、意义。不过，作为被批判、被围攻一方的鲁迅以其不随众的清醒意识所展开的理性论辩，通过翻译法捷耶夫的《毁灭》、卢那卡尔斯基的《艺术论》等苏俄名著所获得的文艺新见，特别是《对于左翼作家联盟的意见》《上海文艺之一瞥》等重要文章的核心观点——“若不和实际的社会斗争接触，单关在玻璃窗内做文章，研究问题，那是无论怎样的激烈，‘左’都是容易办到的，然而一碰到实际，便即刻要撞碎了。”[①]“革命是痛苦的，其中也必然会有污秽和血，绝不是如诗人所想象的那般有趣，那般完美，革命尤其是现实的事，需要各种卑贱的、麻烦的工作，决不如诗人所想象的那般浪漫，革命当然有破坏，然而更需要建设，破坏是痛快的，但建设却是麻烦的事。”[②]“所以革命文学家，至少是必须和革命共同着生命，或深切地感受着革命的脉搏的。”[③]——在今天看来依然具有切实的镜鉴意义。鲁迅在1930年的上述观察和观点，可以用来解释彼时为什么没有出现类似《毁灭》这样的“革命文学”力作和为什么塑造不出个性丰满、真实可信的“革命者”（共产党员）形象的根本原因。其实，20世纪20年代后半期集中涌现于“革命+恋爱”小说中的革命者形象虽被视为“新人”“新式的人”，但大都不过是形象脸谱化和行为模式化的“空心人”。

1937年7月，抗日战争全面爆发。此后，包括延安、晋察冀、晋东南、沂蒙等在内的众多抗日根据地（一般统称为“解放区”）在短短几年间得到快速发展。在解放区，以毛泽东延安文艺座谈会讲话精神为指导，以军事斗争、减租减息、拥军支前、民主选举、统一战线、大生产、土改等为书写对象，以对民众的战时动员和宣传教育为旨归的小说创作成为主流。在

---

① 鲁迅：《对于左翼作家联盟的意见》，《二心集》，合众书店1932年版，第49页。

② 鲁迅：《对于左翼作家联盟的意见》，《二心集》，合众书店1932年版，第50页。

③ 鲁迅：《上海文艺之一瞥》，《二心集》，合众书店1932年版，第133页。

这些小说中，主要塑造了以下几类党员形象：一、崇高型。如何塑造党员的崇高形象，特别是如何正面描写共产党员的英雄形象，以充分传达党的意志，显然是解放区作家所必须首先面对和解决好的政治问题。几乎每一部解放区优秀中、长篇小说都塑造这样一位共产党员形象：信仰坚定，有能力，有魄力，尤善于领导、发动或组织群众开展革命活动。袁静和孔厥在《新英雄儿女传》中讲述老党员黑老蔡在团结和领导民众开展对日伪斗争中屡获胜利的传奇故事，赵树理在《李有才板话》中将县农会主席老杨塑造成一位立场坚定、头脑清醒、工作有方、深受群众喜爱的老干部形象，周立波在《暴风骤雨》中将工作队长肖祥作为主要人物贯穿于作品始终以显示党的领导的重要性，都是出于这方面考量。二、成长型。这主要是在解放区革命实践中成长起来的积极分子、战斗英雄或青年干部。比如，丁玲《太阳照在桑干河上》中的张裕民、《新英雄儿女传》中的牛大水、《吕梁英雄传》中的雷石柱。他们置身于错综复杂的阶级关系和斗争经历中，在历经减租减息、土改运动或直接的军事斗争的洗礼后，在身份、生活和精神上发生质变，最后成长为党的优秀青年干部。三、缺陷型。他们或是拘泥于教条，工作不深入，而终致工作落空的党员干部。比如，那沙《一个空白村的变化》中的莫步晴（外号“摸不清”）、赵树理《李有才板话》中的章工作员，都是受上级指派入村参加土改工作的官僚型干部：前者不深入调查而偏听偏信前村长带有严重欺骗性的汇报。后者不仅偏听偏信，还好大喜功，大搞形式主义。由此一来，小齐庄依然被有“笑面虎”之称、实为“笑里藏刀”的恶霸地主陈立贤控制，阎家山村的政权依然被地主阎恒元所把持。四、变质型。比如，赵树理《邪不压正》中小昌原为下河村长工、积极分子，通过斗地主当上了农会主席，但随着地位和权力变大，其思想逐渐蜕化变质。比如，为私利不择手段，逼软英嫁给自己儿子，彻底走上了群众对立面。总之，在以赵树理、丁玲、周立波为代表的解放区小说名家创作中，有关共产党员形象和内涵的建构、思考已趋于多元，不仅出现了张裕民、雷石柱、牛大水这类可进入中国现当代小说人物画廊的经典形象，还塑造出了大量来自各阶层和各领域的、携带丰富历史讯息或折射众多现实问题的新角色，从而将党员形象建构的方法、效能提升至新阶段。

1949 年新中国成立后，党员形象大量出现于各经典文本中。这主要有两种情况：一类是新建构出来的党员形象。这是最引人瞩目的一类。比如，杨沫《青春之歌》中的卢嘉川和林道静、杜鹏程《保卫延安》中的彭德怀和周大勇、罗广斌和杨益言《红岩》中的江姐和许云峰、梁斌《红旗谱》中的朱老忠和贾湘农、曲波《林海雪原》中的杨子荣和少剑波、柳青《创业史》中的梁生宝、周立波《山乡巨变》中的邓秀梅、刘知侠《铁道游击队》中的刘洪、吴强《红日》中的沈振新、李英儒《野火春风斗古城》中的杨晓冬、浩然《艳阳天》中的萧长春、郭澄清《大刀记》中的梁永生、俊青《党费》中的黄新、王蒙《组织部新来的青年人》中的林震……另一类是旧作修改中出现的党员形象。根据时政需要，作家们对旧作中的党员形象予以洁化、拔高处理，成为彼时一大风景。比如，丁玲《桑干河上》(再版时改为《太阳照在桑干河上》)中的张裕民从身份(由“抗联主任”改为“村支部书记”“武委会主任”)、言行心理(凡涉及诸如“但张裕民下不了决心”“他一个光杆”之类的有损其正面形象的文字被悉数删改)都有所变化。再比如,《青春之歌》再版本中的林道静小资产阶级属性被彻底驱除，不仅涉及性和爱情的文字一扫而光，而且表现个体属性的话语也被大大删改，并增写深入农村的八章和参加学生运动的三章。很显然，经由文本修改后出现的共产党员，已是“成长”中的新形象了。第一类党员形象所含蕴着的多元而丰厚的审美价值、历史意义已无须赘言。这是自新文学诞生以来，共产党员在文学中成为绝对主角，并以其经典形象全面、有效进入大众视野的一次创生高峰。第二类党员形象由于被人为拔高，人性层面的表达被压制，因而这些“被成长”的党员形象大都无鲜明个性。

但第一类形象在新时期以来的接受语境中也遭受部分非议，比较流行的观点认为，除了林道静、江姐等少数经典形象外，绝大部分党员形象难以脱离文本和彼时语境而成为“生长性”的人物，或者说难以跨越时代和代际而不断获得增值性；遮蔽人性，致使其难以在“人学”维度上获得广泛共鸣。为什么出现这种结果？原因当然有很多，会涉及从构思、创作到出版的方方面面，但其中有一点颇值得深入剖析，即这些作品由于大都是集体创作的结晶，尤其在塑造作为小说主角或重要角色的共产党员形象时，除作者外，还有各级领导、专家、编辑甚至大众读者也都参与进来。比如,《红岩》中的江姐和许云峰,《青春之歌》中的卢嘉川与林道静，都有原型，但都被反复提纯；乌兰巴干《草原烽火》中的巴吐吉拉嘎热、曲波《林海雪原》中的杨子荣，也都经过编辑的大幅修改才得以定型；郭澄清《大刀记》初版时手稿(第一部)中的十六章被硬性删除，作为主人翁的梁永生，其党性不经“成长”即直接升华；吴强的《红日》屡屡交由上级党委和原华东野战军高级领导审阅，因而关于沈振新军长的塑造也不可能任由作者想象；《红旗谱》因涉及“保定学潮”“高蠡暴动”，作者在塑造贾湘农、朱老忠等党员形象及其革命活动时，就不可能不顾忌“王明左倾路线”问题，因而在再版中时就不可能不屡屡遭受外力的强势干预。总之，严格来说，在“十七年”时期，凡是“红色经典”，几乎都不是作者一人的产物。当然，在今天确认哪些非作者所为，哪些是作者在听取“他者”意见后所做的修改，都是一个很复杂、难以认定，但又是很重要的难题。这种以作者为主，在多部门参与和多种外部“力量”影响下所最终生成的文本，特别是在形塑党员性格和行动时，必然存在无法弥合的话语裂隙。由此塑造出来的人物，常因性格系统和生命模式被硬性割裂或随意组装而失去感染力。这也就是为什么我们在阅读一些“红色经典”时，会时常觉得很多角色灵动缺失、难以入心的重要原因之一。

新时期以来，小说名著中的党员建构既坚守党性本位，也聚焦人性维度，形塑手法渐趋多元。其中，忠诚与奉献主题在张一弓《犯人李铜钟的故事》中的李铜钟、从维熙《大墙下的白玉兰》中的葛翎、王蒙《布礼》中的钟亦诚、李存葆《高山下的花环》中的梁三喜等共产党员形象的塑造中得到集中展现；而排除万难、勇于开拓的改革精神在周克芹《许茂和他的女儿们》中的金东水、蒋子龙《乔厂长上任记》中的乔光朴、张洁《沉重的翅膀》中的郑子云、柯云路《新星》中的李向南的行动中得到全方位体现。这些在“伤痕文学”“改革文学”“反思文学”中生成的共产党员境界高远，精神崇高，虽在特殊年代遭受肉体磨难或精神摧残，但对党和党的事业从未动摇过。他们在农村、厂矿、企业等基层岗位上恪尽职守，忠于党，为“拨乱反正”和“改革开放”做出了重要贡献。

待至20世纪90年代以后，小说对共产党员形象的建构主要发生于主旋律叙事中：无论在“反腐”题材小说中崇高型（比如张平《抉择》中的李高成、周梅森《至高利益》中的李东方、刘光《北京情报站》中的钟勇、周梅森《人民的名义》中的侯亮平）和变质型党员干部的回归，还是在“现实主义冲击波”小说创作风潮中乡镇干部和各类基层党员形象的集中登场（比如刘醒龙《分享艰难》中的镇党委书记孔太平、何申《年前年后》中的乡长李德林、关仁山《大雪无乡》中的镇长陈凤珍、陆天明《大雪无痕》中的警察方雨林），其形塑意图在弘扬主旋律，即通过介入现实，揭示改革中出现的各类问题，以引发各方注意，并试图达成与国家和时代一起“分享艰难”的意图。2014 年以后，乡镇基层党员干部形象在脱贫攻坚题材小说中又一次集中涌现。其中，赵德发《经山海》中的副镇长吴小蒿和滕贞甫《战国红》中的驻村干部陈放给人留下深刻印象。以吴小蒿和陈放为代表的新时代新党员形象在主旋律小说中的大量出现，标志着党员文学形象的建构史进入新阶段。

除上述主旋律叙事外，从 20 世纪 80 年代中后期开始，作为备受压抑的人性主题和作为个体的多样生活，开始在小说中全面复归。文学对党性和人性的书写开始进入“深水区”。这主要有两个实践向度：一、审丑：权欲淹没党性。比如，在阎连科《和平寓言》《自由落体祭》“瑶沟系列”等军事或乡土题材小说中，军官、县长、乡长、村支书大都是欲望、权力的化身。作者以此为中心所展开的对于乡村权力结构、村镇异变景观、人之欲望形态的激情想象和极致书写，真是触目惊心。《受活》中的柳县长、茅枝婆，《炸裂志》中的孔明亮更是集大成者，是中国当代小说人物画廊中最特殊、最具寓言性和接受张力的人物形象之一。二、审美：人性与党性的交响。陈忠实《白鹿原》中的白灵、都梁《亮剑》中的李云龙、徐怀中《牵风记》中的齐竞等若干个性丰满、内蕴丰厚的党员形象的出现，堪称是中国当代小说经典人物形象建构史上的重要收获。不仅人物本身是人学与美学互聚生发的艺术结晶，而且党性、人性、历史也在此得以永驻、丰富、升华。在“大党史文艺”[①] 范畴内来考察包括上述两类党员形象，将有助于进一步打开党史与文学史研究的空间，有效提升其价值和意义。

吴义勤教授说：“党一百年波澜壮阔的历史和取得的巨大成就，是最精彩的中国故事，是中国新文学最重要的写作资源和书写对象。中国新文学史某种意义上正是形象化的党史、中国革命史、中国社会主义建设史和改革开放史。”[②] 党史与中国新文学史的这种互源同构关系，不仅使得“共产党

---

① 这是张富贵教授提出的一个概念：“所谓‘大党史文艺’是在狭义的‘党史文艺’的基础上，将中国共产党党员作家创作的革命文艺、非党员作家创作的进步文艺、‘同路人’文艺、自由主义文艺以及新中国成立以来出现的当代文艺等认同中国共产党改造中国、建设新中国的目标的文艺现象纳入其中，形成一种扩大了的‘党史文艺’。”《百年党史与中国新文艺的逻辑演进及艺术呈现》，《文艺研究》2021 年第 7 期。

② 吴义勤：《百年中国文学的红色基因》，《人民日报》2021 年 6 月 22 日第 16 版。

员形象”建构史自成一体，还为现代中国的文学创作指明了一个宏伟、光明、大有可为的实践向度。从革命者、改革者、建设者等党员英雄谱系的建构，到对大历史风景和演进规律的书写，从对革命、开拓、奉献等崇高精神的弘扬，到对党性与人性永无止境的探索，从“党史文艺”到“大党史文艺”的提出，都可充分表明，百年党史与百年文学紧密相连携手共进，是现代中国“现代性”发生与演进史上一道最亮丽的文化风景。

第二十七讲 “红色经典”文本修改中的非作者因素

从新中国成立到“文革”结束初版或再版的绝大部分“红色经典”都经过了反反复复的修改，其范围之广、幅度之大和次数之多均为历史所未有。其中，由非作者因素所引发的全面文本修改，作为中国新文学史上的特殊现象，随着近些年来回忆录、作家传记等部分史料的出版，也逐渐引起学术界关注和研究。事实上，这一牵扯政治、历史、版本学、修辞学等诸多领域的文学史前沿热点命题，由此所引发的文本修改从修辞、人物形象到主题意旨的变动，也都亟待作流变史的梳理、探析。本章将对《红岩》《红日》《高玉宝》等经典小说因非作者因素所引发的文本修改情况做系统、细致考察，并由此对“十七年”时期关涉作家、编辑等人文知识分子心灵史的若干话题做深入探讨。

一

在中国当代文学史上,《红日》一直以来与杜鹏程的《保卫延安》一起被认为是战争小说宏大叙事的奠基之作。吴强以亲身经历过的发生于解放战争时期的涟水、莱芜和孟良崮三大战役为题材所创作的这部长篇小说自初版起，就以其在人物塑造、文本格调、主题呈示等方面的重大突破而被时任中国青年出版社编辑的江晓天大力赞赏、举荐。在他看来，对众多具有鲜明个性人物的塑造，特别是对张灵甫所作非脸谱化的形象刻画，对军人爱情主题的表达，特别是对我军包括高级干部在内的军人爱情生活细节的细摹，以及对诸如石东根连长酒后身穿敌军将官服，挥舞战刀，到野外狂奔一类场景和细节的描写，都显示了这部长篇小说在艺术探索与实践上的不同寻常之处。尽管如此，另一个编辑殷国鉴也提出了一个问题，即描写石东根连长跃马狂奔的场面，是不是有损解放军形象？这一原本由作者予以修改的建议最终在江晓天的干预下而维持原貌。其实，《红日》尚在创作进程中时就引发过争议或难以解决的问题，比如，在原六纵司令员、时任南京军区副司令员王必成和时任江苏省委第一书记的江渭清看来，小说以六纵军事经历所写成的这部长篇小说，虽然写得很生动，很感人，但没法解决艺术之外的一个矛盾，即小说中所描写的这三场战役的伟大胜利，其原因是只归于六纵呢，还是归功于陈毅、粟裕等将帅的得力领导和毛泽东思想的伟大指引？作为小说中军长和政委的原型，王必成和江渭清都不能解决这个看似简单实则棘手的非艺术问题。当这部书稿最终上交总政文化部并由其审定时也同样遇到了难题，倘若没有老战友同时也是《渡江侦察记》的作者沈默君的中间牵线搭桥，倘若没有既深谙艺术又懂策略的名编江晓天的大力荐举，《红日》就不可能会遭遇一系列碰壁后而顺利在中国青年社出版。

出版后，《红日》因书中对四对军人的爱情的细致描写，对张灵甫宁可战死也不降的勇敢而凶狠精神的展现，对我军从涟水撤退后悲观而低沉基调的渲染，以及对石东根连长醉酒后骑马狂奔闹剧的摹写，而遭受来自各方的批评。这些批评意见自然引起编辑部的注意，加之当时整个时代氛围已发生陡转，《红日》再版时不得不由另一编辑王维玲代表编辑部提出如下修改意见："建议对《红日》序言里有关爱情描写的一些论述和书中一些爱情描写作适当删节；对张灵甫的描写，特别是他被歼时的惶恐、紧张、绝望心理要加浓加重；对连长石东根酒后失态的描写过重，要淡化。"[①] 吴强作为军人对身处其中的压力和编辑部的意见自然是心领神会，他在此后先是在 1964 年、1965 年、1978 年版本中接连对上述内容逐一作出修改，其中关涉梁波和华静爱情内容的文字被悉数删除。但这样一改显然有悖作者意愿，更重要的是经过修改后，特别是一些灵动、富有表现力的细节被删改后，人物形象的魅力或相关情节都大为减损。比如：在初版中，原本对军长沈振新萌生爱意的华静借工作之便给其送情书的细节被删除，原本因为军长沈振新不会水而被小战士杨军救起的场景，被修改为会水而自己勇敢地

① 王维玲：《〈红日〉的编辑出版历程》，《中国编辑》2008 年第 4 期。

游上岸边，如此一看，沈振新没有了爱情，只剩下革命工作，形象立马变得高大上了，但人物形象的感染力锐减，沈振新和小战士杨军的关联也失去了依据。不仅如此，更多来自文本外部的非艺术的指责或诬陷——诸如美化张灵甫、为江渭清和王必成立传、“反毛泽东思想的大毒草”之类的无端上纲上线式批判——在“文革”中也一并袭来。由这些“外力”所导致的文本修改都是被迫的，是严重违背艺术规律的负向修改。吴强在20世纪80年代曾说，自己从1959年以后的所有修改都是不必要的。

二

《红岩》是一部充分听取中共重庆市委（组织部、宣传部）、共青团重庆市委、重庆市文联、中国青年出版社领导和编辑、众多老作家和当事人的指示或建议后，经由罗广斌、刘德彬、杨益言分工合写并经反复修改而成的、更接近于集体创作的长篇小说。这部以真人真事为基本素材、中经六次大改、在文体上由长篇传记（回忆录）转变而来、截至1985年发行超过700万册的“红色经典”，在中国当代文学史和党史体裁写作中都具有无比重要而特殊的地位和意义。这部长篇中因非作者因素所引起的文本修改主要表现在：

中国青年出版社两位编辑的约稿使长篇叙事文学作品《禁锢的世界》诞生。罗广斌、刘德彬、杨益言合写了一篇一万多字带有回忆录性质的传记作品《在烈火中得到永生——记在重庆“中美合作所”死难的烈士们》[①]，这篇回忆录发表后大受读者欢迎。为此，1958年年初，时任中国青年出版社编辑张羽向三位作者约稿，请他们在《在烈火中得到永生》基础上加以扩充，写成一部中篇规模的回忆录，并出单行本；此后（1958年7月22日），萧也牧也向三位约稿（他并不知道三人已接到张羽的约稿函，彼时正在创作《禁锢的世界》），并声言，无论是已扩写长篇小说，还是完全的真人真事的回忆录，都表示欢迎，要用“跃进的精神”予以处理[②]。由此可看出，

---

① 最早发表于由中国青年出版社主办的《红旗飘飘》（丛刊）第六期上。

② 萧也牧：《萧也牧致罗广斌、刘德彬、杨益言同志》，见石湾《红火与悲凉：萧也牧和他的同事们》，上海锦绣文章出版社2010年版，第258—259页。

张羽和萧也牧都有十足把握看好这一题材本身所具有的多重价值和典型意义。事实上，在动笔之前，作为那段历史和遭遇的亲历者，三位作者早就以报告形式在重庆各地讲演，典型故事、人物和环境也早就成形，这次约稿不过是为其展开加工和创作提供了契机。罗、刘、杨根据真人真事并结合在各地开展英雄事迹报告的内容，然后分工将之扩充而成长篇纪实文学《禁锢的世界》，分工情况如下："罗广斌写陈然、刘思扬、小萝卜头，刘德彬写江姐、老大哥、云雾山和蔡梦慰，杨益言写龙光章和水的斗争。小说塑造的主要英雄形象是江姐。她的原型是刘德彬的战友、罗广斌的入党介绍人江竹筠。"[①] 其中，他们选择其中部分章节，题名为《圣洁的光辉》（单行本时改为《在烈火中永生》）寄到编辑部，由张羽任责编，并于 1959 年 2 月正式出版。

江晓天、王维玲等编辑为《红岩》拟定了整体修改向度和艺术基调。《禁锢的世界》一直在创作中，其间他们选取其中的三十多万字组成一稿寄给编辑部，这次由王维玲和江晓天审读并拿出意见："认为作品的整体框架大致可以了，有一定的基础，只是通篇还显得比较粗糙，文章的思想内容、主题意旨还需要深化，尤其艺术上的提炼和人物个性的塑造，还要下较大功夫。"[②] 三人根据两位编辑提出的意见进行修改，于 1959 年 8 月完成第二稿，这次由江晓天、毕方、王维玲三位编辑合审，并通知三位作者来京共同商讨修改方案。在此之前，作者分别听取了沙汀、马识途等当地老作家的意见。这次给出的修改意见，主要由江晓天提出：要深化思想内容，即要格调昂扬，把监狱当成战场来写，题目"禁锢的世界"不合适，要换掉；要提升艺术水平，即在回忆录基础上，充分展开合理想象，丰富细节和人物的言行、心理。在中青社编辑主导下，从一稿到二稿发生了两方面的重大变化：一是定调。抛弃原有的自然主义式的素描，核心环节是如何将布满血腥和杀戮的"监狱"变成描写革命者英雄群像、高扬战斗精神的"战场"。二是文体变化。回忆录属于传记，比较忠实于真实事件，而这次要在此基础上展开合理想象、虚构，从而在文体上实现由回忆录向小说的演变。

---

① 石湾：《一部〈红岩〉血凝成》，《红火与悲凉：萧也牧和他的同事们》，上海锦绣文章出版社 2010 年版，第 262 页。

② 石湾：《一部〈红岩〉血凝成》，《红火与悲凉：萧也牧和他的同事们》，上海锦绣文章出版社 2010 年版，第 265 页。

可以说，从定调到文体演变，对三位作者来说都是一个不小的考验。在此之前，他们尽可根据自己的经历和可见的历史材料，只要如实记述、归纳、整合即可，而自此以后，这些仅是写作的基础和前提，除此以外，还需要融入诸多未知的艺术性元素的考量。这对三位作者的要求是全方位的：历史视野需要开拓，文学素养需要提高，特别是关于真实与虚构的关系、典型人物的塑造、典型环境的营构等等，都需要得到创造性解决。现在看来，如果没有类似张羽这种深谙文艺规律的通才型编辑的全程指导、参与，当时单靠三位作者摸索，很难完成这种事关小说本体的深层艺术命题。

中国青年出版社编辑张羽为《红岩》的修改和定稿做出了重大贡献。根据编辑们提出的意见，罗、杨在深入了解当时背景基础上——比如，在中国历史博物馆看到解放战争时期毛主席全部电报手稿，阅读《毛泽东选集》(第四卷)[①]，对其把握全局，开阔视野，深化思想，起到了很大助力作用——开始了第三稿的修改。这一稿从整体到局部已进入贯彻规划、紧扣主题的实操阶段，也是最终促使《红岩》成形的关键一稿。这从罗广斌的设想——“写好开头，充分揭露美帝国主义；武装斗争和地下斗争相配合，狱内狱外斗争交织进行，其中有些薄弱环节需要加强；白公馆、渣滓洞两座监狱，我们已经抛开了有人提出的合起来写的意见，仍然分开来写，但要写出各自的特色，写出它们之间的关联；结尾，重点写敌人对重庆的破坏和我们的反破坏。循着这条线索，发展到越狱和我们的解放。”[②]——可一目了然。但不可忽视的是，在这一稿中，作为责编的张羽在其中所起到的重要作用。这不仅表现在他在三封信中所展开的对于各章节修改中从思想内容到人物形象塑造的全程把控、评介，以及在此过程中对下一步工作所作出的建议或指导，更表现在他在通读全稿后所形成的带有全局性、纲领性的指导意见。张羽围绕“结构与布局”“开头与收场”“暴露与歌颂”“人、英雄人物与英雄形象”“江姐和许云峰”共五部分高屋建瓴地谈了《红岩》应该努力完善和达成的修改意向。三位作者和编辑张羽通力合作，求同存异，很好地将张羽的设想或建议，付诸具体的文本修改中。这一稿修改达十万多字，并且整个小说格调有了质的改变：一改前两稿的“满纸血腥”、阴郁低沉，变为斗志昂扬、精神豪迈。

---

① 杨益言：《关于小说〈红岩〉的写作》，《新文学史料》1980 年第 2 期。
② 张羽：《我与〈红岩〉》，《新文学史料》1987 年第 4 期。

川、渝党政群组织及各界人士也为《红岩》修改提供了全方位支持。从机构上来看，包括组织部、宣传部、团市委、文联在内的各级组织几乎是全程参与，不断为作者提供文献史料和革命史实上的强力支撑。从权威人士来看，不论党政要人重庆市委书记任白戈、组织部长肖泽宽，还是川内文艺界老作家马识途和沙汀，都给予作者从具体生活到写作以全方位指导、支持。在此过程中，类似肖泽宽给他们讲述川东地下革命，类似马识途从创意、草稿到初稿过程中所给予作者的指点，类似沙汀从主题和文法角度给予作者的修改建议乃至亲自操笔，都是《红岩》定型中不可漠视的创生因素。事实上，在第四稿中诸如开头两章和结尾两章的改写，地下党活动和许云峰、江雪琴等主要人物的加强，叛徒形象和活动的改写，以及不同人物与事件关系的再思考、再建构，等等，都是在听取川渝人士建议后所做的正向修改，对提升《红岩》思想和艺术水平，都是大有助力的。各方建议或具体写作方案最后凝聚于作者笔下，从而转化为第四稿修稿中的某一质素。

除以上几方面外，其他非作者因素所引发的文本修改还有：第五稿移师北京，在张羽带领下，又进行了较大修改——由编辑部全体成员和作者一起商讨小说题目，最后从“地下长城”“红岩朝霞”“红岩浪”“万山红遍”“地下的烈火”等众多题目中商定为“红岩”（报请重庆市委书记任白戈同意）；听取向落新、陈家俊等曾在前重庆团市委工作的领导干部的意见，对相关细节进行润色，比如，大幅删减双枪老太婆入城活动的描写，删除了徐鹏飞的一段长篇讲话及特务活动，对许云峰、江姐、成岗、龙光华、刘思扬等人物形象和革命活动再次进行充实，等等；第六稿是最后一次修改，其中也多有张羽代笔之处。

《红岩》作者正式署名二位：罗广斌、杨益言，刘德彬特殊时期因政治问题而被排除在外。这部长篇小说虽由罗、杨、刘合作而成，但实际是包括江晓天、张羽、王维玲等编辑在内的众多作者建议、构思或直接参与下最终完成的，也可以看作是集体创作的产物。在文本修改过程中，沙汀、马识途、任白戈、向落新、陈家俊等来自各行各业的官员、老作家、同事也都不断为《红岩》提供素材和建议；中青社编辑室主任江晓天提出的两条建议为《红岩》的思想内容、主体格调和审美属性指示了修改方向，此后四次修改从整体风格上都未偏离这一既定方针；中青社编辑张羽为《红岩》最终出版做出了巨大贡献。正是因为在修改中编辑张羽和作者通力合作，

《红岩》才日臻完善，所以，完全可以说，张羽是《红岩》的第四作者。

首先，从人物、主题、结构和方法上为《红岩》的整体建构出谋划策。在结构和布局上，他提出要大开大合，要彰显“大手笔”，为此，要学习《三国演义》和《青年近卫军》的写法；在小说开头上，要有高度的概括性，要一下子入题且引人入胜，在结尾处，要完成对人物和问题的合理收束，且要遵循文本内部规律，即“谁先退场，谁后退场，这一切都必须由事件发展的实际而定”[①]；要把揭露敌人和歌颂烈士作为这部长篇小说的主题，但力戒简单化、脸谱化，不论敌人还是革命战士都要深入其内心世界；中心是写人，包括敌人和革命者，但要突出烈士形象，凸显大写的人的形象；江姐和许云峰是重点塑造的英雄人物，要下大力气使其形象丰满起来，使其感染人且具有极强的号召力；最后五章要写出狱中搏斗和越狱行动的复杂性、艰难性，各个环节、线索要互为关联，做到整体感和合理性的统一。这些建议类似修改大纲，是在江晓天建议基础上的一次大突破，也从理论和方法上规定了《红岩》应有的骨架和气象。

其次，他还实际参与了诸多情节和细节的写作，有些段落甚至就是张羽本人的夫子自道。比如，对江姐上山时看到爱人彭松涛被砍头的布告和头颅时的感情变化的描写和偶遇双枪老太婆时的对话（“在亲人面前，你放声痛哭一场吧！”“剩下孤儿寡母，一样闹革命。”），张羽说：“我在她身上表达的感情是我十年前访问中央苏区时，闽赣边的革命老妈妈给我留下的不灭的印象，在这里我深信也符合双枪老太婆的感情。”[②] 而在第二章中描写沙坪坝书店的文字，张羽说：“使我想起解放前住在上海北四川路地下党同志开的兄弟图书公司的日日夜夜，我把感情通过笔墨融进小说里去。”[③] 张羽尤其注意语句修辞上的修改，从材料的整合、润色到具体的炼字炼句，都为《红岩》的语言表达增色不少。比如，将《我的“自白书”》中最末一句中“高唱葬歌埋葬蒋家王朝”改为“高唱凯歌埋葬蒋家王朝”，第五稿时将第四稿第一章开头一段改为“一早，余新江匆忙赶过江来，向许云峰汇报：炮厂发生意外……”以及在第五稿时删除第一章中关于马师母癫狂和甫志高生活性情方面的文字和第二章中关涉学校斗争和不合语境的词句，都是

---

① 张羽：《我与〈红岩〉》，《新文学史料》1987年第4期。
② 张羽：《我与〈红岩〉》，《新文学史料》1987年第4期。
③ 张羽：《我与〈红岩〉》，《新文学史料》1987年第4期。

极具文学表现力的点睛之笔。

经过上述六次大改后,《红岩》于 1961 年 12 月由中国青年出版社初版,短时间内即形成“《红岩》热”。1977 年又做过一次修改，待至 1985 年，该书印量达 7126500 册，成为“红色经典”中发行量最大的长篇小说。

三

《高玉宝》是“十七年”时期一部很畅销的自传体长篇小说。这部由仅上过一个月学的部队作家高玉宝根据自身经历采用故乡大鼓书形式写就，后在战友们帮助下先是转成汉字在报纸连载，然后又在部队专业作家荒草的修改下才得以出版的长篇作品，无论在创作还是在传播上都创造了中国当代文学史上的又一奇迹。近于文盲的高玉宝不断写文章、出书并成为专业作家,《半夜鸡叫》被编入小学语文教材并成为一代人教育成长中不可少的记忆，500 多万册的发行量且直到今天依然备受大众读者喜爱，这种现象无论从文学史，还是从文化和社会史角度来看，都是一个值得深研的典型命题。

高玉宝不识字，但不妨碍他成为作家。如何理解这个身份和职业的转变呢?首先从理论来讲，可以肯定的是高玉宝不识字并不意味着不能写作，而文学或文学性并不意味着一定要用汉字来传达，他用自己独创的一套符号，将眼中所看、心中所想、耳中所听予以形象表达和呈现，就是很好的例证，当然，至于它能不能被人接受，具体能接受多少，则是另一层面的问题。其次，高玉宝之所以成功，除与自身具备一定的讲故事的天赋外，还与时代背景和其工作环境有关。发现、培养工农兵作者特别是大力扶植业余作者，以重整文学队伍并为新生共和国再造文艺界新战士，这是“十七年”时期国家文化战略中最重要的工作之一。在彼时语境中，像沈从文这种专业作家反而不受欢迎，李准、郭澄清、高玉宝等来自工农兵基层一线的业余工作者反而受到格外重视。思想上爱国爱党，在基层岗位忘我工作，有一定的文学素养，具备这三条即可以“业余作家”身份被推举、培养，这可以看作是“又红又专”内涵在作家身份和工作上的另一种诠释。高玉宝一直在部队当兵，他被部队宣教部门发现并推举，显然也是与上述三条密不可分的。他对文学的独特表达方式和所讲故事的典型性，让身边战友感佩不已并深受感染，从而对他施与鼓舞和帮助；他刻苦写作和学习文化的事迹，以及在“脱盲忆苦思甜”等运动中的模范性，都使得他具备了一个典型在当时所拥有的突出的示范和宣教意义，这为后来部队领导（41军123师368团、中南军区文化部，直至解放军总政治部）及时发现并特派专业作家给予辅导、修改，从而助其成名成家，预设了充分的基础。这些环节都是一环扣一环的，无论缺少哪一环，都不能成就高玉宝的作家身份。

《高玉宝》从创作到出版，再到得到大众读者的广泛认同，显然与尚振范、单奇、迟志远等战友的帮助，特别是部队专业作家荒草（郭永江）的认真、细致的文本修改分不开。倘若没有荒草逐字逐句地删改、润色，也就不可能成就这部长篇小说的发表和出版。也就是说，这部长篇完全可以看作是高玉宝和荒草合写的作品，是又一部集体创作而成的代表作。高玉宝的自述以及据此“翻译”成汉字的手稿，转变成了荒草再次审视和删改的前文本，初版中有相当一部分章节或细节应为荒草所为。据目前已公布的部分资料透露，包括《半夜鸡叫》在内的前13章12万字，都为四川资阳籍作家郭永江所著。因为高玉宝提供的手稿几乎没法修改，所以郭永江干脆推倒重来，重新写作，以完成组织交办的任务。如何理解这种代笔和不署名的行为呢？其实，在当时那个争相抓典型以直接服务于政治宣传需要的特殊年代，像荒草这样的受上级领导委托、协助作者修改或直接参与写作的事例原本司空见惯，其角色定位和作用也近似于完成上级组织交办的任务。在此过程中，他们对被帮扶者文本所做出的近似于再创作的修改或改写，也就是分内之事。只不过，这种近似于再创作的代笔显得过于极端而已。

到底《高玉宝》是不是全由郭永江代笔，以及到底是不是如王洪林和孟令骞所言的“真相”[①]，目前仍需要一手资料予以证明，有关这一问题的回答在此姑且搁置不议。那么，郭永江重点做了哪方面的改写呢？按照郭永江在《我怎样帮助高玉宝同志修改小说》（《高玉宝》初版本后记）中的说法：首先，帮助高玉宝同志根据已写成的初稿和他的生活经历重新选择材料和组织材料，去掉多余的人物和故事，让高玉宝同志充分发挥自己的想象力，

① 可参阅王洪林《〈高玉宝〉有关真相揭秘》（《文萃报》2012年4月6日第2版）；孟令骞《我所了解的“半夜鸡叫”真相》（《炎黄春秋》2012年第3期）。

把人物故事加以集中，使小说中的人物性格更鲜明，情节更生动、更完整、更具有典型意义。其次，对于日本帝国主义者、汉奸走狗、封建地主阶级的彻底改写，因为在郭永江看来，“……高玉宝同志的初稿中，着重写了敌人阵营的外貌凶恶、无理横蛮、动辄打人等等，对敌人的内心世界和他们的必然灭亡的命运却写得很不够。如果不加改写，是不大能够激起读者对敌人的深刻仇恨和提高我们民族自信心的”。这种从故事情节、人物形象到主题呈示的全方位文本改写，即便后来郭永江不透露《高玉宝》即为自己所著之事实，也已显示出这样一个基本事实，即这与再创作几无区别了。而根据后人的回忆，诸如《我的上学》中的风景描写、《母亲之死》最后一段的文字也都非高玉宝所为。

《高玉宝》中的《半夜鸡叫》一章曾广受质疑，围绕“半夜鸡叫不叫”、周扒皮的原型是谁、周家当年被错划为地主以及是否存在如文中所言的剥削等问题，曾一度形成截然相反的争鸣。但在笔者看来，《高玉宝》虽名为作者的自传，文中所提及的人物和生活也确实都有原型，但毕竟是融入想象和虚构的长篇叙事作品，因此，不宜把建构起来的生活和虚构出的人物形象与历史事实等同化一。至于孟令骞以事实论证“半夜鸡不叫”的事实，以及为其祖上作翻案式申辩的论调，都是脱离艺术真实或历史真实的一家之言，因而并不具有彻底推翻高玉宝及其《高玉宝》文学史合法地位的说服力，也不能推翻现实中周扒皮的原型人物在当年历史境遇中的基本判定。而其他如王洪林试图以郭永江遗信证明《高玉宝》并非高玉宝所著的论调，目前也依然需要拿出更令人信服的材料予以证明。但不管怎么说，可以肯定的是，郭永江在这部长篇小说中做了很多改动，没有他，就没有一系列文章在《解放军报》上的陆续发表，当然也就没有《高玉宝》的最后出版。从这个意义上来说，把郭永江看作是这部小说的潜在作者，也不为过。

第二十八讲　问题与方法：关于“新南方写作”的若干思考

近些年来，伴随“粤港澳大湾区文学”到“新南方写作”概念的提出与实践，包括粤港澳在内的“南方以南”的文学空间、形象与主题被予以持续拓展、多元建构、深入表达，从而为“新时代文学”的发生与发展提供了崭新经验和诸多可能。其中，作为一种极具生产性和召唤性的文学或文化概念，主要由青年作家、评论家提出的“新南方写作”更以其在内涵和外延上的新颖、包容与开放而在近两年以来的中国文坛上尤其引人瞩目。它似一面新旗帜，昭示一种新气象，不断汇聚、涵养作家与新文本的生成，并以其新貌、新质及其渐趋升高的影响力，在事实上已成为新时代文学现场发生的重要文学现象或思潮之一。在这一过程中，王威廉、朱山坡、陈崇正、林森、陈再见、林培源、厚圃、吴君、黎紫书等一大批中青年作家以集体方式入驻中国当代文学现场的中心地带，并以其带有突出“新南方写作”特质及其风格的中短篇小说写作，首先成为其中最引人瞩目的文学现象。蒋述卓、张燕玲、贺仲明、杨庆祥、陈培浩、唐诗人、曾攀等老、中、青评论家以“新南方写作”为核心概念、旗帜，则对这些作家及其作品给予及时跟进、集中阐释、有力推介。这种以作家与评论家同场互动、对话方式出现，以《南方文坛》《广州文艺》等重要期刊为平台所生成并推出的带有浓厚文学思潮性质的文学活动，在其源头似即展现出重构文学秩序、建设新南方文学的强烈愿望。近些年来，闽、粤、桂、琼、港、澳等“南方以南”地区的文学创作自成一格、一脉且成绩斐然，然而，这一切常被强大而传统的以苏、沪、浙为中心的江南的南方文学秩序所固化、遮蔽或消解，因此，对现有文学版图及秩序的不满，即闽、粤、桂、琼等地一批青年作家、评论家对被传统的南方和南方文学话语霸权及其秩序所长期边缘化的现状深感忧虑，是促使他们提出并宣扬“新南方”和“新南方写作”的重要原因之一。如今，从边缘到中心，从陆地到海洋，从大湾区到新南方，“新南方写作”在新时代文学版图上已占有一席之地，并初步显示出其活力、内聚力和可持续的生产力。照此态势，长期发展，特别是有待诸多作家及其名作、力作的大量涌现，一种标志文学史意义的思潮或运动即可能由此诞生。

深圳是改革开放的前沿阵地。思想上的自由开放，实践上的先行先试，以及由此而不断生成的新现象、新事物、新关系，作为一种精神、资源或方法，内在而深远地影响着长居此地的作家及其创作。“新南方”的深圳是产生新文学样式或思潮的重镇之一。厚圃出生于澄海，后长居深圳，以小说与散文方式不断介入、思考、重塑潮汕平原的历史、文化和人性人情风景。《拖神》书写潮汕历史，记述族群秘史，展现“潮风海韵”，是“新南方写作”的典型代表作。吴君属于“外省人”，但长期在深圳生活、工作，善以小说方式记录深圳四十多年的变迁史以及人与城深度关联的生活史、心灵史。《同乐街》聚焦深圳社区股份合作公司改革进程及其效果，及时而充分介入新时代在“新南方”发生的重大事件，思考并展现人在其中位置和未来发展可能性。这种写作及其精神应是中国现实主义文学最宝贵的传统。如何继承和转化“十七年”文学、启蒙文学传统及其资源，以及如何处理新时代和新时代文学的关系，从而为“新南方写作”在题材、主题或方法上也提供一种先行先试的崭新文本，吴君的探索与实践都是扎实而有成效的。因此，从《拖神》的宏大叙事，到《同乐街》的新启蒙叙事，作为同一年出现的两个典型文本，可为目前正在热谈的“新南方写作”提供崭新话题，并有助于深入探讨或解决若干悬而未决的问题。

“新南方写作”自提出以来，一直缺乏重型文本的强力支撑。或者说，作为一个概念或一种文学思潮，其无可置疑的合法性及其文学意义，须有类似欧阳山的《三家巷》、陈残云的《香飘四季》这类展现经典品质或产生重大时代影响力的长篇小说的产生。因此，如何展开新时代的宏大叙事，即将“南方以南”的空间、形象、故事及其讲述，艺术地化为中国经验、故事、方法，将是“新南方写作”所必须面对和处理的永恒命题。其中，对于经典传统及其资源的继承、改造，是不可忽视的实践向度。

首先，形成于“十七年”时期的由欧阳山、陈残云等老作家奠定的社会主义文学传统，作为“根”之一种，在时隔七十多年后，依然是“新南方写作”的提出者、实践者们所要继承和发扬的重要精神资源。比如，即便在同时代作家写作中，陈残云在《香飘四季》中所践行的合作化题材小说写作理念、样式及所生成的艺术价值，就与《创业史》《艳阳天》《山乡巨变》等主流小说不同，而在真实性、理想化、艺术性之间达成了一个平衡：“其人物与故事比较平实、比较接近生活原生态，但作品中的生活真实性又是与其特有的理想化书写交织在一起的；其理想化的表现形式不是意识形态化地拔高人物思想境界，而是只侧重写生活美好一面，淡化矛盾冲突。”[①] 如联系当时语境，诸如此类保持相对独立性、努力保持南方特色的文学实践，依然会对“新南方”作者有所启发。如前述，吴君在《同乐街》中对“十七年”时期的文学资源或传统有继承、转化，对自新时期以来的启蒙文学叙事传统有所继承和改造，继而达成对“新南方”新人物、新事物、新关系予以及时而有效书写。脱离当下流行的对主流政治作直接的图景模式，转而以绵密细节和小人物生活感受、生命体验推进叙事，从而在真实性和理想化的主流意识形态表达上，都与陈残云及其《香飘四季》的实践有一比。吴君在《同乐街》中的“先行先试”，不仅是新时代文学必承、必有之路，也是“新南方写作”必经、必生之途。由此延伸，这也不单纯是一个文学问题，也是一个“新时代中国”内部生成的意识形态再造问题。

其次，以中外文学经典为标杆，破除“影响的焦虑”，再造“新南方”的文学经典。这更多表现或转化为对一种超越地域、时代、代际的宏大叙事品格的持续探索与有力建构。这也是“新南方写作”所必须面对和解决的新时代命题。近两年来，身处“新南方”的作家、评论家以传统意义上的江南及其文学为拟想中的比附或超越对象，侧重以闽、粤、桂、琼、港等地青年作家及其带有鲜明“新南方”风格的文本为例，多角度全面而深入地阐释、推介“新南方写作”，以凸显其在新时代文学现场中的话语身份和主体形象。然而，围绕“新南方写作”的概念及其实践的讨论更多是一种务虚的理念阐释与宣扬，目前所出场的典型作家及其文本虽也能展现其独特性，但尚缺乏真正的文学大作、力作的强有力支撑。在笔者看来，包括葛亮的《燕食记》等长篇小说以及众多青年作家中短篇小说在内的典型文本，虽然可有效确证“新南方写作”之实、之相，但不能有力或根本性

① 阎浩岗：《合作化小说的又一种写法——评陈残云的〈香飘四季〉》，《粤港澳大湾区文学评论》2021 年第 3 期。

地提升“新南方写作”之质、之势。这是因为它们都是一些小而新且不乏过分雕琢之弊的精致文本，除主题、格局与气场都有限外，普遍难以达成与广大读者的广泛共情。不能共情，又加之读者有限，被经典化的可能性就极小。事实上，就当前小说创作而言，从小而新到大而新的转换，继而出现若干超拔性、展露经典品相的大作家或重型文本，是“新南方写作”迈向新阶段、取得突破性成就的重要标志之一。然而，这类作家及其文本是可遇而不可求的。从这个角度和意义上来说，深圳作家厚圃耗时十年写成的长篇小说《拖神》，从地方性、海洋性、世界性、自主性、审美现代性，以及语言思维、历史书写，都极其合乎“新南方写作”的核心特征。因此，作为一个“新南方”的宏大叙事文本，它就具有特殊而重要的典范价值和文学意义。经典化是一个相当复杂的过程，时间才是最好和最终的评论家，虽然目前笔者无法也不能断定《拖神》是否能进入经典化通道，但从其理念、小说样式、艺术效果以及一年多来在评论界的反应来看，它已初步展现长篇小说作为一种大文体或重文体所应有的宏阔气象和非凡样态。更重要的是，除这种大气象外，它还展现出可与广大读者共情（对人物吃喝拉撒、生老病死、爱恨情仇的生动描写，呈现了人类共有的生活经验、生命体悟）、雅俗共赏（故事感人，情节曲折，人物典型）、易于影视改编的大众文本特性。这一切都使得笔者对其在未来阅读与接受充满更多期待，因为它已具备成为“准经典”的必要条件。

文学团体、流派、思潮或某一地域（地方）文学在创生或发动之初大都尽力追求理论（或理念、愿景）与实践（文学活动、文学创作）的相对统一，以求取快速进驻文学现场的中心地带，继而生成若干在语言、风格或主题上具有很高相似度的典型文本，从而在快速制造文学轰动效应的同时，也成就了文学史书写的重要对象。但其后续发展又毫无例外地很快深陷不可持续状态中，不仅其创作大都远远滞后于、脱节于甚至大大背离倡导者的理论阐释，而且大都经受不住“同”对于“异”的强力规约，因而“昙花一现”或难以持续实乃必然。以此而论，如何界定“新南方写作”的内涵与外延，也即在宽泛与窄化之间寻求一个辩证的、可行的理论与实践方案，对提出者、阐释者、实践者都是一个不小的挑战。目前，大部分评论家秉持一种较为宽泛的界定，即以作家为中心，把闽、粤、桂、港、澳等地的文学创作纳入这一范畴来评介。也有评论家对这种宽泛界定和实践持质疑、谨慎态度，比如，杨庆祥说：“并非所有处于‘新南方’地理区位的写作都可以称为‘新南方写作’——目前的一些讨论正有一种泛化的倾向——只有那些真正将‘地方 / 地方性’从统一的‘整体性’里面解放出来，并意识到了‘自主性之艰难’的写作，才是真正的‘新南方写作’。”[①] 在笔者看来，为保持“新南方写作”在新时代文学现场中的召唤力、有效性，过于泛化或过于窄化的界定都不可取。若过于泛化，也就逐渐将自身特质、地位予以消解，从而失去了提出并实践“新南方写作”的价值和意义；若过于窄化，它的活力、凝聚力、可持续性也就难以保证。比如，喧嚣一时的“新写实小说”和“底层文学”分别是因过于窄化、趋向泛化而很快被抛弃、继而消亡的典型例子。因此，从理念和文学批评层面上来说，以倡导者的理论或理念为依据（地方性、自主性、现代性、海洋性、方言自觉等等），以文本为中心，以作家为参照，把包括“新南方”在内的全国各地作家创作出的合乎“新南方写作”特质的作品都纳入该范畴中，并侧重对典型作家或作品予以及时、充分阐释和推介，应是一个更合乎实际、更有利于其长远发展的措施。比如，陈继明是北方作家，但他的《平安批》也是一部突出“潮汕风味”的长篇小说，也比较接近“新南方写作”的特点。相反，邓一光、东西、凡一平等文学名家虽长居“新南方”，但他们创作的很多作品与“新南方写作”相去甚远。谈及厚圃和吴君，他们都是粤港澳大湾区文学的代表作家：前者以潮汕平原和海洋为视角，将叙事空间拓展至东南亚并作了深度描写；后者以“文学深圳”为建构对象，且对深圳（人）与香港的内在关联有深入而独到的发现、表现（比如 2020 年出版的长篇小说《万福》）。把厚圃、吴君这类作家及其作品纳入“新南方写作”范畴并予以重点阐释、推介，其意义就在于，他们的写作是可持续、趋向大格局、向外大幅拓展的文学实践，可持续地为之提供典型文本。厚圃对标经典品格、涵容地方性和世界性视野的《拖神》，吴君接续当代文学传统、资源，书写新南方新时代风景的《同乐街》，也再次充分说明，层出不穷的新文本与作为一个召唤性、启发性、生产性概念的“新南方写作”，彼此间可以互为助益、长期互动，从而推动新南方文学的持续发展。

在今天看来，包括粤语在内的“新南方”方言土语要进入当代小说语言系统，并被北方读者广为认可、接受，要比北方话难得多。因为南方话

---

① 杨庆祥：《再谈“新南方写作”：地方性、语言和历史》，《广州文艺》2022 年第 12 期。

发音与汉字对应难以匹配者居多，所以周立波说：“而南方话，特别是广东，福建和江浙等地的部分的土话，在全国范围里不大普遍。这几个地方的有些方言，写在纸上，叫外乡人看了，简直好像外国话。”[①] 而北方话因各省较为接近，大部分都有音有字，彼此句法和语法相似度也高，所以在这方面具有某种先天优势。尽管如此，重新激活并改造“新南方”方言，使其有效、有力进入“新南方写作”实践中，始终是一个极其重要而有意义的文学命题。从具体实践情况来看，从欧阳山的《三家巷》、陈残云的《香飘四季》等经典作品，到厚圃的《拖神》、林白的《北流》等“新南方写作”中的重要长篇小说，语际翻译是方言口语进入小说的常态实践：整体上以普通话为基础、规范，在引入方言时，以前者规范后者；用普通话解释方言，以实现语际转换；以页下注、括号注、引号，或以同义复现方式标示其存在；一般多用于小说人物语言系统中，而在转述语系统中则较为少见；常见方言不作注，生僻方言基本不用；等等。直到今天，这种只在局部和细部有限度地引入地域方言的方式、方法，依然是通行的、占据主流的做法。厚圃在《拖神》中对粤方言的有限度运用，与其前辈欧阳山、陈残云的理念及其实践基本保持一致，即将粤方言中最常用的词汇以括号注释、加引号方式引入小说转述语系统中，而在人物语言系统中基本不用。这至少表明，方言思维与实践也是其考量的重要向度。不同于厚圃的谨慎，吴君在小说中对粤方言的使用越来越大胆、开放。从《万福》到《同乐街》可以明显看到，除继续坚持用普通话解释方言外，尽量不作注以及在小说两大语言系统中同时混杂使用粤语，已成为其占据主导性的实践方式。因为在人物对话中尽量原生态使用粤方言口语，由此，人物的身份、腔调及其语法（说话方式）得以真正统一，所以也就在小说内部部分地实现了“声音叙事”的发生。如此大规模、大范围地使用粤方言，并切实实现其书面化表达，还要照顾到北方读者的理解能力，也是一个不小的考验。在北方或传统意义上的江南，各大区重要方言及其声音、语法体系的本体化实践，已在李锐的《万里无云》和《无风之树》、莫言的《檀香刑》、韩少功的《马桥词典》、李洱的《石榴树上结樱桃》、何顿的《我们像葵花》、金宇澄的《繁花》、林白的《妇女闲聊录》等一大批长篇小说中得到集中展现。在“新南方”，粤语的书面化、本体化（特别是“声音叙事”）方面的文学语言实践，虽在吴

---

① 周立波：《谈方言问题》，《文艺报》1951 年第三卷第十期。

君的《同乐街》、林白的《北流》等若干文本中得到大幅拓展，但依然有着巨大的探索空间。如何改造“新南方”区域内各种方言并让北方读者理解，金宇澄在《繁花》中的实践经验可为“新南方写作”所借鉴：一方面，作者通过重整语素、营造语境、语汇复现、更换指称、直接释义等各种手段，对沪语进行了全方位整合、加工、转化，再辅之以文白夹杂、去掉引号的直接引语，从而将沪语各要素融入小说语言有机体中。其中所一以贯之的创造性思维，特别是根据北方读者接受习惯、立足方言本体而对其所施与的书面化改造，对“新南方写作”尤具启发性。另一方面，对沪语资源的征用、改造，并借助普通话语法系统最大化保存其腔调并很好地实现了立于沪语本位的“声音叙事”，也充分说明，运用方言并不意味着要与普通话规范或霸权形成对抗关系。或者说，以普通话为本位，用其改造方言并使其书面化，不但能够有效保存方音、方腔，也能实现其表达的自主性。这些理念、经验及其效果同样适用于“新南方写作”中的粤方言、方腔及其语法系统的改造。另外，林白在《妇女闲聊录》和《北流》中处理浠水方言、北流方言的理念、方法及其修辞实践，也可为“新南方”作家的方言写作提供有效的经验支持。她分别采用口述式（主人公木珍是主述者），吸纳词典体小说经验（“李跃豆词典”），从事方言化写作，从而使得方言及其声音世界自立为主体。